HACKERS × EZ Japan

해커스 JLPT N1 한 권으로 합격

JLPT新日檢 N1 一本合格

全新修訂版

實戰模擬試題

實戰模擬試題 1 2

實戰模擬試題 2 56

實戰模擬試題 3 108

答案與解析 161

答案卡書寫說明 3

實戰模擬試題 1

答案卡書寫說明

受験番号を書いて、その下のマーク欄(らん)にマークしてください。
Fill in your examinee registration number in this box, and then mark the circle for each digit of the number.

受験番号
(Examinee Registration Number)

2	1	A	1	0	1	0	1	2	3	-	3	0	1	2	3

←請確認答案卡上填寫的號碼是否與准考證上的號碼一致。

せいねんがっぴを書いてください。
Fill in your date of birth in the box.

せいねんがっぴ(Date of Birth)							
ねん Year				つき Month		ひ Day	
1	9	9	3	0	4	2	8

請填寫正確的出生日期，切勿寫成考試當天日期。

日本語能力試験解答用紙

N1
聴解

答案卡分成「語言知識（文字・語彙・文法）・讀解」以及「聽解」。測驗期間，請務必確認是否為該節測驗科目的答案卡。

〈ちゅうい Notes〉
1. くろいえんぴつ(HB、No.2)でかいてください。
Use a black medium soft (HB or No.2) pencil.
(ペンやボールペンではかかないでください。)
(Do not use any kind of pen.)
2. かきなおすときは、けしゴムできれいにけしてください。
Erase any unintended marks completely.
3. きたなくしたり、おったりしないでください。
Do not soil or bend this sheet.
4. マークれい Marking Examples

よいれい Correct Example	わるいれい Incorrect Examples
●	⊘ ○ ⊖ ⓪ ⊜ ⦶ ◍

あなたの名前をローマ字のかつじたいで書いてください。 Please print in block letters.
請填寫姓名的羅馬拼音。

名前 Name: K I M J I S U

請確認是否與准考證上的英文姓名一致。

問題1				
例	①	②	●	④
1	①	②	③	④
2	①	②	③	④
3	①	②	③	④
4	①	②	③	④
5	①	②	③	④
6	①	②	③	④

←劃卡時，請注意題號是否正確。

問題2				
例	①	②	③	●
1	①	②	③	④
2	①	②	③	④
3	①	②	③	④
4	①	②	③	④
5	①	②	③	④
6	①	②	③	④
7	①	②	③	④

問題3				
例	●	②	③	④
1	①	②	③	④
2	①	②	③	④
3	①	②	③	④
4	①	②	③	④
5	①	②	③	④
6	①	②	③	④

問題4				
例	①	②	●	④
1	①	②	③	④
2	①	②	③	④
3	①	②	③	④
4	①	②	③	④
5	①	②	③	④
6	①	②	③	④
7	①	②	③	④
8	①	②	③	④
9	①	②	③	④
10	①	②	③	④
11	①	②	③	④
12	①	②	③	④
13	①	②	③	④
14	①	②	③	④

問題5					
1		①	②	③	④
2		①	②	③	④
3	(1)	①	②	③	④
	(2)	①	②	③	④

〈注意事項〉
1. 一律使用黑色鉛筆作答（HB或No.2）。請勿使用原子筆作答。
2. 修改答案時，請使用橡皮擦擦拭乾淨。
3. 請勿折疊、或弄髒答案卡。
4. 劃記範例

正確劃記	錯誤劃記
●	⊘ ○ ⊖ ⓪ ⊜ ⦶ ◍

実戰模擬測驗1

N1

言語知識（文字・語彙・文法）・読解

受験番号を書いて、その下のマーク欄（らん）にマークしてください。
Fill in your examinee registration number in this box, and then mark the circle for each digit of the number.

受験番号
(Examinee Registration Number)

21A1010123-30123

〈ちゅうい Notes〉
1. くろいえんぴつ(HB、No.2)でかいてください。
Use a black medium soft (HB or No.2) pencil.
(ペンやボールペンではかかないでください。)
(Do not use any kind of pen.)
2. かきなおすときは、けしゴムできれいにけしてください。
Erase any unintended marks completely.
3. きたなくしたり、おったりしないでください。
Do not soil or bend this sheet.
4. マークれい Marking Examples

よい れい Correct Example	わるい れい Incorrect Examples
●	⊘ ○ ○ ◎ ⊖ ◐ ●

あなたの名前をローマ字のかつじたいで書いてください。 Please print in block letters.

名前 Name

せいねんがっぴを書いてください。
Fill in your date of birth in the box.

せいねんがっぴ(Date of Birth)

ねん Year	つき Month	ひ Day

問題 1				
1	①	②	③	④
2	①	②	③	④
3	①	②	③	④
4	①	②	③	④
5	①	②	③	④
6	①	②	③	④

問題 2				
7	①	②	③	④
8	①	②	③	④
9	①	②	③	④
10	①	②	③	④
11	①	②	③	④
12	①	②	③	④
13	①	②	③	④

問題 3				
14	①	②	③	④
15	①	②	③	④
16	①	②	③	④
17	①	②	③	④
18	①	②	③	④
19	①	②	③	④

問題 4				
20	①	②	③	④
21	①	②	③	④
22	①	②	③	④
23	①	②	③	④
24	①	②	③	④
25	①	②	③	④

問題 5				
26	①	②	③	④
27	①	②	③	④
28	①	②	③	④
29	①	②	③	④
30	①	②	③	④
31	①	②	③	④
32	①	②	③	④
33	①	②	③	④
34	①	②	③	④
35	①	②	③	④

問題 6				
36	①	②	③	④
37	①	②	③	④
38	①	②	③	④
39	①	②	③	④
40	①	②	③	④

問題 7				
41	①	②	③	④
42	①	②	③	④
43	①	②	③	④
44	①	②	③	④
45	①	②	③	④

問題 8				
46	①	②	③	④
47	①	②	③	④
48	①	②	③	④
49	①	②	③	④

問題 9				
50	①	②	③	④
51	①	②	③	④
52	①	②	③	④
53	①	②	③	④
54	①	②	③	④
55	①	②	③	④
56	①	②	③	④
57	①	②	③	④
58	①	②	③	④

問題 10				
59	①	②	③	④
60	①	②	③	④
61	①	②	③	④
62	①	②	③	④

問題 11				
63	①	②	③	④
64	①	②	③	④

問題 12				
65	①	②	③	④
66	①	②	③	④
67	①	②	③	④
68	①	②	③	④

問題 13				
69	①	②	③	④
70	①	②	③	④

受験番号を書いて、 その下のマーク欄に マークしてください。
Fill in your examinee registration number in this box, and then mark the circle for each digit of the number.

受験番号
(Examinee Registration Number)

21A1010123-30123

せいねんがっぴを書いてください。
Fill in your date of birth in the box.

せいねんがっぴ(Date of Birth)		
ねん Year	つき Month	ひ Day

實戰模擬測驗1

N1
聴解

〈ちゅうい Notes〉
1. くろいえんぴつ(HB、 No.2)でかいてください。
Use a black medium soft (HB or No.2) pencil.
(ペンやボールペンではかかないでください。)
(Do not use any kind of pen.)
2. かきなおす ときは、 けしゴムで きれいにけしてください。
Erase any unintended marks completely.
3. きたなく したり、 おったり しないでください。
Do not soil or bend this sheet.
4. マークれい Marking Examples

よい れい Correct Example	わるい れい Incorrect Examples
●	⊗ ◯ ◯ ⓪ ⊖ ◑ ●

あなたの名前をローマ字のかつじたいで書いてください。 Please print in block letters.

名前 Name

問題 1				
例	①	②	●	④
1	①	②	③	④
2	①	②	③	④
3	①	②	③	④
4	①	②	③	④
5	①	②	③	④
6	①	②	③	④

問題 2				
例	①	②	③	●
1	①	②	③	④
2	①	②	③	④
3	①	②	③	④
4	①	②	③	④
5	①	②	③	④
6	①	②	③	④
7	①	②	③	④

問題 3				
例	●	②	③	④
1	①	②	③	④
2	①	②	③	④
3	①	②	③	④
4	①	②	③	④
5	①	②	③	④
6	①	②	③	④

問題 4				
例	①	②	●	④
1	①	②	③	④
2	①	②	③	④
3	①	②	③	④
4	①	②	③	④
5	①	②	③	④
6	①	②	③	④
7	①	②	③	④
8	①	②	③	④
9	①	②	③	④
10	①	②	③	④
11	①	②	③	④
12	①	②	③	④
13	①	②	③	④
14	①	②	③	④

問題 5				
1	①	②	③	④
2	①	②	③	④
3 (1)	①	②	③	④
3 (2)	①	②	③	④

Language Knowledge (Vocabulary/Grammar) • Reading　　問題用紙

N1

言語知識（文字・語彙・文法）・読解

（110分）

注　　意

Notes

1．試験が始まるまで、この問題用紙を開けないでください。
Do not open this question booklet until the test begins.

2．この問題用紙を持って帰ることはできません。
Do not take this question booklet with you after the test.

3．受験番号と名前を下の欄（らん）に、受験票と同じように書いてください。
Write your examinee registration number and name clearly in each box below as written on your test voucher.

4．この問題用紙は、全部で31ページあります。
This question booklet has 31 pages.

5．問題には解答番号の 1 、 2 、 3 …が付いています。解答は、解答用紙にある同じ番号のところにマークしてください。
One of the row numbers 1、2、3 … is given for each question. Mark your answer in the same row of the answer sheet.

受験番号　Examinee Registration Number	

名　前　Name	

問題1　＿＿＿＿の言葉の読み方として最もよいものを、1・2・3・4から一つ選びなさい。

1　河川の氾濫による被害は大きい。

1　はんかん　　2　ばんらん　　3　はんらん　　4　ばんかん

2　社長が自ら作業現場に赴いた。

1　おもむいた　　2　でむいた　　3　いきついた　　4　たどりついた

3　市の行政に対する要望を提出する。

1　ぎょうしょう　　2　ぎょうせい　　3　こうしょう　　4　こうせい

4　ダムの建設は周辺地域に著しい影響を与えた。

1　めざましい　　2　はなはだしい　　3　いちじるしい　　4　おびただしい

5　友だちの誘いを婉曲に断った。

1　わんぎょく　　2　えんぎょく　　3　わんきょく　　4　えんきょく

6　小学校の跡地に新しく工場が建設された。

1　あとじ　　2　あとち　　3　せきじ　　4　せきち

問題2（　　　）に入れるのに最もよいものを、1・2・3・4から一つ選びなさい。

7 このサイトは商品の価格（　　　）で検索することが可能だ。

1 類　　2 帯　　3 圏　　4 界

8 新しい政策が定着するまでに、かなりの時間を（　　　）。

1 欲した　　2 求めた　　3 要した　　4 捧げた

9 夫は息子を店の（　　　）にするつもりだそうだ。

1 養子　　2 跡継　　3 後代　　4 子息

10 嵐の前のような（　　　）が教室を支配した。

1 安静　　2 静粛　　3 沈黙　　4 黙秘

11 今回の任務は失敗に終わったが、（　　　）を得た。

1 教訓　　2 格言　　3 勧告　　4 説教

12 古代文明が（　　　）した理由の一つは異民族の侵入であった。

1 滅亡　　2 絶滅　　3 喪失　　4 紛失

13 大雪が続けば、列車の運行に（　　　）をきたすおそれがある。

1 迷惑　　2 被害　　3 支障　　4 負担

問題3 ＿＿＿の言葉に意味が最も近いものを、1・2・3・4から一つ選びなさい。

14 父親が息子の将来を案じている。

1 悲観して　2 見越して　3 危惧して　4 展望して

15 真実を明らかにするためには、より確実な裏づけが必要だ。

1 証拠　2 方法　3 作戦　4 検査

16 弟は普段からなんでもぞんざいに扱う。

1 慎重に　2 適切に　3 丁寧に　4 粗末に

17 経営不振を解決する画期的な企画が必要だ。

1 今では珍しい　2 今のところ最も良い

3 今もなお主流の　4 今までにない新しい

18 山本(やまもと)さんは新しい研究に熱心に取り組んでいる。

1 乗り出している　2 打ち込んでいる

3 取りかかっている　4 携わっている

19 新人は社長の質問にうろたえずに答えた。

1 逃げずに　2 慌てずに　3 間違えずに　4 詰まらずに

問題4　次の言葉の使い方として最もよいものを、1・2・3・4から一つ選びなさい。

20　一変

1　その物質は液体に触れると、化学反応によって次第に色が一変した。
2　需要と供給のバランスによる影響で物の価格は常に一変し続けている。
3　開場のアナウンスが流れたあと舞台は徐々に一変し、会場は暗闇に包まれた。
4　ある会社が新しい薬の開発に成功したため、深刻だった状況は一変した。

21　軌道

1　論理的な説明をするため、軌道を立てて話すことを心掛けている。
2　ボールを取ろうとして、突然軌道に飛び出した子どもをその親が叱った。
3　事業がようやく軌道に乗り始めたというのに、世界経済が不景気に陥った。
4　集団生活ではその集団の軌道に従い、行動することが求められる。

22　凝らす

1　弟は暗闇の中を動く物体の正体を見破ろうと、必死に目を凝らしている。
2　夫は昇進が決まったからか、いつも以上に仕事に凝らしている。
3　あの議員は立法公聴会を実施し、関係者の意見を凝らしたそうだ。
4　その若手サッカー選手の成長ぶりに、人々は期待を凝らしている。

23　おびただしい

1　栄養がおびただしい食材を使って作れる手軽な献立を考えている最中です。
2　残業が続いたことによる疲労はおびただしく、彼はついに過労で倒れた。
3　読書家の友人の部屋はおびただしい数の本で埋め尽くされていた。
4　その俳優が支援団体に寄付した金額はおびただしく、世間で話題になった。

24　断つ

1　政府は国民に節電を呼びかけることで、この夏の電力不足を断った。
2　鈴木（すずき）さんは突然周囲との連絡を断って、姿を消したまま戻ってこない。
3　経営が悪化したため、その会社は利益が少ない商品の生産を断った。
4　上司が話し始めたので、一度作業を断って話に耳を傾けた。

25 打開

1 人々の懸命な努力によって、危機的な状況は打開された。

2 大仕事を一人で最後まで打開した達成感でいっぱいだ。

3 痛みを打開していたせいで症状が悪化し、入院することになった。

4 警察が事件を打開してから、街に平和が戻りつつある。

問題5　次の文の（　　　）に入れるのに最もよいものを、1・2・3・4から一つ選びなさい。

26　このドラマは著者の経験（　　　）書かれた真実の物語です。

1　をもとに　　2　をこめて　　3　にかわり　　4　によって

27　期末試験も（　　　）ことだし、今日は友達の家に遊びに行こうと思う。

1　終わり　　2　終わろう　　3　終わって　　4　終わった

28　山下（やました）「この間話してた件だけど、解決したの？」
高橋（たかはし）「はい。私が担当を続けるか、（　　　）誰かに引継ぎをお願いすることになりそうです。」

1　もはや　　2　すなわち　　3　あるいは　　4　あえて

29　講演会の当日は混雑することが予想されますので、なるべくお早めに会場まで（　　　）ください。

1　お見え　　2　お越し　　3　お伺い　　4　お参り

30　時間のある（　　　）、前もって会議の準備を進めておくほうがいいと思う。

1　うちに　　2　うえに　　3　おかげで　　4　以上

31　車にひかれたものの、大きなけががないようなので、退院する（　　　）時間がかかるとは思えない。

1　にそれまでほど　　2　にそれほどまで
3　までにそれほど　　4　までそれほどに

32　A「このあとの授業の宿題、やるの忘れてたよ。どうしよう。」

B「えっ。この間もやってこなくて先生に（　　　）またなの？」

1　怒らないのに　　　　2　怒られるので

3　怒られたのに　　　　4　怒っているので

33　部長「お願いしていた資料、もうできてる？」

社員「今日中にデータを（　　　）ですが、もう少し時間をいただけるとありがたいです。」

1　送れないこともない　　　　2　送れないはずもない

3　送らないわけではない　　　　4　送らないのではない

34　テニスの大会で優勝することを目標にこの一年間頑張ってきたのに、出場すらできなかったことが（　　　）。

1　悔しいとは限りません　　　　2　悔しくてはなりません

3　悔しいに違いありません　　　　4　悔しくてなりません

35　子どもが自分からピアノを習いたいと言ってきたので、せっかくだから（　　　）と思っています。

1　習ってあげよう　　　　2　習わせてあげよう

3　習わせていただこう　　　　4　習っていただこう

問題6　次の文の ＿★＿ に入る最もよいものを、1・2・3・4から一つ選びなさい。

（問題例）

あそこで ＿＿＿ ＿＿＿ ＿★＿ ＿＿＿ は山田（やまだ）さんです。

1　テレビ　　2　人　　3　見ている　　4　を

（解答のしかた）

1．正しい文はこうです。

あそこで ＿＿＿ ＿＿＿ ＿★＿ ＿＿＿ は山田（やまだ）さんです。 1 テレビ　4 を　3 見ている　2 人

2．＿★＿ に入る番号を解答用紙にマークします。

（解答用紙）

（例（れい））	①　②　●　④

36　この俳優は ＿＿＿ ＿＿＿ ＿★＿ ＿＿＿ はあり、容姿はもちろんですが人柄がとてもいいです。

1　こと　　2　だけ　　3　人気な　　4　の

37　＿＿＿ ＿＿＿ ＿★＿ ＿＿＿ 「お好み焼き」と呼ばれるようになったそうだ。

1　焼いた　　2　ことから　　3　好きなものを　　4　入れて

38 最近の若い人 ＿＿＿ ＿＿＿ ＿★＿ ＿＿＿ 全然飲み会に参加しようとしない。

1 ときたら　　2 すぐに

3 仕事が終わったあと　　4 帰ろうとして

39 歌手の山田（やまだ）さんは、＿＿＿ ＿＿＿ ＿★＿ ＿＿＿ の全10都市で初めてのツアーを開催するそうです。

1 を皮切りに　　2 今月の　　3 日本国内　　4 北海道での公演

40 彼は学生として ＿＿＿ ＿＿＿ ＿★＿ ＿＿＿ いる。

1 を手伝って　　2 かたわら　　3 勉強に励む　　4 親の会社

問題7　次の文章を読んで、文章全体の趣旨を踏まえて、［41］から［45］の中に入る最もよいものを、1・2・3・4から一つ選びなさい。

資源を守る

資源は無限ではない。使えば使うだけなくなっていくのだ。［41］、私たちは今の便利な暮らしがこれからも当たり前のように続くと思ってしまってはいないだろうか。

コンビニなどで買い物をしたときにもらえる割りばしや、ノートなどの紙類は木から作られている。また、車に乗るときに必要なガソリンの原料は原油で、シャワーするときには水を使っているだろう。これらはすべて有限で大切な資源なのだ。

有限であるとは、つまり、ずっと使い続けているといつか無くなってしまうということなのだが、これらの資源が今も［42］という事実を自分のことのように捉えている人はそう多くないだろう。というのも、資源が減っていく様子を私たちの目で見る機会はそうないからだ。また、この問題を意識していたとしても、実際にどういったことがそれに結び付くのかいまいちわかっていなければ、実質的な行動には［43］。

私も歩いていける距離なのに車を使ってしまうことがある。それは、心のどこかで「私一人くらいが頑張らなくたってそんなに変わらない」と思ってしまっているからに違いない。だが、これから先、みんながこの時の私と同じように振舞ったとしたらどうか。「ちりも積もれば山となる」という言葉があるように、小さな努力も積み重なれば大きな結果となって返ってくるだろうし、その反対もありえるはずだ。

「わかっているけど、自分一人の力じゃ何も変えられないよ」と［44］かもしれない。確かに私もそう思わずにはいられないというのは事実だ。だからといって、このまま諦めるわけにもいかないだろう。だから、まずはこれが［45-a］の問題ではなくて［45-b］の問題であると認識することから始めていきたい。

41

1　それで　　2　もっとも

3　なお　　4　それなのに

42

1　減りつつある　　2　減るよりほかない

3　減りっこない　　4　減るおそれがある

43

1　移したくてしかたない　　2　移しづらいというものだ

3　移してしかるべきだ　　4　移さずにはいられない

44

1　話される　　2　話させられ

3　言われる　　4　言わされる

45

1　a みんな　／　b 自分

2　a 自分　／　b みんな

3　a 誰か　／　b 自分

4　a 自分　／　b 誰か

問題8　次の(1)から(4)の文章を読んで、後の問いに対する答えとして最もよいものを、1・2・3・4から一つ選びなさい。

(1)

今の学校教育は生徒にみんなで一つの正しい答えを求めさせることに取りつかれているように思う。もちろん、一人の教師が大勢の生徒を教えるという今のスタイルに限界があることも理解しているつもりだ。だが、そもそも柔軟かつ多角的に物事をとらえることができる教師が一体どれくらいいるのだろうか。正解至上主義に陥った今の日本社会がこの連鎖から抜け出すには、学校教育の担い手たちの意識を改革する策を講じることが不可欠である。

46　学校教育について筆者の考えに合うのはどれか。

1　教師自身を変わらせることから始めなければいけない。

2　教師が少人数の生徒を教えられるようにしなければいけない。

3　教師が生徒の考え方を改めていかなければならない。

4　教師は生徒の出す答えを正していかなければならない。

(2)

以下は、ある鉄道会社のホームページに掲載されたお知らせである。

登録：2020. 12. 19　　13：00：29

運賃および料金の改定について

北海電鉄では、2021年1月より消費税率が引き上げられることに伴い、運賃および料金の改正を実施することとなりました。改定後の運賃および料金は、2021年1月1日(月)より適用いたします。すでにお買い求めいただいた回数券は引き続きご利用いただけますが、改定後は従来の運賃と改定後の運賃の差額分を追加でお支払いいただく必要がございます。なお、定期券の販売価格は従来通りの金額といたします。

ご利用いただいているお客さまにはご負担をおかけいたしますが、ご理解いただきますようお願いいたします。

47　運賃および料金についてこのお知らせは何を知らせているか。

1　運賃および料金が2021年1月よりすべて引き上げられること

2　運賃および料金が消費税率引き上げに伴いすでに改定されていること

3　運賃および料金が改定されるが、一部の料金は変わらないこと

4　運賃および料金が改定されて負担をかけることを謝罪すること

（3）

人は自分と似た性質を持つ人に惹（ひ）かれる傾向がありますが、逆に、環境や文化に人が影響されることもあります。組織内の雰囲気や文化は無意識下で常に私たちに干渉し、成長を促す場合もあれば、負のサイクルに陥れる場合もあります。

幸せに働くためには、自分に幸せをもたらしてくれる環境の構築を実現することが近道です。環境を変えるにはまず自身が変わらなければなりません。人は良くも悪くも、周りの人間やその人たちが作り出した文化に適応してしまう生き物であることを忘れてはいけません。

48 筆者は「幸せ」についてどう考えているか。

1 自分と似た人たちがいる組織に所属することが幸せになるための近道だ。

2 組織の文化や雰囲気に流されない力を身につけることが幸せにつながる。

3 幸せになるためには、まず自分が主体となり周りに良い影響を与える必要がある。

4 どんな環境でもそこに適応する努力を続けると、いつのまにか幸せが訪れる。

(4)

日本人は客に対して、どうも過剰にサービスをするきらいがある。企業として顧客のニーズに応えるというのは当然のことなのかもしれないが、行き過ぎているように思う。これほどまでに環境問題が叫ばれている中で、その流れに正面から逆行していくように、商品の過剰包装や使い捨ての割りばしの提供などが当たり前のサービスとされているのである。このことは、日本人の「お客様は神様」精神によって生み出された弊害であるとともに、日本人の気質が招いた悲劇であるといえるだろう。

49 この文章で、筆者が述べていることは何か。

1 日本人は環境問題を軽視する傾向がある。

2 日本人の性格と環境問題には関連性がある。

3 日本人のおもてなし精神は度を越している。

4 日本人にとってサービスは当然の権利とされている。

問題９　次の(1)から(3)の文章を読んで、後の問いに対する答えとして最もよいものを、1・2・3・4から一つ選びなさい。

(1)

日本の就職活動は実力主義の海外に比べ、協調性を非常に重視している。協調性と言うと聞こえがよいが、目立ってはならず、みんな一緒であることが求められる雰囲気が昔からある。しかし、同じような服装に身を包んだ就活生(注)たちを見ているとこういった雰囲気①をこのままにしてもいいのかと疑問に思う。

就活生たちは就活サイトやセミナーなどで定番として紹介されている業界別、職種別の身だしなみルールに則って、服装を決める。個性などは関係ない。そのルールからはみ出してしまうと、色んな人の目についてしまうのだ。外から見ると異様な光景として目に映るかもしれないが、いざ自分がこの状況に置かれると、きっと誰もが真っ黒のリクルートスーツに身を包んでいることだろう。自分らしさとはかけ離れているとわかっていながらも、悪目立ちしないように周りに合わせてしまうのだ。集団心理というのはそれほど恐ろしいものだ②。

しかし実際、就活中の自分と普段の自分が完全に一致する人がいるだろうか。きっと誰もが個性を押し殺している。そして、そうじゃない他者がいたときに、自分は我慢しているのにという心理が働くのだろう。なら、いっそのこと、みんなでやめてしまってもいいのではないか。今の就活から企業が得られる情報だって限られているはずだ。画一的で没個性的にしてしまう就活文化に終止符を打つときが来たのではないか。

（注）就活生：就職活動に取り組んでいる学生

50　①こういった雰囲気とあるが、どのような雰囲気か。

1　海外のような実力主義的な雰囲気

2　協調性を大切にしようとする雰囲気

3　似たような格好をした就活生たちの雰囲気

4　目立たないことを良しとする雰囲気

51 ②集団心理というのはそれほど恐ろしいものだとあるが、なぜ恐ろしいのか。

1 他の人と同じであることが正しいことだと思うようになるから

2 自分らしさよりも目立たないことを一番に考えさせてしまうから

3 周りが黒いスーツを着ていると自分も着たくなってしまうから

4 周りと同じように振る舞うことが自分らしさだと思うようになるから

52 筆者が最も伝えたいことは何か。

1 個性を隠してまで就活をすべきではないということ

2 就活生は普段から就活中と同じように過ごすべきだということ

3 不本意に個性をおさえこむ今の就活は変わるべきだということ

4 今の学生の個性が見えない就活が企業にとって意味を持つこと

(2)

ロボット技術の進歩は今に始まったことではないが、これまでは大型の工業用ロボットなどが主流で、私たちの身近な存在とまではいかなかった。だが、近頃では空港内の案内ロボットや、ホテルの受付ロボットなど、その存在を確認することができる機会も増えてきた。そんな中で登場したのが「着るロボット」である。

「着るロボット」とはいうが、これは服の上から体の一部に装着する「装着型ロボット」である。これは人々の歩行を支えるという目的のもと製作されたそうだ。本体を腰につけるだけで、あとは本体のセンサーが人の動きを感知して、ひざのサポーターにつながっているワイヤーが自動的に巻き上がる仕組みになっている。階段や坂道など、特に足に負担のかかる場面で歩きやすさを感じられるのだという。体験者いわく、「普段なら諦めてしまうような坂道も登れて、周りの人に遅れを取らずに楽しめる」そうだ。身体的な面はもちろんのこと、精神面のサポートにもなっているようだ。

人は年を取るごとに足腰が弱くなるが、生活を介助してくれるロボットの登場は、私たちの生活がより豊かになることを意味する。ただ、一部ではロボットなどを導入した機械化の加速で、人々の職を奪うといった批判もある。無論、そうした声も無視してよいものではない。しかし、こうした技術の発達を私たちの生活や生きがいすらも与えてくれるものとしてうまく取り入れていきたいと思う。

53 身近な存在とまではいかなかったとあるが、それはなぜか。

1 金額が高いので買うことが難しかったから

2 個人で所有するには大きくて場所を取るから

3 目にする機会がほとんどなかったから

4 実際に使える機会がほとんどなかったから

54 筆者が述べている「装着型ロボット」はどのようなものか。

1 坂道や階段でのみ足を上に引っ張って歩きやすくしてくれるもの

2 自分で足を動かせる人の歩行をサポートしてくれるもの

3 歩けるようになるという精神的なサポートをするもの

4 歩けない人でも自分で歩けるように足を動かすもの

55 ロボットについて、筆者が最も言いたいことは何か。

1 人の仕事を奪ってしまうリスクを含んでいるので批判すべきである。

2 非常に便利なものなので、なるべく多くの分野で活用すべきだ。

3 人間とロボットが共存していけるような努力をすべきである。

4 生活をより豊かにするものとして上手に使いこなすべきだ。

(3)

ひと昔前までは写真を撮るとなると、一家に一台あるかないかのカメラを引っ張りだしてくるのが常であったが、携帯電話の普及という後押しもあり、そんな状況も一変して良い時代になった。

ただ楽しいという理由から写真を撮ることを趣味としている人もいるだろう。しかし、思い出を可視化できることの意義が大きいと私は思う。形にすることで、思い出の共有が可能となるのだ。写真から得られる視覚的情報は多いため、その場にいなかった人も容易に状況を想像することを可能にするからだ。

思い出は時間を追うごとに変化し、忘れてしまうこともある。そうした思い出を完全に失ってしまうことのないよう、形にする方法の一つとして写真を位置づけることができる。写真を見ると忘れていた記憶がよみがえったり、当時の感情が懐かしく思い出されて、心が若返ったように感じられたりするなど、過去を振り返るのにも適している。

ありのままを残す客観性の高い写真は、私たちに良い影響をもたらしてもくれる。たとえば、意欲が失われているときや自己肯定感が低下しているとき、過去の自身の姿を客観視することで一時的に周囲のストレスから遠ざかることができる。そして、結果として前向きになれるという効果が期待できる。趣味の一つとして片づけられがちな写真だが、回想することを通して得られるものは計り知れない。

56 良い時代になったとあるが、どういうことか。

1 カメラが身近な存在になったこと

2 携帯電話を誰でも持てるようになったこと

3 カメラが一家に一台ずつ普及されたこと

4 携帯電話にカメラ機能が付いたこと

57 筆者によると、写真のもつ機能はなにか。

1 他者と価値観を共有する機能

2 他者と記憶を共有する機能

3 思い出を心にとどめさせる機能

4 思い出で心を埋めつくす機能

58 この文で筆者が最も言いたいことは何か。

1 写真を通じて回想することが記憶の保持に役立つ。

2 写真で人と思い出を共有すると精神状態を落ち着かせられる。

3 写真を見ることは人の心理状態の安定に作用する。

4 写真を通じた過去と現在の自身の比較は人を成長させる。

問題10　次の文章を読んで、後の問いに対する答えとして最もよいものを、1・2・3・4から一つ選びなさい。

幼いころの私の日課は新聞の中のチラシをあさり、住宅情報誌を集めることであった。住宅の間取り図（注1）を見るためである。機能性を重んじた住宅や「一体どんな人がここに住むんだ?」というような奇怪な間取り構造を持つ住宅を見つけては、自分が住むことを想像して夢を膨らませていた。しかし、そのうちに「どうしてこういう間取りになったんだろう、何を思ってこうしたんだろう」というように、間取り図から見えるもののその先に関して疑問を抱くようになる。今思えば①これが「建築」を考えるきっかけであった。

小学生のとき、遠足で日本の古都「奈良」を訪れる機会が何度かあった。低学年、中学年の頃は、ただ退屈だな程度にしか思っていなかったように思う。だが、高学年になって訪れた際に担任の「法隆寺は世界最古の木造建築で、しかもくぎが一切使われていないんだよ」という言葉を聞いて、②目を見張った。少量のくぎが使用されていたという事実をのちに知ることになったのだが、当時の私は、そんなものが自分の目の前に現存していることが不思議でしかたなく、感銘を受けた。

時は流れ、私は大学生になった。本業の勉学に励みつつ、せわしない日々から逃れるように週末に友人と京都や奈良の歴史的建造物が残る町並みを散策することを趣味としていた。そんな中、私は再び法隆寺を訪れる機会にめぐりあった。法隆寺を前にしたとき、その荘厳（そうごん）で気高い様に畏敬（いけい）（注2）の念を抱かずにはいられなかった。建立（こんりゅう）から1300年という時を経てもなお、これはその普遍的な美しさを今を生きる私たちに伝え続けているのだから。10世紀以上も同じ場所で、今も変わらずその歴史を刻み続けているのだ。

建築物というのは、目的とする用途に供しうる形で存在するものであると考えていたのだが、どうやらそれだけではないらしい。むしろ人の心に残り続ける建築物というのは、その魅力が要となるのだ。魅力といっても様々である。デザインのようなビジュアル的要素に魅力を感じる人もいれば、地域性との調和であったり、自然と融合するさまを魅力ととらえる人もいて、その奥深さは計り知れない。しかし、すべてに共通するのは、魅力ある建築物はその町の外観に影響を及ぼし、見る人の心に訴えかける。そして、時代や地域性を反映する鏡となり、文化構築の礎（いしずえ）としての機能を兼ねるのだ。

（注１）間取り図：部屋の広さや配置などを確認するための平面図

（注２）畏敬（いけい）の念：偉大なものをおそれ、うやまう気持ち

59 ①これとは何を指すか。

1 間取り図を見て、どんな家に住みたいか想像を膨らませていたこと

2 間取り図を見るために、チラシを集めることを日課にしていたこと

3 間取り図から読み取れないことに思いを巡らすようになったこと

4 間取り図が持つ働きに疑念を持つようになったこと

60 ②目を見張ったとあるが、筆者の気持ちと合うものはどれか。

1 先生の発言の内容が真実かどうかを疑う気持ち

2 釘を使用していないというのが嘘だと気づいて憤る気持ち

3 世界最古の木造建築を見ることができて感極まる気持ち

4 古い建物が時代を超えて存在していることに驚く気持ち

61 筆者は法隆寺についてどのように述べてるか。

1 存在することでその長い歴史を守り続けている。

2 時の移り変わりを感じさせない普遍性を持っている。

3 歴史的建造物を保存することの意義を伝えている。

4 歴史の古い建物の存在価値の高さを広めている。

62 筆者の考えに合うものはどれか。

1 建築の目的は、その時代の魅力を後世に残すことにある。

2 建築とは、時代を写し出して文化を創り出すことである。

3 建築物の魅力は、多くの人の心の中にとどまり続けるものである。

4 建築物は、時代の変化にとらわれることなく生き続けるものである。

問題11　次のAとBは、幼い子供の習い事についてのコラムである。後の問いに対する答えとして最もよいものを、1・2・3・4から一つ選びなさい。

A

　成長真っただ中の子どもたちにとっての習い事は、新しい可能性に出会えるチャンスそのものです。子どもたちは学習速度が早く、スポンジのように新しい知識をどんどん吸い込んでいきます。そのため、幼少期にたくさんの習い事をすることは、子どもの将来において非常に重要です。一般教養を身に付けたり、親が子どもの才能に早期に気づくことができ、それを伸ばしてあげることもできるからです。

　幼いころからの習い事は子どもの意思を無視した親の押し付けだと非難されることもありますが、子どもは情報弱者なので、子ども自身が自らの可能性を見出して親に働きかけるということはほとんどないでしょう。子どもが辞めたいと言った際にはその意思を尊重するなどしつつ、大人が率先して子どもの習い事に関わっていくべきです。

B

　幼い子どもにいくつも習い事をさせる親が増えていますが、子どもの意思を無視して通わせるのは危険な行為だと言えます。子どもは親とは別の人格を持った一人の人間で、興味・関心を持つものや得意・不得意などがあります。始めるきっかけが本人の意思に基づいていない場合、主体的に学ぶことが難しく、結果として実力が伸びずに子どもがつらい思いをすることもあります。何より本当にやりたいことを差し置いて習い事を強制することは子どもにとって大きなストレスになりかねず、心の成長において良い影響はありません。子どもの将来を思い、なるべくたくさんのスキルや教養をつけさせてあげたいという親心はわかりますが、主人公である子どもの気持ちに寄り添うこと以上に大切なことはないと思うのです。

63　子どもの習い事について、AとBはどのように述べているか。

1　Aは子どもは成長が早いので学ぶのによい時期だと述べ、Bは子どもの意思が重視されない傾向があると述べている。

2　Aは子どもの能力を早期に見つけて伸ばすことができると述べ、Bは子どもの将来に役立つだろうと述べている。

3　Aは親の理想を子どもに押し付けることだと述べ、Bは子どもが学ぶことに対して消極的になると述べている。

4　Aは子どもの成長に欠かすことができない場だと述べ、Bは親の習わせたいものが子どものしたいことと一致するとは限らないと述べている。

64　子どもの習い事に関して親がとるべき姿勢について、AとBはどのように述べているか。

1　AもBも、子どもが本当にしたいと思うことを親はさせてあげるべきだと述べている。

2　AもBも、親の言うことが正しいので、子どもに従わせるべきだと述べている。

3　Aは子どもの気持ちに寄り添いながらも積極的に習い事をさせるべきだと述べ、Bは子どもの意思に基づくべきだと述べている。

4　Aは親がリードして子どもにいろんな習い事を提示してあげるべきだと述べ、Bはできるだけ多くの教養や技術を身に着けることが大切だと述べている。

問題12　次の文章を読んで、後の問いに対する答えとして最もよいものを、1・2・3・4から一つ選びなさい。

情報化社会の到来によって、私たちはパソコンやスマートフォンなどの身近な電子機器を用いて、日々更新される新たな情報にも触れることができるようになった。いつでもどこでも気軽に情報を探せるようになり、利便性とともに生活の質も急激に向上した。にもかかわらず、私はむしろ自分の領域が狭まっていくような感覚に襲われることがある。

日本ではパソコンよりもスマートフォンの普及率が高く、日本人はスマートフォンに慣れ親しんでいる。かく言う私もその一人であるが、あるサイトをスマートフォンで見ていた時に、以前に通販サイトで検索した商品が広告に表示され、不思議に思いつつも感心したことがある。また動画サイトで動画を見たあとに、それに関連する動画のリストが表示されて、おもしろそうだったのでそのまま流れるように画面をクリックした。いずれも自分が普段アクセスしているサイトやキーワードをもとに分析された結果が反映されたものであり、興味関心のある分野で塗り固められているように感じた。検索エンジンで調べ事をするのにもスマートフォンは重宝しているし、頼りにしているというのも事実である。しかし、自分が知りたいものにたどり着くためには明確なキーワードが必要になる。知らないものを調べるというのは案外難しいのだ。

欲しい情報により簡単にたどり着けるようになったことは、便利かつ効率的で理想的な発展を遂げているように見えるかもしれない。だが、裏を返せばそれは、こちらが情報を取捨選択をする立場にはないということだ。その情報は意図的に計画されたものであるに等しい。その上、そうした情報は私たちが知らない間にデータとして収集、利用されたことによる結果物であるのだ。このことを知らない人も多いし、知っていても大して気にも留めないという人が大半であろうが、私から言わせるとこれは非常に恐ろしいことだ。

「井の中の蛙大海を知らず」という言葉がある。井戸の中に住み着く蛙は外には大きな海があることを知らないという意味である。私たちは無意識の状態で井の中の蛙になってしまってはいないか。情報の海が果てしなく広がり続けている一方で、井戸という自分のテリトリーがまるですべてであるかのような錯覚に陥ってはいないか。

私たちはまず、自分が井の中の蛙であることを自覚する必要がある。かつて哲学者のソクラテスも言ったように、自分が無知であることを知ることからはじめるべきだ。そうして、すでに枠組みされた世界の中に放り込まれた存在としての自分を認知したうえで、主体的にその世界の枠組みを押し広げていく度量と覚悟を身につけなければならない。

65 自分の領域が狭まっていくような感覚とあるが、筆者はどういったときに感じたと述べているか。

1 自身が見た動画の関連動画が想定以上におもしろかったとき
2 自分の閲覧傾向が反映された広告が並んでいると気づいたとき
3 自分の求めている情報を検索エンジン上で探し出せなかったとき
4 自分の好みが普段目にする情報の影響を受けていると知ったとき

66 情報化社会がもたらしたことについて、筆者はどのように考えているか。

1 興味外の情報であっても自動的に受信せざるを得なくなった。
2 関心分野に関する情報が手軽に手に入るようになり、専門性が高まった。
3 情報を発信する側が対象に応じて発信する情報を選ぶようになった。
4 気軽に情報にアクセスできるため、人々がインターネットに依存するようになった。

67 筆者は、井の中の蛙の例を使って何を述べようとしているか。

1 知らず知らずのうちに、すべてを知っているような気になってしまう。
2 同じ場所にとどまりつづけることで、考えの整理がつかなくなる。
3 自分の領域を深めることで、人は無知から解放される。
4 外の世界を知ると、自分の世界に居続けることはできなくなる。

68　この文章で筆者が最も言いたいことは何か。

1　情報を与えられる側でなく与える側になるために、まずは自分が知らないことを自覚することから始めるべきだ。

2　情報はすべて発信者側によって操作されたものなので、正しい知識を得るためには少しでも多くの情報を集めるべきだ。

3　目にしている情報が真実であるかを確かめ、正しい情報を自ら世界に向けて発信していく方法を習得すべきだ。

4　目にしている情報が意図的に与えられたものである可能性に気づき、より幅広い情報を能動的に集める力を身につけるべきだ。

問題13　右のページは、、山中森林公園のホームページに書かれたサービスの案内である。下の問いに対する答えとして最もよいものを、1・2・3・4から一つ選びなさい。

69　ミンギさんは、5月5日の子どもの日に妻と小学生の子ども2人で山中森林公園に行って、ご飯を食べながら自然を楽しむことにした。荷物は最小限にしたい。ミンギさんがすることとして合っているのは、次のうちどれか。

1　前日までにバーベキュー用品を準備して、食材の買い出しに行く。

2　レジャーシートを予約しておき、当日カフェで食べ物を持ち帰りする。

3　バーベキュー用品のレンタルと食材の準備が可能かを前日に問い合わせる。

4　レジャーシートを予約し、食材セットの準備が可能かも確認する。

70　森ノ宮市の大学に留学中のナンシーさんは同じ大学に留学中の友達3人と山中森林公園に行く計画を立てた。ナンシーさんは3月中旬にも山中森林公園に遊びに行ったため、その時にはなかったものだけを体験したいと思っている。ナンシーさんたちが立てた計画は次のうちどれか。

1　期間限定の「ばら園」に行き、学生割引を受けて山のカフェ「やすらぎ」で食事をする。

2　「ばら園」でこの季節が見ごろのばらを見て、今しか見られない馬の親子を見学する。

3　山のカフェ「やすらぎ」を利用して割引を受け、乗馬広場で乗馬体験と馬の親子を見る。

4　季節の花「ばら」を見て、山のカフェ「やすらぎ」で食事をしたあと、乗馬広場に行く。

森ノ宮市立 山中森林公園ご利用の案内

開園時間 午前9時～午後18時(年中無休)

利用料金 入園料:大人200円、子ども(中学生以下)100円

◆ 施設紹介

植物園	植物園の入り口に位置する噴水広場のある公園エリアと植物展示エリアに分かれています。噴水広場にはピクニックが可能なスペースがございます。(レジャーシートの貸し出しあり。予約不要)
ハイキングコース	初心者の方にもお楽しみいただけるハイキングコースです。春には桜を、秋には紅葉を楽しみながら運動することができます。
バーベキュー場	山と川に囲まれた自然豊かなバーベキュー場です。有料でバーベキューセットとテントの貸し出しがございます。あらかじめお電話にてご予約ください。 ※ 食材のセット販売もございます(要予約・当日現金でお支払いください) ※ テント利用は7月1日～9月31日の期間中のみ可能となります。
乗馬広場	係員の丁寧な指導のもと、乗馬を体験していただけます。(10分/1000円)(30分/2500円)
カフェ・レストラン「やすらぎ」	山の中のログハウスのような内装で、木の香りに癒されながらお食事やカフェをお楽しみいただけます。テイクアウトにも対応いたします。

◆ イベント

- この季節に咲き乱れる「ばら園」が5月3日から5月20日までの期間限定で植物園内にて開催しております。ぜひ足をお運びください。
- 2020年3月初めに山のカフェ「やすらぎ」がリニューアルオープンしたことを記念して、小学生以下のお子様がご来店の際は、ドリンクを1杯サービスいたしております。(8月31日まで)
- 森ノ宮市内の学校および大学に在学中の学生に限り、学生証の提示でお会計から300円値引きいたします。(1グループにつき一度のみ適用可能)
- 乗馬広場で4月に誕生した馬の赤ちゃんを展示しております。馬の親子をご見学いただけるのは今だけですので、ぜひお越しください。

** アクセス **
地下鉄 山中谷駅より徒歩5分。駐車場無料(祝日は1台500円/1日)
※ 祝日は混雑が予想されますので、公共交通機関をご利用ください。

山中公園管理事務所　TEL　06-1122-3344（受付時間　午前8時30分～午後19時）

Listening

問題用紙

N1

聴解

（60分）

注　意

Notes

1．試験が始まるまで、この問題用紙を開けないでください。
Do not open this question booklet until the test begins.

2．この問題用紙を持って帰ることはできません。
Do not take this question booklet with you after the test.

3．受験番号と名前を下の欄(らん)に、受験票と同じように書いてください。
Write your examinee registration number and name clearly in each box below as written on your test voucher.

4．この問題用紙は、全部で13ページあります。
This question booklet has 13 pages.

5．この問題用紙にメモをとってもかまいません。
You may make notes in this question booklet.

受験番号　Examinee Registration Number	

名　前　Name	

問題1

問題1では、まず質問を聞いてください。それから話を聞いて、問題用紙の1から4の中から、最もよいものを一つ選んでください。

例

1　アンケート調査をおこなう

2　新商品のアイディアを出す

3　開発費を計算する

4　開発部に問い合わせる

1番

1　レジのお金を両替する

2　お茶を追加で作る

3　新しいメニュー表を確認する

4　修正するところを業者に伝える

2番

1　お風呂でお湯につかる

2　寝る前に携帯を使わない

3　寝る前に温かい牛乳を飲む

4　夕方以降にカフェインをとらない

3番

1 他の図書館から本を取り寄せる

2 3日後に本を返却する

3 本の貸し出しを予約する

4 本屋に売っているか見に行く

4番

1 図を用いて視覚的に説明する

2 製造費用の説明を簡単にする

3 商品の長所を詳しく書く

4 資料を印刷して準備する

5番

1 日本について学び始める

2 留学の目的を明確にする

3 アルバイトを始める

4 外国人留学生の友達を作る

6番

1 商品の種類を増やす

2 商品によって置く場所を変える

3 よく売れる商品を多く発注する

4 サービス教育を徹底する

問題2

問題２では、まず質問を聞いてください。そのあと、問題用紙のせんたくしを読んでください。読む時間があります。それから話を聞いて、問題用紙の１から４の中から、最もよいものを一つ選んでください。

例

1　幼いときに中国で生活していたから

2　他に興味があることがなかったから

3　日本ではなく中国で働きたいから

4　将来の役に立つと思ったから

1番(ばん)

1　古民家(こみんか)を改装(かいそう)した建物(たてもの)だから

2　パティシエのケーキを販売(はんばい)しているから

3　地域(ちいき)の野菜(やさい)を使(つか)ったメニューがあるから

4　手作(てづく)りのお皿(さら)を販売(はんばい)しているから

2番(ばん)

1　フットサルを見学(けんがく)する

2　家(いえ)で映画(えいが)を見(み)る

3　お店(みせ)でキャンプ用品(ようひん)を見(み)る

4　本(ほん)を買(か)いに行(い)く

3番

1　声が大きくて聞き取りやすいところ

2　きちんと約束を守れるところ

3　誰に対しても笑顔でいるところ

4　リーダーシップがあるところ

4番

1　ひんぱんに水分をとり続けること

2　直接太陽に当たらないこと

3　暑いと感じなくてもエアコンをつけること

4　気温差をなるべく作らないこと

5番

1　出産や育児で働いていない期間があること

2　子どもを預ける施設が足りないこと

3　家事や育児が女性のものだという考えがあること

4　女性が働きづらい会社の仕組みがあること

6番

1　花火大会の規模を大きくする

2　フリーマーケットの出店者を増やす

3　スタンプラリーの商品を変える

4　マラソン大会の時期を変える

7番

1　文化の概念の理解

2　異文化の概念の理解

3　文化理解の実践

4　異文化理解の実践

問題3

問題３では、問題用紙に何も印刷されていません。この問題は、全体としてどんな内容かを聞く問題です。話の前に質問はありません。まず話を聞いてください。それから、質問とせんたくしを聞いて、１から４の中から、最もよいものを一つ選んでください。

- メモ -

問題4

問題４では、問題用紙に何も印刷されていません。まず文を聞いてください。それから、それに対する返事を聞いて、１から３の中から、最もよいものを一つ選んでください。

- メモ -

問題5

問題５では、長めの話を聞きます。この問題には練習はありません。

問題用紙にメモをとってもかまいません。

1番、2番

問題用紙に何も印刷されていません。まず話を聞いてください。それから、質問とせんたくしを聞いて、１から４の中から、最もよいものを一つ選んでください。

- メモ -

3番

まず話を聞いてください。それから、二つの質問を聞いて、それぞれの問題用紙の1から4の中から、最もよいものを一つ選んでください。

質問1

1 戦国時代展

2 防災展

3 トリックアート展

4 ミニチュア展

質問2

1 戦国時代展

2 防災展

3 トリックアート展

4 ミニチュア展

實戰模擬試題 2

実戰模擬測驗2

N1

言語知識（文字・語彙・文法）・読解

受験番号を書いて、その下のマーク欄(らん)にマークしてください。
Fill in your examinee registration number in this box, and then mark the circle for each digit of the number.

受験番号
(Examinee Registration Number)

21A1010123-30123

〈ちゅうい Notes〉
1. くろいえんぴつ(HB、No.2)でかいてください。
Use a black medium soft (HB or No.2) pencil.
(ペンやボールペンではかかないでください。)
(Do not use any kind of pen.)
2. かきなおすときは、けしゴムできれいにけしてください。
Erase any unintended marks completely.
3. きたなくしたり、おったりしないでください。
Do not soil or bend this sheet.
4. マークれい Marking Examples

よいれい Correct Example	わるいれい Incorrect Examples
●	⊘ ◯ ◯ ⓪ ⊖ ◐ ●

あなたの名前をローマ字のかつじたいで書いてください。　Please print in block letters.

名前 Name

せいねんがっぴを書いてください。
Fill in your date of birth in the box.

せいねんがっぴ(Date of Birth)		
ねん Year	つき Month	ひ Day

問題1				
1	①	②	③	④
2	①	②	③	④
3	①	②	③	④
4	①	②	③	④
5	①	②	③	④
6	①	②	③	④

問題2				
7	①	②	③	④
8	①	②	③	④
9	①	②	③	④
10	①	②	③	④
11	①	②	③	④
12	①	②	③	④
13	①	②	③	④

問題3				
14	①	②	③	④
15	①	②	③	④
16	①	②	③	④
17	①	②	③	④
18	①	②	③	④
19	①	②	③	④

問題4				
20	①	②	③	④
21	①	②	③	④
22	①	②	③	④
23	①	②	③	④
24	①	②	③	④
25	①	②	③	④

問題5				
26	①	②	③	④
27	①	②	③	④
28	①	②	③	④
29	①	②	③	④
30	①	②	③	④
31	①	②	③	④
32	①	②	③	④
33	①	②	③	④
34	①	②	③	④
35	①	②	③	④

問題6				
36	①	②	③	④
37	①	②	③	④
38	①	②	③	④
39	①	②	③	④
40	①	②	③	④

問題7				
41	①	②	③	④
42	①	②	③	④
43	①	②	③	④
44	①	②	③	④
45	①	②	③	④

問題8				
46	①	②	③	④
47	①	②	③	④
48	①	②	③	④
49	①	②	③	④

問題9				
50	①	②	③	④
51	①	②	③	④
52	①	②	③	④
53	①	②	③	④
54	①	②	③	④
55	①	②	③	④
56	①	②	③	④
57	①	②	③	④
58	①	②	③	④

問題10				
59	①	②	③	④
60	①	②	③	④
61	①	②	③	④
62	①	②	③	④

問題11				
63	①	②	③	④
64	①	②	③	④

問題12				
65	①	②	③	④
66	①	②	③	④
67	①	②	③	④
68	①	②	③	④

問題13				
69	①	②	③	④
70	①	②	③	④

実戰模擬測驗2

N1 聴解

受験番号を書いて、その下のマーク欄に マークしてください。
Fill in your examinee registration number in this box, and then mark the circle for each digit of the number.

受験番号 (Examinee Registration Number)

21A1010123-30123

〈ちゅうい Notes〉
1. くろいえんぴつ(HB、No.2)でかいてください。
Use a black medium soft (HB or No.2) pencil.
(ペンやボールペンではかかないでください。)
(Do not use any kind of pen.)
2. かきなおすときは、けしゴムできれいにけしてください。
Erase any unintended marks completely.
3. きたなくしたり、おったりしないでください。
Do not soil or bend this sheet.
4. マークれい Marking Examples

よいれい Correct Example	わるいれい Incorrect Examples
●	⊘ ◯ ◯ ⓪ ⊖ ◐ ◉

あなたの名前をローマ字のかつじたいで書いてください。 Please print in block letters.

名前 Name

せいねんがっぴを書いてください。
Fill in your date of birth in the box.

せいねんがっぴ(Date of Birth)		
ねん Year	つき Month	ひ Day

問題 1				
例	①	②	●	④
1	①	②	③	④
2	①	②	③	④
3	①	②	③	④
4	①	②	③	④
5	①	②	③	④
6	①	②	③	④

問題 2				
例	①	②	③	●
1	①	②	③	④
2	①	②	③	④
3	①	②	③	④
4	①	②	③	④
5	①	②	③	④
6	①	②	③	④
7	①	②	③	④

問題 3				
例	●	②	③	④
1	①	②	③	④
2	①	②	③	④
3	①	②	③	④
4	①	②	③	④
5	①	②	③	④
6	①	②	③	④

問題 4				
例	①	②	●	④
1	①	②	③	④
2	①	②	③	④
3	①	②	③	④
4	①	②	③	④
5	①	②	③	④
6	①	②	③	④
7	①	②	③	④
8	①	②	③	④
9	①	②	③	④
10	①	②	③	④
11	①	②	③	④
12	①	②	③	④
13	①	②	③	④
14	①	②	③	④

問題 5				
1	①	②	③	④
2	①	②	③	④
3 (1)	①	②	③	④
3 (2)	①	②	③	④

Language Knowledge (Vocabulary/Grammar) • Reading　　**問題用紙**

N1

言語知識（文字・語彙・文法）・読解

（110分）

注　意

Notes

1．試験が始まるまで、この問題用紙を開けないでください。
Do not open this question booklet until the test begins.

2．この問題用紙を持って帰ることはできません。
Do not take this question booklet with you after the test.

3．受験番号と名前を下の欄（らん）に、受験票と同じように書いてください。
Write your examinee registration number and name clearly in each box below as written on your test voucher.

4．この問題用紙は、全部で31ページあります。
This question booklet has 31 pages.

5．問題には解答番号の 1 、 2 、 3 …が付いています。解答は、解答用紙にある同じ番号のところにマークしてください。
One of the row numbers 1、2、3 … is given for each question. Mark your answer in the same row of the answer sheet.

受験番号　Examinee Registration Number	

名　前　Name	

問題１　＿＿＿の言葉の読み方として最もよいものを、１・２・３・４から一つ選びなさい。

1　専門家によって<u>厳正</u>な審査が行われた。

1　けんせい　　2　げんせい　　3　げんしょう　　4　けんしょう

2　その<u>滑らか</u>な動きはロボットであることを全く感じさせない。

1　ほがらか　　2　やわらか　　3　きよらか　　4　なめらか

3　市は市民の<u>生涯</u>を通じた健康づくりを支援している。

1　しょうがい　　2　せいがい　　3　しょうかい　　4　せいかい

4　優秀な兄を常に<u>模範</u>としてきた。

1　もばん　　2　もはん　　3　ぼはん　　4　ぼばん

5　年を取ると骨は次第に<u>脆く</u>なる。

1　あらく　　2　はかなく　　3　もろく　　4　ゆるく

6　この会社は勤務時間の<u>融通</u>がきく。

1　ゆずう　　2　ゆうずう　　3　ゆつう　　4　ゆうつう

問題２（　　　）に入れるのに最もよいものを、１・２・３・４から一つ選びなさい。

7　私は去年、（　　　）のマイホームを建てた。

1　希望　　2　期待　　3　会心　　4　念願

8　引退して十年が経っても、まだ（　　　）した体を維持している。

1　きっちり　　2　くっきり　　3　がっしり　　4　すっきり

9　誤った経営判断が会社を危うい状況に（　　　）。

1　追い出した　　2　追い込んだ　　3　追いついた　　4　追いかけた

10　プログラムの故障により会員の個人情報が（　　　）する事故が起きた。

1　流出　　2　消去　　3　排除　　4　盗難

11　父はソファーに身を（　　　）静かに新聞を読んでいた。

1　浸して　　2　漬けて　　3　降ろして　　4　沈めて

12　銀行口座の（　　　）が不足していて引き落としがされていなかった。

1　残高　　2　差額　　3　余剰　　4　総額

13　生活に欠かせない物は常に大量の（　　　）を確保している。

1　キープ　　2　チャージ　　3　ストック　　4　リミット

問題3 ＿＿＿の言葉に意味が最も近いものを、1・2・3・4から一つ選びなさい。

14 駅にいた女性はとまどっている様子だった。

1 急いで　2 困って　3 悩んで　4 恥じて

15 当初の予算を上回っていた。

1 チェックして　2 キャンセルして　3 オーバーして　4 アップデートして

16 この地域には独自のしきたりがあるそうだ。

1 挨拶　2 物語　3 伝承　4 風習

17 祖父の手術が無事に終わり、家族は安堵した。

1 はっとした　2 かっとした　3 ほっとした　4 むっとした

18 その女性は退屈だったのか、しきりに話しかけてきた。

1 予想通り　2 何度も　3 突如として　4 こっそりと

19 非常の際には、できるだけ早く報告することが重要だ。

1 すみやかに　2 正確に　3 こまやかに　4 簡潔に

問題４　次の言葉の使い方として最もよいものを、1・2・3・4から一つ選びなさい。

20　質素

1　彼は有名になったにもかかわらず、昔と変わらない質素な生活を送っている。

2　ここの料理は昔ながらの質素な味がして、食べると故郷が懐かしくなる。

3　昔からやせていて質素に見られるのが嫌で、運動を始めました。

4　景気がますます悪化して、質素になってしまった人々が急増した。

21　みすぼらしい

1　この施設では飼い主に捨てられたみすぼらしい動物たちを保護している。

2　経済基盤がみすぼらしい人々の生活を支援する取り組みが始まっている。

3　この物語はある広告代理店に勤めるみすぼらしいサラリーマンのお話です。

4　彼は普段からみすぼらしい服装をしているので、とても社長には見えない。

22　反る

1　昔から姿勢が悪く、腰が反っているとよく人に指摘をされる。

2　突然雷の音が響きわたり、驚きのあまり反りそうになった。

3　この判決は反らないと誰もが諦めていたが、希望の光が差し込んだ。

4　スピードを出しすぎた車はカーブを反りきれずに、壁に衝突した。

23　親善

1　大学卒業から数十年経った今もなお、当時の親友との親善を続けている。

2　言語を学ぶ際、それと密接な親善がある文化も一緒に学ぶことが重要です。

3　このイベントは隣国の市民との文化交流や親善を目的としている。

4　両国が親善を結んだことにより、人と物の行き来が盛んになりつつある。

24　思い詰める

1　悩んだ末に、思い詰めて本心を打ち明けることにした。

2　彼はひどく思い詰めたような表情で、教室から飛び出した。

3　その格好から近所の人は私のことを医者だと思い詰めていた。

4　ふといいアイデアを思い詰めたので、すぐにノートに書いた。

25　逆転

1　写真の中の文字が左右逆転していて読むのに苦労した。

2　ニュースでは景気が逆転しているというが、人々の実感はそうでもないようだ。

3　その政治家は野党からの根拠のない批判に対して逆転した。

4　そのチームは圧倒的に不利だった状況から一気に逆転した。

問題5　次の文の（　　　）に入れるのに最もよいものを、1・2・3・4から一つ選びなさい。

26　姉とは2歳しか年が離れていないが、保育士（　　　）子どもの扱いになれている。

1　なりに　　2　ごとく　　3　たりとも　　4　だけあって

27　海外赴任は昇進するチャンスだが、嫌がる妻を連れて（　　　）まで出世したいとは思わない。

1　行って　　2　行く　　3　行こう　　4　行き

28　（医師へのインタビューで）

A「貧しい家庭環境の中、お医者さんになられたということは本当に立派だと思います。」

B「よくそのような言葉をいただくんですが、（　　　）貧しい家庭環境だったからこそ医者になれたんだと思います。成功して貧しさから抜け出したいという気持ちが強かったんでしょうね。」

1　かりに　　2　まさに　　3　むしろ　　4　どうか

29　（お知らせで）

この度、誠に勝手（　　　）、人手不足及び従業員の労働時間削減のため営業時間を変更します。申し訳ありませんが、ご了承ください。

1　のくせに　　2　ながら　　3　にせよ　　4　ばかり

30　大学を卒業して、2年経った。用事があって久しぶりに大学の近くに来たため 、お世話になった先生にお礼かたがた挨拶に（　　　）つもりだ。

1　申す　　2　伺う　　3　いらっしゃる　　4　お越しになる

31 （野球チームの監督へのインタビューで）

記者　「優勝おめでとうございます。見事な大逆転でしたね。」

監督　「ありがとうございます。大きな声援が力になりました。これからもファンの皆様が応援して（　　　）、精一杯頑張っていきたいと思います。」

1　いただくうちに　2　くださるうちに　3　いただく限り　4　くださる限り

32 大雨で遠足を（　　　）状況だが、この日を楽しみにしていた子どものことを考えると心が痛む。

1　中止してもやむを得ない　2　中止してばかりもいられない

3　中止させるまでもない　4　中止させても差し支えない

33 鈴木（すずき）くんが主役の誕生日会なのだから、彼が（　　　）話にならない。

1　来るからには　2　来るにしても　3　来ないことには　4　来ないことなく

34 一人暮らしを始めて、親へのありがたみを実感するようになった。毎日栄養バランスのとれた食事を作ってくれて、学校まで送り迎えしてくれた。親の愛情よりも温かいものなんてこの世に（　　　）。

1　あるはずがないのだろうか　2　あってはならない

3　ないのではなかろうか　4　ないというものだ

35 田中（たなか）「科学のレポート、明日まで10ページって教授もひどいもんだよ。」

上田（うえだ）「まったくだよ。毎回、教授の思いつきに（　　　）。」

1　振り回されてもしかたないね　2　振り回されてはかなわないね

3　振り回させてもはじまらないね　4　振り回させてはばからないね

問題6　次の文の ★ に入る最もよいものを、1・2・3・4から一つ選びなさい。

（問題例）

あそこで ＿＿ ＿＿ ★ ＿＿ は山田（やまだ）さんです。

1　テレビ　　2　人　　3　見ている　　4　を

（解答のしかた）

1．正しい文はこうです。

あそこで ＿＿ ＿＿ ★ ＿＿ は山田（やまだ）さんです。 1 テレビ　4 を　3 見ている　2 人

2．★ に入る番号を解答用紙にマークします。

（解答用紙）

（例）（れい）	①　②　●　④

36　「郷に入れば郷に従え」ということわざがある。ある土地や環境に入ったのならば、そこでの習慣ややり方に従えをという意味だが、 ★ ＿＿ ＿＿ ＿＿ 簡単なことではない。

1　習慣ややり方を　2　言葉でいうほど　3　変えることは　4　身についた

37　最近、国民のことを考えず自分の利益だけを優先し、国を動かそうとする政治家がいるが、政治家は国民 ＿＿ ＿＿ ★ ＿＿ ことを忘れてはいけない。

1　あって　2　という　3　の　4　国家

38 県で一番強いチームとの試合だから、これから一生懸命に練習を ＿＿＿ ＿＿＿ ＿★＿ ＿＿＿、あのチームには勝てないとは思うが、最後まで楽しんでプレーしたい。

1 しろ　　2 しようが　　3 どっちに　　4 しまいが

39 クラス全員の前で明日の数学のテストでは絶対 ＿＿＿ ＿＿＿ ＿★＿ ＿＿＿、今日は眠れそうにもない。

1 満点をとる　　2 てまえ　　3 言ってしまった　　4 なんて

40 ＿＿＿ ＿＿＿ ＿＿＿ ＿★＿ 命が救われてきたが、最新の医療をもってしても治せない病気がまだまだ多いことが現状だ。

1 発達に　　2 多くの　　3 医療の　　4 より

問題7　次の文章を読んで、文章全体の趣旨を踏まえて、[41]から[45]の中に入る最もよいものを、1・2・3・4から一つ選びなさい。

ストレスとの向き合い方

現代社会に生きる私たちにとってストレスは身近なものである。人によって多かれ少なかれ違いはあるが、ほとんどの人がストレスを抱えて生活している。そこで、今回はストレスとの向き合い方について述べていきたいと思う。

[41]、みなさんはどのような方法でストレスに向き合っているのだろうか。過度なストレスは精神的な不調のみならず、頭痛や目の疲れなど体調面にも異常をもたらすため、溜め込まずにその都度、解消することが重要である。

ストレスの解消法というとカラオケや運動など一時的にストレスを和らげる方法が挙げられる。けれども、それはストレスの根っこの原因を[42]。同じ状況におちいると、再度、同じまたはそれ以上のストレスを受けることになるからだ。そうはいうものの、根本的に問題を解決するためにはどうしたらいいのだろうか。

解決の一歩には自分自身と向き合うことが[43]。まずは「過去と他人は変えられない」ということを認識することから始まる。そして、他人や過去をコントロールしようとせず、[44]学んだことを生かして自分の考え方を変えるのだ。

この考え方を持って、ストレスを受けている自分を客観的に分析する。ストレスを受けたとき、相手や状況にイライラさせられていると考えてしまいがちである。しかし、イライラしているのは自分ということを認識することで感情や状況が把握でき、だんだん落ち着いてくる。

ストレスを外で発散することを否定しているのではない。ただ、自分の中でストレスに向き合って[45]。シンプルな考え方が日々の生活を楽にしてくれるかもしれない。

41

1 もし　　2 さて　　3 なお　　4 また

42

1 解決しないわけがない　　2 解決しないとも限らない

3 解決するに違いない　　4 解決することにはならない

43

1 必要とされる　　2 踏み出される　　3 必要とさせる　　4 踏み出させる

44

1 このように　　2 そのように　　3 これから　　4 そこから

45

1 みてはどうだろうか　　2 みるというところだ

3 みてばかりもいられない　　4 みるというものなのか

問題8　次の(1)から(4)の文章を読んで、後の問いに対する答えとして最もよいものを、1・2・3・4から一つ選びなさい。

(1)

「笑う門には福来る」ということわざがある。これは笑っていれば幸福が訪れるという意味の迷信(注)だが、全くその通りだと思う。友人と冗談を言い合ったり、お笑い番組を見たりして心から笑っているとき、幸せを実感できる。

また、笑いが私を助けてくれることもある。私はつらいときこそ、口角をあげようと意識している。すると、なぜか「もう少し頑張ろう」と前向きな気持ちになれる。無理に笑顔を作るのは心に毒だという意見もあるが、私はこれからも笑いを忘れずに人生を送りたい。

(注) 迷信：根拠がないが人々に信じられていること

46　筆者の考えに合うのはどれか。

1　どんな時でも笑顔を絶やさないようにしたい。

2　自分の感情をそのまま表現するべきではない。

3　前向きな気持ちで人生を歩んでいきたい。

4　作り笑顔は心に悪影響を与えるためすべきではない。

（2）

以下は、あるスポーツジムからのお知らせである。

会員のみなさまへ

臨時休業と会費の返金について

施設改修のため、１月13日から臨時休業することになりました。期間は１か月ほどと考えております。

休業にあたり、１月分の会費を半額分返金いたします。返金方法として、２月分の会費をお支払いいただく際に、１月の会費返金分を差し引いた金額を提示させていただきます。

今月で退会なさる会員様は現金でのご返金となりますので、係りの者へお申し出ください。

スターフィットネスクラブ

47　このお知らせは何を知らせているか。

1　スポーツジムの会費が１月13日から変更されること

2　スポーツジムに１月まで入会すると、２月の会費が割引されること

3　ジムの休業のため、２月の会費から返金分の金額が引かれること

4　ジムの休業のため、退会する会員には会費の返金がされないこと

（3）

以下は、日本語教師が書いた文章である。

日本語の授業のカリキュラムには必ずと言っていいほど、日本の文化授業が組み込まれています。文化授業と聞くと、娯楽の時間だと考える人も少なくないと思いますが、これにはきちんとした理由があります。

言語を学ぶうえで、その言語使用者の文化的背景を理解することはかかせないことです。文化的背景は言語使用者の単語や表現、言い回しの選択に影響します。そのため、言語の文法的要素のみ学んでも、文法はあっているのに不自然な表現になってしまうということもあるのです。

48　この文章で筆者が述べていることは何か。

1　文化授業がなければ、自然な表現は生まれない。

2　文化的背景を理解することで、言語学習の役に立つ。

3　言語の文法の影響により、不自然な表現は生まれる。

4　言語の文法を習得することで、言語学習の役に立つ。

(4)

生き甲斐(がい)がなく、疲れ切った現代人に観葉植物を育てることを勧めたい。特にサボテンはおすすめだ。月に一度、少量の水を与えればいい。少しずつではあるが、成長を見ることができ、その丸みを帯びたフォルムの愛らしさには心癒される。

それに愛らしさとは反対に、たくましさも兼ね備える。砂漠のような乾燥した地域で年に数回、降る雨を体に蓄え、その水分だけで生き延びる。そして、最後には花を咲かせる。このようなサボテンの性質は人々に何か訴えかける強さを持っている。

49 筆者は「サボテン」についてどのように述べているか。

1 サボテンは手入れをしなくても育つので現代人におすすめだ。

2 サボテンが少しずつ成長していく姿にたくましさが感じられる。

3 サボテンの二面性は人間と共通している部分である。

4 サボテンの生きる強さは人々の心に響くものがある。

問題9　次の(1)から(3)の文章を読んで、後の問いに対する答えとして最もよいものを、1・2・3・4から一つ選びなさい。

（1）

スマートフォンの普及とともに、SNSがより身近なものになり、そのおかげで私たちは多くの情報を手に入れることができるようになった。特に、SNSを通して遠く離れた知人と簡単に連絡が取れたり、近況が把握できたりと、人間関係を維持するために大きな役割を果たしてくれている。そのようなうれしいサービスを提供してくれる一方で、問題点もある。

そのうちの一つがSNSの利用により引き起こされる精神状態の異常だ。他人の生活を目にする機会が増えたことで、相手と自分を比較しようとする心理が働くことに原因がある。これは自己肯定感(じここうていかん)（注1）が高い人には何の影響もないが、そうでない人にとっては大きな問題だ。そういった人は優越感と劣等感に強くとらわれがちで、自分よりも劣った人と比べることで優越感を得ようとするからだ。そのため、他人の充実した日常を目にすると、劣等感が生じ、そのストレスによって精神的な不調を引き起こしやすい。

このような問題の解決策として、精神状態の異常を訴える人々にスマートフォンの使用制限が呼びかけられている。この方法を実践し、効果があったという声が多く聞こえるが、根本的解決にはならない。根本的に問題を解決するためにはSNSの捉え方を変える必要がある。SNSは現実の一部分を切り取ったものであり、それを見て、現実だと考えてはいけない。その一部分で一喜一憂(いっきいちゆう)（注2）しても意味がないのである。

（注1）自己肯定感(じここうていかん)：自分を積極的に評価できる感情

（注2）一喜一憂(いっきいちゆう)：状況が変わるたびに喜んだり、悲しんだりすること

50　筆者はSNSについてどのように述べているか。

1　スマートフォンよりも先に親しまれていたもの

2　交友関係を維持するためにかかせないもの

3　多くの情報を収集する際に便利なもの

4　知人との連絡手段としてなくてはならないもの

51 筆者が言う「大きな問題」とは何か。

1 他人と自分を比べることで、 相手を見下してしまうこと

2 SNSを利用することで、安心感から依存してしまうこと

3 他人と自分を比べることで、自己肯定感(じここうていかん)が低下すること

4 SNSを利用することで、優越感と劣等感に執着すること

52 筆者は問題を解決するためにできることは何だと考えているか。

1 SNSと現実を区別して、考えるようにしなくてはいけない。

2 SNSを使用する際は、必ず時間を制限しなくてはいけない。

3 他人の生活に干渉しながら、SNSを現実と捉える。

4 時間を制限して、SNSについての考え方を改める。

(2)

女性と会話をしていると、「そうだよね」「大変だったね」といったあいづちや共感表現が多く、話が進まないためか、どうしても疲れてしまう。会話の終着点が見えないのだ。以前、妻と話していたときもそうだ。妻が最近、頭痛がひどいというので、心配になり「早く医者にでも行きなよ」と言ったら、妻が「大丈夫の一言もないの?」と機嫌を損ねてしまった。

これは男性と女性で会話を行う目的の違いから生じるものだ。男性の会話は主に問題の解決に志向する傾向にあり、女性の会話は主に共感や理解に志向した傾向にある。もちろん、志向が違うのだから会話に求めるものも変わる。それゆえ、妻を心配したつもりで言った一言が、妻には思いやりのないただの助言として聞こえたのだ。妻が求めていたものは頭痛に悩む自分を心配する言葉、理解を示す言葉だったのだ。

よくコミュニケーションを上手に行う方法、聞き上手になる方法ということをテーマにした本に、相手への配慮を忘れてはいけないと書いてあるが、この配慮というのが相手によって変わるものだから難しいものだ。相手のことを考えてとった行動が、受け取る側にとっては不快だったりもする。自分の意図とは異なり、一人歩きする配慮は配慮とは呼べないのである。一人歩きさせないために、まずは相手の立場に立つことから始めたい。

53 機嫌を損ねてしまったとあるが、なぜか。

1 夫が頭痛の原因を教えてくれなかったから
2 夫が一人で病院に行くように言ったから
3 夫が言葉だけでなんの行動もとってくれなかったから
4 夫が自分のことを心配していないと思ったから

54 男性と女性の会話の志向について、筆者はどのように述べているか。

1 女性は問題の解決を目的に会話する。

2 男性は目的がない会話をすると疲れる。

3 女性は会話をする際、共感を示す言葉を求める。

4 男性は問題解決のため、会話の終着点だけを見る。

55 配慮について、筆者が最も言いたいことは何か。

1 コミュニケーションの際に、相手に対する配慮を忘れてはいけない。

2 配慮を理解するために、コミュニケーションの本を読むべきである。

3 相手の立場に立つことで、初めて相手に伝わるものである。

4 相手が快く受けとることで、初めて成り立つものである。

(3)

海外生活を始めて、5か月が経とうとしている。この5か月で私は大切なことに気づくことができた。私は決まった時間を破ることに耐えられなかった。それは社会で生きていくうえで当然なことだった。ところが、私の中にある「当たり前」が世界の「当たり前」ではなかった。この地域の人にとっては時間はある程度の目安でしかないのだ。時間を守れないなんて大人として常識がないと、彼らに不満をもらしても知らん顔だ。しかし、彼らののびのびした生活を見ると、これが彼らの時間の在り方なんだと納得できた。

仕事に対する考え方もそうだ。日本では生活の中心が仕事で、定時で帰ると白い目(注1)で見られたり、ちょっとしたミスに対して厳しい叱責(注2)を受けたり、今考えるとおかしなことも多々あった。それに気づけたのは彼らと仕事をすることで自分の生活を充実させる仕事への取り組み方を学んだからだ。ミスは誰にでもあるものと余裕を持った考え方を持ち、時間になると定時で帰る。そして、家族との時間を過ごすのだ。忙しい毎日のせいで家族との時間を過ごす大切さを忘れかけていた自分に驚いた。

自分の中にある「当たり前」とは自分の価値観を基準に作った定規(じょうぎ)のようなものでしかなく、生活する環境によってどんどん変化していくものである。自分とは異なる価値観を認めることもできるし、そこから新たな気づきが生まれることがある。だから、決して自分の定規(じょうぎ)を他人に押し当ててはいけない。

(注1) 白い目：ここでは冷淡な目

(注2) 叱責：強く批難すること

56 ここでいう私の中にある「当たり前」として挙げているのは何か。

1 時間を守ること

2 常識的に行動すること

3 不満があっても口に出さないこと

4 心置きなく過ごすこと

57 筆者は変わった価値観について、どのように考えているか。

1 時間を守ることに対して厳しい自分がばかばかしかった。

2 仕事ほど家庭も大切だということを忘れていた自分に驚いた。

3 周りの人に迷惑をかけられても、平気になった。

4 充実した生活を送れる職場に転職したくなった。

58 この文章で筆者が最も言いたいことは何か。

1 常に新しいものを学ぼうとする姿勢を持つべきだ。

2 価値観が変化しても基本的な考え方は変わってはいけない。

3 共存するためには価値観を合わせていく努力をするべきだ。

4 自分の価値観を基準に物事を考えてはいけない。

問題10　次の文章を読んで、後の問いに対する答えとして最もよいものを、1・2・3・4から一つ選びなさい。

人種問題について他人事(ひとごと)(注1)だった日本でも時代とともに国際化が進み、外国人が珍しいということもなくなってきました。メディアでは「ハーフ」と呼ばれる外国にルーツを持つスポーツ選手の活躍が目立ちます。アジア選手には不利とされてきたスポーツの世界で日本という国を代表して華々しい姿を見せてくれています。このような「ハーフ」の選手の活躍に対し、日本中から彼らを祝福する声があがる一方で、SNS上では「彼らは本当の日本人ではないじゃないか」「外国人の記録として認定するべきだ」といった議論も盛んに行われています。このような議論は国際化によって多様化した①日本の現状を表したものと言えます。さて、彼らが言う本当の日本人の定義とは何でしょうか。

法律上、日本人とは日本国籍を所有する人と定義されています。しかし、②現実はそうではありません。日本国籍を持っているにもかかわらず、批判されてしまう「ハーフ」の選手たちがその例です。日本で生まれ、教育を受け、日本語を母語としても、見た目が日本人らしくないというだけの理由で、周囲から日本人として扱われないこともあります。つまり、彼らが言う日本人とは、日本人らしい見た目そのものなのです。

四方を海で囲まれた島国で生きる日本人はみな同じ言語を話す単一民族(注2)であるため、仲間意識、集団意識が強いゆえに、ある共通点を用いて仲間なのか、そうではないのか判断しようとする傾向にあります。その共通点がここでは見た目なのです。もちろん、見た目に限ったことではありません。人間は何かしら自分と相手との間にある共通点を探すものです。しかしだからといって、今の時代、そんなことばかりに着目し、相手を判断することは無意味なことでしかありません。

厚生労働省(こうせいろうどうしょう)の調査によると、現在、外国にルーツを持つ子どもは30人に１人だといいます。これは学校のクラスに１人は外国にルーツを持つ子どもが在籍することを意味します。新たな世代にとって日本人らしくない日本人はより身近な存在になるということです。そんな中、いつまでも見た目だけを観点に「日本人だ、日本人ではない」といった議論を私たち大人がしていたら、新しい時代を生きる子どもたちの目にはどのように映るでしょうか。画一的な日本人像は崩れつつあります。いや、むしろ、崩したほうがいいのかもしれません。日本社会の多様化がさらに進む中、今まさにそれに合わせた日本人の意識の変化が求められています。

（注１）他人事（ひとごと）：自分に関係がないこと

（注２）単一民族：ここでは、国の大部分を占めている民族

59　①日本の現状とはどのようなものか。

1　社会に外国人が増えたが、外国人に対する差別意識が残っている状況

2　国際化にともなう日本の変化に、日本人の意識がついていけない状況

3　外国人の増加により、日本文化と異文化が共存している状況

4　社会の変化により、日本人の考え方も国際的に変化している状況

60　②現実はそうではありませんとはどういうことか。

1　日本人かどうかの判断基準が国籍しかないこと

2　生まれ育った環境によって国籍が決定されること

3　日本の国籍にもかかわらず外見で差別されること

4　義務教育を終了した国で国籍が与えられること

61　筆者は、日本人の特徴をどのように述べているか。

1　相手と比べることで、自分を過大評価してしまうと述べている。

2　相手から共通点を見つけ出し、仲間であるか確認しようとすると述べている。

3　相手の見た目だけでなく、言語によって人を判断しようとすると述べている。

4　相手に自分との違いがあると、過剰に反応してしまうと述べている。

62　筆者の考えに合うのはどれか。

1　一律した日本人のイメージを新たにする必要がある。

2　国籍や見た目で日本人だと判断することはばかげている。

3　新しい世代にとって国籍や人種は無意味な存在になる。

4　外国にルーツを持つ子どもの数はますます増えることになる。

問題11　次のAとBの文章を読んで、後の問いに対する答えとして最もよいものを、1・2・3・4から一つ選びなさい。

A

75歳以上の高齢者ドライバーによる悲惨（ひさん）な事故が増えている。事故の主な要因はハンドル操作の誤りやブレーキの踏み間違いなどといった操作ミスで、これは身体機能や認知機能の衰えによるものとされる。

相次ぐ高齢者ドライバーの事故を受けて、政府は高齢者ドライバーとその家族に免許の返納を呼びかけている。返納すると、公共交通機関利用にあたっての割引サービスが提供され、車がなくても生活できるようにサポートされる。この取り組みはすべての住民を事故の危険から守るだけではなく、高齢者を事故の加害者にすることから守る取り組みでもあるのだ。人の命を奪ってしまってからでは遅い。「あのとき、免許を返納しておけばよかった」と後悔する前に、年齢と衰えを自覚し、自ら免許を返納すべきである。

B

高齢者ドライバーの操作ミスにおける事故の増加に伴い、免許を自主返納すべきという風潮（注）が強まっている。そのため、返納しない高齢者に厳しい目が向けられることがあるが、その中には免許を返納したくてもできない人がいるということを忘れてはいけない。

都市部に住む高齢者は車がなくても公共交通機関を利用できるが、地方に住む高齢者にとっては車から切り離されることは死活問題だ。バスが１時間に１本、スーパーまでのタクシー代が片道2000円では生活が成り立たない。

もちろん、このような政策は人々の安全を守るために必要なことである。それゆえ、高齢者が免許を返納しても安心して生活できるよう、まずは公共交通機関の設備や制度から整えてほしいものだ。

（注）風潮：世の中の考え方の流れ

63 高齢者と免許返納について、AとBはどのように述べているか。

1 AもBも、高齢者はどんな事情があっても免許を返納するべきだと述べている。

2 AもBも、免許返納をした高齢者は公共交通機関を利用するべきだと述べている。

3 Aは公共交通機関の利用支援制度があってできるかぎり免許の返納が要求されると述べ、Bは高齢者の中には生活のために免許を手放せない人もいると述べている。

4 Aは車がなくても生活できる高齢者は公共交通機関を利用すべきだと述べ、Bは高齢者が免許返納しても不自由なく生活が送れるように支援が必要だと述べている。

64 高齢者ドライバーの免許返納の取り組みについて、AとBの観点はどのようなものか。

1 Aは問題の現状を踏まえ、今後の課題を述べ、Bは問題の危険性を警告している。

2 Aは問題解決に協力しない人を批判し、Bは問題の社会的背景を述べている。

3 Aは解決を意識した具体案をあげ、Bは問題の原因である高齢者を批判している。

4 Aは問題解決のために協力を呼びかけ、Bは問題解決の具体的な課題を提示している。

問題12　次の文章を読んで、後の問いに対する答えとして最もよいものを、1・2・3・4から一つ選びなさい。

教育の平等が叫ばれる中、決まって教育格差と家庭の経済格差が結びつけられて論じられる。この二点は低所得世帯の子どもほど学力が低く、逆に高所得世帯の子どもほど学力が高いという相関関係にある。この学力の差は小学校中学年くらいから出始め、結果的に学歴の差に繋がる。経済的に余裕がある家庭では子どもに私教育を受けさせることができるため、子どもが高学歴化するというのだ。

このような経済格差による学力の差が問題視されているが、教育格差に影響しているのはなにも経済面だけではない。見落とされがちだが、地域格差も子どもの教育に影響している。ここで言う地域格差とは都市と地方の格差である。教育において田舎に住んでいるということは、それだけで不利な環境にあるということだからだ。決して、田舎に住むことを否定しているわけではない。私が言いたいのは地方では経済的な問題にかかわらず、教育が遠い存在であるということだ。

例えば、都会の書店ではずらっと揃っている参考書が、田舎の書店ではなかなか手に入れにくい。また、近くに大学がなく、大学生という存在を目にする機会が少ないため、大学という場所がどんなところかイメージが分からない。このような環境で誰が進学を目指すというのだろう。経済的な余裕がないから質のいい教育を諦めるという都市部に住む人の発想とはまた違い、田舎の人にはそういったことにお金をかける発想そのものがないのである。

もちろん、教育になんて興味がないという人はそれでいい。問題なのは、都会に住む子どもたちが当然のように認識している「高いレベルの教育を受ける」といった選択肢すら知らずに、田舎の子どもたちが大人になってしまうことである。できないことと、知らないことは全く異なる。無知とは自分と外の世界を遮断する残酷なものなのだ。都会にいて大学が身近なものであれば、経済的に余裕がない家庭でも、なんとかして子どもを大学に進学させようとしたり、子ども自身も経済的に支援してくれる制度を探したりするなど高い教育を受けようと努力することは可能だろう。しかし、選択肢を知らない田舎の子どもにとって、進学はただの偶然の重なりにすぎない。

生まれた場所を理由に、受けられたはずの教育、そしてその選択肢すら与えられない子どもたちが大勢いる。未来の可能性の芽を摘んでいること、これが地域格差の問題点である。政府は教育の平等を目指し、低所得世帯を支援する活動を提案している。しかし、それだけで教育格差の解決になるのだろうか。私たちは教育における地域格差にも目を向け、教育格差を埋めるためには今何が必要か考えていかなければならない。

65 経済格差と子どもの教育について、筆者はどのように述べているか。

1 家庭の経済状況の差が子どもの学力に影響する根拠は見られない。
2 低所得世帯の子どもの学力は10才くらいから低下し始める。
3 世帯の収入が多いほど、子どもの学歴が高くなりやすい。
4 高所得の家庭の子どもは心に余裕を持って私教育を受けられる。

66 田舎に住んでいるということは、それだけで不利な環境にあるということとあるが、なぜか。

1 田舎の平均的な所得は、都市部よりも低く貧しい家庭が多いから
2 田舎はお金があっても、教育に触れることが難しいところだから
3 田舎には充実した施設がなく、便利な生活を送ることができないから
4 田舎に住むと経済的な問題はないが、進学する場所がないから

67 筆者は地域格差が教育格差に与える問題について、どのように述べているか。

1 住んでいる場所が、子どもの選択の視野をせばめる。
2 都会に住む子どもが、当然と考える常識を田舎では教育されない。
3 田舎に住む子どもは、都会がどんなところか知らずに成長する。
4 住んでいる場所によって、子どもの成長のスピードに違いがある。

68 この文章で筆者が最も言いたいことは何か。

1 教育格差を解決するには全面的な経済支援が必要である。

2 教育格差の改善のために経済格差と地域格差をなくす必要がある。

3 平等な教育のために子どもたちの未来を考える必要がある。

4 平等な教育を目指すには新しい視点での取り組みが必要である。

問題13　右のページは、山川市が主催する「たまねぎ料理コンテスト」の参加募集の案内である。下の問いに対する答えとして最もよいものを、1・2・3・4から一つ選びなさい。

69　佐藤(さとう)さんは「たまねぎ料理コンテスト」に参加したいと考えている。1次審査を受けるために、佐藤(さとう)さんはどうしたらよいか。

1　妹といっしょにオリジナルのたまねぎレシピを準備する。

2　料理本を参考にしたたまねぎのレシピを作成する。

3　書類に不備がないか確認して、申請書を窓口に提出する。

4　書類を作成して、レシピとともにメールで送信する。

70　田中(たなか)さんは1次審査を通過し、明日2次審査を控えている。緊張で自信がなくなっている田中(たなか)さんだが、明日のコンテストで注意しなければいけないことは次のうちどれか。

1　会場にたまねぎを準備して持っていくこと

2　コンテストの開始時間までに会場に到着すること

3　会場に身分証明書を持参すること

4　コンテストに妹を自分の代わりに参加させること

山川産たまねぎ料理コンテスト
～あなたのレシピがお店のメニューになるチャンス～

参加方法

▶ 参加資格　どなたでも参加可能です！ただし、個人参加に限ります。

▶ 申請方法　申請書は市役所のホームページから入手可能です。申請書とレシピを窓口に持参するかまたは、下記のアドレスに書類を添付してメールでお送りください。締め切りは６月５日(金)までです。

レシピについて

・山川市産のたまねぎを使用した自分で考えたレシピ(料理のジャンルは問いません)

・調理時間が30分を超えないこと

審査方法

▶ １次審査　申請書による書類審査

審査結果は６月12日(金)に発表予定です。市役所のホームページをご覧ください。

※ 書類に不備がある場合及びレシピの規定を満たしていない場合は審査の対象外になります。

▶ ２次審査　レストランのシェフによる実食審査

【会　場】　山川市役所　クッキングルーム

【日　時】　６月27日(土)11:00～15:00

【審査基準】

基　準	おいしさ	栄養バランス	アイディア	見た目
点　数	25	25	25	25

【注意事項】　参加にあたり次のことをお守りください。

・参加者はコンテストが開始される30分前までに会場にお集まりください。

・申請者のみコンテストに参加可能です。本人確認できるものをお持ちください。また、都合により参加できなくなった場合でも、代理人として別の人が参加することはできません。

・たまねぎはこちらで準備しますが、他の食材や調味料は申請者自身でご準備ください。

表彰

コンテスト当日に優秀賞を発表いたします。

優秀賞を受賞したレシピは山川市の人気レストラン『スターライト山川』のメニューとして商品化されます。

７月下旬から新メニューとしてお楽しみいただける予定です。

問い合わせ先：山川市役所

電話番号：0238-22-6633　　メールアドレス：yamakawacity@city.jp

Listening

問題用紙

N1

聴解

(60分)

注　意
Notes

1．試験が始まるまで、この問題用紙を開けないでください。
Do not open this question booklet until the test begins.

2．この問題用紙を持って帰ることはできません。
Do not take this question booklet with you after the test.

3．受験番号と名前を下の欄(らん)に、受験票と同じように書いてください。
Write your examinee registration number and name clearly in each box below as written on your test voucher.

4．この問題用紙は、全部で13ページあります。
This question booklet has 13 pages.

5．この問題用紙にメモをとってもかまいません。
You may make notes in this question booklet.

受験番号　Examinee Registration Number	

名　前　Name	

問題1

061 實戰模擬試題2.mp3

問題１では、まず質問を聞いてください。それから話を聞いて、問題用紙の１から４の中から、最もよいものを一つ選んでください。

例

1　アンケート調査をおこなう

2　新商品のアイディアを出す

3　開発費を計算する

4　開発部に問い合わせる

1番

1　家庭の経済状況を確認する

2　しょとく証明書を準備する

3　成績証明書を発行する

4　申請書の写真を撮りに行く

2番

1　アメリカに留学する

2　英語の教科書を読む

3　アプリに登録する

4　ドラマや映画を見る

3番

1　新商品の値段を下げる

2　客にアンケートをとる

3　調査結果を分析する

4　提案書を作りなおす

4番

1　会議用の資料のコピーをとる

2　会議室のプロジェクターを点検する

3　会議室のマイクをかくにんする

4　会議室の予約時間を変える

5番

1　犬に噛まれたくないものを片づける

2　噛んでもいいものをわたす

3　犬用のおもちゃで遊んであげる

4　犬が噛んだら、すぐに厳しくしかる

6番

1　ラベルの発注書を確認する

2　印刷工場に電話をする

3　取り引き先に向かう

4　お詫びの品を買う

問題2

問題２では、まず質問を聞いてください。そのあと、問題用紙のせんたくしを読んでください。読む時間があります。それから話を聞いて、問題用紙の１から４の中から、最もよいものを一つ選んでください。

例

1　幼いときに中国で生活していたから

2　他に興味があることがなかったから

3　日本ではなく中国で働きたいから

4　将来の役に立つと思ったから

1番

1　店員が慣れるまで教育をする

2　朝のそうじを丁寧におこなう

3　売れる商品を多めに注文する

4　朝の時間帯に店員の人数を増やす

2番

1　観客を引き込むストーリーの展開

2　緊張感あふれる俳優の演技

3　テーマを強く訴える画面の構成

4　カメラマンの優れた撮影技術

3番

1 医者の家系に生まれたから

2 病気の妹を助けたいと思ったから

3 家に多くの医学の本があったから

4 病気の児童を元気にしたかったから

4番

1 出産や育児のサポート制度の充実

2 家庭における男性の理解と協力

3 シングルマザーのサポート

4 けがや病気の時の保障

5番

1　いじめの加害者の心をケアすること

2　差別的な視点をなくすこと

3　いじめの被害者の傷をいやすこと

4　いじめが悪いことだと教えること

6番

1　初めて介護施設を訪れること

2　食事や着替えの手伝いをすること

3　おじいちゃんたちに体力がないこと

4　体操の動作が子どもっぽいこと

7番

1　イベント開催地が少ないこと

2　参加人数が決まっていること

3　ファンの人たちを待たせていること

4　応募者の年齢に制限があること

問題3

問題３では、問題用紙に何も印刷されていません。この問題は、全体としてどんな内容かを聞く問題です。話の前に質問はありません。まず話を聞いてください。それから、質問とせんたくしを聞いて、１から４の中から、最もよいものを一つ選んでください。

- メモ -

問題4

問題4では、問題用紙に何も印刷されていません。まず文を聞いてください。それから、それに対する返事を聞いて、1から3の中から、最も よいものを一つ選んでください。

- メモ -

問題5

問題５では、長めの話を聞きます。この問題には練習はありません。
問題用紙にメモをとってもかまいません。

1番、2番

問題用紙に何も印刷されていません。まず話を聞いてください。それから、質問とせんたくしを聞いて、１から４の中から、最もよいものを一つ選んでください。

- メモ -

3番

まず話を聞いてください。それから、二つの質問を聞いて、それぞれの問題用紙の1から4の中から、最もよいものを一つ選んでください。

質問1

1　昆虫の博物館

2　恐竜の博物館

3　ラーメンの博物館

4　アニメの博物館

質問2

1　昆虫の博物館

2　恐竜の博物館

3　ラーメンの博物館

4　アニメの博物館

實戰模擬試題 3

實戰模擬測驗3

N1

言語知識（文字・語彙・文法）・読解

受験番号を書いて、その下のマーク欄に マークしてください。
Fill in your examinee registration number in this box, and then mark the circle for each digit of the number.

受験番号
(Examinee Registration Number)

2	1	A	1	0	1	0	1	2	3	-	3	0	1	2	3
⓪	⓪	●		●	⓪	●	⓪	⓪	⓪			●	⓪	⓪	⓪
①	●	Ⓑ	●	①	●	①	●	①	①		①	①	●	①	①
●	②		②	②	②	②	②	●	②		②	②	②	●	②
③	③		③	③	③	③	③	③	●		●	③	③	③	●
④	④		④	④	④	④	④	④	④		④	④	④	④	④
⑤	⑤		⑤	⑤	⑤	⑤	⑤	⑤	⑤		⑤	⑤	⑤	⑤	⑤
⑥	⑥		⑥	⑥	⑥	⑥	⑥	⑥	⑥		⑥	⑥	⑥	⑥	⑥
⑦	⑦		⑦	⑦	⑦	⑦	⑦	⑦	⑦		⑦	⑦	⑦	⑦	⑦
⑧	⑧		⑧	⑧	⑧	⑧	⑧	⑧	⑧		⑧	⑧	⑧	⑧	⑧
⑨	⑨		⑨	⑨	⑨	⑨	⑨	⑨	⑨		⑨	⑨	⑨	⑨	⑨

〈ちゅうい Notes〉
1. くろいえんぴつ(HB、No.2)でかいてください。
Use a black medium soft (HB or No.2) pencil.
(ペンやボールペンではかかないでください。)
(Do not use any kind of pen.)
2. かきなおすときは、けしゴムできれいにけしてください。
Erase any unintended marks completely.
3. きたなくしたり、おったりしないでください。
Do not soil or bend this sheet.
4. マークれい Marking Examples

よいれい Correct Example	わるいれい Incorrect Examples
●	⊘ ○ ⊖ ◎ ⊜ ◐ ◉

あなたの名前をローマ字のかつじたいで書いてください。 Please print in block letters.

名前 Name

せいねんがっぴを書いてください。
Fill in your date of birth in the box.

せいねんがっぴ(Date of Birth)

ねん Year	つき Month	ひ Day

問題 1				
1	①	②	③	④
2	①	②	③	④
3	①	②	③	④
4	①	②	③	④
5	①	②	③	④
6	①	②	③	④
問題 2				
7	①	②	③	④
8	①	②	③	④
9	①	②	③	④
10	①	②	③	④
11	①	②	③	④
12	①	②	③	④
13	①	②	③	④
問題 3				
14	①	②	③	④
15	①	②	③	④
16	①	②	③	④
17	①	②	③	④
18	①	②	③	④
19	①	②	③	④

問題 4				
20	①	②	③	④
21	①	②	③	④
22	①	②	③	④
23	①	②	③	④
24	①	②	③	④
25	①	②	③	④
問題 5				
26	①	②	③	④
27	①	②	③	④
28	①	②	③	④
29	①	②	③	④
30	①	②	③	④
31	①	②	③	④
32	①	②	③	④
33	①	②	③	④
34	①	②	③	④
35	①	②	③	④
問題 6				
36	①	②	③	④
37	①	②	③	④
38	①	②	③	④
39	①	②	③	④
40	①	②	③	④

問題 7				
41	①	②	③	④
42	①	②	③	④
43	①	②	③	④
44	①	②	③	④
45	①	②	③	④
問題 8				
46	①	②	③	④
47	①	②	③	④
48	①	②	③	④
49	①	②	③	④
問題 9				
50	①	②	③	④
51	①	②	③	④
52	①	②	③	④
53	①	②	③	④
54	①	②	③	④
55	①	②	③	④
56	①	②	③	④
57	①	②	③	④
58	①	②	③	④

問題 10				
59	①	②	③	④
60	①	②	③	④
61	①	②	③	④
62	①	②	③	④
問題 11				
63	①	②	③	④
64	①	②	③	④
問題 12				
65	①	②	③	④
66	①	②	③	④
67	①	②	③	④
68	①	②	③	④
問題 13				
69	①	②	③	④
70	①	②	③	④

實戰模擬測驗3

N 1
聴解

〈ちゅうい Notes〉
1. くろいえんぴつ(HB、No.2)でかいてください。
Use a black medium soft (HB or No.2) pencil.
(ペンやボールペンではかかないでください。)
(Do not use any kind of pen.)
2. かきなおすときは、けしゴムできれいにけしてください。
Erase any unintended marks completely.
3. きたなくしたり、おったりしないでください。
Do not soil or bend this sheet.
4. マークれい Marking Examples

よい れい Correct Example	わるい れい Incorrect Examples
●	⊗ ◯ ⊖ ⓪ ⊜ ⓘ ◍

受験番号を書いて、その下のマーク欄にマークしてください。
Fill in your examinee registration number in this box, and then mark the circle for each digit of the number.

受験番号 (Examinee Registration Number)

21A1010123-30123

あなたの名前をローマ字のかつじたいで書いてください。 Please print in block letters.

名前 Name

せいねんがっぴを書いてください。
Fill in your date of birth in the box.

せいねんがっぴ(Date of Birth)		
ねん Year	つき Month	ひ Day

問題 1				
例	①	②	●	④
1	①	②	③	④
2	①	②	③	④
3	①	②	③	④
4	①	②	③	④
5	①	②	③	④
6	①	②	③	④

問題 2				
例	①	②	③	●
1	①	②	③	④
2	①	②	③	④
3	①	②	③	④
4	①	②	③	④
5	①	②	③	④
6	①	②	③	④
7	①	②	③	④

問題 3				
例	●	②	③	④
1	①	②	③	④
2	①	②	③	④
3	①	②	③	④
4	①	②	③	④
5	①	②	③	④
6	①	②	③	④

問題 4				
例	①	②	●	④
1	①	②	③	④
2	①	②	③	④
3	①	②	③	④
4	①	②	③	④
5	①	②	③	④
6	①	②	③	④
7	①	②	③	④
8	①	②	③	④
9	①	②	③	④
10	①	②	③	④
11	①	②	③	④
12	①	②	③	④
13	①	②	③	④
14	①	②	③	④

問題 5				
1	①	②	③	④
2	①	②	③	④
3 (1)	①	②	③	④
3 (2)	①	②	③	④

Language Knowledge (Vocabulary/Grammar) • Reading　　**問題用紙**

N1

言語知識（文字・語彙・文法）・読解

（110分）

注　　意

Notes

1．試験が始まるまで、この問題用紙を開けないでください。
Do not open this question booklet until the test begins.

2．この問題用紙を持って帰ることはできません。
Do not take this question booklet with you after the test.

3．受験番号と名前を下の欄（らん）に、受験票と同じように書いてください。
Write your examinee registration number and name clearly in each box below as written on your test voucher.

4．この問題用紙は、全部で31ページあります。
This question booklet has 31 pages.

5．問題には解答番号の 1 、 2 、 3 …が付いています。解答は、解答用紙にある同じ番号のところにマークしてください。
One of the row numbers 1 、 2 、 3 … is given for each question. Mark your answer in the same row of the answer sheet.

受験番号　Examinee Registration Number	

名　前　Name	

問題1　＿＿＿の言葉の読み方として最もよいものを、1・2・3・4から一つ選びなさい。

1　犯人は巧妙な手口で住宅に侵入したようだ。

1　こうみょう　　2　ごうみょう　　3　こうしょう　　4　ごうしょう

2　インターネットの危険性について注意を促した。

1　おどした　　2　さとした　　3　うながした　　4　そそのかした

3　この辺りは木造の住宅が密集して立ち並んでいる。

1　みつしゅ　　2　みっしゅ　　3　みつしゅう　　4　みっしゅう

4　彼はいつも仕事を疎かにする。

1　ひそか　　2　おおまか　　3　おろそか　　4　こまやか

5　足の悪い患者に自宅への往診を依頼される。

1　じゅうしん　　2　おうしん　　3　じゅうじん　　4　おうじん

6　警察は人質を救出することに成功した。

1　にんしつ　　2　ひとじち　　3　にんじち　　4　ひとしつ

問題２（　　　）に入れるのに最もよいものを、1・2・3・4から一つ選びなさい。

7　そのチームは一点が入ったことをきっかけに、再び勢いを（　　　）。

1　取り留めた　　2　取り戻した　　3　取り巻いた　　4　取り付けた

8　この部屋は音が完全に（　　　）されていて何も聞こえない。

1　防止　　2　阻止　　3　断絶　　4　遮断

9　帰省するたびに、母がお見合いの話を持ち出すので、さすがに（　　　）している。

1　すんなり　　2　うんざり　　3　しんなり　　4　やんわり

10　彼をよく知らない人は汚い言葉づかいに驚いたが、気性が（　　　）のはもともとだ。

1　重々しい　　2　手厳しい　　3　煙ったい　　4　荒っぽい

11　会食代や交通費はともかく、個人的な旅行まで（　　　）で処理されてはかなわない。

1　経費　　2　私費　　3　出費　　4　消費

12　20年前から続く不況を（　　　）ために新たな政策を考える必要がある。

1　逸らす　　2　抜ける　　3　脱する　　4　外れる

13　彼は席についたものの、緊張して落ち着かないのか（　　　）している。

1　そわそわ　　2　ごわごわ　　3　ふわふわ　　4　じわじわ

問題3　＿＿＿の言葉に意味が最も近いものを、1・2・3・4から一つ選びなさい。

14　私はそれを聞いて<u>仰天した</u>。

1　やる気がなくなった　　2　かなしい気持ちになった

3　とても驚いた　　4　かなり落ち込んだ

15　相手の<u>意図</u>を探る。

1　動向　　2　思惑　　3　秘密　　4　記憶

16　その後も記憶は<u>あやふやな</u>ままだった。

1　不明瞭な　　2　不完全な　　3　不自然な　　4　不安定な

17　彼らの実力は<u>互角だった</u>。

1　前と変わらなかった　　2　こちらよりも上だった

3　並ではなかった　　4　大体同じだった

18　娘よりも先に私の方が<u>ばててしまった</u>。

1　疲れてしまった　　2　走り出してしまった

3　はしゃいでしまった　　4　諦めてしまった

19　二人は<u>やむを得ず</u>席を立った。

1　途中で　　2　何も言わず　　3　一斉に　　4　仕方なく

問題4　次の言葉の使い方として最もよいものを、1・2・3・4から一つ選びなさい。

20　怠慢

1　彼は人を馬鹿にするような怠慢な態度のせいで周りの人に嫌がられている。

2　上司は最近の部下の業務に対する怠慢な姿勢を指摘し、改善するよう求めた。

3　歩きながらの携帯電話の操作は、つい周りに怠慢になりがちなので危険です。

4　優柔不断で怠慢だとよく言われるので、思ったことをはっきり言うように意識している。

21　拠点

1　今までの家も広かったが、さらに広い拠点に引っ越しする。

2　この1本のえんぴつが彼を画家として成功させる拠点となった。

3　これからは中国を拠点に開発業務を進めていく予定だ。

4　彼は拠点がないことはいっさい信じようとしない。

22　賑わう

1　事故のせいで運行時間に乱れが生じたために車内は賑わった。

2　夜遅くに友だちと賑わっていたせいで、近所の人に注意された。

3　初めていった海外旅行はとても楽しくて、つい賑わってしまった。

4　一年中観光客で賑わう広場でスリ被害が多発している。

23　拡散

1　安定した収益を得るためには、リスクを拡散しなければならない。

2　近年の急速なSNSの普及により、個人が情報を拡散しやすくなった。

3　私は趣味に没頭することで、溜まったストレスを一気に拡散した。

4　地震でガラスが割れてしまい、部屋中に破片が拡散した。

24　こつ

1　テレビで余った料理を美味しくアレンジするこつを紹介していた。

2　この大学では専門的な知識とこつを身に付けることができます。

3　会社の成長のこつを握っているのは、ほかでもない社員です。

4　妹は犬を飼うために飼い主として必要なこつを学んでいる。

25 もろに

1 冷蔵庫から取り出した牛乳の賞味期限はもろに過ぎていた。

2 いつも笑顔の井上(いのうえ)さんだが、今日はもろに機嫌がよさそうだ。

3 この地域は周辺に山や木がないので、台風の影響をもろに受ける。

4 目の前で人が倒れそうになったので、もろに手を差し出した。

問題５　次の文の（　　　）に入れるのに最もよいものを、1・2・3・4から一つ選びなさい。

26　明日の飲み会は気が進まない。ボランティア活動（　　　）断ることにした。

1　にかこつけて　　2　に照らして　　3　に即して　　4　にかまけて

27　大きな病気や事故（　　　）、無断で会社を休むなんて彼は常識に欠けている。

1　ならいざしらず　　2　とばかりに

3　をものともせずに　　4　をよそに

28　ただ今より、弊社の人事のシステムに関して、30分ほどお話しさせていただきます。まず、お手元にお配りした資料を（　　　）ください。

1　お目にかけて　　2　拝見して

3　ご覧になって　　4　お聞きになって

29　高速道路でスピードを出し、周囲の車を脅かす運転が多発している。この（　　　）行為を取り締まらなければならない。

1　危険極まりない　　2　危険なかぎりの

3　危険を禁じ得ない　　4　危険と相まった

30　あの選手は次のオリンピックで必ず金メダルを取ると（　　　）はばからないが、はたして実現できるのだろうか。

1　言おうと　　2　言わず　　3　言えば　　4　言って

31　中村「明日の夜、食事に行かない？ この前行ったレストランに、また行きたいな。行くなら、予約したほうがいいよね。」

村田「いいよ。でも、（　　　）、今からじゃ無理だよ。人気があるんだから。」

1　予約できないまでも　　2　予約するしたって

3　予約させるくらいなら　　4　予約したとあれば

32 日本の接客業はおもてなしの精神に基づいているが、(　　　)、ここのところ、無茶な要求をする客が増えている。

1　丁寧でもいいことを　　　2　丁寧なのはいいので
3　丁寧なのをいいことに　　4　丁寧なのはいいことで

33 （会社の会議室で）

半沢（はんざわ）「それでは、今回の件につきましては、再度（　　　）。」
吉田（よしだ）「わかりました。じゃ、お返事をお待ちしております。」

1　検討してくだされればと存じます　　2　検討させていただければと存じます
3　検討していただけますでしょうか　　4　検討なさってくださるでしょうか

34 今夜は大雪になるらしい。今はまだ降っていないが、夜になってバスが止まってしまったら家に帰れなくなると思うと、(　　　)。

1　出かけるべからず　　　　2　出かけてはいられない
3　出かけようにも出かけられない　　4　出かけるべくもない

35 （会社で）

佐藤（さとう）「来週ビジネスマナー研修やるらしいよ、全員参加だって。」
山田（やまだ）「俺たち入社3年目だよ。(　　　)、いまさらそんな研修受ける必要ないと思うけどなあ。」

1　新入社員ではないものの　　2　新入社員でもあるまいし
3　新入社員ではないまでも　　4　新入社員ともなれば

問題6　次の文の ＿★＿ に入る最もよいものを、1・2・3・4から一つ選びなさい。

（問題例）

あそこで ＿＿＿ ＿＿＿ ＿★＿ ＿＿＿ は山田（やまだ）さんです。

1　テレビ　　2　人　　3　見ている　　4　を

（解答のしかた）

1．正しい文はこうです。

あそこで ＿＿＿ ＿＿＿ ＿★＿ ＿＿＿ は山田（やまだ）さんです。 1 テレビ　4 を　3 見ている　2 人

2．＿★＿ に入る番号を解答用紙にマークします。

（解答用紙）

（例（れい））	①　②　●　④

36　私の娘は近所の友達と外で ＿＿＿ ＿＿＿ ＿★＿ ＿＿＿、息子は一人でゲームをしてばかりで、友人がいるのか心配だ。

1　遊ぶことが　　2　社交的なのに　　3　多くて　　4　ひきかえ

37　先方にどのように返事をするか考えているが、＿＿＿ ＿＿＿ ＿＿＿ ＿★＿ 方法が思い浮かばないので、職場の先輩や上司に相談に乗ってもらうことにした。

1　いくら　　2　考えた　　3　いい　　4　ところで

38 小学校の同級生が ＿＿＿ ＿＿＿ ＿★＿ ＿＿＿、負けていられないと遊ぶのをやめ、本を読んだり、仕事に役立ちそうなセミナーに通ったりするようになった。

1 活躍しているのを　　2 というもの
3 社長として多方面で　　4 知ってから

39 最近、ミニマリストと言って、持ち物をできるだけ減らして暮らす人がいる。私の周りにも何人かいるが、＿＿＿ ＿＿＿ ＿★＿ ＿＿＿ 持っていない。

1 に至っては　　2 山田(やまだ)さん　　3 冷蔵庫　　4 すら

40 （メールで）

＿★＿ ＿＿＿ ＿＿＿ ＿＿＿ 人事異動の引継ぎに時間を要したため、研修日程のご連絡が遅くなってしまいました。ご迷惑をおかけし、申し訳ございません。

1 早く　　2 ところを　　3 もう少し　　4 ご連絡すべき

問題７　次の文章を読んで、文章全体の趣旨を踏まえて、［41］から［45］の中に入る最もよいものを、1・2・3・4から一つ選びなさい。

子どもの遊び

パソコンやデジタル機器が生活に必要不可欠な現代において、子どもの遊びの貧困化が進んでいると言われる。最近の小学生の人気の遊びは外遊びからゲームやスマートフォンに変化しているという調査結果もある。確かに家で遊ぶことが多くなると、体験からの学びや成長の機会が［41］。例えば、自然の中での遊びを通して、植物や生き物に触れるという自然体験を積むことができる。また、体を使って遊ぶことで体の機能や能力を高めることができる。それだけにとどまらず、一人で遊ぶか、だれかと遊ぶかという点も重要な要素になるだろう。友達と遊ぶ中で、人との関係の築き方を習得することができる。個性を持った人間同士の関わりが、子どもが社会で生きていくのに必要な力を育てるのだ。

では、［42］機会を確保することは、家での遊びでは不可能なのだろうか。デジタル化によって便利になった現代において、パソコンやスマートフォンでの遊びは避けては通れないものだろう。［43］親はそれを制限するのでなく、上手に共存していく方法を見つけて子どもに示さなければならない。例をあげると、一人で部屋にこもったままゲームで遊ばせておくのではなく、友達や家族と一緒に遊ばせることでゲームを通してコミュニケーションを取る必要が生まれる。体を動かすゲームを積極的に取り入れてみるのもいい。また、映画やドラマを見て終わりではなく、物語の舞台となった場所を実際に訪れ、その土地の文化に触れてみるなど、遊びを発展させて［44］との関わりを見つけさせる。さらに自然に触れる機会も作れればなおよい。内と外を結び付けることによって、子どもにとって遊びはより豊かなものに［45］。

41

1　失わせるとは限らない　　2　失われることもない

3　失わせるとは言いがたい　　4　失われるように思われる

42

1　どういう　　2　あの　　3　ああいう　　4　そういう

43

1　だからこそ　　2　そればかりか

3　なぜなら　　4　それにもかかわらず

44

1　動物や植物　　2　友達や先生

3　人や社会　　4　家族や学校

45

1　なってはならないだろう　　2　なるわけにはいかない

3　なってはかなわないだろう　　4　なるのではないか

問題8　次の(1)から(4)の文章を読んで、後の問いに対する答えとして最もよいものを、1・2・3・4から一つ選びなさい。

（1）

首都圏への人口集中が著しい。確かに、首都圏は職場や商業施設などの利便性においては群を抜いているが、都会の生活が人々に本当の豊かさをもたらしているのだろうか。

子育て世代が最も多い東京の出生率が低いというデータがある。都会では働く女性が出産をあきらめざるを得ない状況なのだ。在宅勤務が普及しつつある現在、働き方を多様化することが、子育てとの両立を可能にし、趣味も楽しめる豊かな暮らしのきっかけになるはずである。

46　筆者の考えに合うのはどれか。

1　都会の生活の利便性は変わらないので、人口集中は今後も続いていくだろう。

2　職場が都会に集中しているが、働く世代の在宅勤務はもっと増えていくだろう。

3　勤務形態を工夫すれば、働きながら充実した暮らしができるようになるだろう。

4　首都圏の生活は便利なので、若い世代は都会での生活に満足しているだろう。

(2)

以下は、あるコンビニエンスストアのスタッフルームに貼られたお知らせである。

勤務希望日提出の変更について

勤務日決定が前月の月末になってしまう状況を改善すべく、勤務日調整システムを導入します。これまでは、次月の勤務希望日を紙の希望表に記入の上、店長まで提出するという流れでしたが、来月より、インターネット上のシステムにアクセスし、希望日を入力する形に変更します。締切日はこれまでと同様です。

今月中に店長より、勤務日調整システムのログインと入力方法について説明しますので、アルバイト終了後に時間が取れる日を申し出てください。

47 このお知らせは何を知らせているか。

1 今の状況を改善するため、勤務希望日を提出する締切りを早めること

2 勤務希望日を記入した希望表の提出先が変更になること

3 インターネットを使って、勤務希望日を伝えなければならなくなること

4 今月中旬に店長に連絡を取り、説明を受ける必要があること

(3)

　桜の色の和菓子が店に並ぶようになると、いよいよ春が来るのだと心を弾ませる人が多い。和菓子が美しさやおいしさだけではなく、季節の移り変わりを楽しむ心と共に受け継がれてきたお菓子であるからである。
　食べ物であれ習慣であれ、昔から続いているものには、その土地に伝わる自然に対する心が反映されているものである。桜の色の和菓子に春が来る喜びを感じるならば、現代を生きる私たちも、その心を失っていないと言うことができるだろう。

48 筆者の考えに合うものはどれか。

1　和菓子は、季節を大切にし、味や美しさはそれほど重視しないお菓子である。

2　新しい食べ物は、その土地独自の自然に対する考え方の影響を受けないものである。

3　和菓子がなければ、春が来ることを喜ぶ心が受け継がれることはなかったと言える。

4　現代人も昔と同様、季節の変化を楽しむ気持ちを持っていると言える。

(4)

今は、簡単に情報を受け取れる時代です。新しい情報が一部の人にのみ開かれていた時代は終わりを迎え、家から一歩も出なくても様々な情報に触れることができます。情報の伝達もずいぶんと容易になり、自分が得た情報を多くの人に伝えるだけなら誰でもできるようになりました。しかし、それを編集し、独自の価値を付け加えて、新たな情報を作り出している人はどれだけいるでしょうか。「情報を作り出す人」になるのは意外に難しいものです。

49 この文章で筆者が述べていることは何か。

1 新しい情報を得ることは難しいので、「情報を作り出す人」は一部の人だけである。

2 情報をそのまま伝えることは誰でもできるが、編集できるのはプロだけである。

3 情報を単に広めるだけでは「情報を作り出す人」になっているとは言えない。

4 いろいろな情報が世の中にあふれているが、新しい情報を作りやすいとは言えない。

問題9　次の(1)から(3)の文章を読んで、後の問いに対する答えとして最もよいものを、1・2・3・4から一つ選びなさい。

(1)

ゴルフとは、簡潔に言うと「競技中いかに少ない打数(注1)でコースを回れるかを競うスポーツ」である。打数はそのまま得点に換算される。よって、参加者の中で一番得点の少ない人が勝利する。

また、ゴルフは単に体力のみで勝負するスポーツではない(①)ところが面白い。ゴルフで良い成果を上げるには、優れた身体能力や高度な手法が不可欠だと思いきや、案外そうでもないという話を聞く。体力や手法に執着するのではなく、まずは動揺しないことが肝心だと言われている。一旦コースに出てしまえば、例えベテランであれ、ひんぱんに緊張に襲われる。完璧(かんぺき)さを求めるあまりに動揺が走り、ミスを連続。打数が大幅に増えるどころか、一気に不安定な精神状態に陥り、思うように成果が上がらない。このような悩み(②)に直面しているプレーヤーは多く存在するのだ。

意外にも、こういったことを上手く対処しているのが高齢のプレーヤーだ。彼らは野心や挑戦心といった大胆さこそ乏しいものの、落ち着いてプレーを遂行できる。年齢とともに欲望が薄れ、楽観、妥協といった視野が備わったのだろうか。彼らはもはや力任せ(注2)なプレーはしない。自分の体力や癖を把握した上で、効率良くプレーを楽しんでいる。ミスショットも想定内だ。そして、それは成熟したプレースタイルとして大いに成果に貢献している。

(注1) 打数：打者がボールを打った回数

(注2) 力任せ：加減せず力の限りを出すこと

50　①ゴルフは単に体力のみで勝負するスポーツではないとあるが、なぜか。

1　たとえベテランでも、ミスをすると一気に不安定な精神状態に陥ってしまうから

2　たとえベテランでも、体力や手法に執着するあまり、ひんぱんに緊張してしまうから

3　ゴルフで良い記録を出すには平静さを保つことが重要だと言われているから

4　ゴルフで良い記録を出すには、優れた身体能力や高度な手法が不可欠だから

51 ②このような悩みとあるが、悩みに合うのはどれか。

1 コースに出ると、緊張で一気に不安定な精神状態に陥ってしまうこと

2 コースに出ると、完璧（かんぺき）さを求めるあまりに打数が大幅に増えてしまうこと

3 コースに出ると、体力や手法に執着するあまり、ミスを繰り返すこと

4 コースに出ると、緊張が原因でミスが増え、良い成果が出ないこと

52 筆者は高齢のゴルフプレーヤーについてどのように考えているか。

1 ミスも想定内とし、体力を使わずに効率よくプレーする

2 野心や挑戦心を一切持たず、落ち着いてプレーを遂行する

3 年齢とともに楽観、妥協といった視野を備えて効率よくプレーできる

4 自分の体力や癖を把握することで、 落ち着いてプレーを遂行できる

(2)

最近、スーパーやコンビニで「グルテンフリー」の食品を頻繁に見かけるようになった。グルテンとは、小麦などの穀物に含まれるタンパク質のことだが、これを材料から排除した食品がグルテンフリー食品である。現在、それらは積極的に小麦製品を断つという、健康志向の強い層からの人気もある。また、グルテンフリーの意識が高まっているのは、小麦アレルギーに直面する人が増えているからだ。

小麦アレルギーの症状は、慢性的なお腹の不調やかゆみなどといった軽い自覚症状から、極端なショック状態に至るまで様々だ。グルテンは小腸に悪影響を及ぼすと指摘されている。グルテンは人の消化器官の中では分解されにくく、小腸で異物(注1)として攻撃されてしまう。それゆえに小腸の壁が傷付き、栄養の吸収が阻まれると言われている。

現在、このアレルギーに対応した薬はない。小麦アレルギーの人には、小麦を一切排除した食事の実践が奨励される。小麦製品を断つことで、小腸への負担を大幅に軽減し腸壁を回復させ、従来通りの栄養吸収が促進できるからだ。また、日頃から頻繁に小麦製品を摂取している人、不調が続き、あらゆる健康法にお金を費やしたが成果が出なかったという人も、早いうちにこの手法を試みてみるとよい。2週間ほど小麦製品を一切断った食事を実践する。この試みで不調が改善されたなら、儲(もう)け(注2)ものだ。手遅れになってからでは遅すぎるのだ。

(注1) 異物：ここでは、体の組織の中に溶けていかないもの

(注2) 儲(もう)けもの：思いがけなく得た利益や幸運

53 「グルテンフリー」の食品が一般的になったのは、なぜか。

1 健康志向の強い人たちの中で、小麦を一切排除することが流行っているから

2 健康志向の強い人たちがスーパーやコンビニをよく利用するようになったから

3 小麦アレルギーを持つ人が増加し、小麦が入っていない食品が必要になったから

4 小麦アレルギーを持つ人たちの健康に対する意識が高まってきたから

54 グルテンは小腸に悪影響を及ぼすと指摘されているとあるが、なぜか。

1 グルテンは小腸で異物として扱われ、小腸を攻撃するから

2 グルテンが小腸の壁を傷付け、栄養の吸収を阻むから

3 グルテンが小腸で異物として攻撃され、小腸の壁が傷付くから

4 グルテンは慢性的なお腹の不調やかゆみなどの症状を引き起こすから

55 筆者によると、小麦アレルギーに対し、どのような対応をするのがいいか。

1 2週間だけ小麦製品を断ち、小腸への負担を大幅に軽減する。

2 あらゆる健康法にお金を費やし、成果が出るのを待つ。

3 小麦製品を断つために、食品の費用負担を大幅に減らしてみる。

4 栄養がとれる体に戻すため、小麦製品を全く食べないようにする。

(3)

久しぶりに実家へ戻ってみると、母は散歩の途中に見つけた新しい喫茶店をとても気に入っているらしく一人いそいそと頻繁に通っている。ぜひ一緒に行こうと熱心に私を誘うので、一度同伴してみた。なるほど居心地の良い店でコーヒーも美味だが、母がそれほど気に入る理由は、物静かで知的な印象の店主がちょっと素敵で、ここでの憩いが74歳老婦人のひそかな楽しみだからかもしれないと思った。

そこで少々、誘導尋問(注)したところ、その店は田舎にしては洗練されており、店主が素材にこだわっていて、何でもおいしいからだと言う。確かに彼のこだわりには甚だ感心しているとはいえ、私の憶測はやや外れているようだった。

どうやら母の喜びは密かな楽しみのことではなく、自分一人で発見したということのようだ。何事も夫唱婦随、すなわち夫が言い出し妻がそれに従うという旧式な夫婦円満型で50年暮らしてきた母は、その生き方が自分には合っていたと自覚している。客観的に娘から見ても、無理矢理自分を抑えてきたわけではなくその通りだと思う。とはいえ、意見や発見は誰にでもあり、ささいなことでも自分が良いと思えば心躍るし、認められたらなおうれしい。自らの発見を満喫する母は若々しく、父もコーヒー好きならいいのにと朗らかだった。

(注) 誘導尋問：ここでは、本当のことを言うよう遠回しに問いかけ、探ること

56 母がこの喫茶店を気に入っていることについて、筆者が最初に考えた理由はどれか。

1 コーヒーや料理がほかの店よりおいしいから

2 インテリアが洗練されていて、居心地がいいから

3 素敵な店主のことを気に入っているから

4 こだわりのある料理をすごいと思っているから

57　自らの発見とあるが、どのようなことか。

1　新しい喫茶店は、店主のコーヒーへのこだわりが強いこと

2　新しい喫茶店を、夫の意見ではなく自分から好きになったこと

3　自分のこれまでの生き方が自分に合っていたということ

4　自分がいいと思うものが他人に認められたらうれしいということ

58　母の様子について、筆者はどのように考えているか。

1　夫の意見に妻が従うというような形でも、本人に合っていれば問題ない。

2　今まで自分の意見を出さないようにしてきたが、今は違うので、楽しそうだ。

3　自分が好きな店を見つけたのに、父が一緒に来ないので、さびしそうだ。

4　喫茶店に通うという楽しみを見つけて、明るく元気に過ごしているようだ。

問題10　次の文章を読んで、後の問いに対する答えとして最もよいものを、1・2・3・4から一つ選びなさい。

国際会議では、円卓と呼ばれる円形のテーブルが使われることが多い。円卓会議といえば古くはアーサー王伝説（注1）の「円卓の騎士（注2）」に象徴されるように、上位や下位という順序がなく対等な立場で発言できるというのが利点で、一般的には平等であり対等であることを明確にしているような良い印象がある。しかし、私が経験した円卓はとても苦い経験となった。

それは会議ではなく食事会だったのだが、その席で、ある上司への不満が話題になり大いに盛り上がった。話している最中は楽しく満足して帰路についたものの、だんだんと嫌な気持ちになってきたのである。気が合わない人や苦手な人の言動を誰かに話す時、どうしても悪口になってしまう。「いい人なのだが」「分かるのだが」などと付け加えることが多いのも、いかにも弁解のようで、かえって卑怯（ひきょう）な気がする。悪口はなるべく言いたくないと思いつつも実際は誰かに聞いて欲しいのであり、賛同してほしいというのが正直なところだ。

あちこちから意見が飛び交い、自分も負けずに発言し賛同を得て非常に満足した食事会だが、複数人で批判した事実はあとからじわじわと心の中に広がり、①何とも言えない嫌な気分になった。この日の出来事は、たまたま円卓だったことも大いに関係したと思う。皆が均等な位置で話をしていると、自分の発言に責任を持たなくてもいいような気持ちになるのではないか。自分の意見のようであり、誰かの意見のようであり、全体の意見のようになる。自分の悪意が均一化され平等という形で薄められる。円卓で自分の嫌な行いをごまかしたような気持ちになった。

無限に等しい空間で一人一人が点々と散らばるインターネットは、さらに②これの増幅した形であろう。良くも悪くも序列はなく、発言の機会も平等であるが故にその声が多ければ多いほど自己の責任は希薄になる。まして匿名であれば発信はさらに実体を持たず、自分の発言であろうと他人の模倣であろうと責任はもとより放棄しているも同然で、無数の声にまぎれ煙のように消える錯覚を起こすが、自分の口からいったん吐き出されたことには変わりがない。行為には責任が伴うことを常に胸に刻むべきである。省みればそもそも悪口を言いたくないという気持ちも偽善は承知であるが、せめて責任の所在は自覚しておきたい。私にとって弱さや狡（ずる）さをまぎらしてしまう象徴となった円卓であるが、遠い昔の騎士のごとく、やはり対等に堂々と発言できる勇者(注3)の場である方がふさわしい。

（注1）アーサー王伝説：6世紀初めにヨーロッパにいたとされるアーサー王に関する物語

（注2）円卓の騎士：ここでは、アーサー王に仕えた人々

（注3）勇者：勇気のある人

59 筆者によると、円卓会議のいい点とは何か。

1 国際会議で使われるため、参加者が平等だと感じられる。

2 発言の順序が決まっておらず、対等な立場で発言できる。

3 会議の参加者の立場が平等で、対等に話すことができる。

4 誰もが平等で対等であることを、他の人々に見せられる。

60 筆者が①何とも言えない嫌な気分になったのはなぜか。

1 上司への不満で食事会が盛り上がるのは、卑怯(ひきょう)なことだと思ったから

2 上司への批判を話すことで、意見に関する責任が小さくなると思ったから

3 上司についての意見が飛び交い、自分が他の人に批判されたと思ったから

4 上司の悪口を大勢で言うことで、よくない行いをごまかしたように思ったから

61 ②これとはどういうことか。

1 大勢で誰かの悪口を言うこと

2 発言に対する責任が薄まること

3 誰もが均等な場所にいること

4 一人一人の発言が平等なこと

62 筆者の考えに合うのはどれか。

1 発言や行動には、それを行った人に責任が伴うことを忘れてはいけない。

2 発言や行動は、どんな嫌なことでも責任と勇気をもってすべきだ。

3 円卓会議のような平等な場での発言には、個人ではなく全体で責任を持つべきだ。

4 円卓会議は誰もが堂々と話ができる場なので、他人の悪口を言ってはいけない。

問題11　次のAとBの文章を読んで、後の問いに対する答えとして最もよいものを、1・2・3・4から一つ選びなさい。

A

働く男性の育児休暇の取得がなかなか進まない。その原因は育児休暇を取りにくい職場の雰囲気にある。子育ては女性がするものという古い価値観にとらわれた世代がいる限り、職場の雰囲気が変わることは期待できない。

その一方で、若いリーダーが積極的に育児休暇を取る企業も徐々に増え始めてきている。上司が率先(そっせん)(注1)してその制度を利用すれば、いい流れが生まれてくるのだ。男性の職場での不安が無くなれば、自然に育児休暇の取得率が上がっていくだろう。その結果、妻も夫に遠慮せずに、家事や育児を任せられるようになり、心理的負担が軽くなっていく。このような環境作りが広がれば、女性が活躍できる社会へとつながっていくと思う。

B

妻は家庭、夫は仕事というのが当たり前の時代があったが、今や、夫婦は力を合わせて働き、女性も男性同様に活躍できるのが、理想の社会である。

にもかかわらず、職場の制度と雰囲気が変わらず、男性が育児休暇を取ろうものなら、上司から皮肉を言われ、昇進も諦めなければならないのが現実だ。さらに悪いことに、実際に育児休暇を取得した男性の中には、家事や育児が満足にできず、休暇を取るだけという場合もある。家事や育児の経験のない男性が数週間休んでも、ただ手伝うだけで主体的に動けないことが多い。単に仕事を休んでいるだけになり、妻の負担が増すという本末転倒(ほんまつてんとう)(注2)の事態になりかねない。結局ゲームをしたり、昼寝をしてしまい、単に仕事を休んでいるだけになっているようだ。企業だけでなく、男性の意識を変えていかなければ、男女共に活躍できる環境を作り出すのは難しいのではないだろうか。

(注1) 率先(そっせん)して：他の人より先に

(注2) 本末転倒(ほんまつてんとう)：よいと思って行ったことが、逆効果となること

63 男性の育児休暇について、AとBはどのように述べているか。

1 AもBも、育児休暇の取得率は低いままで今後も変わらないと述べている。

2 AもBも、休暇を取りにくい職場の雰囲気が、育児休暇の取得率の上昇を妨げていると述べている。

3 Aは男性の不安が消えれば、育児休暇が増えると述べ、Bは男性は家事が苦手なので、増えないと述べている。

4 Aは若いリーダーが育児休暇を取れば、取得率が増えると述べ、Bは男性は家事が苦手なので、休暇を取りたくないと述べている。

64 女性の活躍について、AとBはどのように述べているか。

1 Aは職場の雰囲気が変われば、女性も活躍できると述べ、Bは男性が昇進をあきらめないので、難しいと述べている。

2 Aは年配のリーダーが退職すれば、女性が活躍できると述べ、Bは企業の制度が変われば、女性も活躍できると述べている。

3 Aは若い上司ならば、女性も活躍できると述べ、Bは男性が家事や育児ができないので難しいと述べている。

4 Aは男性の育児休暇が取りやすい環境になれば、女性も活躍できると述べ、Bは男性の意識が変わらなければ、難しいと述べている。

問題12　次の文章を読んで、後の問いに対する答えとして最もよいものを、1・2・3・4から一つ選びなさい。

多くの国で国境閉鎖に近い状態が続き、往来が極端に制限された。国境だけでなく、日本国内でも移動、外出は最小限とし基本的に在宅を要請。他人との接触を避けるよう日常の行動を制限される生活となった。ヒトからヒトへ感染する新型ウイルス感染症が世界中で猛威をふるい、感染者、死亡者の増加を抑えるためさらに厳しい外出禁止の措置が取られ、人が消えてしまった街の映像を幾度となく見た。未知のウイルスがもたらす恐怖や恐慌(きょうこう)(注1)は歴史や様々なフィクションで見知っていたが、日本の現状も他国のニュースを見ても現実のものとしてまさに今ここにあるものであった。

感染を防ぐためには手洗いやうがい(注2)の次に、とにかく他人と接触しないこと、物理的な距離をとることが重要だと盛んに言われ、「社会的距離」なる言葉も出てきた。人と会う時は場所を問わず2メートル程の一定の距離を保つことが礼儀というわけだ。そしてこれが常識、日常となりつつあり、再流行や、あるいはまた別のウイルスを未然に防ぐためにこの日常は続くのではないかと思われる。つまり、ヒトと接触することは非常に貴重な、まれな体験となる未来が予想されるのだが、果たしてどのような生活になるだろう。

他者の身体が媒体になるウイルスの恐ろしさは、人間を孤立へと促すものだとつくづく思う。しかし、ヒトは本来群れで生きる動物である。個別に隔離され、誰とも会わず全てオンラインで事足りる生活というのは可能であり、不可能でもあると思う。技術的、物理的には可能になるかもしれない。

しかし他者と出会いたい、物理的に接触したいという欲求は消えないはずだ。もしかすると遠い将来は生物として環境の変化に応じ、その欲求すら薄れ、忘れているかもしれない。どこへも行かず、限られた空間でのみ生活し、社会的距離どころかヒトに会うこともない日常を送っている人間の物語を想像する。そこでは他者との接近や物理的な接触がハッピーエンド、または転換点になるのではないだろうか。あらゆる隔離の線を越えたいという欲求を思い出すのではないだろうか。

線を越えた時、接触した時、何が起こるかは分からない。しかし私はそこに「生」を感じる未来であってほしい。いや、それは今も昔も同じではないかと今更のように気づく。様々な線引きや物理的距離が抽象ではなく身体的具体性をもって、目の前にあるだけだ。

(注1) 恐慌(きょうこう):恐怖におそわれ、あわてること、平静さを失うこと

(注2) うがい:水や薬を口に含み、のどや口の中を洗浄すること

65 日常の行動を制限される生活とあるが、このような生活として、筆者が挙げているのはどれか。

1 外出を減らす
2 家で仕事をする
3 手洗いなどをする
4 感染を未然に防ぐ

66 筆者は、今後の社会はどのように変わると述べているか。

1 手洗いやうがいをすることが、人と会う際の礼儀になる。
2 孤立することが多くなるが、珍しい体験をするようになる。
3 他人と直接会うという経験が非常に大切になる。
4 今まで見たことがない現実が常に出てくるようになる。

67 人間の性質について、筆者はどのように述べているか。

1 様々な欲求を抑えることが難しい生き物である。
2 孤立することなく、集団で生活する生き物である。
3 誰にも会わない生活にも対応し、変化しうる生き物である。
4 限定された空間の中だけでの生活が可能な生き物である。

68 この文章の中で筆者が述べていることはどれか。

1 他人と接触することは、今も昔も変わらず危険が伴い、何が起こるかわからないものだ。

2 他人と関わり、身体的にも接触したいという欲求は、これからもなくならないだろう。

3 他人と物理的に距離を取り、接触を避けることは、これからも社会の常識とはならない。

4 他人と離れて孤立を促すウイルスの恐ろしさは、人の生活の可能性を広げてくれた。

問題13　右のページは、関北大学の学部学科案内である。下の問いに対する答えとして最もよいものを、1・2・3・4から一つ選びなさい。

69　田中さんは今、持続可能なエネルギーを使った社会を作ることに興味を持っている。社会全体の動きを読み取りながら、都市計画ができるようになりたいが、どの学科に入学し、どの学科の授業を副専攻にすればいいか。

1　社会学科に入り、副専攻として電気電子応用工学科の授業を履修する。

2　政治学科に入り、副専攻として建築学科の授業を履修する。

3　建築学科に入り、副専攻として社会学科の授業を履修する。

4　電気電子応用工学科に入り、副専攻として建築学科の授業を履修する。

70　ジョンさんは、日本生まれの外国人で、現在、日本の高校の3年生である。大学の学部説明会に友人と参加する場合、予約はどのようにしなければならないか。

1　電話で、2日前までに予約する。

2　電話で、4日前までに予約する。

3　Eメールで、2日前までに予約する。

4　Eメールで、4日前までに予約する。

関北大学

学部学科案内

★ 関北大学では、全ての学部で、教員免許取得のための科目が受講できます。

★ 副専攻として、学部を超えた受講も可能です。

学部	学科	学科の目的	目指せる仕事
工学部	電気電子応用工学	電力を有効利用し社会に貢献できる人材を育成する。	半導体技術者、精密機械技術者、機械技術者、研究者
	情報工学	ＡＩや感性工学など多彩なＩＴを学び、社会に貢献できる人材を育成する。	電気通信技術者、精密機械技術者、情報工学技術者、研究者
	建築学	グローバルな視野で建築と都市の未来を創造する「まちづくり」のスペシャリストを育成する。	建築士、土木・建築工学技術者、研究者、店舗デザイナー
文学部	国文学 西洋文学	思想、芸術、文化、地域、歴史から人間の存在の本質を解き明かす。	図書館司書、学芸員
	言語学科	言語学を通して、文化と人間のありようや人間の存在の意義、営みの本質を研究し解明する。	学芸員、研究者
	社会学科	多角的なアプローチから現代社会を読み解く専門知識と実践力を養い、理想的な社会を実現できる人材を育成する。	宣伝、広報、ジャーナリスト、企画・調査
教育学部	教育学科	子どもを理解し実践力・教育力・人間力を備えた教育者を養成する。	中学校教諭、幼稚園教諭、小学校教諭、保育士、特別支援学校教諭
法学部	法律学科	身近な事件・裁判を通して法律を学び、社会に存在する課題の解決策を探る。	検察官、裁判所事務官、弁護士、司法書士、裁判官、国家公務員
	政治学科	国内外の政治を学び、よりよい社会を構築するための方法を探究する。	政治家、公務員、ジャーナリスト、国際公務員、国連職員

【学部説明会】8月1日(月)～17日(水)

- 時間は10:00-12:00、14:00-16:00の1日2回です。
- 説明会のお申し込みは、電話もしくはEメールにて受け付けます。電話の場合は説明会の2日前まで、Eメールの場合は4日前までにお願いします。2人以上でのお申し込みは、Eメールでお願いします。
- 海外在住の方への説明会は、別途行います。日程等は、Eメールにてお問い合わせください。

Listening

問題用紙

N1

聴解

(60分)

注　意

Notes

1. 試験が始まるまで、この問題用紙を開けないでください。
   Do not open this question booklet until the test begins.
2. この問題用紙を持って帰ることはできません。
   Do not take this question booklet with you after the test.
3. 受験番号と名前を下の欄(らん)に、受験票と同じように書いてください。
   Write your examinee registration number and name clearly in each box below as written on your test voucher.
4. この問題用紙は、全部で13ページあります。
   This question booklet has 13 pages.
5. この問題用紙にメモをとってもかまいません。
   You may make notes in this question booklet.

受験番号　Examinee Registration Number	

名　前　Name	

問題1

062 實戰模擬試題3.mp3

問題１では、まず質問を聞いてください。それから話を聞いて、問題用紙の１から４の中から、最もよいものを一つ選んでください。

例

1　アンケート調査をおこなう

2　新商品のアイディアを出す

3　開発費を計算する

4　開発部に問い合わせる

1番

1　早口にならないように練習する

2　スピーチの内容を減らす

3　日本人の友達に聞いてもらう

4　人形を目の前に置いて練習をする

2番

1　ポイントカードを作る

2　牛肉を2パック買う

3　お米を買って帰る

4　身分証を取ってくる

3番

1　受付に行って診察票を渡す

2　薬局で急いでいると言う

3　受付で薬局に行くことを話す

4　どこかの薬局で薬を買う

4番

1　お客様に電話をする

2　資料を作る

3　部長に説明する

4　資料を印刷する

5番(ばん)

1　店(みせ)のレイアウトを元(もと)に戻(もど)す

2　全(すべ)てのメニューの値段(ねだん)を安(やす)くする

3　一部(いちぶ)のメニューの価格(かかく)を変更(へんこう)する

4　様々(さまざま)な値段(ねだん)のメニューを用意(ようい)する

6番(ばん)

1　文字数(もじすう)を減(へ)らす

2　合宿(がっしゅく)の写真(しゃしん)を入(い)れる

3　イラストを入(い)れる

4　メールアドレスを書(か)く

問題2

問題２では、まず質問を聞いてください。そのあと、問題用紙のせんたくしを読んでください。読む時間があります。それから話を聞いて、問題用紙の１から４の中から、最もよいものを一つ選んでください。

例

1　幼いときに中国で生活していたから

2　他に興味があることがなかったから

3　日本ではなく中国で働きたいから

4　将来の役に立つと思ったから

1番

1　歯が痛ければ早く診てもらうこと

2　歯科に定期検診に行くこと

3　いつも同じ歯科医に行くこと

4　食後には必ず歯を磨くこと

2番

1　金属部分に使用できること

2　製品の価格が上がってしまうこと

3　軽くなるために危険度が増すこと

4　実験をするのが難しいこと

3番

1 友達がボランティアをしていたから

2 ボランティアが足りないと思ったから

3 子供について学ぶことが多いから

4 時間に余裕があったから

4番

1 他に入りたい会社があるから

2 したいと思う仕事ができないから

3 新しい夢が見つかったから

4 どんな仕事がしたいかわからないから

5番

1　非常に軽くなったこと

2　低価格に設定したこと

3　美しい写真が撮れること

4　サイズが小さくなったこと

6番

1　思っていた味と違っていたこと

2　値段が高かったこと

3　サービスの代金を払ったこと

4　建物が古かったこと

7番

1　重い荷物を持ち歩かなくていいこと

2　インターネットで本が買えること

3　紙の手触りと香りが楽しめること

4　周りの人たちにプレゼントできること

問題3

問題３では、問題用紙に何も印刷されていません。この問題は、全体としてどんな内容かを聞く問題です。話の前に質問はありません。まず話を聞いてください。それから、質問とせんたくしを聞いて、１から４の中から、最もよいものを一つ選んでください。

- メモ -

問題4

問題４では、問題用紙に何も印刷されていません。まず文を聞いてください。それから、それに対する返事を聞いて、１から３の中から、最もよいものを一つ選んでください。

- メモ -

問題5

問題5では、長めの話を聞きます。この問題には練習はありません。
問題用紙にメモをとってもかまいません。

1番、2番

問題用紙に何も印刷されていません。まず話を聞いてください。それから、質問とせんたくしを聞いて、1から4の中から、最もよいものを一つ選んでください。

- メモ -

3番

まず話を聞いてください。それから、二つの質問を聞いて、それぞれの問題用紙の1から4の中から、最もよいものを一つ選んでください。

質問1

1　まるごとコース

2　パノラマコース

3　森林コース

4　ゆるやかコース

質問2

1　まるごとコース

2　パノラマコース

3　森林コース

4　ゆるやかコース

答案與解析

實戰模擬試題 1　162

實戰模擬試題 2　206

實戰模擬試題 3　248

實戰模擬試題 1

言語知識（文字・語彙）

問題1	1 3	2 1	3 2	4 3	5 4	6 2	
問題2	7 2	8 3	9 2	10 3	11 1	12 1	13 3
問題3	14 3	15 1	16 4	17 4	18 2	19 2	
問題4	20 4	21 3	22 1	23 3	24 2	25 1	

言語知識（文法）

問題5	26 1	27 4	28 3	29 2	30 1
	31 3	32 3	33 1	34 4	35 2
問題6	36 4	37 1	38 2	39 1	40 4
問題7	41 4	42 1	43 2	44 3	45 3

讀解

問題8	46 1	47 3	48 3	49 3		
問題9	50 4	51 2	52 3	53 3	54 2	55 4
	56 1	57 2	58 3			
問題10	59 3	60 4	61 1	62 2		
問題11	63 1	64 3				
問題12	65 2	66 3	67 1	68 4		
問題13	69 3	70 2				

聽解

問題1	1 1	2 2	3 3	4 3	5 1	6 2	
問題2	1 4	2 1	3 3	4 4	5 2	6 3	7 4
問題3	1 1	2 3	3 4	4 3	5 2	6 4	
問題4	1 1	2 3	3 2	4 1	5 1	6 3	7 1
	8 3	9 2	10 2	11 1	12 2	13 1	14 3
問題5	1 2	2 3	3 第1小題 1		第2小題 4		

言語知識（文字・語彙）

p.9

1

河川泛濫造成的災情嚴重。

解析 「氾濫」的讀音為 3 はんらん。請注意正確讀音為はん，而非濁音。

詞彙 氾濫 はんらん 名 氾濫 ｜ 河川 かせん 名 河川 ｜ 被害 ひがい 名 受災

2

社長親赴作業現場。

解析 「赴いた」的讀音為 1 おもむいた。

詞彙 赴く おもむく 動 赴、前往 ｜ 自ら みずから 副 自己、親自
作業 さぎょう 名 作業 ｜ 現場 げんば 名 現場

3

向市政府提出請求。

解析 「行政」的讀音為 2 ぎょうせい。請注意「行」有三種讀法，可以唸作ぎょう、こう、あん。寫作「行政」時，「行」要唸作ぎょう。

詞彙 行政 ぎょうせい 名 政府機關、行政機關 ｜ 要望 ようぼう 名 請求
提出 ていしゅつ 名 提出

4

水壩的建設對周邊地區造成了顯著的影響。

解析 「著しい」的讀音為 3 いちじるしい。

詞彙 著しい いちじるしい い形 顯著的 ｜ ダム 名 水壩
建設 けんせつ 名 建設 ｜ 周辺 しゅうへん 名 周邊
地域 ちいき 名 地區 ｜ 影響 えいきょう 名 影響
与える あたえる 動 給予

5

委婉地拒絕了朋友的邀約。

解析 「婉曲」的讀音為 4 えんきょく。請注意正確讀音為きょく，而非濁音。

詞彙 婉曲だ えんきょくだ な形 委婉地 ｜ 誘い さそい 名 邀約
断る ことわる 動 拒絕

6

小學的舊址蓋了新的工廠。

解析 「跡地」的讀音為 2 あとち。請注意「跡」為訓讀，唸作あと；「地」為音讀，唸作ち。

詞彙 跡地 あとち 名 舊址 ｜ 建設 けんせつ 名 建造

7

這個網站可用商品的價格（　）來搜尋商品。

1 類　　**2 帶**
3 圈　　4 界

解析 四個選項皆為接尾詞。括號加上其前方名詞「**価格**（價格）」，表示「**価格帯**（價格區間）」最為適當，因此答案為 2 帯。其他選項的用法為：1 **書籍類**（書籍類）；3 **首都圏**（首都圈）；4 **映画界**（電影圈）。

詞彙 価格帯 かかくたい 名 價格帶 ｜ サイト 名 網站
商品 しょうひん 名 商品 ｜ 検索 けんさく 名 搜尋
可能だ かのうだ な形 能夠

8

新政策底定前（　）很長的時間。

1 想要　　2 要求
3 需要　　4 奉獻

解析 四個選項皆為動詞。括號加上其前方內容「**かなりの時間を**（相當長的時間）」表示「**かなりの時間を要した**（需要相當長的時間）」最符合文意，因此答案為 3 要した。其他選項的用法為：1 **富を欲した**（渴望財富）；2 **賃金上昇を求めた**（要求加薪）；4 **命を捧げた**（獻出生命）。

詞彙 政策 せいさく 名 政策 ｜ 定着 ていちゃく 名 底定 ｜ かなり 副 非常
欲する ほっする 動 想要 ｜ 求める もとめる 動 要求
要する ようする 動 需要 ｜ 捧げる ささげる 動 奉獻

9

聽說丈夫打算讓兒子當店面的（　）。

1 養子　　**2 繼承人**
3 後代　　4 兒子

解析 四個選項皆為名詞。括號加上其前方內容「**店の**（店的）」表示「**店の跡継**（店的接班人）」最符合文意，因此答案為 2 跡継。其他選項的用法為：1 **親戚の養子**（親戚的養子）；3 **後代の人間**（後代人類）；4 **先生の子息**（老師的兒子）。

詞彙 養子 ようし 名 養子 ｜ 跡継 あとつぎ 名 繼承人
後代 こうだい 名 後代 ｜ 子息 しそく 名 兒子

10

暴風雨前般的（　）壟罩了教室。

1 安靜　　2 肅靜
3 沉默　　4 緘默

解析 四個選項皆為名詞。括號加上其後方內容「**教室を支配した**（支配著教室）」表示「**沈黙が教室を支配した**（沈默支配著教室）」最符合文意，因此答案為 3 沈黙。其他選項的用法為：1 **安静が保たれた**（保持著安靜）；2 **静粛が求められた**（被要求肅靜）；3 **黙秘が続いた**（保持緘默）。

詞彙 嵐 あらし 名 暴風雨 ｜ 支配 しはい 名 支配 ｜ 安静 あんせい 名 寧靜

静粛 せいしゅく 名 肅靜 | 沈黙 ちんもく 名 沉默
黙秘 もくひ 名 緘默

11

雖然這次的任務以失敗告終，但獲得了（　　）。

1　**教訓**　　2　格言
3　勸告　　4　說教

解析 四個選項皆為名詞。括號加上其後方內容「得た（得到了）」表示「**教訓を得た**（得到了教訓）」最符合文意，因此答案為1 教訓。其他選項的用法為：2 **格言を用いた**（使用格言）；3 **勧告を受けた**（受到勸告）；4 **説教を聞いた**（被說教）。

詞彙 任務 にんむ 名 任務 | 得る える 動 獲得 | 教訓 きょうくん 名 教訓
格言 かくげん 名 格言 | 勧告 かんこく 名 勸告
説教 せっきょう 名 說教

12

異族入侵是古代文明（　　）的原因之一。

1　**滅亡**　　2　滅絕
3　喪失　　4　遺失

解析 四個選項皆為名詞。括號加上其前方內容「**古代文明が**（古代文明）」表示「**古代文明が滅亡した**（古代文明滅亡）」最符合文意，因此答案為1 滅亡。其他選項的用法為：2 **動物が絶滅した**（動物絕種了）；3 **権利を喪失した**（喪失了權利）；4 **書類を紛失した**（弄丟了文件）。

詞彙 古代 こだい 名 古代 | 文明 ぶんめい 名 文明
異民族 いみんぞく 名 異族 | 侵入 しんにゅう 名 入侵
滅亡 めつぼう 名 滅亡 | 絶滅 ぜつめつ 名 滅絕
喪失 そうしつ 名 喪失 | 紛失 ふんしつ 名 遺失

13

大雪若持續不停，恐對列車運行造成（　　）。

1　困擾　　2　受害
3　**障礙**　　4　負擔

解析 四個選項皆為名詞。括號加上前後方內容表示「**列車の運行に支障をきたす**（干擾列車的運行）」最符合文意，因此答案為3 支障。其他選項的用法為：1 **他人に迷惑をかける**（造成他人的困擾）；2 **住民に被害を与える**（造成居民損害）；4 **相手に負担をかける**（造成對方負擔）。

詞彙 大雪 おおゆき 名 大雪 | 列車 れっしゃ 名 列車
運行 うんこう 名 運行 | きたす 動 產生 | おそれ 名 疑慮
迷惑 めいわく 名 困擾 | 被害 ひがい 名 受害
支障 ししょう 名 障礙 | 負担 ふたん 名 負擔

14

父親擔心兒子的將來。

1　對…悲觀　　2　預測
3　**擔心、畏懼**　　4　展望

解析 **案じて**的意思為「擔憂」，因此答案為同義的3 **危惧して**。

詞彙 親 ちちおや 名 父親 | 将来 しょうらい 名 將來
案じる あんじる 動 擔心 | 悲観 ひかん 動 對…悲觀
見越す みこす 動 預測 | 危惧 きぐ 動 擔心；畏懼
展望 てんぼう 動 展望

15

要釐清真相必須有確切的證據。

1　**證據**　　2　方法
3　作戰　　4　檢查

解析 **裏づけ**的意思為「證明」，因此答案為同義的1 **証拠**。

詞彙 真実 しんじつ 名 真相 | 明らかだ あきらかだ な形 明顯的
確実だ かくじつだ な形 確切的 | 裏付け うらづけ 名 證據
証拠 しょうこ 名 證據 | 方法 ほうほう 名 方法
作戦 さくせん 名 作戰 | 検査 けんさ 名 檢查

16

弟弟平常就粗魯對待任何東西。

1　慎重　　2　恰當
3　仔細　　4　**粗魯**

解析 **ぞんざいに**的意思為「草率地」，因此答案為同義的4 **粗末に**。

詞彙 普段 ふだん 名 平常 | ぞんざいだ な形 粗魯的、草率的
扱う あつかう 動 對待 | 慎重だ しんちょうだ な形 慎重的
適切だ てきせつだ な形 恰當的 | 丁寧だ ていねいだ な形 仔細的
粗末だ そまつだ な形 草率的

17

必須有劃時代的企劃來解決業績蕭條。

1　現在罕見的　　2　現今最好的
3　現今仍是主流的　　4　**前所未有的新**

解析 **画期的な**的意思為「突破性的」，選項中可替換使用的是4 **今までにない新しい**，故為正解。

詞彙 経営 けいえい 名 經營 | 不振 ふしん 名 蕭條
解決 かいけつ 名 解決 | 画期的だ かっきてきだ な形 劃時代的
企画 きかく 名 企劃 | 最も もっとも 副 最 | なお 副 仍然
主流 しゅりゅう 名 主流

18

山本正熱衷從事新的研究。

1　著手　　2　**埋首於**
3　開始　　4　從事

解析 **熱心に取り組んでいる**的意思為「認真埋首於」，選項中可替換使用的是2 **打ち込んでいる**，故為正解。

詞彙 熱心だ ねっしんだ な形 熱衷的 | 取り組む とりくむ 動 從事
乗り出す のりだす 動 著手 | 打ち込む うちこむ 動 埋首於…
取りかかる とりかかる 動 開始 | 携わる たずさわる 動 從事

19

新人不慌不忙地回答了社長的問題。

1　不逃避　　**2　不慌張**

3　不搞錯　　4　不堵塞

解析 うろたえずに的意思為「不慌不忙地」，選項中可替換使用的是2慌てずに，故為正解。

詞彙 新人 しんじん名新人｜うろたえる動驚慌失措
逃げる にげる動逃跑｜慌てる あわてる動驚慌
間違える まちがえる動搞錯｜詰まる つまる動堵塞

20

整個改變

1　那個物質碰觸液體就會因化學反應逐漸整個改變。

2　東西的價格總是受供需平衡的影響持續整個改變。

3　開場的廣播播放後，舞台漸漸整個改變，會場壟罩在黑暗中。

4　某間公司因新藥開發成功，讓嚴峻的情況整個改變。

解析 題目字彙「一変（徹底改變）」用於表示很大的轉變，屬於名詞，所以要先確認各選項中，該字彙與其前方的內容。正確用法為「深刻だった状況は一変した（徹底改變了原本嚴峻的情況）」，因此答案為4。其他選項可改成：1 変化（へんか，變化）；2 変動（へんどう，變動）；3 暗転（あんてん，轉換場面）。

詞彙 一変 いっぺん名整個改變｜物質 ぶっしつ名物質
液体 えきたい名物體｜触れる ふれる動接觸
化学 かがく名化學｜反応 はんのう名反應
次第に しだいに副逐漸｜色 いろ名顏色
需要 じゅよう名需求｜供給 きょうきゅう名供給
価格 かかく名價格｜常に つねに名總是
開場 かいじょう名開場｜アナウンス名廣播
流れる ながれる動播放｜舞台 ぶたい名舞台
徐々に じょじょに副漸漸｜暗闇 くらやみ名黑暗
開発 かいはつ名開發｜成功 せいこう名成功

21

軌道

1　為了合乎邏輯地說明，我很注重按照軌道闡述這點。

2　孩童為了撿球突然衝到軌道，而被父母斥責。

3　事業終於開始上軌道了，全球卻陷入經濟蕭條。

4　團體生活會被要求遵循該團體的軌道來行動。

解析 題目字彙「軌道（軌道）」用於表示事情的方向或階段，屬於名詞，所以要先確認各選項中，該字彙與其前方的內容。正確用法為「事業がようやく軌道に（事業終於上軌道）」，因此答案為3。其他選項可改成：1 筋道（すじみち，條理）；2 車道（しゃどう，車道）；4 軌範（きはん，規範）。

詞彙 軌道 きどう名軌道｜論理的だ ろんりてきだな形合乎邏輯的
心掛ける こころがける動注意｜ボール名球
突然 とつぜん副突然｜飛び出す とびだす動衝出
事業 じぎょう名事業｜ようやく副終於
乗り始める のりはじめる 開始搭上
不景気 ふけいき名不景氣｜陥る おちいる動陷入
集団生活 しゅうだんせいかつ名團體生活｜従う したがう動遵循
求める もとめる動要求

22

凝聚

1　弟弟拼命凝視，試圖看清楚在黑暗中移動的動物的真面目。

2　或許是因為確定升遷了，丈夫比平常更凝聚於工作。

3　聽說那個議員舉辦了立法公聽會，凝聚了相關人士的意見。

4　人們凝聚期待那個年輕足球選手的成長樣貌。

解析 題目字彙「凝らす（專注於）」用於表示將自己的內心、視線集中在某處，屬於動詞，所以要先確認各選項中，該字彙與其前方的內容。正確用法為「必死に目を凝らして（拼命凝視著）」，因此答案為1。其他選項可改成：2 打ち込む（うちこむ，熱衷）；3 まとめる（總結）；4 寄せる（よせる，集中）。

詞彙 凝らす こらす動凝聚、凝視｜暗闇 くらやみ名黑暗
物体 ぶったい名物體｜正体 しょうたい名真面目
見破る みやぶる動看清｜必死だ ひっしだな形拼命的
昇進 しょうしん名升遷｜議員 ぎいん名議員
立法 りっぽう名立法｜公聴会 こうちょうかい名公聽會
実施 じっし名舉辦｜関係者 かんけいしゃ名相關人員
若手 わかて名年輕人
サッカー選手 サッカーせんしゅ名足球選手
成長ぶり せいちょうぶり名成長樣貌｜人々 ひとびと名人們
期待 きたい名期待

23

很多

1　我正在思考可用營養很多的食材製作的簡單菜單。

2　持續加班造成很多疲勞，讓他最終過勞病倒。

3　愛看書的朋友在房間擺了很多本書。

4　那個演員捐了很多金額給慈善團體，引起了社會討論。

解析 題目字彙「おびただしい（大量的）」用於表示東西的數量很多，屬於形容詞，所以要先確認各選項中，該字彙與前後方的內容。正確用法為「おびただしい数の本（大量的書籍）」，因此答案為3。其他選項可改成：1 豊富だ（ほうふだ，豐富的）；2 甚だしい（はなはだしい，嚴重的）；4 莫大だ（ばくだいだ，非常大的）。

詞彙 おびただしいい形很多｜栄養 えいよう名營養
食材 しょくざい名食材｜手軽だ てがるだな形簡單的
献立 こんだて名菜單｜残業 ざんぎょう名加班
疲労 ひろう名疲勞｜ついに副最終｜過労 かろう名過勞
読書家 どくしょか名愛看書的人｜友人 ゆうじん名友人
数 かず名數量｜埋め尽くす うめつくす動充滿

俳優 はいゆう名演員｜支援団体 しえんだんたい名慈善團體
寄付 きふ名捐贈｜金額 きんがく名金額｜世間 せけん名社會
話題 わだい名話題

24

切斷
1 政府透過呼籲民眾省電，來切斷這個夏季的電力不足。
2 鈴木突然與周遭親友斷聯，失去行蹤後再也沒有回來。
3 因經營惡化，那間公司切斷了獲利較少的商品生產。
4 上司開始說話了，所以先切斷作業聽他說話。

解析 題目字彙「断つ（斷絕）」用於表示切斷關係或避免接觸，屬於動詞，所以要先確認各選項中，該字彙與其前方的內容。正確用法為「周囲との連絡を断って（斷絕與周圍的人的聯繫）」，因此答案為2。其他選項可改成：1 解消する（かいしょうする，解除）；3 打ち切る（うちきる，中止）；4 中断する（ちゅうだんする，中斷）。

詞彙 断つ たつ動切斷｜政府 せいふ名政府
国民 こくみん名國民｜節電 せつでん名省電
呼びかける よびかける名呼籲
電力不足 でんりょくぶそく名電力不足｜突然 とつぜん副突然
周囲 しゅうい名周圍｜姿 すがた名身影
経営 けいえい名經營｜悪化 あっか名惡化｜利益 りえき名利益
商品 しょうひん名商品｜上司 じょうし名上司
話し始める はなしはじめる 開始說
作業 さぎょう名作業｜傾ける かたむける名使傾斜

25

打開、打破
1 人們的奮力付出打破了危險的局面。
2 一個人把大事打開到最後，充滿了成就感。
3 打開疼痛讓症狀惡化，進而住院。
4 警察打開事件後，市區正逐漸重返和平。

解析 題目字彙「打開（打破）」用於表示順利解決問題，屬於名詞，所以要先確認各選項中，該字彙與其前方的內容。正確用法為「危機的な状況は打開された（危急狀況已打破）」，因此答案為1。其他選項可改成：2 遂行（すいこう，執行）；3 辛抱（しんぼう，忍受）；4 解決（かいけつ，解決）。

詞彙 打開 だかい名打開、打破｜懸命だ けんめいだ な形拼命的
努力 どりょく名努力｜危機的だ ききてきだ な形危險的
状況 じょうきょう名狀況｜大仕事 おおしごと名大事
達成感 たっせいかん名成就感｜痛み いたみ名痛苦
症状 しょうじょう名症狀｜悪化 あっか名惡化
事件 じけん名事件｜平和 へいわ名和平

言語知識（文法）

p.14

26

這齣連續劇是（　）作者的經驗所撰寫的真實故事。

1 根據	2 蘊含
3 取代	4 因

解析 本題要根據文意，選出適當的文法。四個選項皆可置於名詞「経験（經驗）」的後方，因此得確認括號後方連接的內容「書かれた真実の物語（寫下的真實故事）」。該段話表示「根據作者的經驗編寫而成的真實故事」語意最為通順，因此答案為1をもとに。建議一併熟記其他選項的意思。

詞彙 ドラマ名連續劇｜著者 ちょしゃ名作者
真実 しんじつ名真實｜物語 ものがたり名故事
～をもとに 根據～｜～をこめて 蘊含～
～にかわり 代替～｜～によって 因～

27

我想說反正期末考也（　），今天就去朋友家玩。

1 快結束	2 該結束
3 結束	**4 結束了**

解析 本題要根據文意，選出適當的動詞形態。括號後方連接的文法句型為「ことだし」，表示括號要填入動詞普通形。整句話表示「期末考也結束了，今天要去朋友家玩」語意通順，因此答案為4終わった。建議一併熟記其他選項的意思。

詞彙 期末試験 きまつしけん名期末考｜～ことだし 反正～

28

山下「前陣子談的那件事解決了嗎？」
高橋「是的。之後好像會由我繼續負責，（　）拜託其他人接手。」

1 簡直	2 換言之
3 或是	4 刻意

解析 本題要根據文意，選出適當的連接詞。括號前方為「担当を続けるか（要繼續負責）」；括號後方連接「誰かに引き続きを（交接給某個人）」，整句話表示「要繼續負責、或交接給某個人」語意最為通順，因此答案為3あるいは。あるいは當作連接詞使用時，表示「或者」之意；當作副詞使用時，表示「也是」之意。

詞彙 件 けん名事情｜解決 かいけつ名解決｜担当 たんとう名負責
引継ぎ ひきつぎ名接手｜もはや副簡直｜すなわち接換言之
あるいは接或是｜あえて副刻意

29

演講當天預估會有大批人潮，因此請盡量提早（　）會場。

1 見面	**2 前來**
3 詢問	4 前來

解析 本題要根據文意，選出適當的敬語。該句話為鄭重請求對方盡快到會場來，表示「なるべくお早めに会場までお越しください（請儘早到會場來）」，因此答案為 2 お越し。其他選項的用法為：1 お見えになる；3 お伺いする。

詞彙 講演会 こうえんかい 名 演講｜当日 とうじつ 名 當天
混雑 こんざつ 名 人潮擁擠｜予想 よそう 名 預估｜ので 接 因此
早めに はやめに 提早
お越しになる おこしになる 動 前來（来る的尊敬語）
伺う うかがう 動 詢問（聞く的謙讓語）
参る まいる 動 前來 （来る的謙讓語）

30

我覺得（　　）提前進行會議準備比較好。

1 趁有空的時候　　2 不僅有空
3 多虧有空　　4 既然有空

解析 本題要根據文意，選出適當的文法。四個選項皆可置於動詞辭書形ある的後方，因此得確認括號後方連接的內容「前もって会議の準備を進めておくほうがいい（最好提前做好會議的準備）」。整句話表示「最好趁有時間的時候，提前做好會議的準備」語意最為通順，因此答案為 1 うちに。建議一併熟記其他選項的意思。

詞彙 前もって まえもって 提早｜進める すすめる 動 進行
～ほうがいい ～比較好｜～うちに 趁～的時候
～うえに 不僅～而且｜～おかげで 多虧～
～以上 既然～

31

雖然被車撞到，但似乎沒有大礙，我不認為（　　）。

1 出院要花到在那之前的時間
2 出院要花那麼多時間
3 離出院要花那麼多時間
4 要花那麼多時間直到出院

解析 本題要根據文意，選出適當的文法句型。四個選項皆包含助詞に、まで、ほど、和指示詞それ，因此請確實理解各選項的意思後再作答。根據括號前後方的內容，表示「我不認為需要花那麼長的時間才能出院」語意最為通順，因此答案為 3 までにそれほど。

詞彙 ひかれる 動 被撞｜～ものの 雖然～

32

A「我忘記做等一下的那堂課的作業了啦，怎麼辦？」
B「咦？你（　　）前陣子也沒做（　　），怎麼又犯了？」

1 明明…沒對老師生氣　　2 因為…被老師罵
3 明明…才被老師罵過　　4 因為…對老師很生氣

解析 本題要根據文意，選出適當的文法句型。作答時，請特別留意選項 2 和 3 的被動形「怒られる」、助詞 のに和 ので。根據括號前後方的內容，表示「先前也因為沒做被老師訓了一頓，這次又來了」語意最為通順，因此答案為 3 怒られたのに。建議一併熟記其他選項的意思。

詞彙 のに 助 明明｜ので 助 因為

33

部長「我拜託你做的資料完成了嗎？」
員工「（　　），但希望可以再給我一點時間。」

1 也不是無法在今天之內傳檔案給您
2 不可能無法在今天之內傳檔案給您
3 並非不會在今天之內傳檔案給您
4 並非不會在今天之內傳檔案給您

解析 本題要根據文意，選出適當的文法句型。作答時，請特別留意選項 1 和 2 的動詞可能形。根據括號前後方的內容，表示「有可能無法在今天之內傳送資料，但如果你願意多給我一點時間，將不勝感激」語意最為通順，因此答案為 1 送れないこともない。建議一併熟記其他選項的意思。

詞彙 願う ねがう 動 請求｜資料 しりょう 名 資料
今日中 きょうじゅう 今天之內｜データ 名 檔案
ありがたい い形 感激的｜～ないこともない 也不是不～
～はずもない 不可能～｜～わけではない 並非～

34

這一年為了在網球大賽奪冠而不斷努力，結果連出賽都無法，（　　）。

1 不一定不甘心　　2 不能不甘心
3 肯定很不甘心　　**4 相當不甘心**

解析 本題要根據文意，選出適當的文法句型。根據括號前後方的內容，表示「連出戰都沒辦法，感到很委屈」語意最為通順，因此答案為 4 悔しくてなりません。建議一併熟記其他選項的意思。

詞彙 大会 たいかい 名 大賽｜優勝 ゆうしょう 名 冠軍
目標 もくひょう 名 目標｜一年間 いちねんかん 名 一整年
のに 助 明明｜出場 しゅつじょう 名 出場｜すら 助 連
悔しい くやしい い形 不甘心的
～とは限らない ～とはかぎらない 不一定～
～てはならない 不可以～
～に違いない ～にちがいない 肯定～
～てならない 相當～

35

孩子自己主動說想學鋼琴，我想說難得他都這麼說了，（　　）。

1 我就來幫他學吧　　**2 就讓他學吧**
3 就請他讓我學吧　　4 就請他學吧

解析 本題要根據文意，選出適當的文法句型。作答時，請特別留意選項 1 和 2 的授受表現てあげる、選項 3 和 4 的授受表現ていただく、以及選項 2 和 4 的使役用法習わせて。根據括號前後方的內容，表示「難得小孩會自己說想學鋼琴，所以決定讓他學」語意最為通順，因此答案為 2 習わせてあげよう，由使役用法「習わせて」加上授受表現「てあげる」組合而成。建議一併熟記其他選項的意思。

詞彙 自分から じぶんから 自己主動｜せっかく副難得

36

> 這演員不愧是人氣演員，不僅外貌出眾，人品也相當好。
>
> 1 事情　　2 只
>
> 3 人氣的　　**4 的**

解析 2 だけ 4 の 1 こと加上空格後方的はあり 可組合成文法「だけのことはあり（正因為……所以）」。接著根據文意，可將其他選項一併排列成 3 人気な 2 だけ 4 の 1 こと（受歡迎一事），因此答案為 4 の。

詞彙 俳優 はいゆう名演員｜容姿 ようし名外貌

人柄 ひとがら名人品｜～だけのことはある 不愧是～

人気だ にんきだな形人氣的

37

> 據說「大阪燒」這個稱呼是源自於將喜歡的東西放進去煎的作法。
>
> **1 煎**　　2 源自
>
> 3 喜歡的東西　　4 放進去

解析 本題沒有需連接特定詞性或文法的選項，因此要根據文意，將四個選項排列成 3 好きなものを 4 入れて 1 焼いた 2 ことから（把喜歡的東西放進去煎），因此答案為 1 焼いた。

詞彙 お好み焼き おこのみやき名大阪燒

呼ばれる よばれる動被稱呼｜から助從

38

> 說到最近的年輕人，工作結束後就想立刻回家，完全不想參加喝酒聚會。
>
> 1 說到…　　**2 立刻**
>
> 3 工作結束後　　4 想回家

解析 1 ときたら要置於名詞的後方，而選項中沒有適合連接的名詞，因此只能與空格前方的名詞連接，排列成 若い人 1 ときたら。接著根據文意，再將其他選項一併排列成 若い人 1 ときたら 3 仕事が終わったあと 2 すぐに 4 帰ろうとして（提到年輕人的話，下班後會馬上回家），因此答案為 2 すぐに。

詞彙 若い人 わかいひと名年輕人｜飲み会 のみかい名喝酒聚會

参加 さんか名參加｜～ときたら 說到～

39

> 聽說歌手山田從這個月的北海道公演開始，將在日本國內共 10 個都市展開首次的巡迴演出。
>
> **1 從…開始**　　2 這個月的
>
> 3 日本國內　　4 北海道的公演

解析 1 を皮切りに要置於名詞的後方，因此可以先排列出 3 日本国内 1 を皮切りに（從日本國內開始）和 4 北海道での公演 1 を皮切りに（從在北海道的演出開始）兩種組合。而第四個空格後方連接的內容為：「全 10 都市で初めてのツアーを開催するそうです（將首次在 10 個城市舉辦巡迴演出）」，前方適合填入的內容為 4 北海道での公演 1 を皮切りに（從在北海道的演出開始）。根據文意，再將其他選項一併排列成 2 今月の 4 北海道での公演 1 を皮切りに 3 日本国内（從這個月在北海道的演出開始，日本國內），因此答案為 1 を皮切りに。

詞彙 歌手 かしゅ名歌手｜都市 とし名都市｜ツアー名巡迴演出

開催 かいさい名舉辦｜～を皮切りに ～をかわきりに 從～開始

日本 にほん名日本｜国内 こくない名國內

北海道 ほっかいどう名北海道｜公演 こうえん名公演

40

> 身為學生的他在用功念書的同時，也幫父母的公司工作。
>
> 1 幫忙　　2 一邊…，一邊…
>
> 3 用功念書　　**4 父母的公司**

解析 2 かたわら要置於動詞辭書形的後方，因此可以先排列出 3 勉強に励む 2 かたわら（在努力唸書的同時）。而選項中，只有 1 を手伝って（幫忙）能連接空格後方的いる，因此可置於最後一格。接著再根據文意，將其他選項一併排列成 3 勉強に励む 2 かたわら 4 親の会社 1 を手伝って，因此答案為 4 親の会社（在努力唸書的同時，邊幫忙父母的公司）。

詞彙 ～として 身為～｜～かたわら 一邊～｜励む はげむ動努力

41-45

> 保護資源
>
> 資源並非無限，所以會愈用愈少。 41 ，我們應該不覺得現在便利的生活今後也會理所當然地持續下去吧？
>
> 在便利商店買東西時會拿到的免洗筷，以及筆記本等紙類是由木頭製成，開車時需要的汽油原料是原油，淋浴時應該也會用到水，這些全都是有限且重要的資源。
>
> 所謂的有限，換言之，就是指持續使用的話總有一天會消耗殆盡。而這些資源現在也 42 ，但注意到這個事實的人應該沒那麼多。畢竟我們沒那麼多機會親眼看見資源逐漸減少的樣子。此外，即便有意識到這個問題，若不太了解是什麼因素導致這個問題， 43 付諸實質的行動。
>
> 有時明明走得到的距離，我也會開車去。這一定是因為我在心裡某處認為「我一個人不努力也沒差」。但是，若大家往後都和這時的我做出一樣的行為，那會如何呢？如同「聚沙成塔」這句成語所說的，累積小小的努力，最後就能獲得大大的回報，反之亦然。
>
> 或許 44 ：「懂是懂，但憑一己之力是無法改變什麼的」。的確，我也不禁這麼認為，這是個事實。但總不能因為這樣就放棄吧。所以，我希望從意識到這件事不是 45-a 的問題，而是 45-b 的問題先做起。

詞彙 資源 しげん名資源｜無限だ むげんだな形無限的

～ば ～だけ 愈～就愈～｜暮らし くらし名生活

当たり前だ あたりまえだな形理所當然的

コンビニ名便利商店｜割りばし わりばし名免洗筷

紙類 かみるい 名 紙類 ｜ 原料 げんりょう 名 原料
原油 げんゆ 名 原油 ｜ すべて 副 全部
有限だ ゆうげんだ な形 有限的 ｜ つまり 副 換言之
使い続ける つかいつづける 持續使用 ｜ いつか 副 總有一天
事実 じじつ 名 事實 ｜ 捉える とらえる 動 領會
というのも 是因為 ｜ 減る へる 動 減少 ｜ 様子 ようす 名 樣子
また 接 此外 ｜ 意識 いしき 名 意識 ｜ 実際 じっさい 名 實際
結び付く むすびつく 動 導致 ｜ いまいち 副 不太
実質的だ じっしつてきだ な形 實質的 ｜ 行動 こうどう 名 行動
距離 きょり 名 距離 ｜ どこか 副 某處 ｜ くらい 助 大約
〜に違いない 〜にちがいない 一定〜 ｜ だが 接 但是
これから先 これからさき 今後 ｜ 振舞う ふるまう 動 行動
ちりも積もれば山となる ちりもつもればやまとなる 聚沙成塔
努力 どりょく 名 努力
積み重なる つみかさなる 動 累積 ｜ 結果 けっか 名 結果
返る かえる 動 回歸 ｜ ありえる 有可能

41

1 因此	2 不過
3 而且	**4 儘管如此**

解析 本題要根據文意，選出適當的連接詞。空格前方提到資源並非是無限的；空格後方則提到：「私たちは今の便利な暮らしがこれからも当たり前のように続くと思ってしまってはいないだろうか（我們是不是認為現在方便的生活，往後也會理所當然地持續下去呢？）」，前後談論相反的內容，因此答案要選 4 それなのに。

詞彙 それで 接 因此 ｜ もっとも 接 不過 ｜ なお 接 而且
それなのに 接 儘管如此

42

1 正持續減少	2 只能減少
3 絕對不可能減少	4 有減少之虞

解析 本題要根據文意，選出適當的文法。空格前方提到有限的資源表示如果持續使用，總有一天會消失不見，後方連接「これらの資源が今も減りつつあるという事実（這些資源現在仍在減少的事實）」最符合文意，因此答案為 1 減りつつある。

詞彙 〜つつある 正持續〜 ｜ 〜よりほかない 只能〜
〜っこない 絕對不可能〜 ｜ 〜おそれがある 有〜之虞

43

1 付諸得不得了	**2 當然很難付諸**
3 應該付諸	4 不得不付諸

解析 本題要根據文意，選出適當的文法句型。空格所在的段落提到難以認知到資源逐漸減少的問題，而空格前方提到：「実際にどういったことがそれに結び付くのかいまいちわかっていなければ（如果現在還不清楚有什麼關聯的話）」，後方連接「実質的な行動には移しづらいというものだ（很難將其付諸行動）」最符合文意，因此答案為 2 移しづらいというものだ。

詞彙 〜てしかたない 〜得不得了 ｜ 〜づらい 難以〜
〜というものだ 當然〜 ｜ 〜しかるべきだ 應該〜
〜ずにはいられない 不得不〜

44

1 會被談	2 會被迫談
3 會被說	4 會被迫說

解析 本題要根據文意，選出適當的文法。選項 1 和 3 為被動表現；選項 2 和 4 為使役被動表現，因此請留意空格前後的行為主體或對象為何。空格前方提到：「自分一人の力じゃ何も変えられないよ（憑一己之力無法改變任何事）」，因此空格適合填入被動表現，答案要選 3 言われる。

45

1 a 大家／b 自己
2 a 自己／b 大家
3 a 某人／b 自己
4 a 自己／b 某人

解析 本題要根據文意，選出適當的字詞。第一格空格前方提到就算無法憑一己之力改變，也無法就此放棄，因此後方連接「まずはこれが誰かの問題ではなくて自分の問題であると認識すること（首先，要認知到這並非某人的問題，而是自己的問題）」最符合文意，答案為 3a 誰か /b 自分。

讀解

p.20

46

　我認為現在的學校教育太執著於讓所有學生尋求一個正確答案。當然，現在一個老師要教多名學生的教學形式有其極限，這點我能理解。但是，究竟有多少老師能靈活且多方面地掌握事物內涵呢？當今的日本社會陷入了正確答案至上主義的困境，要掙脫這一連串的枷鎖，有必要採取對策，來翻轉學校教育負責人的觀念。

關於學校教育，何者與筆者的看法相符。
1 必須從改變老師本身做起。
2 必須讓老師能教少一點學生。
3 老師必須持續改變教學生的方式。
4 老師必須修正學生提出的答案。

解析 本題詢問隨筆中筆者對於「学校教育（學校教育）」的想法。請從頭到尾仔細閱讀，理解全文的內容，並確認筆者的想法。文章中段寫道：「柔軟かつ多角的に物事をとらえることができる教師が一体どれくらいいるのだろうか」、以及後半段寫道：「学校教育の担い手たちの意識を改革する策を講じることが不可欠である」，因此答案要選 1 教師自身を変わらせることから始めなければいけない（老師應該要從改變自己開始）。

詞彙 学校教育 がっこうきょういく 名 學校教育
求める もとめる 動 尋求
取りつかれる とりつかれる 動 執著於某種想法
教師 きょうし 名 老師｜スタイル 名 形式｜限界 げんかい 名 極限
理解 りかい 名 理解｜そもそも 副 究竟
柔軟だ じゅうなんだ な形 靈活的｜かつ 副 且
多角的だ たかくてきだ な形 多方面的｜物事 ものごと 名 事物
とらえる 動 掌握｜正解 せいかい 名 正確答案
至上主義 しじょうしゅぎ 名 至上主義｜陥る おちいる 動 陷入
日本 にほん 名 日本｜連鎖 れんさ 名 連鎖
抜け出す ぬけだす 動 擺脫｜担い手 にないて 名 負責人
意識 いしき 名 觀念｜改革 かいかく 名 改革｜策 さく 名 對策
講じる こうじる 動 採取｜不可欠だ ふかけつだ な形 不可或缺的
自身 じしん 名 本身｜少人数 しょうにんずう 名 人數少
考え方 かんがえかた 想法｜改める あらためる 動 改變
正す ただす 動 修正

47

以下是張貼在某鐵路公司網站上的公告。

> 登錄：2020.12.19　　13:00:29
>
> 關於票價與收費的修訂
>
> 北海電鐵配合 2021 年 1 月起消費稅率調漲，實施了票價與收費的修訂。修訂後的票價與收費將於 2021 年 1 月 1 日（一）起正式上路。已購買的回數票可繼續使用，但修訂後須額外支付原票價與新票價的差額。此外，定期票的售價將維持以往金額。
>
> 抱歉造成各位旅客的負擔，敬請諒解。

關於票價與收費，這篇公告要傳達什麼事？

1　票價與收費將在 2021 年 1 月起全面調漲
2　票價與收費已配合消費稅率調漲進行修訂
3　票價與收費雖然會修訂，但部分金額不變
4　對修訂票價與收費而造成旅客負擔一事道歉

解析 公告屬於應用文，本題針對「運賃および料金（車資與費用）」的相關內容提問。請從頭到尾仔細閱讀，理解其內容，並掌握全文脈絡。第一段開頭寫道：「運賃および料金の改正を実施することとなりました」，以及第一段末寫道：「定期券の販売価格は従来通りの金額といたします」，因此答案要選 3 運賃および料金が改定されるが、一部の料金は変わらないこと（車資與費用有所調整，但部分收費不變）。

詞彙 鉄道会社 てつどうがいしゃ 名 鐵路公司｜ホームページ 名 首頁
掲載 けいさい 名 刊登｜お知らせ おしらせ 名 公告
登録 とうろく 名 登錄｜運賃 うんちん 名 票價、車資
および 接 以及｜料金 りょうきん 名 費用｜改定 かいてい 名 修訂
〜について 關於〜｜電鉄 でんてつ 名 電鐵
消費税率 しょうひぜいりつ 名 消費稅率
引き上げる ひきあげる 動 調漲
〜に伴い 〜にともない 伴隨〜｜実施 じっし 名 實施
適用 てきよう 名 應用｜すでに 副 已經
買い求め かいもとめ 名 購買｜回数券 かいすうけん 名 回數票
引き続き ひきつづき 副 繼續｜従来 じゅうらい 名 以往
差額分 さがくぶん 差額｜追加 ついか 名 追加
お支払い おしはらい 名 支付｜なお 接 此外
定期券 ていきけん 名 定期票｜販売 はんばい 名 販售
価格 かかく 名 價格｜金額 きんがく 名 金額｜負担 ふたん 名 負擔
理解 りかい 名 理解｜一部 いちぶ 名 部分｜謝罪 しゃざい 名 道歉

48

> 人傾向被擁有與自己相似性質的人吸引。相反地，人有時也會受到環境與文化的影響。組織內的氣氛與文化時常不知不覺地干擾我們，有時會促使我們成長，但有時也會讓我們陷入惡性循環。
>
> 想要幸福地工作，落實打造會為自己帶來幸福的環境才是捷徑。要改變環境，首先必須改變自己。千萬別忘了，人類這種生物無論好壞，都是順應周遭的人以及他們所打造的文化而活。

筆者對「幸福」的看法為何？

1　隸屬與自己相似的人所在的組織是通往幸福的捷徑。
2　養成不被組織的文化與氣氛牽著鼻子走的能力才能獲得幸福。
3　若想變得幸福，首先必須讓自己成為主體，帶給周遭正面的影響。
4　無論是什麼樣的環境，只要持續努力適應，幸福就會不知不覺上門。

解析 本題詢問隨筆中筆者對於「幸せ（幸福）」的想法。請從頭到尾仔細閱讀，理解全文的內容，並確認筆者的想法。第一段寫道：「環境や文化に人が影響されることもあります」、以及第二段寫道：「幸せに働くためには、自分に幸せをもたらしてくれる環境の構築を実現することが近道です。環境を変えるにはまず自身が変わらなければなりません」，因此答案要選 3 幸せになるためには、まず自分が主体となり周りに良い影響を与える必要がある（想要變得幸福的話，首先必須讓自己成為主體，並為周邊的人帶來良好的影響）。

詞彙 性質 せいしつ 名 性質｜惹かれる ひかれる 動 被吸引
傾向 けいこう 名 傾向｜逆 ぎゃく 名 相反｜環境 かんきょう 名 環境
影響 えいきょう 名 影響｜組織 そしき 名 組織
雰囲気 ふんいき 名 氣氛｜無意識 むいしき 名 不知不覺
常に つねに 副 時常｜干渉 かんしょう 名 干擾
成長 せいちょう 名 成長｜促す うながす 動 促使
負のサイクル ふのサイクル 惡性循環
陥れる おとしいれる 動 陷入｜幸せ しあわせ 名 幸福
もたらす 動 帶給｜構築 こうちく 動 打造
実現 じつげん 名 實現｜近道 ちかみち 名 捷徑
良くも悪くも よくもわるくも 無論好壞｜人間 にんげん 名 人類

作り出す つくりだす [動] 打造出｜適応 てきおう [名] 順應
生き物 いきもの [名] 生物｜所属 しょぞく [名] 隸屬
流される ながされる　被驅使
身につける みにつける　學會
つながる [動] 導致｜主体 しゅたい [名] 主體
努力 どりょく [名] 努力｜いつのまにか 不知不覺
訪れる おとずれる [動] 造訪

49

　日本人有對客人服務過剩的傾向。作為企業，回應顧客的需求或許是件理所當然的事，但我認為太過頭了。在社會如此關心環境議題的此刻，日本人的作法如同與這股趨勢背道而馳。無論是商品的過度包裝，還是提供拋棄式的免洗筷，都被認為是理所當然的服務。這或許可說是日本人「以客為尊」的精神所衍生出的弊病，以及日本人的性格所招致的悲劇。

筆者在本文闡述的事情為何？

1　日本人有輕視環境問題的傾向。
2　日本人的性格與環境問題有關連性。
3　日本人的款待精神已超過限度。
4　對日本人而言，服務是種理所當然的權利。

解析　本題詢問隨筆中筆者的想法。請從頭到尾仔細閱讀，理解全文的內容，並確認筆者的想法。文章開頭寫道：「日本人は客に対して、どうも過剰にサービスをするきらいがある」、以及最後寫道：「日本人の「お客様は神様」精神によって生み出された弊害であるとともに、日本人の気質が招いた悲劇であるといえるだろう」，因此答案要選 3 日本人のおもてなし精神は度を越している（日本人的款待精神已超過限度）。

詞彙　日本人 にほんじん [名] 日本人｜～に対して ～にたいして 對於～
過剰だ かじょうだ [な形] 過剩的｜サービス [名] 服務
～きらいがある 有～的傾向｜企業 きぎょう [名] 企業
顧客 こきゃく [名] 顧客｜ニーズ [名] 需求
応える こたえる [動] 回應｜当然 とうぜん [名] 當然
行き過ぎる いきすぎる [動] 過頭
環境問題 かんきょうもんだい [名] 環境議題
叫ぶ さけぶ [動] 疾呼｜流れ ながれ [名] 趨勢
正面 しょうめん [名] 正面｜逆行 ぎゃっこう [名] 逆行
商品 しょうひん [名] 商品｜包装 ほうそう [名] 包裝
使い捨て つかいすて [名] 拋棄式
割りばし わりばし [名] 免洗筷｜提供 ていきょう [名] 提供
当たり前 あたりまえ [名] 理所當然｜お客様 おきゃくさま [名] 客人
神様 かみさま [名] 神｜精神 せいしん [名] 精神
生み出す うみだす [動] 產生出｜弊害 へいがい [名] 弊病
～とともに 與～一起｜気質 きしつ [名] 性格｜招く まねく [動] 招致
悲劇 ひげき [名] 悲劇｜軽視 けいし [名] 輕視｜傾向 けいこう [名] 傾向
関連性 かんれんせい [名] 關聯性｜もてなし [名] 款待
度を超す どをこす 超過限度｜権利 けんり [名] 權利

50-52

　與實力至上的海外相比，日本求職非常重視合群。合群這個詞聽來悅耳，但這種講求不標新立異、要全體一致的風氣從以前就存在。然而，看著身穿相同衣服的求職學生們，我不禁懷疑，繼續維持 1 這股風氣真的好嗎？

　求職網站或徵才說明會固定會介紹各種行業與職務的服儀規定，求職的學生們會遵循這些規定來決定服裝。這與個人特色之類的條件無關。如果跳脫這些規定，就會引起許多人的側目。這副景象從外人眼裡看來或許奇怪，但若真的換成自己處在這種情況，任誰都一定會乖乖穿上黑漆漆的求職西裝吧。即便知道這與真實的自己大相逕庭，為了不招搖，還是會配合周遭的人。2 從眾心理就是這麼恐怖的東西。

　而實際上，真的有人求職時的自己與平時的自己是完全一致的嗎？大家一定都有壓抑自己的個性。而且當有其他人不這麼做的時候，還會產生「我都這麼忍耐了」的心理。既然如此，乾脆大家都別這麼做是不是比較好呢？畢竟企業在求職當下能獲得的資訊應該很有限。是時候為這種一律抹滅個人特色的求職文化劃下句點了。

（註）求職學生：進行求職活動的學生

詞彙　日本 にほん [名] 日本｜就職活動 しゅうしょくかつどう [名] 求職活動
実力主義 じつりょくしゅぎ [名] 實力主義｜海外 かいがい [名] 海外
～に比べ ～にくらべ 與～相比
協調性 きょうちょうせい [名] 合群｜重視 じゅうし [名] 重視
聞こえ きこえ [名] 聽起來的感覺｜目立つ めだつ [動] 顯眼、標新立異
求める もとめる [動] 要求｜雰囲気 ふんいき [名] 風氣
服装 ふくそう [名] 服裝｜就活生 しゅうかつせい [名] 求職學生
疑問 ぎもん [名] 疑問
就活サイト しゅうかつサイト [名] 求職網站
セミナー [名] 徵才說明會｜定番 ていばん [名] 固定環節
業界別 ぎょうかいべつ [名] 行業別｜職種別 しょくしゅべつ [名] 職務別
身だしなみ みだしなみ [名] 服裝儀容｜ルール [名] 規定
則る のっとる [動] 遵循｜個性 こせい [動] 個人特色
はみ出す はみだす [動] 超出｜目につく めにつく 引人注目
異様だ いようだ [な形] 異樣的｜光景 こうけい [名] 景象
映る うつる [動] 映入眼簾｜いざ 實際上、真的
状況 じょうきょう [名] 情況｜真っ黒 まっくろ [名] 黑漆漆
リクルートスーツ [名] 求職西裝
自分らしさ じぶんらしさ [名] 真實的自己
かけ離れる かけはなれる [動] 落差甚大
悪目立ち わるめだち [名] 招搖
合わせる あわせる [動] 配合｜集団 しゅうだん [名] 群體
心理 しんり [名] 心理｜恐ろしい おそろしい [い形] 恐怖的
実際 じっさい [副] 實際｜普段 ふだん [名] 平時
完全 かんぜん [名] 完全｜一致 いっち [名] 一致
押し殺す おしころす [動] 壓抑｜他者 たしゃ [名] 其他人
我慢 がまん [名] 忍耐｜心理 しんり [名] 心理｜なら [接] 既然如此
いっそのこと 乾脆｜企業 きぎょう [名] 企業｜得る える [動] 得到
情報 じょうほう [名] 資訊｜限る かぎる [動] 限制

～はずだ 應該～｜画一的だ かくいつてきだ な形 統一的
没個性的 ぼつこせいてき 名 無個人特色
就活文化 しゅうかつぶんか 名 求職文化
終止符 しゅうしふ 名 終止符｜取り組む とりくむ 動 致力從事

50

文中提到1這股風氣，指的是何種風氣？
1 向海外一樣實力至上的風氣
2 想重視合群的風氣
3 做類似打扮的求職學生們的風氣
4 認為別引人注目才好的風氣

解析 題目列出的畫底線句子「こういった雰囲気（這種氛圍）」位在文章第一段，因此請閱讀第一段，並找出針對畫底線句子的相關說明。畫底線處前方寫道：「目立ってはならず、みんな一緒であることが求められる雰囲気」，因此答案要選4 目立たないことを良しとする雰囲気（認為不顯眼才好的氛圍）。

51

文中提到2從眾心理就是這麼恐怖的東西，為什麼恐怖？
1 因為人們會認為與其他人相同是正確的
2 因為會讓人們認為比起個人特色，不招搖才是最重要的
3 因為周遭的都穿黑西裝的話，自己也會想穿
4 因為人們會認為表現得與周遭的人相同是種個人特色

解析 題目列出的畫底線句子「集団心理というのはそれほど恐ろしいものだ（所謂的從眾心理便是如此可怕的事）」位在文章第二段，因此請閱讀第二段，並找出針對畫底線句子的相關說明。畫底線處前方寫道：「自分らしさとはかけ離れているとわかっていながらも、悪目立ちしないように周りに合わせてしまうのだ」，因此答案要選2 自分らしさよりも目立たないことを一番に考えさせてしまうから（因為會讓人們認為比起個人特色，不招搖才是最重要的）。
詞彙 振る舞う ふるまう 動 表現

52

筆者最想表達的是什麼？
1 求職不應該做到要隱藏個人特色的程度
2 求職學生平常就應該過著和求職時一樣的生活
3 非自願性地壓抑個人特色的求職現況應該改變
4 現在的求職看不見學生的個人特色，這對企業而言是有意義的

解析 本題詢問筆者透過文章想表達的內容，因此請仔細閱讀文章後半段，確認筆者的想法或主張。第三段末寫道：「画一的で没個性的にしてしまう就活文化に 終止符を打つときが来たのではないか」，因此答案要選3 不本意に個性をおさえこむ今の就活は変わるべきだということ（應該要改變現在這種非自願壓抑個性的求職活動）。
詞彙 隠す かくす 動 隱藏｜過ごす すごす 動 度過
不本意 ふほんい 名 非自願｜おさえ込む おさえこむ 動 壓抑、箝制

53-55

機器人技術的進步不是這一兩天的事。一直以來，大型的工業用機器人蔚為主流，但還不至於成為你我身邊的存在。然而，近期無論是機場內的指引機器人，或是飯店內的接待機器人，我們能夠親眼見證機器人存在的機會開始變多。而「用穿的機器人」就是在這之中誕生的機器人之一。

「用穿的機器人」是一種穿著在衣服及身體部位的「穿戴型機器人」，據說是為了協助人們走路所製造。機制是這樣的，只要將機體裝在腰上，機體的感應器就會偵測人的動作，讓連接護膝的電線自動往上捲。據說在樓梯或坡道等對雙腳負擔特別大的環境下，會感覺走起路來比較輕鬆。體驗者表示：「連平常會放棄的斜坡都爬得上去，享受爬坡之餘還能不落人後」。不僅身體層面，機器人似乎也成了精神層面的輔助。

人隨著年歲增長，下半身會愈來愈無力，輔助生活的機器人的誕生，意味著我們的生活將變得更豐富。不過，也有部分人士批評採用機器人會導致加速機械化，進而奪走人們的工作。當然，不能無視這些意見。但我希望能將這種技術的發達，視為一種為我們帶來生活，甚至是生存意義的事物，並善加運用。

詞彙 ロボット技術 ロボットぎじゅつ 名 機器人技術｜進歩 しんぽ 名 進步
大型 おおがた 名 大型｜工業用 こうぎょうよう 名 工業用
主流 しゅりゅう 名 主流｜身近だ みぢかだ な形 身邊的
存在 そんざい 名 存在｜近頃 ちかごろ 名 近期
空港 くうこう 名 機場
案内ロボット あんないロボット 名 引導機器人
受付 うけつけ 名 接待｜確認 かくにん 名 確認
登場 とうじょう 名 登場｜一部 いちぶ 名 部分
装着 そうちゃく 名 穿著｜装着型 そうちゃくがた 名 穿戴型
歩行 ほこう 名 走路｜支える ささえる 動 支撐
目的 もくてき 名 目的｜製作 せいさく 名 製作
本体 ほんたい 名 機體｜腰 こし 名 腰｜センサー 名 感應器
動き うごき 名 動作｜感知 かんち 名 偵測｜ひざ 名 膝蓋
サポーター 名 護具｜つながる 動 連結｜ワイヤー 名 電線
自動的だ じどうてきだ な形 自動的
巻き上がる まきあがる 動 往上捲｜仕組み しくみ 名 機制
坂道 さかみち 名 坡道｜負担 ふたん 名 負擔
場面 ばめん 名 場景｜歩きやすさ あるきやすさ 名 走起來的輕鬆感
感じる かんじる 動 感覺｜体験者 たいけんしゃ 名 體驗者
いわく 副 說｜ふだん 名 平時
諦める あきらめる 動 放棄
遅れを取る おくれをとる 落後
身体的だ しんたいてきだ な形 身體的｜面 めん 名 面
精神面 せいしんめん 名 精神層面｜サポート 名 輔助
年を取る としをとる 年歲增長｜～ごとに 每～
足腰 あしこし 名 腰腿｜介助 かいじょ 名 照護
豊かだ ゆたかだ な形 豐富的｜ただ 副 不過
導入 どうにゅう 名 引進｜機械化 きかいか 名 機械化
加速 かそく 名 加速｜職 しょく 名 工作｜奪う うばう 動 搶奪

批判 ひはん名批評｜無論 むろん副當然｜無視 むし名無視
發達 はったつ名發達｜生きがい いきがい名生存意義
与える あたえる動給予｜取り入れる とりいれる動採用

53

文中提到<u>不至於成為你我身邊的存在</u>，原因為何？
1　因為價格太高難以入手
2　因為個人持有會占很大的空間
3　因為沒什麼機會看到
4　因為幾乎沒有實際用到的機會

解析 題目列出的畫底線句子「身近な存在とまではいかなかった（不至於成為你我身邊的存在）」位在文章第一段，因此請閱讀第一段，並找出針對畫底線句子的相關說明。畫底線處前方寫道：「これまでは大型の工業用ロボットなどが主流」；後方則寫道：「近頃では空港内の案内ロボットや、ホテルの受付ロボットなど、その存在を確認することができる機会も増えてきた」，因此答案要選 3 目にする機会がほとんどなかったから（因為幾乎沒什麼機會看到）。

詞彙 金額 きんがく名金額｜個人 こじん名個人｜しょゆう名持有
目にする めにする 看到｜実際 じっさい名實際

54

筆者所描述的「穿戴型機器人」是什麼樣的東西？
1　只會在坡道或階梯向上拉動雙腿使其更好走的物品
2　輔助可自己動腳的人走路的用品
3　提供精神上的輔助，讓人覺得變得會走路的用品
4　讓無法走路的人可自己動腳走路的用品

解析 題目提及「装着型ロボット（穿戴型機器人）」，出現在第二段，因此請閱讀第二段，確認相關內容。第二段中寫道：「これは人々の歩行を支えるという目的」、以及「本体を腰につけるだけで、あとは本体のセンサーが人の動きを感知して、ひざのサポーターにつながっているワイヤーが自動的に巻き上がる仕組み」，因此答案要選 2 自分で足を動かせる人の歩行をサポートしてくれるもの（輔助可自己動腳的人走路的用品）。

詞彙 引っ張る ひっぱる動拉動
動かす うごかす動移動

55

關於機器人，筆者最想表達的事是什麼？
1　機器人有奪走人類工作的風險，因此該予以譴責。
2　機器人是非常方便的東西，應盡可能運用在眾多領域。
3　我們應努力讓人類與機器人可共存。
4　應把機器人當成一種讓生活更多采多姿的事物，並靈活運用。

解析 本題詢問筆者對於機器人的看法，因此請仔細閱讀文章第三段，確認相關內容。第三段中寫道：「こうした技術の発達を私たちの生活や生きがいすらも与えてくれるものとしてうまく取り入れていきたいと思う」，因此答案要選 4 生活をより豊かにするものとして上手に使いこなすべきだ（應該善加利用它豐富我們的生活）。

詞彙 リスク名風險｜含む ふくむ動包含
分野 ぶんや名領域｜活用 かつよう名運用
共存 きょうぞん名共存｜努力 どりょく名努力
使いこなす つかいこなす動熟練地使用

56-58

　　很久以前，如果要拍張照片，通常要翻出一戶不一定會有一台的照相機。拜手機普及之賜，這種情況有了一百八十度的轉變，讓<u>這個時代變得更美好了</u>。

　　有的人把拍照當成興趣可能只是為了開心。但我覺得能將回憶視覺化這點意義重大，因為將回憶化為形體就能與人分享。可以從照片獲得大量的視覺資訊，因此即便是不在現場的人，也能輕易地想像出當時的狀況。

　　回憶有時會隨著時間的流逝而遺忘。照片可定位成一種將回憶化為形體，避免它完全消失的方式。照片也適合用來回顧過往，人一看到照片遺忘的記憶就會復甦，也會不禁懷念起當時的情懷，感覺內心好像回到年輕的時候。

　　保留原貌、具高度客觀性的照片可為我們帶來正面的影響。例如失去熱情或是自我肯定感低落時，我們可透過客觀審視自己過去的樣子，來暫時遠離周遭的壓力。接著，我們就能變得樂觀。照片往往被當成一種樂趣收藏起來，但透過回想，可以獲得的東西我們難以估計。

詞彙 ひと昔 ひとむかし 很久以前｜～となると 如果要～
一家 いっか名一戶｜一台 いちだい名一台
あるかないか 不一定會有｜引っ張りだす ひっぱりだす動拉出
常 つね名通常｜携帯電話 けいたいでんわ名手機
普及 ふきゅう名普及｜後押し あとおし名（在背後）推動
状況 じょうきょう名狀況｜一変 いっぺん名完全改變
思い出 おもいで名回憶｜可視化 かしか名視覺化
意義 いぎ名意義｜共有 きょうゆう名分享｜可能 かのう名能夠
視覚的 しかくてきな形視覺的｜情報 じょうほう名資訊
容易だ よういだな形容易的｜想像 そうぞう名想像
時間を追うごとに じかんをおうごとに 隨著時間的流逝
変化 へんか名變化｜完全だ かんぜんだな形完全的
失う うしなう動失去｜方法 ほうほう名方法
位置づける いちづける 定位｜記憶 きおく名記憶
よみがえる動復甦｜当時 とうじ名當時
感情 かんじょう名情感｜懐かしい なつかしいい形懷念的
若返る わかがえる動回春｜過去 かこ名過去
振り返る ふりかえる動回顧｜適する てきする動適合
ありのまま名原貌｜残す のこす動保留
客観性 きゃっかんせい名客觀性｜影響 えいきょう名影響
もたらす動帶來｜たとえば接例如｜意欲 いよく名熱情
自己肯定感 じここうていかん名自我肯定感｜低下 ていか名低落
自身 じしん名自己｜姿 すがた名樣子
客観視 きゃっかんし名客觀審視｜一時的 いちじてき名暫時
周囲 しゅうい名周圍｜ストレス名壓力

遠ざかる とおざかる動遠離｜結果 けっか名結果
前向き まえむき名積極｜効果 こうか名效果
期待 きたい名期待｜～がち 容易～｜回想 かいそう名回想
計り知れない はかりしれない 難以估計

56

文中提到這時代變得更美好了，指的是什麼？
1　照相機變成貼近生活的存在
2　現在任誰都能擁有手機
3　照相機普及到每戶都會有一台
4　手機內建拍照功能

解析 題目列出的畫底線句子「良い時代になった（變成了美好的時代）」位在文章第一段，因此請閱讀第一段，並找出針對畫底線句子的相關說明。畫底線處前方寫道：「一家に一台あるかないかのカメラを引っ張りだしてくるのが常であったが、携帯電話の普及という後押しもあり」，因此答案要選 1 カメラが身近な存在になったこと（相機已成為貼近生活的存在）。

詞彙 身近だ みぢかだ な形身邊的｜存在 そんざい名存在
機能 きのう名功能

57

根據筆者所述，照片擁有什麼功能？
1　與他人分享價值觀的功能
2　與他人分享記憶的功能
3　讓回憶留在心裡的功能
4　用回憶把內心填滿的功能

解析 題目提及「写真のもつ機能（照片具備的功能）」，出現在第二段，因此請閱讀第二段，確認相關內容。第二段中寫道：「思い出の共有が可能となるのだ」、以及「その場にいなかった人も容易に状況を想像することを可能にするからだ」，因此答案要選 2 他者と記憶を共有する機能（與他人分享記憶的功能）。

詞彙 他者 たしゃ名他人｜価値観 かちかん名價值觀
とどめる動停留｜埋めつくす うめつくす動填滿

58

筆者在本文最想表達的事是什麼？
1　透過照片來回想過往有助於記憶的維持。
2　透過照片與人分享回憶可使精神狀態安定。
3　欣賞照片有穩定人的心理狀態的作用。
4　透過照片比較過去與現在的自己可使人成長。

解析 本題詢問筆者透過文章想表達的內容，因此請仔細閱讀文章後半段，確認筆者的想法或主張。第四段中寫道：「意欲が失われているときや自己肯定感が低下しているとき、過去の自身の姿を客観視することで一時的に周囲のストレスから遠ざかることができる」，因此答案要選 3 写真を見ることは人の心理状態の安定に作用する（看照片有助於一個人心理狀態的安定）。

詞彙 保持 ほじ名保持｜役立つ やくだつ動有所助益
精神 せいしん名精神｜状態 じょうたい名狀態
落ち着く おちつく動冷靜｜心理 しんり名心理
安定 あんてい名安定｜作用 さよう名作用｜比較 ひかく名比較
成長 せいちょう名成長

59-62

小時候的我有項例行公事，那就是翻找報紙裡的傳單，並收集住宅資訊雜誌。這都是為了看房屋的格局圖。只要看到重視功能性的房屋，或是格局怪到讓人想問「到底是什麼人會住這裡？」的房屋時，我就會想像自己住在裡面，做起我的春秋大夢。但在此時，我會開始對格局圖看到的事物背景抱持疑問，像是：「為什麼會變成這種格局？」、「這麼做是為什麼？」。現在想起來，1 這正是我思考「建築」的契機。

小學時，我有幾次去日本古都「奈良」遠足的機會，中低年級時的我只覺得很無聊。然而，我升到高年級時去了奈良，聽到導師說：「法隆寺是世界最古老的木造建築，而且全沒使用任何一根釘子」的時候，2 我的眼睛為之一亮。雖然我後來知道其實還是有使用少量的釘子這個事實，但對當時的我而言，這種東西竟然就存在自己的眼前，只覺得非常不可思議，令我感動不已。

隨著時間過去，我成了大學生。在恪守本分用功念書的同時，我也會在週末與朋友前往京都或奈良，在當地坐擁歷史建築物的城市散步，逃離繁忙的日常生活，這就是我當時的興趣。在那之中，我有幸再次造訪了法隆寺。站在法隆寺前的我，對其莊嚴且高尚的風采不禁萌生一股敬畏之意。因為即便建造後已過了 1300 年，它仍持續地向活在現在的我們傳達其普世之美。在同一個地方存在超過 10 世紀的它，現在仍持續寫著自己的歷史。

我曾認為建築物存在的目的是為了用途，但似乎不是這麼一回事。倒不如說，能持續留在人們心裡的建築物，關鍵在於其魅力。魅力有百百種，有人會被設計之類的視覺要素吸引，也有人會被與當地的協調性，或是與大自然融合的樣貌所打動，箇中奧妙無法估量。但有魅力的建築物會影響市容，打動觀者的心，這點放諸四海皆準。此外，建築物也是一面反映時代與地區性的鏡子，同時也兼具成為文化構成基礎的功能。

（註 1）格局圖：用來確認房間大小、配置等項目的平面圖
（註 2）敬畏之意：害怕且尊敬偉大事物的心情

詞彙 幼い おさない い形年幼的｜日課 にっか名例行公事
チラシ名傳單｜あさる動翻找
住宅情報誌 じゅうたくじょうほうし名住宅資訊雜誌
間取り図 まどりず名格局圖｜機能性 きのうせい名功能性
重んじる おもんじる動重視
奇怪だ きかいだ な形奇怪的｜間取り まどり名格局
構造 こうぞう名結構｜想像 そうぞう名想像
膨らむ ふくらむ動（想法）擴大｜その先 そのさき 那背後

～に関して ～にかんして 關於～｜疑問 ぎもん 名 疑問
抱く いだく 動 抱持｜建築 けんちく 名 建築｜きっかけ 名 契機
小学生 しょうがくせい 名 小學生｜遠足 えんそく 名 遠足
古都 こと 名 古都｜奈良 なら 名 奈良｜訪れる おとずれる 動 造訪
低学年 ていがくねん 名 低年級（一、二年級）
中学年 ちゅうがくねん 名 中年級（三、四年級）
ただ 副 僅僅｜退屈だ たいくつだ な形 無聊的
程度 ていど 名 程度
高学年 こうがくねん 名 高年級（五、六年級）｜際 さい 名 時候
担任 たんにん 名 導師｜法隆寺 ほうりゅうじ 名 法隆寺
最古 さいこ 名 最古老｜木造建築 もくぞうけんちく 名 木造建築
しかも 副 而且｜くぎ 名 釘子｜一切 いっさい 名 完全
見張る みはる 動 睜大眼睛｜少量 しょうりょう 名 少量
使用 しよう 名 使用｜事実 じじつ 名 事實｜のちに 之後
当時 とうじ 名 當時｜現存 げんぞん 名 現存
不思議だ ふしぎだ な形 不可思議的｜感銘 かんめい 名 感動
流れる ながれる 動 流逝｜本業 ほんぎょう 名 本行
勉学 べんがく 名 求學｜励む はげむ 動 辛勤從事｜～つつ 一邊～
せわしない い形 繁忙的｜日々 ひび 名 每天
逃れる のがれる 動 逃離｜週末 しゅうまつ 名 週末
友人 ゆうじん 名 友人｜京都 きょうと 名 京都
歴史的 れきしてき な形 歷史的｜建造物 けんぞうぶつ 名 建築物
町並み まちなみ 名 街道｜散策 さんさく 名 散步
再び ふたたび 副 再次｜めぐりあう 動 偶遇
荘厳だ そうごんだ な形 莊嚴的｜気高い けだかい い形 高尚的
畏敬 いけい 名 敬畏｜念 ねん 名 念頭
～ずにはいられない 不禁～｜建立 こんりゅう 名 修建寺院
経る へる 動 經過｜なお 副 仍然
普遍的だ ふへんてきだ な形 普世的｜美しさ うつくしさ 名 美
伝え続ける つたえつづける 持續傳達｜世紀 せいき 名 世紀
刻み続ける きざみつづける 持續銘記
建築物 けんちくぶつ 名 建築物｜目的 もくてき 名 目的
用途 ようと 名 用途｜供する きょうする 動 提供
～うる 能夠～｜存在 そんざい 名 存在｜どうやら 副 好像
むしろ 副 倒不如說｜残り続ける のこりつづける 持續留存
魅力 みりょく 名 魅力｜要 かなめ 名 關鍵
様々だ さまざまだ な形 各式各樣的｜デザイン 名 設計
ビジュアル的 ビジュアルてき な形 視覺的｜要素 ようそ 名 要素
地域性 ちいきせい 名 地區性｜調和 ちょうわ 名 協調性
自然 しぜん 名 自然｜融合 ゆうごう 名 融合
とらえる 動 把握｜奥深さ おくぶかさ 名 奧妙
計り知れない はかりしれない 無法估計
共通 きょうつう 名 共通｜外観 がいけん 名 外觀
影響 えいきょう 名 影響｜及ぼす およぼす 動 波及
訴えかける うったえかける 動 訴說｜反映 はんえい 名 反映
構築 こうちく 名 構成｜礎 いしずえ 名 基礎｜機能 きのう 名 功能
兼ねる かねる 動 兼具｜配置 はいち 名 配置
確認 かくにん 名 確認｜平面図 へいめんず 名 平面圖
偉大だ いだいだ な形 偉大的｜おそれる 動 懼怕
うやまう 動 尊敬

59

1 這指的是什麼？

1　看格局圖並想像會住在哪種房子
2　為了看格局圖而把收集傳單當成例行公事
3　開始反覆思考從格局圖上看不到的事物
4　開始對格局圖的作用抱持疑問

解析 題目列出的畫底線字詞「これ（這個）」位在文章第一段，因此請閱讀第一段，並找出針對畫底線句子的相關說明。畫底線處前方寫道：「どうしてこういう 間取りになったんだろう、何を思ってこうしたんだろう」というように、間取り図から見えるもののその先に関して疑問を抱くようになる」，因此答案要選 3 間取り図から読み取れないことに思いを巡らすようになったこと（開始反覆思考從格局圖上看不到的事物）。

詞彙 読み取る よみとる 動 看出｜巡らす めぐらす 動 動腦
働き はたらき 名 作用｜疑念 ぎねん 名 疑問

60

文中提到 2 我睜大了雙眼，何者與筆者的心情相符。

1　懷疑老師的發言內容是否為事實的心情
2　發現沒用釘子是假的而氣憤的心情
3　能看見世界最古老的木造建築而感動萬分的心情
4　對古老的建築物超越時代保留至今感到驚訝的心情

解析 題目列出的畫底線句子「目を見張った（睜大了雙眼）」位在文章第二段，因此請閱讀第二段，並找出針對畫底線句子的相關說明。畫底線處前方寫道：「法隆寺は世界最古の木造建築で」；後方則寫道：「そんなものが自分の目の前に現存していることが不思議でしかたなく、感銘を受けた」，因此答案要選 4 古い建物が時代を超えて存在していることに驚く気持ち（對於超越時代的老建築物感到驚訝）。

詞彙 真実 しんじつ 名 真實｜疑う うたがう 動 懷疑
憤る いきどおる 動 憤怒
感極まる かんきわまる 動 感動萬分
超える こえる 動 超越

61

筆者如何描述法隆寺？

1　法隆寺透過存在來持續守護其長遠的歷史。
2　法隆寺具有令人感受不到時代變遷的普遍性。
3　法隆寺傳達了保存歷史建築的意義。
4　法隆寺宣揚了歷史悠久的建築物存在價值有多高。

解析 本題詢問筆者對於法隆寺的看法，因此請仔細閱讀文章第三段，確認相關內容。第三段中寫道：「10 世紀以上も同じ場所で、今も変わらずその歴史を刻み続けているのだ」，因此答案要選 1 存在することでその長い歴史を守り続けている（以存在來持續保護其悠久的歷史）。

詞彙 守り続ける まもりつづける 持續守護
移り変わり うつりかわり 名 變遷｜普遍性 ふへんせい 名 普遍性

保存 ほぞん名保存｜意義 いぎ名意義｜価値 かち名價值
広める ひろめる動宣揚

62

何者與筆者的看法相符？
1 建築的目的在於將那個時代的魅力留給後世。
2 所謂的建築，就是反映時代、創造文化。
3 建築物的魅力會持續留存在許多人的心中。
4 建築物是一種會持續留存而不遷就於時代變化的東西。

解析 本題詢問筆者透過文章想表達的內容，因此請仔細閱讀文章後半段，確認筆者的想法或主張。第四段中寫道：「魅力ある建築物はその町の外観に影響を及ぼし、見る人の心に訴えかける。そして、時代や地域性を反映する鏡となり、文化構築の礎としての機能を兼ねるのだ」，因此答案要選 2 建築とは、時代を写し出して文化を創り出すことである（所謂的建築，就是反映時代並創造出文化）。

詞彙 後世 こうせい名後世｜残す のこす動保留
写し出す うつしだす動反映
創り出す つくりだす動創造
とどまり続ける とどまりつづける 持續留存｜変化 へんか名變化
とらわれる動被拘束｜生き続ける いきつづける 持續活著

63-64

A

學才藝對正值成長期的孩子們而言，是個不折不扣可發現新的可能性的機會。孩子們的學習速度快，就像一塊海綿，會逐漸吸收新的知識。因此，幼年期學習大量才藝對孩子的未來非常重要。因為這樣可學到基本知識，家長能早期發現孩子的天賦，也就能幫他們培養。

儘管也有人批評讓孩子在年幼時期學才藝，是一種家長無視孩子意願的強迫行為，但孩子屬於資訊弱勢者，應該不太可能讓他們自己找出自己的可能性，並促使家長行動。孩子說想放棄時應尊重他們的意願。同時，大人也應帶頭關心孩子學才藝的事。

B

有愈來愈多的家長讓年幼的孩子學習好幾種才藝，無視孩子的意願強迫他們學習可說是種危險的行為。孩子是擁有與父母不同人格的一個個體，因此有自己的興趣、關心的事物、擅長或不擅長的事等等。若開始學一項才藝的契機不是基於本人意願，孩子有可能會很難當作主力來學習，最後不僅實力沒有提升，還留下了痛苦的回憶。將孩子真正想做的事擺在一旁，強制他們學才藝，對孩子而言可能會形成一股巨大的壓力，這不會對心靈的成長帶來正面的影響。可以理解家長考慮到孩子的未來，想讓他們多學點技能與知識的心情，但我認為沒有什麼事比了解身為主角的孩子的心情還重要。

詞彙 成長 せいちょう名成長｜真っただ中 まっただなか名正…當中
～にとって 對～而言｜習い事 ならいごと名學才藝
可能性 かのうせい名可能性｜出会う であう動遇見
チャンス名機會｜学習 がくしゅう名學習｜速度 そくど名速度
スポンジ名海綿｜知識 ちしき名知識
吸い込む すいこむ動吸入｜幼少期 ようしょうき名幼年期
将来 しょうらい名將來｜～において 在～
重要だ じゅうようだ な形重要的
一般教養 いっぱんきょうよう名基本知識
身に付ける みにつける 學到｜才能 さいのう名天賦
早期 そうき名早期｜気づく きづく動發現
伸ばす のばす動提升（能力）｜幼い おさない い形年幼的
意思 いし名意思｜無視 むし名無視｜押し付け おしつけ名強加
非難 ひなん名批評｜情報 じょうほう名資訊
弱者 じゃくしゃ名弱者｜自身 じしん名自己
自ら みずから名自己｜見出す みいだす動找出
働きかける はたらきかける 推動｜際 さい名時候
尊重 そんちょう名尊重｜～つつ ～的同時｜率先 そっせん名率先
関わる かかわる動有關係｜行為 こうい名行為
別 べつ名別的｜人格 じんかく名人格｜人間 にんげん名人類
関心 かんしん名關心｜得意 とくい名擅長
不得意 ふとくい名不擅長｜きっかけ名契機
本人 ほんにん名本人｜基づく もとづく動基於
主体的だ しゅたいてきだ な形主體的｜学ぶ まなぶ動學習
結果 けっか動結果｜実力 じつりょく動實力
伸びる のびる動（能力）提升｜つらい い形痛苦的
思いをする おもいをする 留下回憶
差し置く さしおく動置之不理｜強制 きょうせい名強制
ストレス名壓力｜与える あたえる動給予
影響 えいきょう名影響｜スキル名技能
親心 おやごころ 父母的心情｜主人公 しゅじんこう名主角
寄り添う よりそう動貼近

63

關於兒童學才藝一事，A 文與 B 文如何敘述？
1 A 文敘述孩子成長迅速，因此這時期很適合學習；B 文敘述社會有不重視孩子意願的傾向。
2 A 文敘述讓孩子學才藝可早期發現孩子的能力，並予以培養；B 文敘述讓孩子學才藝或許對孩子的將來有幫助。
3 A 文敘述家長讓孩子學才藝是一種將自己的理想強加於孩子身上的行為；B 文敘述讓孩子學才藝會讓孩子對學習一事變消極。
4 A 文敘述學才藝是孩子成長不可或缺的一環；B 文敘述家長想讓孩子學的東西，不一定和孩子想學的東西一致。

解析 題目提及「子どもの習い事（孩子的學習）」，請分別找出文章 A 和 B 對此的看法。文章 A 第一段開頭寫道：「成長真っただ中の子どもたちにとっての習い事は、新しい可能性に出会えるチャンスそのものです。子どもたちは学習速度が早く、スポンジのように新しい知識をどんどん吸い込んでいきます」；文章 B 第一段開頭寫道：「幼い子どもにいくつも習い事をさせる親が増えていますが、子どもの意思を無視して通わせるのは危険な行為だと言えます」。綜合上述，答案要選 1 Aは子どもは成長が早いので学ぶのによい時期だと述べ、Bは子どもの意思が重視されない傾向があると述べている（A 表示孩子成長快速，正是學習的良好時機；B 則表示孩子的意願有不被重視的傾向）。

詞彙 時期 じき名時期｜役立つ やくだつ動有幫助
理想 りそう名理想｜消極的だ しょうきょくてきだな形消極的
欠かす かかす動缺乏｜一致 いっち名一致
～とは限らない ～とはかぎらない 不一定～

64

關於家長對孩子學才藝應採取的態度，A 文與 B 文如何敘述？

1 A 文與 B 文皆敘述家長應該讓孩子做他們真正想做的事。
2 A 文與 B 文皆敘述家長講的話是正確的，因此應該讓孩子聽他們的話。
3 A 文敘述家長應該要了解孩子的心情，同時積極地讓他們學才藝；B 文敘述讓孩子學才藝應該要基於他們的意願。
4 A 文敘述家長應該出面領導，提出各式各樣的才藝項目給小孩；B 文敘述盡可能學會多種知識與技能相當重要。

解析 題目提及「子どもの習い事に関して親がとるべき姿勢（對於子女的學習父母應採取的態度）」，請分別找出文章 A 和 B 對此的看法。文章 A 第二段末寫道：「子どもが辞めたいと言った際にはその意思を尊重するなどしつつ、大人が率先して子どもの習い事に関わっていくべきです」；文章 B 第二段末寫道：「主人公である子どもの気持ちに寄り添うこと以上に大切なことはないと思うのです」。綜合上述，答案要選 3 Aは子どもの気持ちに寄り添いながらも積極的に習い事をさせるべきだと述べ、Bは子どもの意思に基づくべきだと述べている（A 敘述家長應該要了解孩子的心情，同時積極地讓他們學才藝；B 則表示應該以孩子的意願為基礎）。

詞彙 姿勢 しせい名態度｜従う したがう動順從｜リード名領導
提示 ていじ名提出

65-68

資訊化社會的來臨，讓我們只要使用電腦、手機等身邊的電子設備，就能接觸每天更新的最新資訊。我們現在可隨時隨地輕鬆搜尋資訊，生活品質也隨著便利性急遽提升。儘管如此，我們有時反而會萌生一股自己的領域變得愈來愈窄的感覺。

相較於電腦，日本的手機普及率相當高，日本人很熟悉手機的操作。說這句話的我其實也是其中一人。之前用手機某個網站的時候，突然跳出以前曾在網路商城搜尋過的商品的廣告，讓我感到既不可思議又佩服。此外，在影音網站看完影片後，也會跳出相關的影片列表，讓人覺得好像很有趣，就會點擊畫面讓它繼續播放。這些都是根據自己平常逛的網站或關鍵字進行分析後所反映出來的結果，感覺網路就看好像被自己有興趣的領域給佔滿。而手機也經常被用來在搜尋引擎查東西，說我們很依賴手機也是個不爭的事實。但是，若真的想找到自己想知道的東西，就必須要有明確的關鍵字。搜尋不知道的東西可是乎出乎意料地困難。

現在我們能輕易查到想知道的資訊，這看起來或許發展得更方便、更有效率且更理想了。但反過來說，這代表我們並沒有立場可自由取捨資訊，這些資訊等同是刻意計畫好的東西。而且，這些資訊還是趁我們不注意的時候收集成資料，並加以利用所誕生的產物。知道這件事的人也不多，即使知道，應該也有泰半的人不太介意。但在我看來，這是一件非常恐怖的事。

有句話說「井底之蛙不知大海」，意思是在井裡住慣的青蛙不曉得外面有大海。我們可能已經在不知不覺間成了井裡的青蛙。在資訊的大海無窮無際地持續擴大的另一方面，我們或許已陷入錯覺，認為井底這塊自己的領域就是一切。我們必須先有自己是井底之蛙的自覺。如同古時候的哲學家蘇格拉底所說的，我們應該從知道自己的無知開始。接著，我們必須先認知到自己是被丟進已建構好的世界裡的存在，再培養主動拓展世界架構的氣度與覺悟。

詞彙 情報化 じょうほうか名資訊化｜到来 とうらい名到來
～によって 因～｜スマートフォン名智慧型手機
身近だ みぢかだな形身邊的｜電子機器 でんしきき名電子設備
用いる もちいる動使用｜日々 ひび名每天
更新 こうしん名更新｜新ただ あらただな形新的
情報 じょうほう名資訊｜触れる ふれる動接觸
気軽だ きがるだな形輕鬆的｜利便性 りべんせい名便利性
質 しつ名品質｜急激だ きゅうげきだな形急遽的
向上 こうじょう名提升｜にもかかわらず 儘管如此
むしろ副反而｜領域 りょういき名領域
狭まる せばまる動變窄｜感覚 かんかく名感覺
襲われる おそわれる動被襲擊｜普及率 ふきゅうりつ名普及率
慣れ親しむ なれしたしむ動熟悉
かく言う かくいう 這麼說｜サイト名網站
以前 いぜん名以前｜通販 つうはん名網路購物
検索 けんさく名搜尋｜商品 しょうひん名商品
広告 こうこく名廣告｜表示 ひょうじ名顯示
不思議だ ふしぎだな形不可思議的｜感心 かんしん名佩服
動画 どうが名影片｜関連 かんれん名相關｜リスト名列表
流れる ながれる動播放｜画面 がめん名畫面
クリック名點擊｜いずれも 這些都是｜普段 ふだん名平常
アクセス名造訪（網站）｜キーワード名關鍵字
分析 ぶんせき名分析｜結果 けっか名結果
反映 はんえい名反映｜関心 かんしん名關心
分野 ぶんや名領域｜塗り固める ぬりかためる 佔滿
検索エンジン けんさくエンジン名搜尋引擎
調べ事 しらべごと名查詢、調查｜重宝 ちょうほう名常用
頼り たより名依賴｜事実 じじつ名事實
たどり着く たどりつく動到達
明確だ めいかくだな形明確的｜案外 あんがい名出乎意料
かつ副而且｜効率的 こうりつてきな形有效率的
理想的だ りそうてきだな形理想的｜発展 はってん名發展

遂げる とげる動達到｜裏を返す うらをかえす 反過來說
取捨選択 しゅしゃせんたく名取捨｜立場 たちば名立場
意図的 いとてきな形刻意的｜等しい ひとしいい形等同的
収集 しゅうしゅう名收集｜結果物 けっかぶつ名成果；產物
大して たいして副不太（後接否定）
気に留める きにとめる 介意
大半 たいはん名泰半｜言わせる いわせる動使…說
恐ろしい おそろしいい形恐怖的｜井 い名井
蛙 かえる名青蛙｜大海 たいかい名大海
井戸 いど名井｜住み着く すみつく動住慣
無意識 むいしき名無意識｜状態 じょうたい名狀態
果てしない はてしないい形無盡的
広がり続ける ひろがりつづける 持續擴展｜テリトリー名領域
まるで副簡直｜錯覚 さっかく名錯覺｜陥る おちいる動陷入
自覚 じかく名自覺｜かつて副從前
哲学者 てつがくしゃ名哲學家｜ソクラテス名蘇格拉底
無知 むち名無知｜枠組み わくぐみ名框架
放り込む ほうりこむ動扔入｜存在 そんざい名存在
認知 にんち名認知｜主体的 しゅたいてきな形主動的
押し広げる おしひろげる動擴展｜度量 どりょう名氣度
覚悟 かくご名覺悟｜身につける みにつける 學到

65

文中提到自己的領域變得愈來愈窄的感覺，筆者敘述他是在什麼時候有這種感受？

1　自己看的影片的相關影片比想像中好看時
2　發現畫面出現許多反映自己觀看喜好的廣告時
3　在搜尋引擎上找不到自己想找的資訊時
4　知道自己的喜好受到平常看到的資訊影響時

解析 題目列出的畫底線句子「自分の領域が狭まっていくような感覚（感覺自己的領域逐漸窄化）」位在文章第一段，因此請閱讀第一段，並從中找出針對畫底線句子的相關說明。畫底線處所在的句子寫道：「私はむしろ自分の領域が狭まっていくような感覚に襲われることがある」、以及下一段落中寫道：「いずれも自分が普段アクセスしているサイトやキーワードをもとに分析された結果が反映されたものであり、興味関心のある分野で塗り固められているように感じた」，因此答案要選 2 自分の閲覧傾向が反映された広告が並んでいると気づいたとき（當意識到有越來越多廣告反映出自身的瀏覽習慣時）。

詞彙 想定 そうてい名預想｜閲覧 えつらん名瀏覽
傾向 けいこう名傾向｜気づく きづく動察覺
求める もとめる動要求｜探し出す さがしだす動找出
好み このみ名喜好

66

關於資訊化社會帶來的影響，筆者的看法如何？

1　即便是沒興趣的資訊也會被迫自動接收。
2　可以更輕鬆地獲得有興趣的領域的相關資訊，讓專業性更高了。
3　提供資訊的那一方可以依據對象選擇要提供的資訊。
4　由於可輕鬆得知資訊，因此人變得依賴更網路了。

解析 本題詢問資訊化社會帶來的影響，因此請仔細閱讀文章第三段，確認相關內容。第三段中寫道：「こちらが情報を取捨選択をする立場にはないということ だ。その情報は意図的に計画されたものであるに等しい。その上、そうした情報は私たちが知らない間にデータとして収集、利用されたことによる結果物であるのだ」，因此答案要選 3 情報を発信する側が対象に応じて発信する情報を選ぶようになった（傳送資訊的一方會根據對象選擇要傳送的資訊）。

詞彙 自動的だ じどうてきだな形自動的｜受信 じゅしん名接收
～ざるを得ない ～ざるをえない 不得不～
専門性 せんもんせい名專業性｜高まる たかまる動提高
発信 はっしん名發布｜対象 たいしょう名對象
インターネット名網路｜依存 いぞん名依賴

67

筆者使用井底之蛙的例子描述了什麼事？

1　不知不覺中覺得自己好像知道一切。
2　持續留在同一個地方讓人無法整理思緒。
3　人類透過加深自己的領域來將自己從無知解放。
4　知道外面的世界後，就再也待不下自己的世界。

解析 本題詢問筆者以井底之蛙為例表達什麼，因此請仔細閱讀文章第四段，確認相關內容。第四段中寫道：「情報の海が果てしなく広がり続けている一方で、井戸という自分のテリトリーがまるですべてであるかのような錯覚に陥ってはいないか」，因此答案要選 1 知らず知らずのうちに、すべてを知っているような気になってしまう（在不知不覺中，誤以為什麼都知道）。

詞彙 とどまる動停留｜整理 せいり名整理
深める ふかめる動加深｜解放 かいほう名解放

68

筆者在本文最想表達的事是什麼？

1　為了成為給予資訊的那方，而不是被給予的那方，首先應從自覺自己無知開始。
2　所有資訊都受到提供方的操作，因此必須盡量多收集資訊以獲得正確知識。
3　我們應該確認看到的資訊是否為真，並學習親自向世界分享正確資訊的方法。
4　我們應該察覺我們所看到的資訊有被刻意給予的可能性，並學會主動收集更廣泛的資訊。

解析 本題詢問筆者透過文章想表達的內容，因此請仔細閱讀文章後半段，確認筆者的想法或主張。第五段中寫道：「すでに枠組みされた世界の中に放り込まれた存在としての自分を認知したうえで、主体的にその世界の枠組みを押し広げていく度量と覚悟を身につけなければならない」，因此答案要選 4 目にしている情報が意図的に与えられたものである可能性に気づき、より幅広い情報を能動的に集める力を身につけるべきだ（應該意識到眼前所見的資訊可能是有人刻意提供的，並培養主動收集更廣泛資訊的能力）。

詞彙 与える あたえる 動 給予｜操作 そうさ 名 操作｜知識 ちしき 名 知識
目にする めにする 看到｜真実 しんじつ 名 真實
確かめる たしかめる 動 確認｜自ら みずから 副 親自
向ける むける 動 朝向｜方法 ほうほう 名 方法
習得 しゅうとく 名 學習｜可能性 かのうせい 名 可能性
幅広い はばひろい い形 廣泛的｜能動的 のうどうてき な形 主動的

69

民基決定在 5 月 5 日兒童節與妻子及 2 個就讀國小的孩子，一起去山中森林公園一邊用餐一邊欣賞大自然。他想將行李控制在最低限度。下列何者與民基要做的事情相符？

1 前一天前準備好烤肉用具，並前去採買食材。
2 先預約好野餐墊，當天在咖啡廳外帶食物回去。
3 在前一天詢問是否能租借烤肉用具以及準備食材。
4 預約野餐墊，並確認是否能準備食材組合。

解析 本題詢問的是民基要做的事情。題目列出的條件為：「5 月 5 日の子どもの日に妻と小学生の子ども 2 人で山中森林公園に行って、ご飯を食べながら自然を楽しむことにした（決定在 5 月 5 日兒童節，跟妻子還有兩個上小學的孩子一起去山中森林公園，邊吃飯邊享受大自然）」。而「施設紹介（設施介紹）」下方寫道：「有料でバーベキューセットとテントの貸し出し，あらかじめお電話にてご予約ください，食材のセット販売，要予約」，因此答案要選 3 バーベキュー用品のレンタルと食材の準備が可能かを前日に問い合わせる（前一天詢問可否租用烤肉用具和準備食材）。

詞彙 子どもの日 こどものひ 名 兒童節｜小学生 しょうがくせい 名 小學生
自然 しぜん 名 自然｜最小限 さいしょうげん 名 最低限度
前日 ぜんじつ 名 前一天｜バーベキュー 名 烤肉
用品 ようひん 名 用品｜食材 しょくざい 名 食材
買い出し かいだし 名 採買｜レジャーシート 名 野餐墊
カフェ 名 咖啡廳｜持ち帰り もちかえり 名 外帶
レンタル 名 租借｜可能 かのう 名 可以
問い合わせる といあわせる 動 洽詢｜確認 かくにん 名 確認

70

目前在森之宮市的大學的南西，計畫與在同一所大學留學的三名好友前往山中森林公園。南西三月中旬也曾去山中森林公園玩過，因此打算體驗當時沒有的項目。以下何者為南西所擬定的計畫？

1 去期間限定的「玫瑰園」，用學生優惠在山中咖啡廳「安樂」用餐。
2 在「玫瑰園」裡看到最適合該季節觀賞的玫瑰，並參觀只有現在才能看到的馬父母和孩子
3 光顧山中咖啡廳「安樂」並領取優惠，在騎馬廣場體驗騎馬並欣賞親子組馬群。
4 欣賞當季的「玫瑰」花，在山中咖啡廳「安樂」用餐後，前往騎馬廣場。

解析 本題詢問的是南西要做的事情。題目列出的條件為：「3 月中旬にも山中森林公園に遊びに行ったため、その時にはなかったものだけを体験したい（三月中旬已經去過山中森林公園遊玩，所以只想體驗當時沒有的東西）」。而「イベント（活動）」下方寫道：「この季節に咲き乱れる「ばら園」が 5 月 3 日から 5 月 20 日までの期間限定 , 乗馬広場で 4 月に誕生した馬の赤ちゃんを展示しております。馬の親子をご見学いただけるのは今だけ」，因此答案要選 2「ばら園」でこの季節が見ごろのばらを見て、今しか見られない馬の親子を見学する（在「玫瑰園」裡看到最適合該季節觀賞的玫瑰，並參觀只有現在才能看到的馬父母和孩子）。

詞彙 留学 りゅうがく 名 留學｜中旬 ちゅうじゅん 名 中旬
体験 たいけん 名 體驗｜期間 きかん 名 期間
限定 げんてい 名 限定｜ばら園 ばらえん 名 玫瑰園
割引 わりびき 名 優惠、折扣｜見ごろ みごろ 名 最佳觀賞期
見学 けんがく 名 參觀｜乗馬 じょうば 名 騎馬
広場 ひろば 名 廣場

69-70 公園使用指南

森之宮市立山中森林公園入場須知

開園時間 上午 9 點～下午 18 點（全年無休）
收　費 入園費：大人 200 日圓，兒童（國中以下）100 日圓

◆設施介紹

植物園	分成位於植物園入口、有噴水廣場的公園區，以及植物展示區。噴水廣場有可供野餐的空間。（提供野餐墊租借，無須預約）
健行步道	新手也能盡情享受的健行步道。春天可賞櫻，秋天則可一邊欣賞紅葉一邊運動。
烤肉場	山川圍繞、自然環境豐富的烤肉場。可付費租借烤肉用具組及帳篷，請事前電話預約。 ※ 亦有販賣食材套組（須預約，請當日現金付款） ※ 帳篷僅 7 月 1 日～ 9 月 31 日可使用。
騎馬廣場	可在工作人員細心的指導下體驗騎馬。 （10 分鐘／ 1000 日圓） （30 分鐘／ 2500 日圓）
咖啡廳兼餐廳「安樂」	採用山中木屋般的室內設計，可在此用餐、喝咖啡，同時享受療癒身心的原木香氣。亦提供外帶服務。

◆活動

・這個季節盛開的「玫瑰園」將在 5 月 3 日至 5 月 20 日的限定期間於植物園內開放。敬請前往參觀。

・2020 年 3 月起，山中咖啡廳「安樂」慶祝改裝重新開幕，小學生以下的兒童蒞臨時將免費招待 1 杯飲料。（8 月 31 日截止）
・只要是森之宮市內的學校與大學的在學生，結帳時出示學生證即可享 300 日圓折扣。（每團體限折扣一次）
・騎馬廣場將展示 4 月誕生的馬兒寶寶。能看到馬兒親子的機會只有現在，敬請前往欣賞。

** 交通方式 **
地下鐵山中谷站走路 5 分鐘。停車場免費（國定假日每台 500 日圓／1 天）
※ 國定假日預計會湧入大量車流，請多利用大眾運輸系統。

山中公園管理事務所　TEL　06-1122-3344
（受理時間　上午 8 點 30 分～下午 19 點）

詞彙 市立 しりつ 名 市立｜森林 しんりん 名 森林｜開園 かいえん 名 開園
年中無休 ねんじゅうむきゅう 名 全年無休｜料金 りょうきん 名 費用
入園料 にゅうえんりょう 名 入園費｜施設 しせつ 名 設施
植物園 しょくぶつえん 名 植物園｜位置 いち 名 位置
噴水 ふんすい 名 噴水｜エリア 名 區｜植物 しょくぶつ 名 植物
展示 てんじ 名 展示｜分かれる わかれる 動 被區分
ピクニック 名 野餐｜スペース 名 空間｜貸し出し かしだし 名 出租
不要 ふよう 名 不需要｜ハイキング 名 健行｜コース 名 步道
初心者 しょしんしゃ 名 新手｜桜 さくら 名 櫻花
紅葉 もみじ 名 紅葉｜バーベキュー場 バーベキューじょう 名 烤肉場
囲む かこむ 動 包圍｜豊かだ ゆたかだ な形 豐富的
有料 ゆうりょう 名 要付費｜セット 名 組合｜テント 名 帳篷
あらかじめ 副 事先｜販売 はんばい 名 販售
要予約 ようよやく 名 須預約｜当日 とうじつ 名 當天
支払い しはらい 名 支付｜係員 かかりいん 名 負責人
丁寧だ ていねいだ な形 細心的｜指導 しどう 名 指導
ログハウス 名 木屋｜内装 ないそう 名 內部裝潢
香り かおり 名 香氣｜癒す いやす 動 療癒
テイクアウト 名 外帶｜対応 たいおう 名 應付
咲き乱れる さきみだれる 動 盛開｜開催 かいさい 名 開放
足を運ぶ あしをはこぶ 前往｜リニューアル 名 改裝
オープン 名 開幕｜記念 きねん 名 紀念｜お子様 おこさま 名 兒童
来店 らいてん 名 蒞臨店面｜際 さい 名 時候｜ドリンク 名 飲料
サービス 名 免費招待｜市内 しない 名 市內｜在学 ざいがく 名 在學
限る かぎる 動 限制｜学生証 がくせいしょう 名 學生證
提示 ていじ 名 出示｜無料 むりょう 名 免費
混雑 こんざつ 名 擁擠｜予想 よそう 名 預料
公共交通機関 こうきょうこうつうきかん 大眾運輸系統
管理 かんり 名 管理｜事務所 じむしょ 名 事務所

聽解

p.43

請利用播放**問題 1** 作答說明和例題的時間，提前瀏覽第 1 至第 6 題的選項，迅速掌握內容。一旦聽到「では、始めます」，便準備開始作答。

作答說明和例題

問題 1 では、まず質問を聞いてください。それから話を聞いて、問題用紙の 1 から 4 の中から、最もよいものを一つ選んでください。では、練習しましょう。

女の人が新商品について男の人と話しています。**女の人はこのあと何**をしますか。

F：部長、アンケート結果をもとに新商品のアイディアをまとめてみました。
M：へえ。この 1 本で 3 つの色を楽しめる口紅ってなかなか面白いね。
F：私もそのアイディアが気にいっていて、ぜひ商品化したいと考えていたんです。
M：うん、いいんじゃないかな。
F：はい。では、**今日中に開発にかかる費用の見積もりを出しますね。**
M：**お願いね。**あ、でも、これ高い技術力が必要そうだから、実現可能か商品開発部に相談してみないといけないな。
F：それなら、昨日担当者に確認しておいたので問題ありません。

女の人はこのあと何をしますか。

最もよいものは 3 番です。解答用紙の問題 1 の例のところを見てください。最もよいものは 3 番ですから、答えはこのように書きます。では、始めます。

中譯 女人和男人正在談論新商品。女人接下來會做什麼？
F：部長，我根據問卷結果整理了新商品的點子。
M：哇，這個一根可以擦三種顏色的口紅很有趣呢。
F：我也很喜歡這個點子，希望可以做成商品。
M：嗯，這不錯喔。
F：是的。**那我今天之內會估算好開發需花費的費用。**
M：**拜託妳了。**啊，但是這好像需要比較高階的技術，可能要和開發部商量看看能否實現呢。
F：這點的話，我昨天先和負責人確認過了，沒有問題。

女人接下來會做什麼事？
1　進行問卷調查

2　提出新商品的點子

3　計算開發費用

4　詢問開發部

最適當的答案是 3。請看答案卷問題 1 的範例。最適當的答案是 3，因此要像這樣填寫答案。那麼，開始作答。

1

[音檔]

飲食店で店長と男の店員が話しています。男の店員はこのあとまず何をしますか。

F：小川くん、手空いてる？[1]おつり用の小銭が足りなくなりそうだから、両替しておかないといけないんだけど、今、行ってこられる？私、今から本社に行かなくちゃいけなくて。

M：[1]大丈夫ですよ。駅前の銀行に行けばいいんですよね？

F：うん、よろしくね。

M：はい。

F：あと、戻ってきたら、お茶の作り足しもお願い。

M：あ、[2]それならさっき山崎さんがやってましたよ。

F：そっか。お昼のピークも過ぎてお店ももう落ち着いてるし、ホールの仕事はほかの子たちに任せても問題なさそうだし…。[3]じゃあ、新しいメニュー表に問題がないか見ておいてもらおうかな。来週から売り出す新しいメニューが反映されたメニュー表なんだけど、不備がないかを今日中に点検しないといけないの。ここにあるサンプルと見比べるだけだからそんなに大変じゃないはずよ。

M：わかりました。

F：もし何かあれば、付せんにどの箇所をどう直すか書いて貼っておいてね。[4]明日私が業者に連絡するから。じゃあ、お願いね。

M：はい。

男の店員はこのあとまず何をしますか。

[題本]

1　レジのお金を両替する

2　お茶を追加で作る

3　新しいメニュー表を確認する

4　修正するところを業者に伝える

中譯　店長和男店員正在餐飲店裡交談。男店員接下來會先做什麼事？

F：小川，你有空嗎？[1] 找零用的零錢好像要沒了，得快點換錢才行。你現在能替我去一趟嗎？我現在得去總公司。

M：沒問題喔。去車站的銀行就行了對吧？

F：嗯，麻煩你了。

M：好的。

F：啊，回來之後也麻煩泡一下新茶。

M：啊，[2] 那個剛才山崎已經做囉。

F：這樣啊。白天的尖鋒時段過了，店面也安定下來了，大廳的工作交給其他人應該沒問題……[3] 那，可以幫我看一下新的菜單有沒有問題嗎？新菜單有把下禮拜開始上市的新菜色更新上去，今天之內必須檢查有沒有疏漏。可以和這裡的樣品互相比較，不會太費勁。

M：了解。

F：有問題的話，就把出問題的地方和怎麼修改寫在便條紙後貼上去吧。[4] 我明天會聯絡廠商。那就麻煩你囉。

M：好的。

男店員接下來會先做什麼事？

1　換收銀機的錢

2　額外泡茶

3　確認新的菜單

4　告訴業者要修改的地方

解析　本題要從 1「換錢」、2「泡茶」、3「確認菜單」、4「告知要修改的內容」當中，選出男店員最先做的事情。對話中，女子提出：「おつり用の小銭が足りなくなりそうだから、両替しておかないといけないんだけど、今、行ってこられる?」。而後男子回應：「大丈夫ですよ」，因此答案要選 1 レジのお金を両替する（換收銀機裡的錢）。2 山崎已經做了；3 為換錢後才要做的事；4 為女子要做的事。

詞彙　手が空く てがあく 有空｜小銭 こぜに 名 零錢
両替 りょうがえ 名 兌換貨幣｜本社 ほんしゃ 名 總公司
作り足し つくりたし 名 額外製作｜さっき 副 剛才
ピーク 名 尖峰時段｜落ち着く おちつく 名 冷靜下來
ホール 名 大廳｜任せる まかせる 名 委託
メニュー表 メニューひょう 名 菜單｜売り出す うりだす 動 上市
反映 はんえい 名 反映｜不備 ふび 名 疏漏｜点検 てんけん 名 檢查
サンプル 名 樣品｜見比べる みくらべる 動 邊看邊比較
付せん ふせん 名 便條紙｜箇所 かしょ 名 地方
貼る はる 動 貼｜業者 ぎょうしゃ 名 廠商｜追加 ついか 名 追加
確認 かくにん 名 確認

2

[音檔]

女の人と男の人が話しています。男の人はどうしますか。

M：最近、よく眠れなくて疲れが取れないんだよな。

F：そうなんだ。仕事忙しいの？

M：うん。すごく忙しくて家に帰ったら、すぐにシャワーだけ浴びてそのままベッドに寝転んでるよ。

F：そっか。疲れてるときは、お風呂でしっかりと湯舟に浸かって体を温めてあげたらよく眠れるらしいんだけど。

M：そうなんだ。[1]でも僕は、少しでも早く横になりたいんだよね。

F：それなら仕方ないね。あと、[2]ベッドに寝転んだら携帯を触らないことも大事らしいよ。携帯の明かりってよくないっていうし、寝る1時間前はパソコンやテレビも見ないほうがいいって。

M：あ、いつも眠れないときに携帯を触ってたかも。[2]これからは控えるよ。

F：ほかには、寝る少し前にホットミルクを飲むとリラックス効果があっていいっていうよ。私も寝る前に飲むけど、優しい牛乳の味が体にしみわたって落ち着けるんだ。

M：へえ、そうなんだ。[3]でも僕、牛乳苦手なんだよね。

F：じゃあ、コーヒーとか紅茶あとお茶に含まれるカフェインを夕方以降はとらないこととかも不眠に効果があるっていうから、そういうことを気を付けるのもいいよね。

M：[4]僕はいつもお水を飲んでるし、コーヒーも朝しか飲まないから大丈夫そう。

男の人はどうしますか。

[題本]

1 お風呂でお湯につかる

2 寝る前に携帯を使わない

3 寝る前に温かい牛乳を飲む

4 夕方以降にカフェインをとらない

中譯 女人正在與男人交談。男人會怎麼做？

M：最近我經常睡不著，疲勞都無法消退呢。

F：這樣啊。工作很忙嗎？

M：嗯，非常忙。我一回家就立刻淋浴，再躺到床上。

F：這樣啊。累的時候在浴缸好好地泡個澡讓身體暖和一點，好像會比較好睡呢。

M：這樣啊。[1]但我只想快點躺平耶。

F：那就沒辦法了。還有，[2]躺到床上之後就不要再碰手機了，這點好像也很重要喔。聽說手機的光線對身體不好，睡前一小時最好別看電腦和電視。

M：啊，睡不著的時候好像都在滑手機。[2]之後我會節制的。

F：還有，聽說睡前喝熱牛奶有放鬆的效果喔。我也會在睡前喝牛奶，牛奶溫和的味道滲透到身體各處，讓人很平靜呢。

M：哇，這樣啊。[3]但是我不敢喝牛奶耶。

F：那，聽說傍晚以後不攝取咖啡、紅茶和茶類內含的咖啡因也對失眠很有效，這點也注意一下比較好喔。

M：[4]我都是喝水，咖啡也只會早上喝，應該沒問題。

男人會怎麼做？

1 在浴室泡熱水澡

2 睡前不用手機

3 睡前喝溫熱的牛奶

4 傍晚以後不攝取咖啡因

解析 本題要從1「泡熱水澡」、2「睡前不用手機」、3「睡前喝熱牛奶」、4「傍晚以後不攝取咖啡因」當中，選出男子往後會做的事情。對話中，女子提出：「ベッドに寝転んだら携帯を触らないことも大事らしいよ。携帯の明かりってよくないっていうし、寝る1時間前はパソコンやテレビも見ないほうがいいって」。而後男子回應：「これからは控えるよ」，因此答案要選2 寝る前に携帯を使わない（睡前不使用手機）。1男子提到只想盡快躺下；3男子表示他不喝牛奶；4男子提到他只有早上會喝咖啡。

詞彙 疲れが取れる つかれがとれる 疲勞消除

シャワーを浴びる シャワーをあびる 淋浴

寝転ぶ ねころぶ 動 躺｜湯舟 ゆぶね 名 浴缸

浸かる つかる 動 浸泡｜温める あたためる 動 加熱

横になる よこになる 躺平｜携帯 けいたい 名 手機

明かり あかり 名 光線｜控える ひかえる 動 節制

ホットミルク 名 熱牛奶｜リラックス 名 放鬆｜効果 こうか 名 效果

しみわたる 動 滲透｜落ち着く おちつく 動 平靜

苦手だ にがてだ な形 不擅長｜含む ふくむ 動 含有

カフェイン 名 咖啡因｜以降 いこう 名 以後｜不眠 ふみん 名 失眠

3

[音檔]

大学の図書館で女の学生と図書館職員が話しています。女の学生はこのあとまず何をしますか。

F：すみません、借りたい本があるんですけど本棚にはないみたいで。この図書館にあるか調べてもらえますか？「言語学概論」っていう本なんですけど。

M：はい、お調べします。

F：あ、もしこの図書館にない本なら、ほかの図書館からの取り寄せでもいいので、それが可能かどうかも一緒に調べてもらえると助かります。

M：はい、お待ちください。えーっと、[1]この図書館にあることはあるんですが、[2]今は貸し出し中になっていますね。

F：そうですか。いつ返却されるかわかりますか？

M：[2]予定では、3日後が返却日となっております。ただ、次に借りる方がいらっしゃらない場合は延長が可能となっているので、よろしければ、[3]ご予約していかれてはどうでしょうか。予約していただきますと、その方は延長ができないので、返却後すぐ貸し出しが可能となりますよ。

F：そうですか。でも3日後ですよね。できれば早く読み始めたいので、一度学校にある本屋を見てきます。あ、[4]今ここで予約をしたとして、あとで予約のキャンセルをすることは可能ですか？

M：もちろんです。もし本屋さんでご購入されましたら、キャンセルのお手続きをしに、もう一度お越しください。

F：[3]じゃあ、そうします。

女の学生はこのあとまず何をしますか。

[題本]

1 他の図書館から本を取り寄せる
2 3日後に本を返却する
3 本の貸し出しを予約する
4 本屋に売っているか見に行く

中譯 女學生和圖書館職員正在大學的圖書館裡交談。女學生接下來會先做什麼事？

F：不好意思，我想借一本書，但書架上好像沒有。可以幫我查查看有沒有在這間圖書館嗎？一本叫「語言學概論」的書。

M：好的，這邊替您查詢。

F：啊，如果是這間圖書館沒有的書，可以從其他的圖書館調閱。可以的話希望也幫我查一下能不能這麼做。

M：好的，請稍等。那個，[1]這間圖書館有這本書，但現在借出中喔。

F：這樣啊。知道什麼時候才會還書嗎？

M：[2]預定3天後是還書日。不過，如果後面沒有其他人的要借就可以延長。[3]您方便的話要不要先預約呢？您預約的話他就不能延長，這樣還書之後就能馬上出借喔。

F：這樣啊。但是是3天後對吧？我想盡量早點開始看，我去看一下學校的書店。啊，[4]如果現在在這裡預約，之後可以取消預約嗎？

M：當然可以。如果您在書店買書了，請再過來進行取消手續。

F：[3]那就這麼辦。

女學生接下來會先做什麼事？

1 從其他圖書館跨館調書
2 3天後還書
3 預約借書
4 去看書店有沒有賣

解析 本題要從1「從別的圖書館調書」、2「三天後還書」、3「預約借書」、4「去書店看有沒有賣」當中，選出女學生最先要做的事情。對話中，男子表示：「ご予約していかれてはどうでしょうか。予約していただきますと、その方は延長ができないので、返却後すぐ貸し出しが可能となりますよ」。而女學生確認預約後仍可取消，便回應：「じゃあ、そうします」，因此答案要選3 本の貸し出しを予約する（預約借書）。1該圖書館有書；2為借閱者要做的事；4為預約借書後才要做的事情。

詞彙 言語学 げんごがく 名 語言學｜概論 がいろん 名 概論
取り寄せ とりよせ 名 調貨｜可能 かのう 名 可以
助かる たすかる 動 得救｜貸し出し かしだし 名 借出
返却 へんきゃく 名 歸還｜返却日 へんきゃくび 名 歸還日
ただ 副 不過｜延長 えんちょう 名 延長｜本屋 ほんや 名 書店
キャンセル 名 取消｜購入 こうにゅう 名 購買
手続き てつづき 名 手續

4

[音檔]

会社で女の人と課長が話しています。女の人はこのあとまず何をしなければなりませんか。

M：山本さん、来週の会議用の資料見たよ。初めてにしてはとてもよくできてたね。

F：ありがとうございます。改善すべき点などあれば教えていただけますでしょうか。

M：そうだな、[1]グラフや表なんかも入ってて目で見てわかりやすかったから、それはそのままで。[2]製造コストに関する内容は誰でもわかるように簡潔にまとめられていてとてもよかったよ。

F：ありがとうございます。

M：[3]商品のセールスポイントだけど、もう少し具体的に書けるんじゃないかな。着目しているところはいいから、例とか使えばもっと伝わりやすくなると思うよ。

F：[3]では、そのようにいたします。

M：あとは、特にないかな…。そういえば、ほかの部署と一緒にする会議に出るのは初めてだよね？

F：はい。

M：[4]資料を直し終わってからの話になるけど、会議までに人数分の資料を紙で出力しておいてね。うちの部署では会議の時に資料を各自準備することになってるけど、他の部署では資料を作った人がまとめて準備する決まりになっているから。

F：そうなんですね。わかりました。

女の人はこのあとまず何をしなければなりませんか。

[題本]

1 図を用いて視覚的に説明する
2 製造費用の説明を簡単にする
3 商品の長所を詳しく書く
4 資料を印刷して準備する

中譯 女人和課長正在公司裡交談。女人接下來必須先做什麼事？

M：山本，我看了下週會議用的資料囉。以第一次做的人來說做得相當不錯呢。

F：謝謝。如果有需要改善的地方可以告訴我嗎？

M：這個嘛。[1]裡面的圖表和表格看了很容易懂，這部分維持原樣。[2]關於製造成本的內容也彙整得相當簡潔，任誰都看得懂，很棒喔。

F：謝謝。

M：[3]但商品的賣點應該可以寫得更具體一點。著眼的地方不錯，我覺得使用範例的話可以傳達得更清楚喔。

F：[3]那我就這麼做。

M：剩下就沒什麼特別要改的了……話說回來，妳是第一次出席和其他部門一起開的會議對吧？

F：是的。

M：[4] 雖然這是資料修改完之後的事，但會議前記得先按人數把資料印出來。我們部門習慣會議時各自準備資料，但其他部門是規定做資料的人統一準備。

F：這樣啊，我懂了。

女人接下來必須先做什麼事？

1 用圖表進行視覺化說明

2 將製造費用的說明改簡單一點

3 詳細撰寫商品的優點

4 印出資料進行準備

解析 本題要從 1「用圖表說明」、2「簡化製造成本的說明」、3「詳細寫出商品優點」、4「印出資料」當中，選出女子最先要做的事情。對話中，男子提出：「商品のセールスポイントだけど、もう少し具体的に書けるんじゃないかな。着目しているところはいいから、例とか使えばもっと伝わりやすくなると思うよ」。而後女子回應：「では、そのようにいたします」，因此答案要選 3 商品の長所を詳しく書く（詳細寫出商品的優點）。1 和 2 為已完成的事；4 為寫完商品優點後才要做的事。

詞彙 資料 しりょう 名 資料｜改善 かいぜん 名 改善｜グラフ 名 圖表
製造 せいぞう 名 製造｜コスト 名 成本
簡潔だ かんけつだ な形 簡潔的｜まとめる 動 彙整
セールスポイント 名 賣點
具体的だ ぐたいてきだ な形 具體的
着目 ちゃくもく 名 著眼｜伝わる つたわる 動 傳達
部署 ぶしょ 名 部署｜人数分 にんずうぶん 與人數相應的份量
出力 しゅつりょく 名 輸出｜各自 かくじ 名 各自
決まり きまり 名 規定｜図 ず 名 圖
用いる もちいる 動 使用｜視覚的だ しかくてきだ な形 視覺的
費用 ひよう 名 費用｜長所 ちょうしょ 名 優點
詳しい くわしい い形 詳細的｜印刷 いんさつ 名 印刷

5

[音檔]

大学で男の学生と女の学生が話しています。男の学生はこのあと何をしますか。

M：吉田先輩って以前、アメリカに留学されていましたよね。僕もアメリカに留学することになったんです。それで、ぜひアドバイスをいただけたらと思って。

F：そうなんだ。そうね、[1]私が「あのとき、しておけばよかったな」って思うのは、留学前に自分の国のことをもっと勉強しておくことかな。日本人としての意見や考えを聞かれたりするときに、自分が日本の代表だと思われてるってことに行ってから気づいたの。英語だけじゃなくてそういう勉強も大切だと思うよ。

M：今までそんなこと考えたこともなかったですけど、その通りですね。[1]僕も勉強します。

F：当たり前かもしれないけど、なんで留学に行くかっていうことをはっきりさせておかないと、時間を無駄にしてしまうよね。

M：[2]はい、それは留学試験の準備をしながら、しっかりと考えてきました。

F：それから、留学資金は多いに越したことはないから、時間のあるうちにアルバイトとかして少しでもお金を貯めることとか、うちの大学にいる留学生の友達を作っておくことかな。

M：はい、実は[3]大学1年生の頃からずっとお金を貯めてたので、それでなんとかなるかと。[4]所属しているサークルで外国人留学生とも交流しています。

F：そっか。私のできるアドバイスはこれくらいかな。

M：ありがとうございます。

男の学生はこのあと何をしますか。

[題本]

1 日本について学び始める

2 留学の目的を明確にする

3 アルバイトを始める

4 外国人留学生の友達を作る

中譯 男學生和女學生正在大學裡交談。男學生接下來會做什麼事？

M：吉田學姊以前在美國留學對吧？我之後也要去美國留學，希望妳能給我一些建議。

F：這樣啊。[1] 如果要說「我希望那時候有先做好」的事，應該是留學前多學習自己國家的事物。我去那邊之後才發現，當我被問到身為日本人的意見或看法的時候，我是被當作日本的代表。不只英文，這方面的學習也很重要喔。

M：我目前為止都沒想過這種事，妳說得沒錯呢。[1] 我也會多學學的。

F：雖然這可能是理所當然的，但如果沒有先搞清楚為什麼要去留學，也只會浪費時間。

M：[2] 好的，我會在準備留學考試的同時好好地想想。

F：還有，留學資金能多一點的話再好也不過了，可以趁有空的時候打工存錢，或是和我們大學裡的留學生交朋友。

M：好的。其實 [3] 我大學一年級開始就一直有在存錢，有這筆錢應該沒問題。[4] 我也有在和所屬社團的外國留學生交流。

F：這樣啊。我能給的建議大概就是這些了。

M：謝謝。

男學生接下來會做什麼事？

1 開始學習有關日本的事物

2 釐清留學的目的

3 開始打工

4　交外國留學生朋友

解析 本題要從 1「開始學習有關日本的事物」、2「釐清留學目的」、3「開始打工」、4「結交國際學生當朋友」當中，選出男學生接下來要做的事情。對話中，女學生表示：「私が「あのとき、しておけばよかったな」って思うのは、留学前に自分の国のことをもっと勉強しておくことかな」。而後男學生回應：「僕も勉強します」，因此答案要選 1 日本について学び始める（開始學習有關日本的事物）。2、3、4 皆為已經完成的事。

詞彙 以前 いぜん 名 以前｜留学 りゅうがく 名 留學｜アドバイス 名 建議
代表 だいひょう 名 代表｜気づく きづく 動 察覺
その通り そのとおり 正是如此
当たり前 あたりまえ 理所當然｜無駄 むだ 名 浪費
資金 しきん 名 資金｜貯める ためる 動 儲蓄
所属 しょぞく 名 所屬｜サークル 名 社團
交流 こうりゅう 名 交流｜学ぶ まなぶ 動 學習
目的 もくてき 名 目的｜明確だ めいかくだ な形 明確的

6

[音檔]

コンビニで店長と経営の専門家が話しています。店長は売り上げを増やすために何をすることにしましたか。

M：最近、近くに新しくコンビニがいくつかできて、お店の売り上げが減ってきてるんですよ。

F：そうですか。売り上げを増やすにはいくつかポイントがあるのですが、品ぞろえの良さはとても重要ですね。商品の種類が多いほど、お客様の滞在時間が長くなる傾向があります。種類が多いと自然に色々な商品に目移りして、衝動買いしやすくなるんです。

M：[1]スペースの関係もあって、これ以上増やすのは厳しそうです…。

F：では、[2]商品のレイアウトを工夫してみるのはどうでしょう。目の高さにある商品はよく売れる傾向にあるので、売り上げ単価の高い商品の置く位置を変えるんです。

M：それは初めて聞きましたが、[2]なんだかよさそうですね。

F：それから、売り上げデータから売れ筋商品をしっかりと把握して、それを常に欠かさないように多めに発注するのも大切ですよ。

M：はい、ただ[3]一番売れている商品は消費期限が短いものなので、残ると廃棄になってしまうんですよね。

F：それでは利益に繋がらないので無理には。常連となってくれるリピーターを獲得することも、売り上げアップには欠かせません。サービスや店員の接客がよいお店にはリピーターがつきやすいという調査結果があるんです。均一したサービスを提供できるようにアルバイトの教育を徹底することが、長期的に見ると売り上げ増加に大きく影響してきます。

M：[4]はい、それはうちでも力を入れている部分です。では、アドバイスいただいた点を取り入れてみようと思います。

店長は売り上げを増やすために何をすることにしましたか。

[題本]

1 商品の種類を増やす
2 商品によって置く場所を変える
3 よく売れる商品を多く発注する
4 サービス教育を徹底する

中譯 店長和經營專家正在便利商店裡交談。店長決定做什麼事來提升業績？

M：最近附近新開了幾家便利商店，我們店裡的業績開始下滑了呢。

F：這樣啊。要提升業績有幾個重點，商品種類齊全相當重要。商品的種類愈多，客人就有停留愈久的傾向。因為種類一多，客人的目光自然就會被各式各樣的商品吸引，就容易衝動消費。

M：[1]因為空間的關係，這裡好像很難再增加……

F：那，[2]要不要試著在商品的陳列方式上下功夫呢？擺放在眼睛高度的商品有賣得比較好的傾向，可以更改單位獲利較高的商品的擺放位置。

M：這是我第一次聽到，[2]感覺好像不錯呢。

F：還有，從業績資料掌握暢銷商品，經常多訂一點貨避免缺貨也很重要喔。

M：好的。不過，[3]我們賣得最好的商品保存期限很短，有剩下的話就得報廢呢。

F：這樣會無法獲利，不用勉強沒關係。另外，培養會重複消費的常客對業績的提升也不可或缺。有份調查結果顯示，服務和店員待客技巧好的店家，較容易產生常客。貫徹工讀生的教育，讓店面能提供品質如一的服務，長期下來會對業績的成長有大幅影響。

M：[4]有的，這部分我們也很積極地在做。那麼，我會採納您的建議。

店長決定做什麼事來提升業績？

1　增加商品的種類
2　依據商品改變陳列位置
3　多下訂暢銷商品
4　貫徹服務教育

解析 本題要從 1「增加商品種類」、2「根據商品改變陳列位置」、3「大量訂購暢銷商品」、4「徹底執行服務培訓」當中，選出男子接下來要做的事情。對話中，女子提出：「商品のレイアウトを工夫してみるのはどうでしょう。目の高さにある商品はよく売れる傾向にあるので、売り上げ単価の高い商品の置く位置を変えるんです」。而後男子回應：「なんだかよさそ

實戰模擬試題 1

うですね」，因此答案要選 2 商品によって置く場所を変える（根據商品改變陳列位置）。1 受限於空間；3 有效期限短，過期得報廢；4 為已經在進行的事。

詞彙 コンビニ名便利商店｜できる動能夠
売り上げ うりあげ名業績｜減る へる動減少
増やす ふやす動増加｜ポイント名重點
品ぞろえ しなぞろえ名商品種類｜重要だ じゅうようだな形重要的
商品 しょうひん名商品｜種類 しゅるい名種類
滞在 たいざい名滯留｜傾向 けいこう名傾向
自然だ しぜんだな形自然的｜目移り めうつり名吸引目光
衝動買い しょうどうがい名衝動消費｜スペース名空間
レイアウト名陳列｜工夫 くふう名功夫
単価 たんか名單價｜位置 いち名位置｜データ名資料
売れ筋 うれすじ名暢銷商品｜把握 はあく名掌握
常に つねに副經常｜欠かす かかす動欠缺
多めに おおめに 多一點｜発注 はっちゅう名訂購
ただ副不過｜消費期限 しょうひきげん名保存期限
廃棄 はいき名廢棄｜利益 りえき名利益
繋がる つながる動造成｜常連 じょうれん名常客
リピーター名重複消費者｜獲得 かくとく名獲得
アップ名提升｜サービス名服務｜接客 せっきゃく名待客
調査 ちょうさ名調查｜結果 けっか名結果
均一 きんいつ名均等｜提供 ていきょう名提供
徹底 てってい名貫徹｜長期的だ ちょうきてきだな形長期的
増加 ぞうか名増加｜影響 えいきょう名影響
力を入れる ちからをいれる 致力｜部分 ぶぶん名部分
取り入れる とりいれる動採納

☞ 請利用播放**問題 2** 作答說明和例題的時間，提前瀏覽第 1 至第 7 題的選項，迅速掌握內容。一旦聽到「では、始めます」，便準備開始作答。

作答說明和例題

問題２では、まず質問を聞いてください。そのあと、問題用紙のせんたくしを読んでください。読む時間があります。それから話を聞いて、問題用紙の１から４の中から、最もよいものを一つ選んでください。では、練習しましょう。

大学で女の学生と男の学生が話しています。この女の学生は**どうして中国語の授業をとった**と言っていますか。

F：鈴木くんはどうして中国語の授業をとってるの?
M：実は小さいとき親の仕事の都合で６年間、中国に住んでたんだ。これと言って興味があることもなかったし、得意なことも中国語くらいしかなかったから、ビジネスレベルまで頑張ろうと思ってね。
F：通りで発音がきれいなわけだね。
M：木村さんは?
F：私、専攻が遺伝子工学なんだけど、今の中国を見てると経済の面でも科学技術の面でも成長がすごいでしょう。だから、**今専攻していることもあと何年かしたら中国でさらに大きく発展するかなって。**
M：確かに中国語ができれば、日本に限らず中国の研究室や企業でも不自由なく働けるしね。
F：そうそう。将来のビジョンを広げるために必要だと思うから、今のうちに習得したいんだ。
M：僕も中国語で何ができるか考えよう。

この女の学生はどうして中国語の授業をとったと言っていますか。

最もよいものは４番です。解答用紙の問題２の例のところを見てください。最もよいものは４番ですから、答えはこのように書きます。では、始めます。

中譯 女學生和男學生正在大學裡交談。這名女學生說她為何選了中文課？

F：鈴木你為什麼要修中文課呢？
M：我小時候因為父母工作的關係在中國住了 6 年。雖然如此，但也不是說很有興趣。而且我擅長的大概也只有中文，所以想說努力學到商業程度。
F：難怪你發音這麼漂亮。
M：木村妳呢？
F：我主修基因工程，看到現在的中國，無論是經濟還是科學技術層面都有很大的發展。**所以想說我現在主修的領域，說不定幾年後會在中國變熱門。**
M：的確，會中文的話不僅能在日本，也能毫無阻礙地在中國的研究室或企業工作。
F：沒錯。我覺得要拓展未來的視野這是必要的，所也才想趁現在學起來。
M：我也來想想能用中文做什麼事好了。

這名女學生說她為何選了中文課？

最適當的答案是 4。請看答案卷的問題 2 的範例。最適當的答案是 4，因此答案要這樣寫。那麼，測驗開始。

1

[音檔]

テレビでレポーターがカフェの経営者にインタビューをしています。カフェの経営者はどうして客が増えたと言っていますか。

F：今日は、最近話題のカフェの経営者である鈴木さんにお話をお伺いします。こちらのカフェの魅力はどういったところでしょうか。
M：はい、このカフェは古い家を改装した古民家カフェとして、どこか懐かしくて温かい雰囲気をコンセプトとしています。そして、お客様にお召し上がりいただくものは最高のものにしたいという思いから、有名なホテルで働いていたこともあるパティシエの友人に協力をしてもらい、その友人の作ったケーキをこちらで販売しております。

F：落ち着いた空間でおいしいケーキを食べられるというのは、とても魅力的ですね。

M：はい、また「紫芋ケーキ」というメニューがあるのですが、これはこの地域特産のものを使用しており、非常においしいと好評をいただいております。

F：そうですか、それがこのカフェの人気の秘密でしょうか。

M：いや、それも理由の一つかもしれませんが、やはり、お店で使用しているお皿のせいでしょうか。

F：といいますと?

M：はい、実はこちらで使用しているお皿はすべて私の妻が作ったものなんですが、それが個性があって素敵だと若い女性たちの間で話題になったようで。それで、ケーキセットとしてお皿も一緒に販売をすることにしたんですが、これがまた大人気でして。ありがたいことに、遠くからご来店くださる方もいて、待ち時間ができるほどになりました。

カフェの経営者はどうして客が増えたと言っていますか。

[題本]

1 古民家を改装した建物だから
2 パティシエのケーキを販売しているから
3 地域の野菜を使ったメニューがあるから
4 手作りのお皿を販売しているから

中譯 記者正在電視上採訪咖啡廳的經營者。咖啡廳的經營者為何說客人變多了？

F：今天我們要來訪問最近討論度很高的咖啡廳店長鈴木先生。這間咖啡廳有哪些吸引人的地方呢？

M：是的，這間咖啡廳是舊民宅重新裝修成的老宅咖啡廳，以懷舊、溫馨的氛圍為概念。此外，我想讓客人品嚐到最棒的東西，所以和曾在知名飯店工作的糕點師友人合作，那位友人做的蛋糕現在就在我們這裡販售。

F：可以在沉靜的空間享用美味的蛋糕，這非常吸引人呢。

M：是的。此外，我們有個叫「紫芋蛋糕」的品項，使用的是這個地區特產的原料，客人都說非常好吃，大受好評。

F：這樣啊。這就是這間咖啡廳大受歡迎的秘密嗎？

M：不，這可能也是原因之一，但我覺得真正的原因還是在本店所使用的盤子。

F：怎麼說呢？

M：是的，其實我們使用的盤子全部都是我老婆做的。因為有特色又漂亮，在年輕女性之間的討論度似乎很高，所以我們決定把盤子當成蛋糕套餐一起販售，結果這也大受歡迎。慶幸的是，也有些客人是大老遠過來的，所以有充分的等待時間。

咖啡廳的經營者為何說客人變多了？

1 因為是老民宅重新裝修後的建築物
2 因為有販售糕點師的蛋糕
3 因為有使用當地蔬菜的品項
4 因為有販售手工盤子

解析 本題詢問客人變多的原因。各選項的重點為 1「改裝民宅」、2「販售糕點師的蛋糕」、3「使用當地蔬菜」、4「販售手工盤子」。對話中，男子表示：「それも理由の一つかもしれませんが、やはり、お店で使用しているお皿のせいでしょうか，ケーキセットとしてお皿も一緒に販売をすることにしたんですが、これがまた大人気でして，待ち時間ができるほどになりました」，因此答案為 4 手作りのお皿を販売しているから（因為有販售手工的盤子）。1、2、3 都不是讓客人變多的最主要原因。

詞彙 話題 わだい 名 話題｜カフェ 名 咖啡廳
經営者 けいえいしゃ 名 經營者｜魅力 みりょく 名 魅力
改装 かいそう 名 重新裝修｜古民家 こみんか 名 老民宅
懐かしい なつかしい い形 懷舊的｜雰囲気 ふんいき 名 氛圍
コンセプト 名 概念｜最高 さいこう 名 最棒
パティシエ 名 糕點師｜協力 きょうりょく 名 合作
販売 はんばい 名 販售｜落ち着く おちつく 動 沉靜
空間 くうかん 名 空間｜紫芋 むらさきいも 名 紫芋
地域 ちいき 名 地區｜特産 とくさん 名 特產｜使用 しよう 名 使用
非常に ひじょうに 副 非常｜好評 こうひょう 名 好評
秘密 ひみつ 名 祕密｜皿 さら 名 盤子｜個性 こせい 名 特色
素敵だ すてきだ な形 漂亮的｜大人気 だいにんき 名 大受歡迎
ありがたい い形 感謝的｜来店 らいてん 名 來店裡
待ち時間 まちじかん 名 等待時間｜手作り てづくり 名 手工

2

[音檔]

会社で女の人と男の人が話しています。女の人は新しい趣味を見つけるためにどうすることにしましたか。

F：最近、ずっとゲームしてたら飽きちゃって、何か新しい趣味始めたいなぁ。

M：えー、じゃあうちのフットサルチームに遊びにこない?今新しいメンバーを募集してるんだよね。

F：フットサルか、でも私人見知りだからなあ。家で映画鑑賞とかもいいかなーと思ってたんだけど、家で映画を見るとつい携帯を触ってしまって、結局話がわからなくなってるんだよね。

M：そっか。じゃあ、友達を誘ってキャンプに行くとかは?ぼくは1年に何回かだけどキャンプをするんだ。自然に触れて心までリフレッシュできるからいいよ。最近、キ

實戰模擬試題 1

ャンプを始める人が増えたからか、お店に行ったらいろんなキャンプ用品が置いてあって、見るだけでも結構楽しいし。

F：へえ。確かに楽しそう。

M：それか、ゲームみたいに家でできる趣味がいいなら、本を買ってきて家で読書を楽しむっていうのもかっこいいよね。なんか賢そうで。

F：本は今もたまに読むから新しい趣味としてはちょっとね…。この機会に身体を動かせる趣味を始めてみるのもいいかなと思うし、田中くんがいれば知らない人たちの中でも大丈夫な気がしてきたから、やっぱり一度見学に行ってもいいかな?

M：もちろん！今週の土日もやってるからぜひ。

F：ありがとう。よろしくね。

女の人は新しい趣味を見つけるためにどうすることにしましたか。

[題本]

1 フットサルを見学する

2 家で映画を見る

3 お店でキャンプ用品を見る

4 本を買いに行く

中譯 女人和男人正在公司裡交談。女人決定做什麼事來尋找新的休閒娛樂？

F：最近一直在玩遊戲，結果膩了，好想開始從事個什麼新的休閒娛樂。

M：咦，那妳要不要來我們的五人制足球隊玩？我們現在在招募新成員喔。

F：五人制足球嗎，但是我很怕生耶。我想說在家看電影也不錯，真的在家看電影的時候卻不自覺滑起了手機，結果連劇情都不曉得。

M：這樣啊。那妳要不要邀朋友去露營之類的？我一年會去露營幾次。接觸大自然還可以恢復精神，很棒喔。可能是最近開始露營的人變多了，去店裡可以看到擺放許多露營用品，光用看的就很開心。

F：哇，的確好像很有趣。

M：還有，如果想要像遊戲那樣可以在家裡進行的休閒娛樂的話，買書回家看、享受讀書的樂趣也挺酷的呢，感覺很聰明。

F：書我現在就有在看了，當成新的休閒娛樂有點……我想說趁這個機會開始從事可以動動身體的休閒娛樂，而且田中你在的話，就算有不認識的人在感覺也沒問題。還是我去觀摩一次好了？

M：當然可以！我們這禮拜的六日會踢，歡迎過來。

F：謝謝。那就麻煩囉。

女人決定做什麼事來尋找新的興趣？

1 觀摩五人制足球

2 在家看電影

3 在店裡看露營用品

4 去買書

解析 本題詢問女子決定如何找到新的興趣。各選項的重點為 1「觀摩五人制足球」、2「在家看電影」、3「在店裡看露營用品」、4「去買書」。對話中，女子提出：「この機会に身体を動かせる趣味を始めてみるのもいいかなと思うし、田中くんがいれば知らない人たちの中でも大丈夫な気がしてきたから、やっぱり一度見学に行ってもいいかな?」。而後男子回應：「もちろん」，因此答案為 1 フットサルを見学する（參觀五人制足球）。2 提到會忍不住滑手機；3 提到還是偏好能活動身體的興趣；4 為正在做的事情。

詞彙 ゲーム 名 遊戲｜飽きる あきる 動 厭倦｜フットサル 名 五人制足球
メンバー 名 成員｜募集 ぼしゅう 名 招募
人見知り ひとみしり 名 怕生｜鑑賞 かんしょう 名 欣賞
つい 副 不自覺｜携帯 けいたい 名 手機
結局 けっきょく 副 結果｜誘う さそう 動 邀請
キャンプ 名 露營｜自然 しぜん 名 自然
触れる ふれる 動 接觸｜リフレッシュ 名 恢復
用品 ようひん 名 用品｜読書 どくしょ 名 看書
かっこいい い形 帥氣的｜賢い かしこい い形 聰明的
身体 しんたい 名 身體｜気がする きがする 感覺
見学 けんがく 名 觀摩｜土日 どにち 名 六日

3

[音檔]

コンビニで店長と店員が話しています。店長は店員について何が一番よいと言っていますか。

F：ちょっといいかな。林くんに、来月からアルバイトのリーダーを任せたいと思ってて。時給も上がるし、悪くないかなと思うんだけどどう?

M：本当ですか。ありがとうございます。

F：こちらこそ、いつも仕事頑張ってくれてありがとう。さっきもお客さんから、あの子はいつもはきはきと話してて気持ちがいいって言われたよ。サービス業は相手に伝わるように話すことが大事だからね。それに遅刻や欠席なんかもしないから約束をしっかり守れる人なんだと思ってるよ。

M：ありがとうございます。うれしいです。

F：そして、何より、お客さんに対してもそうだけど、ほかのアルバイトたちにも常に笑顔で話してて、本当にすごいなって思っちゃうよ。林くんがいるとみんな楽しそうに仕事するんだよね。だからぴったりだと思うの。

M：恐れ入ります。

F：これからはリーダーとして、これまで以上にリーダーシップを発揮しながらみんなのことを引っ張っていってあげてね。期待してるよ。

M：精一杯頑張ります。

店長は店員について何が一番よいと言っていますか。

[題本]

1 声が大きくて聞き取りやすいところ

2 きちんと約束を守れるところ

3 誰に対しても笑顔でいるところ

4 リーダーシップがあるところ

中譯 店長與店員正在便利商店裡交談。店長說店員最棒的地方是什麼？

F：現在方便嗎？小林，下個月起我想任命你當工讀生的領班。而且時薪會調升，我覺得不錯，如何？

M：真的嗎？謝謝。

F：我才要說謝謝，謝謝你總是很努力地工作。剛才也有客人告訴我，說你說話總是很有精神，讓人覺得很舒服喔。畢竟能將話語傳達給對方這點在服務業很重要。而且你也不會遲到或缺席，我覺得你是個能確實遵守約定的人呢。

M：謝謝，我覺得很高興。

F：然後，最重要的是，不只是對客人，和其他工讀生說話時你也總是笑臉以對，我真的覺得你很了不起呢。有小林你在的話，感覺大家都能開開心心地工作。所以我覺得你很適任喔。

M：不敢當。

F：接下來就請你以領班的身分，發揮比以往更強大的領導力帶領大家囉。我很期待喔。

M：我會全力以赴的。

店長說店員最棒的地方是什麼？

1 聲音很大很容易聽清楚

2 確實遵守約定

3 對任何人都笑臉以對

4 有領導力

解析 本題詢問店長提及店員最棒的地方。各選項的重點為 1「嗓門夠大」、2「遵守約定」、3「總是笑臉迎人」、4「擁有領導力」。對話中，女子表示：「何より、お客さんに対してもそうだけど、ほかのアルバイトたちにも常に笑顔で話してて、本当にすごいなって思っちゃうよ」，因此答案為 3 誰に対しても笑顔でいるところ（對任何人都笑臉以對）。1 指的是顧客；2 並非最棒之處；4 並未提到。

詞彙 リーダー名領導人｜任せる まかせる動委託

時給 じきゅう名時薪｜さっき副剛才｜はきはき副有精神

サービス業 サービスぎょう名服務業｜相手 あいて名對方

伝わる つたわる動傳達｜遅刻 ちこく名遲到

欠席 けっせき名缺席｜守る まもる動遵守

常に つねに副總是｜笑顔 えがお名笑容

ぴったり副合適｜恐れ入る おそれいる動恭維

リーダーシップ名領導力｜発揮 はっき名發揮

引っ張る ひっぱる動帶動｜期待 きたい名期待

精一杯 せいいっぱい副全力｜声 こえ名聲音

聞き取る ききとる動聽取｜きちんと副確實地

4

[音檔]

テレビでアナウンサーが医者に熱中症の予防方法についてインタビューしています。医者は、一番気を付けるべきことは何だと言っていますか。

M：そろそろ熱中症の患者さんが増える時期かと思いますが、予防法を教えていただけますか。

F：はい、言うまでもないかもしれませんが、熱中症の予防にはこまめな水分補給が重要です。汗をかいてないときでも人間の体からは水分が排出され続けますからね。

M：そうですね。他にはどういったことがありますでしょうか。

F：はい、外出の際には、帽子や日傘などを使って、直接太陽に当たらないことが大切です。そうすることで、少しでも体内の温度の上昇を抑えることができます。また、エアコンを積極的に使うことも大切でして、特にお年寄りの方々は暑さを感じる機能が低下してくるので、室内でも熱中症になる恐れがあります。エアコンを活用しましょう。

M：確かに、自宅で熱中症になられるお年寄りの方が多いですよね。

F：それから、気温差が原因で熱中症になることもあります。気温差が大きいと体がその変化についていけず、自律神経が乱れて、体の熱を外に出すことができなくなるからです。クーラーの設定温度を下げすぎない、などの対策で多少は防げます。これはなかなか知られていないことなので、特に注意していただきたいと思っています。

M：なるほど。ありがとうございました。

医者は、一番気を付けるべきことは何だと言っていますか。

[題本]

1 ひんぱんに水分をとり続けること

2 直接太陽に当たらないこと

3 暑いと感じなくてもエアコンをつけること

4 気温差をなるべく作らないこと

中譯 主播正在電視上訪問醫生有關中暑的預防方法。醫生說最應該注意的事是什麼？

M：差不多快進入中暑患者增加的時期了，能告訴我們預防的方法嗎？

F：好的。這或許不需要我再多說，要預防中暑，積極補充水分很重要。因為人在沒有流汗的時候也會持續排出水份。

M：這樣啊。還有其他要注意的地方嗎？

F：是的，外出的時候使用帽子或洋傘避免陽光直接照射也很重要。這麼做可稍微抑制體內的溫度上升。此外，也要積極使用空調。尤其是年紀較大的人，他們感受熱度的身體機能開始衰退，因此即便待在室內也有中暑的風險。大家還是多開空調吧。

M：的確，在自家中暑的長輩很多呢。

F：除此之外，我們有時也會因為溫差中暑。因為溫差一大，身體就會趕不上變化，造成自律神經失調，身體的熱氣就無法向外排。冷氣的溫度不要調太低等方式，多少可預防這種狀況。這一點大家幾乎都不曉得，希望可以特別留意一下。

M：原來如此，謝謝醫生。

醫生說最應該注意的事是什麼？

1　頻繁地持續攝取水份

2　不要直接照陽光

3　覺得不熱還是要開空調

4　盡量不要讓環境有溫差

解析 本題詢問最需要注意的事情。各選項的重點為 1「頻繁補充水分」、2「避免直曬太陽」、3「不熱也要開冷氣」、4「避免產生溫差」。對話中，女醫生表示：「気温差が原因で熱中症になることもあります，これはなかなか知られていないことなので、特に注意していただきたいと思っています」，因此答案為 4 気温差をなるべく作らないこと（盡可能避免產生溫差）。1、2、3 都不是最需要注意的事情。

詞彙 熱中症 ねっちゅうしょう 名 中暑｜患者 かんじゃ 名 患者
時期 じき 名 時期｜予防法 よぼうほう 名 預防方式
こまめだ な形 勤奮的｜水分 すいぶん 名 水份
補給 ほきゅう 名 補充｜重要だ じゅうようだ な形 重要的
汗をかく あせをかく 流汗｜人間 にんげん 名 人類
排出 はいしゅつ 名 排出｜外出 がいしゅつ 名 外出
日傘 ひがさ 名 陽傘｜直接 ちょくせつ 名 直接
太陽 たいよう 名 太陽｜当たる あたる 動 照射
体内 たいない 名 體內｜温度 おんど 名 溫度
上昇 じょうしょう 名 上升｜抑える おさえる 動 抑制
エアコン 名 空調｜積極的だ せっきょくてきだ な形 積極的
年寄り としより 名 老人｜方々 かたがた 名 各位
感じる かんじる 動 感覺｜機能 きのう 名 機能
低下 ていか 名 衰退｜室内 しつない 名 室內｜恐れ おそれ 名 疑慮
活用 かつよう 名 活用｜自宅 じたく 名 自家
気温差 きおんさ 名 氣溫差｜変化 へんか 名 變化
自律神経 じりつしんけい 名 自律神經
乱れる みだれる 動 混亂｜クーラー 名 冷氣
設定 せってい 名 設定｜温度 おんど 名 溫度
対策 たいさく 名 對策｜多少 たしょう 副 多少
防ぐ ふせぐ 動 預防｜ひんぱんだ な形 頻繁的

5

[音檔]

ラジオで専門家が女性の社会進出について話しています。専門家は、女性の社会進出が進まない一番の原因は何だと言っていますか。

F：女性の社会進出において鍵となるのは、再就職です。再就職とは、出産や育児を機に職を手放さざるを得なかった女性たちが、仕事に復帰することを指します。これを妨げるものとして、仕事から離れていた期間が再就職に不利に働くことなどが挙げられます。しかしそれ以前に、子どもを預けるための保育園が不足していることが本当の問題だと私は考えています。働きたいという意思を持っているにもかかわらず、預け先がないために就職を試みることすらできないと嘆く女性がたくさんいるのです。女性の社会進出が遅れている理由として、家事育児は女性の領域だという意識が男性側にあるからだ、会社のシステムが子育てと仕事の両立ができるように成っていないからだなどの意見も見受けられます。確かにこれらも要因の一つであるとは思いますが、それよりももっと根本的なところに問題があると思います。

専門家は、女性の社会進出が進まない一番の原因は何だと言っていますか。

[題本]

1 出産や育児で働いていない期間があること

2 子どもを預ける施設が足りないこと

3 家事や育児が女性のものだという考えがあること

4 女性が働きづらい会社の仕組みがあること

中譯 專家正在廣播節目裡談論有關女性進入社會的話題。專家說女性進入社會的情況仍差強人意的最大因素是什麼？

F：女性進入社會的關鍵是二度就業。所謂的二度就業，指的是讓因懷孕生產或育嬰而被迫放棄工作的女性重返職場。阻礙這點的因素眾多，像是離開工作的期間會對二度就業造成不利的影響。但在此之前，我認為托育小孩的托兒所不足才是真正的問題。許多女性感嘆即便有想工作的意願，沒地方可托育小孩這點讓她們連嘗試工作都不敢。有人認為，女性踏入社會的腳步落後的原因在於男性，他們認為做家事與照顧小孩是女性的職掌範圍。此外也有人提出各種看法，像是公司的制度無法讓人兼顧工作與養小孩等等。的確，我認為這些都是主要因素之一，但我認為問題出在更根本性的地方。

專家說女性進入社會的情況仍差強人意的最大因素是什麼？

1　懷孕生產或育嬰會造成沒有工作的空白期

2　托育小孩的設施不足

3　認為做家事和照顧小孩是女性責任的看法

4　公司的制度結構讓女性難以工作

解析　本題詢問女性踏入社會發展不順遂的最大因素。各選項的重點為 1「有段時間無法工作」、2「缺少托育設施」、3「認為家事或育兒為女性的工作」、4「讓女性難以工作的公司結構」。對話中，女子提出：「しかしそれ以前に、子どもを預けるための保育園が不足していることが本当の問題だと私は考えています」，因此答案為 2 子どもを預ける施設が足りないこと（缺乏足夠的托育設施）。1、3、4 都不是最大的因素。

詞彙　進出 しんしゅつ 名 進入｜再就職 さいしゅうしょく 名 二度就業
出産 しゅっさん 名 生產｜育児 いくじ 名 育嬰
機に きに 以…為契機｜職 しょく 名 工作
手放す てばなす 動 放棄｜復帰 ふっき 名 回歸
妨げる さまたげる 動 阻礙｜離れる はなれる 動 離開
期間 きかん 名 期間｜不利だ ふりだ な形 不利的
働く はたらく 動 工作｜預ける あずける 動 託付
保育園 ほいくえん 名 托兒所｜不足 ふそく 名 不足
意思 いし 名 意願｜預け先 あずけさき 名 託付的地方
就職 しゅうしょく 名 就業｜試みる こころみる 動 嘗試
嘆く なげく 動 感嘆｜家事 かじ 名 家事
領域 りょういき 名 領域｜意識 いしき 名 意識｜システム 名 架構
子育て こそだて 名 養小孩｜両立 りょうりつ 名 兼顧
見受ける みうける 動 看到｜要因 よういん 名 主要因素
根本的だ こんぽんてきだ な形 根本性的｜施設 しせつ 名 設施
仕組み しくみ 名 結構

6

[音檔]

市役所で女の職員と部長が市で開催するイベントについて話しています。部長は何を改善することにしましたか。

F：部長、市のイベントに対する市民へのアンケート調査の結果をお持ちしました。

M：ありがとう。えーっと、まずは、夏の花火大会についてか。もう少し規模を大きくして、花火の量を増やしてほしいという声があるんだね。

F：はい、ただそれは予算の都合もあるので、少々現実的ではないかと。2か月に一度のフリーマーケットについては、出店しているお店が少ないので、もっと増やしてほしいという意見が多いですね。

M：うーん、出店料を安くするとかして、気軽に出店してもらえるように試みてはいるんだけどね。それでは増えなかったか。それから、商店街のスタンプラリーでもらえる賞品をものではなくて、商店街で使える割引券にしてほしいという声があるんだね。

F：はい、そうするとスタンプラリーを回りながら買い物をして、その景品でもらった割引券を使ってまた買い物することになるので、商店街の活性化により効果的かと思います。

M：うん。商品を準備するよりも楽だし、いいアイデアだね。

F：最後にマラソン大会の開催時期について、寒い時期じゃなくて、涼しい時期に開催してほしいという意見もいただきました。

M：そうできればいいんだけど、ほかの時期は桜祭りがあったり、花火大会があったり、秋祭りがあったりするから、その時期以外じゃイベントを開催するだけの人員が確保できないんだよ。

F：確かにその通りですね。

部長は何を改善することにしましたか。

[題本]

1　花火大会の規模を大きくする

2　フリーマーケットの出店者を増やす

3　スタンプラリーの商品を変える

4　マラソン大会の時期を変える

中譯　女職員與部長正在市公所談論在該市舉辦的活動。部長決定要做什麼改善？

F：部長，這是市民對我們這個市舉辦的活動的問卷調查結果。

M：謝謝。呃……首先是夏天的煙火大會。民眾希望規模擴大一點，並增加煙火的數量對吧？

F：是的，但這也要看預算的情況，應該不太可能實現吧。還有兩個月一次的跳蚤市場，很多人覺得擺攤的店家很少，希望可以多一點呢。

M：嗯……我們已經有降低設攤費之類的，嘗試讓店家可以輕鬆設攤了。這麼做店家還是沒有變多嗎？接著，還有人希望商店街紀念集章的獎品不要送東西，而是送可以在商店街使用的優惠券呢。

F：是的，這麼做的話就能一邊收集印章一邊買東西，接著再使用送來當獎品的優惠券買東西，應該對提升商店街的買氣很有效果。

M：嗯。這比準備商品還來得輕鬆，是個好點子呢。

F：最後是馬拉松大賽的舉辦時期，有民眾希望別在寒冷的時期，而是在涼爽的時期舉辦。

M：能這麼做當然好，但其他時期不是有櫻花祭，就是有煙火大會、秋日祭等活動，在其他時期辦的話，我們會無法確保辦活動需要的人力呢。

F：的確如您所說的呢。

部長決定要做什麼改善？

1　擴大煙火大會的規模

2　增加跳蚤市場的設攤人數

3　更改紀念集章的商品

4　更改馬拉松大賽的時期

解析　本題詢問部長決定改善的事情。各選項的重點為 1「擴大煙火大會的規模」、2「增加跳蚤市場的設攤人數」、3「更改紀念集章的商品」、4「更改馬拉松大賽的時期」。對話中，男子表示：「商店街のスタンプラリーでもらえる賞品をものではなくて、商店街で使える割引券にしてほしいという声があるんだね，商品を準備するよりも楽だし、いいアイデアだね」，因此答案為 3 スタンプラリーの商品を変える（更改紀念集章的商品）。1 預算不足；2 試圖增加卻未見效果；4 無法超越其他原訂活動的參與人數。

詞彙　イベント 名 活動｜アンケート 名 問卷｜調査 ちょうさ 名 調查
結果 けっか 名 結果｜花火 はなび 名 煙火｜大会 たいかい 名 大會
規模 きぼ 名 規模｜量 りょう 名 數量｜増やす ふやす 動 增加
声 こえ 名 聲音｜予算 よさん 名 預算｜少々 しょうしょう 副 稍微
現実的だ げんじつてきだ な形 現實的
フリーマーケット 名 跳蚤市場｜出店 しゅってん 名 設攤
出店料 しゅってんりょう 名 設攤費｜気軽だ きがるだ な形 輕鬆的
試みる こころみる 動 嘗試｜商店街 しょうてんがい 名 商店街
スタンプラリー 名 紀念集章｜賞品 しょうひん 名 獎品
割引券 わりびきけん 名 優惠券｜景品 けいひん 名 獎品
活性化 かっせいか 名 活化
効果的だ こうかてきだ な形 有效的｜楽だ らくだ な形 輕鬆的
アイデア 名 點子｜マラソン 名 馬拉松｜開催 かいさい 名 舉辦
時期 じき 名 時期｜桜 さくら 名 櫻花｜人員 じんいん 名 人員
確保 かくほ 名 確保｜その通り そのとおり 正是如此

7

[音檔]

教室で先生が異文化理解論の授業について話しています。先生は、この授業の中で一番大事なことは何だと言っていますか。

M：今日は、この授業を通して学んでいく内容を説明します。まず、異文化理解の基礎となる「文化の概念」を学び、文化とはなにか改めて考えてもらいます。そして「異文化の概念」とそれを把握する方法を学ぶことで、身近にある異文化に気づけるようになることを目標としています。それから、人間が異文化に対して感じる違和感とその心理をグループディスカッションで話し合ったうえで、それを克服するために「異文化理解の実践」に移ります。この授業で学んだことを実生活で生かすために考え、実際に行動することでより理解が深まります。これは最も重要な過程となります。

先生は、この授業の中で一番大事なことは何だと言っていますか。

[題本]

1 文化の概念の理解

2 異文化の概念の理解

3 文化理解の実践

4 異文化理解の実践

中譯　老師正在教室裡談論有關異文化理解論的課程。老師說這門課最重要的事是什麼？

M：今天要向大家說明透過這門課要學習的內容。首先，我們會學習異文化理解的基礎，也就是「文化的概念」，會請大家再次思考文化究竟是什麼。接著，我們會學習「異文化的概念」以及掌握它的方法，目標是讓大家能察覺身邊的異文化。再接下來，我會請各位以團體討論的方式討論人類對異文化產生的奇怪感覺以及這種心理，再請各位付諸行動實踐異文化的理解，來克服這種感覺。思考如何將這門課學到的東西應用在實際生活中，並且實際行動來加深理解，這一連串的過程最重要。

老師說這門課最重要的事是什麼？

1　理解文化的概念

2　理解異文化的概念

3　實踐文化理解

4　實踐異文化理解

解析　本題詢問該堂課最重要的部分。各選項的重點為 1「文化概念的理解」、2「異文化概念的理解」、3「文化理解的實踐」、4「異文化理解的實踐」。對話中，男老師表示：「異文化理解の実践」に移ります。この授業で学んだことを実生活で生かすために考え、実際に行動することでより理解が深まります。これは最も重要な過程となります」，因此答案為 4 異文化理解の実践（異文化理解的實踐）。1 和 2 都不是最重要的部分；3 並未提及。

詞彙　学ぶ まなぶ 動 學習｜内容 ないよう 名 內容
異文化 いぶんか 名 異文化｜理解 りかい 名 理解
基礎 きそ 名 基礎｜概念 がいねん 名 概念
改めて あらためて 副 再次｜把握 はあく 名 掌握
方法 ほうほう 名 方法｜身近だ みぢかだ な形 身邊的
気づく きづく 動 察覺｜目標 もくひょう 名 目標
違和感 いわかん 名 奇怪的感覺｜心理 しんり 名 心理
グループディスカッション 名 團體討論
話し合う はなしあう 動 討論｜克服 こくふく 名 克服
実践 じっせん 名 實踐｜実生活 じっせいかつ 名 實際生活
生かす いかす 動 運用｜実際 じっさい 名 實際
行動 こうどう 名 行動｜深まる ふかまる 動 加深
最も もっとも 副 最｜重要だ じゅうようだ な形 重要的
過程 かてい 名 過程

問題 3 的試題本上不會出現任何內容。因此請利用播放例題的時間，事先回想概要理解大題的解題策略。一旦聽到「では、始めます」，便準備開始作答。

作答說明和例題

問題3では、問題用紙に何も印刷されていません。この問題は、全体としてどんな内容かを聞く問題です。話の前に質問はありません。まず話を聞いてください。それから、質問とせんたくしを聞いて、1から4の中から、最もよいものを一つ選んでください。では、練習しましょう。

女の人が男の人に有名レストランについて聞いています。

F：半年前に予約してやっと行けたんでしょう?半年待った甲斐があった?

M：うん、やっぱり**高級店だけあってお店の雰囲気やサービスはさすがだったよ**。客の年齢層も高くて、子供連れがいないから、静かに食事したい人にはおすすめだよ。ただ、**値段の割に味は今一つかな**。これは好みの問題かもしれないけど、**僕は味の濃いものより素材の味が楽しめるものが好きなんだ**。濃い味付けが苦手という人には向かないと思う。

男の人は高級レストランについてどう思っていますか。

1 雰囲気やサービスは良いが、料理は口に合わない

2 雰囲気やサービスも良いし、料理もおいしい

3 雰囲気やサービスは良くないが、料理はおいしい

4 雰囲気やサービスも良くないし、料理も口に合わない

最もよいものは1番です。解答用紙の問題3の例のところを見てください。最もよいものは1番ですから、答えはこのように書きます。では、始めます。

中譯 女人正在詢問男人有關知名餐廳的事。

F：你不是半年前預約，終於去成了嗎？有等半年的價值嗎？

M：嗯，不愧是**高檔店家，店裡的氣氛和服務很不賴喔**。客人的年齡層也偏高，沒有人帶小孩去，所以很推薦給想安靜用餐的人喔。**不過價格那麼高味道卻差強人意**。這或許是喜好的問題吧。**比起味道重的東西，我比較喜歡品嚐食材本身的滋味**。我覺得不適合不敢吃調味重的東西的人。

男人對高級餐廳有什麼看法？

1 氣氛和服務很好，但菜色不合胃口

2 氣氛和服務很好，菜色也很美味

3 氣氛和服務不好，但菜色很美味

4 氣氛和服務不好，菜色也不合胃口

最適當的答案是 1。請看答案卷的問題 3 的範例。最適當的答案是 1，因此答案要這樣寫。那麼，測驗開始。

1

[音檔]

大学の授業で先生が話しています。

F：芸術というと、芸術家やそれを目指す人の領域であって、一般の人にとっては見て楽しむだけのものだと思っている人もいるかもしれません。ですが本来、芸術、つまり作品を作ることは自分の中にある創造意欲や想いを自由に表現することであり、それは誰にとっても同じことです。そして、その過程において創作活動そのものを楽しむことでもあります。また、ストレスの解消や、精神を落ち着かせてくれるなど、癒しの効果があることも証明されていて、医療の現場でも取り入れられています。このように、芸術は有名な作品を見て楽しむだけではなく、自己表現するためのツールでもあり、私たちの心を豊かにしてくれるものでもあります。

先生の話のテーマは何ですか。

1 芸術の持つ特徴

2 芸術と治療の関係

3 自分を表現する方法

4 創作活動の楽しみ方

中譯 老師正在大學的課堂說話。

F：提到藝術，有人或許會認為那是藝術家或是有志成為藝術家的人的專業領域，對一般人而言只是一種用眼睛欣賞的東西。但是藝術，也就是創作作品這件事，本來就是一種自由表達內心裡的創作欲望與想法的行為，這對任何人而言都是一樣的。再者，在這過程之中，也是在享受創作這件事的本身。此外，目前已證實這具有排解壓力、讓精神平靜下來等療癒效果，在醫療現場也有被拿來運用。如前所述，藝術不僅僅是用眼睛欣賞作品，它是一種表現自我的工具，也是讓我們的心靈更富足的事物。

老師談論的主題是什麼？

1 藝術擁有的特色

2 藝術與治療的關係

3 表現自我的方法

4 享受創作這件事的方法

解析 情境說明中提及老師於大學課堂上進行說明，因此請仔細聆聽老師所說的內容，並掌握整體脈絡。老師表示：「創造意欲や想いを自由に表現、創作活動そのものを楽しむこと、ストレスの解消や、精神を落ち着かせてくれるなど、癒しの効果、芸術は有名な作品を見て楽しむだけではなく、自己表現するためのツールでもあり、私たちの心を豊かにしてくれるもの

でもあります」，而本題詢問的是老師談論的主題，因此答案要選 1 芸術の持つ特徴（藝術擁有的特色）。

詞彙 芸術 げいじゅつ 名 藝術 | 芸術家 げいじゅつか 名 藝術家
目指す めざす 動 志在… | 領域 りょういき 名 領域
一般 いっぱん 名 一般 | 本来 ほんらい 副 本來
作品 さくひん 名 作品 | 創造 そうぞう 名 創造
意欲 いよく 名 慾望 | 想い おもい 名 想法
表現 ひょうげん 名 表達 | 過程 かてい 名 過程
創作 そうさく 名 創作 | 活動 かつどう 名 活動
ストレス 名 壓力 | 解消 かいしょう 名 排解
精神 せいしん 名 精神 | 落ち着く おちつく 動 平靜下來
癒し いやし 名 療癒 | 効果 こうか 名 效果
証明 しょうめい 名 證明 | 医療 いりょう 名 醫療
現場 げんば 名 現場 | 取り入れる とりいれる 動 採用
自己 じこ 名 自我 | ツール 名 工具 | 豊かだ ゆたかだ な形 富足的
特徴 とくちょう 名 特色

2

［音檔］

テレビで男の人が動物について話しています。

M：私たち人間は常に人と関わり、ときには友達を作りますよね。相対的に、厳しい自然環境の中で生き残らなければいけない動物たちには、そのような概念すらないと考えられてきました。しかし、ある研究の結果、動物たちも人のように友達を作ることが明らかになりました。たとえば、フラミンゴは集団で生活をする生き物ですが、その中には子育てなどの生存戦略とは関係のない、常に行動を共にする仲良し同士のグループがあるのだそうです。さらに、人のように苦手な相手を避けるような行動も見られるといいます。このような例は鳥類だけではなく、ヘビなどの爬虫類、ピューマなどの肉食の哺乳類でも見られるというから驚きです。

男の人の話のテーマは何ですか。
1 動物が集団行動をする理由
2 動物の生存戦略についての研究
3 動物も友達を作るという事実
4 動物の好き嫌いの概念

中譯 男人正在電視上談論動物。
M：我們人類總是在與人交流，有時還會交朋友對吧。相對地，人們一直以來都認為，必須在嚴峻的自然環境中生存的動物們連這種概念都沒有。但是某項研究的結果顯示，動物們其實也和人類一樣會交朋友。舉例來說，火鶴雖然是集體生活的生物，當中卻有與養育小孩等生存戰略無關，卻總是一同行動的好伙伴團體。此外，牠們也像人類一樣，會做出逃避不擅應付的對象的行動。像這樣的例子不僅鳥類，蛇之類的爬蟲類以及美洲獅之類的肉食哺乳類也有這種現象，令人驚訝。

男人談論的主題是什麼？
1 動物集體行動的原因
2 針對動物生存戰略的研究
3 動物也會交朋友的事實
4 動物的喜惡的概念

解析 情境說明中提及男子正在談論動物，因此請仔細聆聽男子說了哪些與動物相關的內容。男子表示：「ある研究の結果、動物たちも人のように友達を作ることが明らかになりました。このような例は鳥類だけではなく、ヘビなどの爬虫類、ピューマなどの肉食の哺乳類でも見られるというから驚きです」，而本題詢問的是男子談論的主題，因此答案要選 3 動物も友達を作るという事実（動物也會交朋友的事實）。

詞彙 人間 にんげん 名 人類 | 常に つねに 副 總是
関わる かかわる 動 有關係
相対的だ そうたいてきだ な形 相對的 | 自然 しぜん 名 自然
環境 かんきょう 名 環境 | 生き残る いきのこる 動 活下來
概念 がいねん 名 概念 | 結果 けっか 名 結果
明らかだ あきらかだ な形 明顯的 | フラミンゴ 名 紅鶴
集団 しゅうだん 名 群體 | 生き物 いきもの 名 生物
子育て こそだて 名 育兒 | 生存 せいぞん 名 生存
戦略 せんりゃく 名 戰略 | 行動 こうどう 名 行動
共に ともに 副 一起 | 仲良し なかよし 名 感情好
グループ 名 團體 | さらに 副 此外
苦手だ にがてだ な形 不擅長的 | 相手 あいて 名 對象
避ける さける 動 躲避 | 鳥類 ちょうるい 名 鳥類 | ヘビ 名 蛇
爬虫類 はちゅうるい 名 爬蟲類 | ピューマ 名 美洲獅
肉食 にくしょく 名 肉食 | 哺乳類 ほにゅうるい 名 哺乳類
驚き おどろき 名 驚訝 | 事実 じじつ 名 事實
好き嫌い すききらい 名 喜惡

3

［音檔］

テレビでレポーターが話しています。

M：近年、開発が進み、動物の住む場所が昔よりも少なくなったことで、食料に困った動物が人の住む場所に現れることが増えています。この地域でもイノシシやクマによる、人や農産物への被害が後を絶ちません。一方で、これらの野生動物が絶滅してしまったり、絶滅の恐れに直面する事態が続いていて、そちらも社会的に問題視されています。そのため、この町では、野生動物の食料となるような生ごみや商品にならない農産物をそのままにしない、電気ショックを与える柵を設置するなどの対策を取っているようです。これらは、野生動物と人間が同じ世界でともに暮らすため、野生動物の大切な命を守るために必要なことなんだそうです。

レポーターは主に何について伝えていますか。
1 野生動物の絶滅の危機
2 野生動物の引き起こす問題
3 野生動物と人間のあるべき姿
4 野生動物と共存するための取り組み

中譯 主播正在電視上說話。

M：近年來開發不斷進行，動物居住的地方變得比以前更少，受缺糧所苦的動物出現在人類居住地的狀況愈來愈多。這個地區也不斷發生山豬或熊對人類或農作物造成危害的事件。另一方面，這些野生動物有的已滅絕，有的正面臨瀕臨絕種的危機，這也被整個社會視為一大問題。因此，這個城鎮似乎採取了一些策略，像是裝設會產生電擊的圍籬、不留下會成為野生動物糧食的廚餘，以及無法當作商品的農作物。這些都是為了讓野生動物和人類生活在同一個世界，對保護野生動物的重要性命而言是必要的。

主播主要想傳達什麼事？
1 野生動物的滅絕危機
2 野生動物引發的問題
3 野生動物與人類應有的樣子
4 與野生動物共存所做的對策

解析 情境說明中提及記者在電視上的談話，因此請仔細聆聽記者所說的內容，並掌握整體脈絡。記者表示：「この町では、野生動物の食料となるような生ごみや商品にならない農産物をそのままにしない、電気ショックを与える柵を設置するなどの対策を取っている， これらは、野生動物と人間が同じ世界でともに暮らすため、野生動物の大切な命を守るために必要なこと」，而本題詢問的是記者談論的主要內容，因此答案要選 4 野生動物と共存するための取り組み（與野生動物共處的對策）。

詞彙 近年 きんねん 名 近年｜開発 かいはつ 名 開發
食料 しょくりょう 名 糧食｜現れる あらわれる 動 出現
地域 ちいき 名 地區｜イノシシ 名 山豬｜クマ 名 熊
農産物 のうさんぶつ 名 農作物｜被害 ひがい 名 受害
後を絶たない あとをたたない 不斷發生｜一方 いっぽう 名 另一方面
野生 やせい 名 野生｜絶滅 ぜつめつ 名 滅絕
恐れ おそれ 名 危機｜直面 ちょくめん 名 面臨
事態 じたい 名 事態｜社会的だ しゃかいてきだ な形 社會的
問題視 もんだいし 名 視為問題｜生ごみ なまごみ 名 廚餘
商品 しょうひん 名 商品｜電気ショック でんきショック 名 電擊
与える あたえる 名 給予｜柵 さく 名 柵欄｜設置 せっち 名 設置
対策 たいさく 名 對策｜暮らす くらす 動 生活｜命 いのち 名 生命
守る まもる 動 保護｜危機 きき 名 危機
引き起こす ひきおこす 動 引起｜姿 すがた 名 樣子
共存 きょうそん 名 共存｜取り組み とりくみ 名 對策、解決

4

[音檔]

テレビで大学の先生が話しています。

F：最近、様々なオンラインサービスが話題となっていますが、特に私が気になっているのは、オンライン学習です。インターネットを用いて行うオンライン学習は、学習に必要な端末や通信環境などの準備が必要となりますが、その環境さえ整えば、場所や時間にとらわれずに勉強ができるという利点があります。これまで、教える側のキャパシティーの問題で、受講できる人数が制限されてしまったり、場所が遠くて通えない等の理由で学びたいのに学べないということもあったかと思います。ですが、オンライン学習はこうした点を解決する糸口になるでしょう。まだまだ問題は山積みですが、さらなる発展が望める分野だと思っています。

大学の先生はどのようなテーマで話をしていますか。
1 オンライン学習に必要な環境
2 オンライン学習の問題点と解決方法
3 オンライン学習の普及の見込み
4 オンライン学習が発達した理由

中譯 大學教師正在電視上說話。

F：最近各種線上服務蔚為話題，我特別感興趣的就是線上學習。雖然使用網路進行的線上學習必須準備學習需要的裝置及連線環境，但整頓好環境就能不受地點與時間限制學習，這是一大優點。一直以來，教學方的量能問題常造成能上課的人數受限。有時是地點太遠去不了，想學卻又無法學。但是，線上學習或許能成為解決這個問題的線索。儘管問題仍堆積如山，但我認為這是塊有望進一步發展的領域。

大學教師談論的主題是什麼？
1 線上學習需要的環境
2 線上學習的問題點與解決方法
3 線上學習有望普及
4 線上學習蓬勃發展的原因

解析 情境說明中提及大學教授的談話，因此請仔細聆聽大學教授所說的內容，並掌握整體脈絡。大學教授表示：「これまで、教える側のキャパシティーの問題で、受講できる人数が制限されてしまったり、場所が遠くて通えない等の理由で学びたいのに学べないということもあった。オンライン学習はこうした点を解決する糸口になるでしょう。まだまだ問題は山積みですが、さらなる発展が望める分野」，而本題詢問的是大學教授談論的主題，因此答案要選 3 オンライン学習の普及の見込み（線上學習普及的前景）。

詞彙 様々だ さまざまだ な形 各式各樣的

實戰模擬試題 1

オンライン 名 線上｜サービス 名 服務｜話題 わだい 名 話題
気になる きになる 在意｜学習 がくしゅう 名 學習
インターネット 名 網路｜用いる もちいる 動 使用
端末 たんまつ 名 裝置｜通信 つうしん 名 連線
環境 かんきょう 名 環境｜整う ととのう 動 整頓
とらわれる 動 受拘束｜利点 りてん 名 優點
キャパシティー 名 量能｜受講 じゅこう 名 上課
人数 にんずう 名 人數｜制限 せいげん 名 限制
学ぶ まなぶ 動 學習｜解決 かいけつ 名 解決
糸口 いとぐち 名 線索｜まだまだ 副 尚
山積み やまづみ 名 堆積如山｜さらなる 副 進一步
発展 はってん 名 發展｜望む のぞむ 動 期待
分野 ぶんや 名 領域｜解決 かいけつ 名 解決
方法 ほうほう 名 方法｜普及 ふきゅう 名 普及
見込み みこみ 名 希望｜発達 はったつ 名 蓬勃發展

5

［音檔］

ラジオで植物の専門家が話しています。

M：生き物の中には、植物から栄養を補給するものがいます。その逆はどうでしょうか。実は、生き物を栄養源として食べる植物もいるんです。虫を食べる植物があるのはよく知られているかもしれませんが、なんと植物が両生類のサラマンダーを捕まえて食べているということがカナダの研究チームによって発表されました。これまでは、偶然、生き物が植物のわなにはまってしまったと考えられてきましたが、植物が意図的に栄養が豊富な生き物を食料としていることが明らかになりました。

植物の専門家は何について話していますか。

1 植物の栄養の高さ
2 生き物を食べる植物
3 植物が捕まえる生き物
4 食料としての植物

中譯 植物專家正在廣播裡說話。

M：有的生物會透過植物來補充營養。但反過來如何呢？其實也有植物把生物當成營養來源食用。大家或許都知道會吃蟲的植物，但加拿大的研究團隊發表了一項成果，竟然有植物會捕食兩棲類的蠑螈。一直以來，我們都認為生物是偶然掉入植物的陷阱，但研究結果顯示，植物其實是刻意把營養豐富的生物當作糧食。

植物專家正在談論什麼主題？

1 植物的營養有多高
2 會吃生物的植物
3 植物捕捉的生物
4 當成糧食的植物

解析 情境說明中提及植物專家在廣播中的談話，因此請仔細聆聽植物專家說了哪些與植物相關的內容。植物專家表示：「**生き物を栄養源として食べる植物もいるんです。植物が両生類のサラマンダーを捕まえて食べている、植物が意図的に栄養が豊富な生き物を食料としている**」，而本題詢問的是植物專家正在談論的內容，因此答案要選 2 **生き物を食べる植物**（以生物為食的植物）。

詞彙 生き物 いきもの 名 生物｜植物 しょくぶつ 名 植物
栄養 えいよう 名 營養｜補給 ほきゅう 名 補給｜逆 ぎゃく 名 相反
栄養源 えいようげん 名 營養源｜両生類 りょうせいるい 名 兩棲類
サラマンダー 名 蠑螈｜カナダ 名 加拿大
研究チーム けんきゅうチーム 名 研究團隊｜発表 はっぴょう 名 發表
偶然 ぐうぜん 副 偶然｜わな 名 陷阱｜はまる 動 中（陷阱）
意図的だ いとてきだ な形 刻意的
豊富だ ほうふだ な形 豐富的｜食料 しょくりょう 名 糧食、餐費
明らかだ あきらかだ な形 明顯的

6

［音檔］

講演会で女の人が話しています。

F：「病は気から」という言葉があるように、心の状態は人の健康にも影響を及ぼすことが証明されています。その証拠の一つとして「プラシーボ効果」があります。プラシーボ効果とは、ある症状に対して有効な成分を含まないものを、効果のある薬として服用すると、実際に症状の改善がみられることを言います。逆に、ただのあめを副作用のある薬だと信じて摂取した場合などに、副作用の症状を感じ始めるような現象は「ノシーボ効果」と呼ばれています。実際の性質や事実に関わらず、気持ちの持ちようが何事においても大切だということですね。

女の人は何について話していますか。

1 健康状態が心に及ぼす影響
2 薬の効果的な摂取の仕方
3 治療の効果を高める方法
4 思い込みが持つ効果

中譯 女人正在演講會裡說話。

F：如同「病由心生」這句話所說的，現在已證實心理狀態也會對人的健康造成影響。「安慰劑效應」就是證據之一。所謂的安慰劑效應，指的是即便某樣東西不含針對某症狀的有效成分，只要當作有效的藥服用，就能實際觀察到症狀有所改善。相反地，只要相信一般的糖果是有副作用的藥，服用後就會開始感受到副作用的症狀，這種現象稱作「反安慰劑效應」。也就是說，無論實際的特性或事實為何，心態在任何一件事情裡都相當重要。

女人正在談論什麼主題。

1　健康狀態對心理的影響

2　有效服用藥物的方法

3　提高治療效果的方法

4　深信不疑的心態所具有的效果

解析 情境說明中提及女子正在演講，因此請仔細聆聽女子所說的內容，並掌握整體脈絡。女子表示：「**心の状態は人の健康にも影響を及ぼすことが証明されています。実際の性質や事実に関わらず、気持ちの持ちようが何事においても大切だということですね**」，而本題詢問的是女子主要談論的內容，因此答案要選 4 思い込みが持つ効果（深信不疑的心態所具有的效果）。

詞彙 **病** やまい名疾病｜**状態** じょうたい名狀態｜**健康** けんこう名健康
影響 えいきょう名影響｜**及ぼす** およぼす動波及
証明 しょうめい名證明｜**証拠** しょうこ名證據
プラシーボ効果 プラシーボこうか名安慰劑效應
症状 しょうじょう名症狀｜**有効だ** ゆうこうだな形有效的
成分 せいぶん名成分｜**含む** ふくむ動包含
服用 ふくよう名服用｜**実際** じっさい名實際
改善 かいぜん名改善｜**逆だ** ぎゃくだな形相反的
副作用 ふくさよう名副作用｜**信じる** しんじる動相信
摂取 せっしゅ名攝取｜**現象** げんしょう名現象
ノシーボ効果 ノシーボこうか名反安慰劑效應
性質 せいしつ名特性｜**事実** じじつ名事實
気持ちの持ちよう きもちのもちよう 心態
何事 なにごと 任何事情｜**治療** ちりょう名治療
高める たかめる動提高｜**思い込み** おもいこみ名深信不疑

問題 4 的試題本上不會出現任何內容。因此請利用播放例題的時間，事先回想即時應答大題的解題策略。一旦聽到「では、始めます」，便準備開始作答。

作答說明和例題

問題4では、問題用紙に何も印刷されていません。まず文を聞いてください。それから、それに対する返事を聞いて、1から3の中から、最もよいものを一つ選んでください。では、練習しましょう。

M：練習はしたものの、本番でうまくやれなかったらどうしよう。

F：1　なんで練習しなかったの？

2　本番はうまくやってたね。

3　そんなに心配することないよ。

最もよいものは3番です。解答用紙の問題4の例のところを見てください。最もよいものは3番ですから、答えはこのように書きます。では、始めます。

M：雖然我有練習，但正式上場表現得不好的話該怎麼辦？

F：1　你為什麼沒練習？

2　你正式上場表現得很好呢。

3　沒必要這麼擔心啦。

最適當的答案是 3。請看答案卷的問題 4 的範例。最適當的答案是 3，因此答案要這樣寫。那麼，測驗開始。

1

[音檔]

F：営業部の田中さんの企画、かろうじて一次審査を通過したらしいですよ。

M：**1　田中さんも安心しただろうね。**

2　田中さん、余裕そうだったもんね。

3　通ってたらよかったのにね。

中譯 F：營業部的田中的企劃似乎好不容易通過了第一次審查喔。

M：**1　田中應該也放心了吧。**

2　因為田中感覺很從容嘛。

3　有通過的話就太好了說。

解析 本題情境中，女生表示田中的企劃好不容易通過了。

1（○）回答「田中さんも安心しただろうね（田中應該也放心了吧）」，故為適當的答覆。

2（×）田中好不容易才通過，該回應並不適當。

3（×）不符合「已經通過」的情境。

詞彙 **営業部** えいぎょうぶ名營業部｜**企画** きかく名企劃
かろうじて副好不容易｜**一次審査** いちじしんさ 第一次審查
通過 つうか名通過｜**余裕** よゆう名從容

2

[音檔]

M：課題の期限は来週だけど、早めにしておくに越したことはないよね。

F：1　そうだったの？じゃあ早くしなくちゃ。

2　うん、あとでできるように置いておくよ。

3　全くその通りだね。

中譯 M：作業的截止日期是下週，早點做是再好不過的對吧？

F：1　是這樣嗎？那我們得早點做。

2　嗯，我會放著讓你待會可以做喔。

3　你說得沒錯呢。

解析 本題情境中，男生建議提前完成作業尤佳。

1（×）提到「早く（快點）」，僅與題目句的「早めに（提前）」有所關聯。

2（×）重複使用「おく」，為陷阱選項。

3（○）回答「全くその通りだね（確實如此）」，表示同意男生所說的話，故為適當的答覆。

詞彙 **課題** かだい名功課｜**期限** きげん名期限
早め はやめ名早點

3

[音檔]

M：お願いしたことはなんだかんだ言ってもちゃんとやってくれるから、頼りにしてるよ。

F：1 じゃあ、これもお願いしてもいいかな？

2 そんなこと言って、次は何をお願いするつもり？

3 頼られると断れない性格なんだね。

中譯 M：我拜託的事情妳再怎麼說三道四還是會好好地幫我做，我很依賴妳喔。

F：1 那，這也能麻煩你嗎？

2 說這種話，你接下來又打算拜託我什麼事了？

3 我的個性就是這樣呢，有求於我就無法拒絕。

解析 本題情境中，男生表示女生很可靠，拜託她的事總是做得很好。

1（×）女生才是被男生拜託的對象。

2（○）回答「そんなこと言って、次は何をお願いするつもり？（你說這些，是下次打算拜託我什麼？）」，故為適當的答覆。

3（×）女生才是被男生拜託的對象。

詞彙 なんだかんだ 這個那個｜ちゃんと 副 好好地

頼る たよる 動 依賴｜断る ことわる 動 拒絕

性格 せいかく 名 個性

4

[音檔]

M：さっき、余計なこと言っちゃったよね？気にしてない？

F：**1 別に、気にしなくていいからね。**

2 余計に気にしてしまうよね。

3 それは、気にしすぎじゃない？

中譯 M：剛才我又多嘴了對吧？妳會介意嗎？

F：**1 沒什麼，你不用在意。**

2 害我白介意了呢。

3 你太介意了吧？

解析 本題情境中，男生對於剛才說了多餘的話感到抱歉。

1（○）回答「別に、気にしなくていいからね（沒什麼，你不用在意）」，接受對方的道歉，故為適當的答覆。

2（×）重複使用「余計だ（よけいだ）」和「気にする（きにする）」，故為陷阱選項。

3（×）男生感到在意，並非女生。

詞彙 さっき 副 剛才｜余計だ よけいだ な形 多餘的

気にする きにする 介意｜別に べつに 副 不太（後接否定）

5

[音檔]

F：自分でプロジェクトを企画したのは今回が初めてだったんだってね？大したもんだよ。

M：**1 恐れ入ります。**

2 大したことはできませんよ。

3 緊張が顔に出てましたか。

中譯 F：這次是你第一次做專案的企劃對吧？很了不起喔。

M：**1 感謝（不敢當）。**

2 我辦不到了不起了事啦。

3 我的緊張都寫在臉上了嗎？

解析 本題情境中，女生稱讚男生第一次親自完成企劃。

1（○）回答「恐れ入ります（不敢當）」，回應女生的稱讚，故為適當的答覆。

2（×）重複使用「大した（たいした）」，故為陷阱選項。

3（×）不符合「被女方稱讚」的情境。

詞彙 プロジェクト 名 專案｜企画 きかく 名 企劃

今回 こんかい 名 這次｜大した たいした 了不起的

恐れ入る おそれいる 動 感激

緊張 きんちょう 名 緊張｜顔に出る かおにでる 寫在臉上

6

[音檔]

M：この授業のノート、できれば貸してもらえないかな。こないだ休んじゃって。

F：1 貸してくれて助かるよ。

2 できるかわからないけど、聞いてみるね。

3 家にあるから明日なら。

中譯 M：方便的話能借我這堂課的筆記嗎？我這陣子都請假沒來。

F：1 你願意借我真是得救了。

2 雖然不曉得可不可以，但我幫你問問吧。

3 我放在家裡，明天的話可以。

解析 本題情境中，男生向對方借筆記。

1（×）女生尚未借出筆記，時間點有誤。

2（×）男生直接向女生借，對象有誤。

3（○）回答「家にあるから明日なら（我放在家，明天的話可以）」，表示同意借給男方，故為適當的答覆。

詞彙 助かる たすかる 動 得救

7

[音檔]

F：仕事でこんなに英語を使うだなんて。学生のときに、ちゃんとやっとくんだった。

M：**1 今からでも遅くないよ。**

2 ちゃんと勉強してたんだね。

3 英語が得意だったの？

中譯 F：想不到工作這麼常用到英文，學生的時候應該好好學的。

M：**1　現在開始也不遲喔。**

2　妳有好好學對吧？

3　妳英文很厲害嗎？

解析 本題情境中，女生對於學生時期沒有學好英文感到遺憾。

1（◯）回答「今からでも遅くないよ（現在開始也不遲）」，鼓勵女生，故為適當的答覆。

2（×）不符合「沒學好英文」的情境。

3（×）使用「得意（とくい）」僅與「とくん」的發音相似，為陷阱選項。

詞彙 ちゃんと 副 好好地｜得意だ とくいだ な形 擅長的

8

[音檔]

F：浮かない顔をしてるけど、私でよければ話聞くよ。

M：1 特に何も思い浮かばないな。

2 やっぱり、話聞いてもらってもいい？

3 実は、最近疲れがとれなくてさ。

中譯 F：看你愁眉苦臉的，可以的話我可以聽你說喔。

M：1　沒特別想到什麼呢。

2　還是妳能聽我說話嗎？

3　其實我最近疲勞一直無法消除。

解析 本題情境中，女生對於男生臉色不太好表達關心。

1（×）使用「浮かばない（うかばない）」僅與「浮かない（うかない）」的發音相似，為陷阱選項。

2（×）不符合「女生表示願意傾聽」的情境。

3（◯）回答「実は、最近疲れがとれなくてさ（其實我最近疲勞一直無法消除）」，故為適當的答覆。

詞彙 浮かない うかない 沉悶｜顔 かお 名 表情

思い浮かぶ おもいうかぶ 動 想到

疲れがとれる つかれがとれる 消除疲勞

9

[音檔]

F：あのう、そのかばん、私のものだと思うんですが。

M：1 いや、残念ながら、私のものではないですね。

2 これは、失礼。私のと似ていたものでつい。

3 私もこのかばんがいいと思いますよ。

中譯 F：那個，我覺得那個包包應該是我的。

M：1　不，很可惜不是我的東西呢。

2　這真是不好意思。和我的很像所以就不小心……

3　我也覺得這包包很棒喔。

解析 本題情境中，女生告知對方拿到自己的包包。

1（×）不符合「男生錯拿女生包包」的情境。

2（◯）回答「これは、失礼。私のと似ていたものでつい（不好意思，因為跟我的很像，不小心）」，向對方道歉，故為適當的答覆。

3（×）重複使用「私（わたし）」，故為陷阱選項。

10

[音檔]

M：もしあの時、道に迷ってなければ、君とは友達になってなかったかもしれないね。

F：1 これからは気を付けてね。

2 道に迷ってくれてよかったよ。

3 友達だと思ってたのに。

中譯 M：假如當時沒迷路的話，說不定就不會和妳變成朋友了呢。

F：1　接下來要注意安全喔。

2　幸好你有迷路。

3　我還以為你是朋友呢。

解析 本題情境中，男生提起當時如果沒有迷路，可能就不會跟女生變成朋友。

1（×）不符合「多虧迷路才得以認識對方」的情境。

2（◯）回答「道に迷ってくれてよかったよ（幸好你有迷路）」，表示對於男方的話有同感，故為適當的答覆。

3（×）重複使用「友達（ともだち）」，故為陷阱選項。

詞彙 もし 副 假如｜道に迷う みちにまよう 迷路

気を付ける きをつける 注意

11

[音檔]

M：昨日の会議のことだけど、鈴木さんにはほんとに悪いことしたなと思ってるんだ。

F：1 じゃあ、鈴木さんに直接言えば？

2 えっ、鈴木さんがやったの？

3 へえ、鈴木さんはそう思ってるんだ。

中譯 M：昨天的會議，我覺得我真的對鈴木做了很不好的事。

F：1　那，你要不要直接跟鈴木說？

2　咦，鈴木做的嗎？

3　哇，原來鈴木這麼認為啊。

解析 本題情境中，男生表示對於昨天在會議中的作為對鈴木感到抱歉。

1（◯）回答「じゃあ、鈴木さんに直接言えば？（那要不要直接跟鈴木說？）」，向男生提出建議，故為適當的答覆。

2（×）不符合「事情是男生做的」的情境。

3（×）不符合「想法是由男生提出」的情境。

詞彙 直接 ちょくせつ 副 直接

12

[音檔]

F：わざわざ買ってきてあげたのに、いらないってひどすぎるよね。

M：1 確かにひどくはないよね。

2 怒るのも無理ないよ。

3 ちょっと買いすぎたんじゃない？

中譯 F：我還特地買來給他，說不需要也太過份了吧。

M：1 的確不過份呢。

2 會生氣也很正常。

3 妳有點買太多了吧？

解析 本題情境中，女生抱怨她特地買回來，對方卻說不需要。

1（×）重複使用「ひどい」，故為陷阱選項。

2（○）回答「怒るのも無理ないよ（會生氣也很正常）」，表示對女生的抱怨有同感，故為適當的答覆。

3（×）重複使用「すぎる」，故為陷阱選項。

詞彙 わざわざ 副 特地

13

[音檔]

F：もしもし、今どちらにいらっしゃいますか？ お客様がお見えなんですが。

M：**1 すぐ近くだから、先に案内しておいてくれる？**

2 今日、これからお客様がお越しになるの？

3 先に、お客様にお見せしてくれない？

中譯 F：喂，您現在在哪裡呢？客人來見您了。

M：**1 我就在附近，可以先幫我接待一下嗎？**

2 今天接下來有客人要來嗎？

3 可以幫我向客人展示嗎？

解析 本題情境中，女生詢問男生現在在哪裡。

1（○）回答「すぐ近くだから、先に案内しておいてくれる？（我在附近了，可以先幫我接待他們嗎？）」，向女方提出替代方案，故為適當的答覆。

2（×）不符合「客人已經抵達」的情境。

3（×）使用「お見せ（おみせ）」僅與「お見え（おみえ）」的發音相似，為陷阱選項。

詞彙 もしもし 喂 | お見え おみえ 見面

お越しになる おこしになる 來（来る的尊敬語）

お見せする おみせする 展示（見せる的謙遜用法）

14

[音檔]

M：今日は一日家でのんびり過ごすつもりだったんだけどな。

F：1 ゆっくりできたみたいでよかったです。

2 今日は家でずっといる予定なんですね。

3 そういうことってありますよね。

中譯 M：我本來還打算今天一整天在家裡悠哉度過的說。

F：1 看來不能悠哉度過，太好了。

2 你今天預計會一直在家對吧？

3 這種事也是會有的嘛。

解析 本題情境中，男生對於沒辦法在家悠閒度過一天感到可惜。

1（×）不符合「沒辦法悠閒度過一天」的情境。

2（×）不符合「沒辦法悠閒度過一天」的情境。

3（○）回答「そういうことってありますよね（這種事也是會有的嘛）」，表示對於男方的話有同感，故為適當的答覆。

詞彙 一日 いちにち 名 一天 | のんびり 副 悠哉

過ごす すごす 動 度過 | ゆっくり 副 慢慢地

請聆聽**問題 5** 的長篇對話文。本大題不會播放例題，因此請直接開始作答。建議在題本上寫下你所聽到的內容，再進行作答。

作答說明

問題5では、長めの話を聞きます。この問題には練習はありません。問題用紙にメモをとってもかまいません。

1番、2番　問題用紙に何も印刷されていません。まず話を聞いてください。それから、質問とせんたくしを聞いて、1から4の中から、最もよいものを一つ選んでください。では、始めます。

1

[音檔]

会社で男の人と女の人が話しています。

M：ねえ、山本さん、どこかいい焼き肉屋知らない？来週、うちのチームで焼き肉を食べようって話になってね。あまり高くなくて、待たなくてもいいお店を探してるんだ。あと色んなお肉が食べられるところだといいな。

F：そうですか。ここからすぐのところに「焼肉のたなか」というお店がありますよ。私も何度か行きましたが、メニューの種類が豊富で、どれもおいしかったです。あまり安くはないからか、待ち時間は特になかったですよ。

M：そうなんだ。

F：それから駅前に「ソウル」というお店がありますけど、仕事終わりに前を通るといつも人が並んでます。でも電話で席の予約ができるようですよ。めずらしい種類のお肉とかはないようですが、値段もお手頃で、おいしいと人気のお店です。

M：へえ。

F：それと、最近できた「みなみ」というお店が、すごくおいしいって別の部署の人たちが言ってました。値段は結構するみたいですけど、お肉の種類もかなり多くて、質もすごくいいそうです。オープンを記念して、来週末まではすべてのメニューが半額らしいので、今だといいお肉を安く食べられますよ。予約ができないみたいなので、待つかもしれませんが。

M：そうか。

F：あとは、「焼肉いちばん」ですね。昔からあるお店で、とにかく安いのと、肉の種類が多いだけじゃなくて珍しいお肉を扱っているとかで、焼肉好きが通うお店です。来月まで予約が埋まってるそうなんですけど。

M：やっぱり仕事終わりに行くから、待たずにお店に入れるってのは大事だな。それに使える予算にも限りがあるから、あまり値段が高いところはねえ。一般的なメニューがあればそれでいいや。ありがとう。

男の人はどのお店に行くことにしましたか。

1 焼肉のたなか

2 ソウル

3 みなみ

4 焼肉いちばん

中譯 男人和女人正在公司裡交談。

M：欸，山本，妳知道哪裡有好的燒肉店嗎？下禮拜我們團隊打算去吃燒肉。我在找不太貴也不需要等待的店。還有，可以吃到各種肉就太好了。

F：這樣啊。這附近有間叫「田中燒肉」的店喔。我也去了好幾次，菜單品項豐富，每樣都很好吃。可能是因為不太便宜的關係，不太需要花時間等待喔。

M：這樣啊。

F：過來車站前面有家叫「首爾」的店，我下班回家經過店門口總是大排長龍。但它好像可以打電話預約位子喔。雖然好像沒有種類稀有的肉，但價格實惠又好吃，是間很受歡迎的店。

M：哇。

F：還有，最近開了一家叫做「南」的店，別的部門的人說非常好吃。雖然價格好像很高，但肉的種類相當多，品質也很好。為了慶祝開幕，下週末為止好像所有品項都半價，可以趁現在用便宜的價格吃到肉喔。它好像不能預約，可能要等吧。

M：這樣啊。

F：過來就是「一番燒肉」。這間店很久以前就有了，總之就是便宜，而且不只肉的種類多，它還有賣比較稀有的肉，喜歡燒肉的人都會去這家。但聽說它到下個月的預約好像都滿了。

M：我們會下班去，還是不需要等就能進去比較重要呢。而且能用的預算也有限，價格太貴的地方不太適合呢。菜單有一般的品項就好了。謝謝。

男人決定去哪間店？

1 田中燒肉

2 首爾

3 南

4 一番燒肉

解析 請仔細聆聽對話中針對各選項提及的內容與男子最終的選擇，並快速寫下重點筆記。

〈筆記〉男子→不要太貴、不需要等、肉的種類多樣

— 焼肉のたなか：菜單豐富、好吃、不便宜、不需要等

— ソウル：可電話訂位、沒有比較特殊的肉、價格合理、好吃

— みなみ：非常好吃、價格偏高、肉的種類多、肉質佳、半價優惠、不能訂位

— 焼肉いちばん：價格便宜、肉的種類多樣、訂位全滿

男子→不用等待的店、價格不貴的店、基本的菜單

本題詢問男子選擇去哪家店，他表示希望能夠電話訂位、有基本肉類、價格又合理的店，因此答案要選2ソウル（首爾）。

詞彙 焼き肉屋 やきにくや名燒肉店｜チーム名團隊
焼き肉 やきにく名燒肉｜メニュー名菜單品項
種類 しゅるい名種類｜豊富だ ほうふだな形豐富的
待ち時間 まちじかん名等待時間｜駅前 えきまえ名車站前
仕事終わり しごとおわり 下班｜値段 ねだん名價格
手頃だ てごろだな形實惠的｜人気だ にんきだな形有人氣的
部署 ぶしょ名部門｜かなり副非常｜質 しつ名品質
オープン名開幕｜記念 きねん名紀念｜半額 はんがく名半價
とにかく副總之｜扱う あつかう動處理
焼肉好き やきにくずき 名燒肉愛好者｜埋まる うまる動填滿
予算 よさん名預算｜限り かぎり名限制
一般的だ いっぱんてきだな形一般的

實戰模擬試題1

2

［音檔］

化粧品を作っている会社で話しています。

F1：開発に5年かけて、去年ようやく発売するにいたった美容クリームあるでしょ？ あれ、売れ行きがよくないのよ。何かいい案はないかな。

F2：そうですね。テレビコマーシャルで大々的に宣伝するのがいいんじゃないでしょうか。全国の人が見てくれるので、商品の名前を広めるのに最適です。

F1：商品を知ってもらうのは大切よね。

M：発売当初にしばらくテレビで宣伝してたので、名前は既に知ってもらえてると思うんですが。

F1：確かにそうね。

F2：では、ファッション雑誌の付録にするのはどうですか？最近はブランドとコラボした付録が人気なあまり、雑誌が売り切れて話題になったりしてますよね。そうなると一気に人気が出ると思うんです。

M：確かに話題になると人気が出るかもしれませんが、それは一時的なものだと思います。なので僕は、長い目で見て効果的な方法がいいと思います。たとえば、うちの化粧品を売っているお店でお客様にサンプルを配るなんてのはどうでしょう。

F1：そうねえ。

M：うちの商品を知ってはいても使ったことはないという人はまだまだ多いと思います。そういう人にこそ、試してもらって良さを知っていただきたいんです。使い続けてくれるお客様が増えれば、長期的な売り上げ拡大が見込めますから。品質の良さはどこの商品にも負けないと思うので、実際に手にしてもらえるかどうかが重要ではないかと。

F1：なるほどね。

M：あとは、インフルエンサーに商品を渡して使ってもらうのはどうですか。最近、一般人が化粧品などについて解説する動画が人気なんですよ。そういう人にうちの商品を紹介してもらえるように依頼するんです。実際に使ってみた人の意見を聞いたら、興味を持ってくれる人も増えると思います。

F1：それだと費用もほとんどかからないね。だけど、必ずしも私たちが思っているような内容で紹介してくれるとは限らないしな。やっぱり少しでも多くの人に私たちの商品を使ってもらうことが大事だよね。そうすれば良さはわかってもらえるだろうし。これで進めるよ。

売り上げを伸ばすために、何をすることにしましたか。

1 テレビの広告で宣伝する

2 雑誌の付録にする

3 店でサンプルを配る

4 有名な人にプレゼントする

中譯 員工在生產化妝品的公司交談。

F1：我們有一款耗時五年開發，總算在去年發售的美容乳液對吧？那個銷路很差呢。有什麼好辦法嗎？

F2：這個嘛。在電視打廣告大幅度宣傳應該不錯吧？全國的人都看得到，最適合用來推廣產品名稱。

F1：讓人知道產品很重要呢。

M：當初發售時打過一陣子的電視廣告了，我覺得大家應該都已經知道名稱了。

F1：好像是這樣耶。

F2：那，在時尚雜誌附送贈品如何？最近和品牌合作的贈品太受歡迎了，連雜誌都賣到缺貨，引起了不少話題呢。這麼做應該可以一口氣衝高人氣。

M：的確，引起話題的話或許能提升人氣，但我覺得這只是一時的。因此我覺得長遠且有效的方法比較好。舉例來說，在有販售我們的化妝品的店面發放試用品如何？

F1：對耶。

M：我覺得有很多人即使知道我們的產品卻沒有用過。就是希望這種人能試用，了解產品的優點。持續使用的客人變多的話，有望達到長期的業績提升。我們的品質好，不會輸給任何一家的產品，所以我覺得能否讓人實際使用很重要。

F1：原來如此。

M：還有，把產品送給網紅請他們使用如何？最近普通人講解化妝品的影片很有人氣喔。可以委託他們介紹我們的產品。我覺得聽到實際使用過的人的意見的話，有興趣的人也會變多。

F1：這麼做的話幾乎不用花錢呢。不過，他們也不一定會按照我們所想的內容介紹。果然還是盡量讓多一點人使用我們的產品比較重要呢。這樣他們也能了解優點。就這麼辦吧。

他們決定做什麼事來提升業績？

1 透過電視廣告宣傳

2 在雜誌附送贈品

3 在店面發放試用品

4 送產品給名人

解析 請仔細聆聽後半段對話中三人最終達成的協議，並快速寫下重點筆記。

〈筆記〉美容乳液銷量不佳，如何解決？

— 電視廣告宣傳：增加知名度→已經夠有名了

— 作為雜誌附錄：雜誌銷售帶動人氣→短暫的

— 在店內發送試用品：增加使用者→重點在於越來越多人使用該商品

— 給網紅試用：讓人對該商品感興趣

→ 無法肯定對方會介紹他們想要的內容 X

本題詢問決定做什麼來提高美容乳液的銷售額，對話中提到最重要的是讓越來越多人使用該商品，因此答案要選３店でサンプルを配る（在店內發送試用品）。

詞彙 開発 かいはつ 名 開發｜ようやく 副 終於｜発売 はつばい 名 發售
美容 びよう 名 美容｜クリーム 名 乳液
売れ行き うれゆき 名 銷路｜案 あん 名 方法
テレビコマーシャル 名 電視廣告
大々的だ だいだいてきだ な形 大大的｜宣伝 せんでん 名 宣傳
全国 ぜんこく 名 全國｜商品 しょうひん 名 商品
広める ひろめる 動 推廣｜最適だ さいてきだ な形 最適合的
当初 とうしょ 名 當初｜既に すでに 副 已經
ファッション雑誌 ファッションざっし 名 時尚雜誌
付録 ふろく 名 附錄｜ブランド 名 品牌｜コラボ 名 合作
売り切れる うりきれる 動 售罄｜話題 わだい 名 話題
一気に いっきに 副 一口氣｜人気が出る にんきがでる 受歡迎
一時的だ いちじてきだ な形 一時的｜長い目 ながいめ 長遠看來
効果的だ こうかてきだ な形 有效的｜方法 ほうほう 名 方法
化粧品 けしょうひん 名 化妝品｜サンプル 名 試用品
配る くばる 動 發放｜試す ためす 名 嘗試
長期的だ ちょうきてきだ な形 長期的
売り上げ うりあげ 名 業績｜拡大 かくだい 名 提升
見込む みこむ 動 預料｜品質 ひんしつ 名 品質
実際 じっさい 名 實際｜手にする てにする 拿到
重要だ じゅうようだ な形 重要的
インフルエンサー 名 網紅
一般人 いっぱんじん 名 一般人｜解説 かいせつ 名 講解
動画 どうが 名 影片｜依頼 いらい 名 委託｜費用 ひよう 名 費用
必ずしも かならずしも 副 不一定（後接否定）
内容 ないよう 名 內容｜進める すすめる 動 進行
広告 こうこく 名 廣告

作答說明

3番　まず話を聞いてください。それから、二つの質問を聞いて、それぞれ問題用紙の1から4の中から、最もよいものを一つ選んでください。では、始めます。

第３題 首先請聽對話。接著聽兩個問題，並從問題卷１到４的選項中，各選出一個最適當的答案。

3

[音檔]

テレビでアナウンサーがイベントについて話しています。

F1：今日は今話題の四つの展示イベントをご紹介します。「戦国時代展」は100年あまりに及ぶ戦国時代を一挙に紹介する初めてのイベントです。全国各地から集められた貴重な歴史資料や美術品などを一度に見ることができます。「防災展」は自然災害が残した傷跡と復興の歴史を写真や映像を通して学べるイベントです。災害時に役立つ知識を学べる教室などが開かれます。また、普段から備えられる災害対策グッズの展示と販売などもあります。「トリックアート展」は目の錯覚を利用したアート作品を展示しているイベントです。目で見るだけでなく、自分がアートの一部になって楽しんでいただけます。最後は、「ミニチュア展」です。ミニチュアの模型で再現された世界の町並みは写真撮影が可能です。目で見て、写真に収めて楽しむことができます。

M：鈴木さん、明日の休み、一緒にどれか見に行こうよ。

F2：いいよ。これはどうかな？去年、私たちの住む地域でも台風の被害があったし、すごく身近な話だと思うんだけど。

M：確かにそうだね。けど、こないだの授業で似たようなことを学んだからな。それより日本中から展示物を集めたっていうこれは？このテーマで今までにこんな大規模な展示はなかったみたいだし、ぜひ見ておきたいな。

F2：そうなんだ。うーん、珍しい展示だとは思うけど、私歴史とかはよくわからないんだよね。

M：じゃあ、しかたないね。別の日に、僕一人で見に行くことにするよ。あとは、展示物が不思議な見え方をするっていうこれは？

F2：自分が作品の一部分になる体験、なかなかできないよね。おもしろそう。

M：あと、見るだけじゃないといえば、いろんなものを小さくした作品を展示しているイベントもあったよね。カメラを持っていって、撮影を楽しむこともできるみたいだよ。

F2：確かに、せっかく見にいくなら、形に残せるほうがいいと私も思う。

M：じゃあ決まりだね。

質問1　男の人は一人でどのイベントに行きますか。

質問2　二人は、明日、どのイベントに一緒に行きますか。

[題本]

質問1

1 戦国時代展

2 防災展

3 トリックアート展

4 ミニチュア展

質問2

1 戦国時代展

2 防災展
3 トリックアート展
4 ミニチュア展

中譯 主播正在電視上介紹活動。

F1：今天要向大家介紹四個蔚為話題的展覽活動。「戰國時代展」將首次一舉介紹長達 100 多年的戰國時代。可一口氣看到從全國各地收集而來的珍貴史料及美術品。「防災展」將帶您透過照片與影片了解自然災害留下的傷痕以及重建的歷史。同時也將開設課程，可學習對災害時有幫助的知識。此外亦販售及展示可平時備用的防災用品。「幻視藝術展」將展出利用眼睛錯覺的美術作品。不僅可用眼睛欣賞，自己也能化身藝術作品的一部分享受其樂趣。最後是「微縮模型展」。用迷你模型重現的世界街道可以拍照，可享受用眼睛欣賞並拍照的樂趣。

M：鈴木，明天放假我們去看其中一個展吧。

F2：好啊。這個如何？去年我們住的地區有颱風災害，主題很切身相關喔。

M：的確呢。不過這陣子我在課堂上學過類似的東西了。比起這個，這個說收集了全日本的展示品的展覽如何？這個主題好像至今都沒有這麼大規模的展出，我很想去看呢。

F2：這樣啊。嗯……，雖然是很少見的展覽，但我對歷史之類的不熟呢。

M：那就沒辦法了呢。我決定找其他天自己一個人去。還有，用不可思議的方式展出展示物的這個展覽如何？

F2：很少有機會能體驗自己化身成作品的一部份呢。感覺很有趣。

M：還有，不光是看的話，有個活動是展示各種縮小作品對吧？它好像可以帶相機去體驗拍照的樂趣喔。

F2：的確，難得都要去了，我也覺得能留下有形的東西比較好。

M：那就這麼決定囉。

問題 1　男人會一個人去哪個活動？
問題 2　兩人明天會一起去哪個活動？

問題 1
1 戰國時代展
2 防災展
3 幻視藝術展
4 微縮模型展

問題 2
1 戰國時代展
2 防災展
3 幻視藝術展
4 微縮模型展

解析 請仔細聆聽獨白中針對各選項提及的內容，並快速寫下重點筆記。接著聆聽對話，確認兩人各自的選擇為何。

〈筆記〉4 種展覽活動

1 戰國時代展：介紹戰國時代、全國各地的歷史資料和美術品
2 防災展：自然災害的歷史照片、影像、防災教室、防災用品展示和販售
3 幻視藝術展：利用肉眼的錯覺體驗的藝術展、自身可成為藝術的一部分
4 微縮模型展：以微縮模型呈現世界的街道、可拍照
男生→日本各地收集的展示品、以前不曾辦過的展覽、想去看看、決定自己去、喜歡用相機拍攝
女生→不太懂歷史、偏好可以留下紀念

問題 1 詢問男生選擇的活動。男生表示想要去看看日本各地收集的展示品，且又是以前未曾舉辦過的展覽。加上聽完女生說的話後，表示要自己去，因此答案要選 1 **戦国時代展**（戰國時代展）。

問題 2 詢問兩人共同選擇的活動。男生喜歡用相機拍攝東西；女生則偏好留下有形的紀念，因此答案要選 4 **ミニチュア展**（微縮模型展）。

詞彙 **話題** わだい 名 話題 | **展示** てんじ 名 展示 | **イベント** 名 活動
戦国時代 せんごくじだい 名 戰國時代 | **及ぶ** およぶ 動 達到
一挙に いっきょに 副 一舉 | **全国** ぜんこく 名 全國
各地 かくち 名 各地 | **貴重だ** きちょうだ な形 珍貴的
資料 しりょう 名 資料 | **美術品** びじゅつひん 名 美術品
防災 ぼうさい 名 防災 | **自然災害** しぜんさいがい 名 自然災害
残す のこす 動 留下 | **傷跡** きずあと 名 傷痕
復興 ふっこう 名 重建 | **映像** えいぞう 名 照片
学ぶ まなぶ 名 學習 | **役立つ** やくだつ 動 有幫助
知識 ちしき 名 知識 | **普段** ふだん 名 平時
備える そなえる 動 備用 | **対策** たいさく 名 對策
グッズ 名 商品 | **販売** はんばい 名 販售
トリックアート 名 幻視藝術 | **錯覚** さっかく 名 錯覺
一部 いちぶ 名 一部份 | **ミニチュア** 名 迷你 | **模型** もけい 名 模型
再現 さいげん 名 重現 | **町並み** まちなみ 名 街道
撮影 さつえい 名 攝影 | **可能だ** かのうだ な形 可以的
地域 ちいき 名 地區 | **被害** ひがい 名 受害
身近だ みぢかだ な形 身邊的 | **展示物** てんじぶつ 名 展示物
大規模だ だいきぼだ な形 大規模的
不思議だ ふしぎだ な形 不可思議的 | **体験** たいけん 名 體驗
せっかく 副 難得 | **決まり** きまり 名 決定

實戰模擬試題1

實戰模擬試題 2

言語知識（文字・語彙）

問題1	1 2	2 4	3 1	4 2	5 3	6 2	
問題2	7 4	8 3	9 2	10 1	11 4	12 1	13 3
問題3	14 2	15 3	16 4	17 3	18 2	19 1	
問題4	20 1	21 4	22 1	23 3	24 2	25 4	

言語知識（文法）

問題5	26 4	27 1	28 3	29 2	30 2
	31 4	32 1	33 3	34 3	35 2
問題6	36 4	37 4	38 3	39 3	40 2
問題7	41 2	42 4	43 1	44 4	45 1

讀解

問題8	46 1	47 3	48 2	49 4		
問題9	50 2	51 3	52 1	53 4	54 3	55 4
	56 1	57 2	58 4			
問題10	59 2	60 3	61 2	62 1		
問題11	63 3	64 4				
問題12	65 3	66 2	67 1	68 4		
問題13	69 4	70 3				

聽解

問題1	1 1	2 3	3 3	4 4	5 1	6 3	
問題2	1 3	2 3	3 2	4 1	5 1	6 4	7 2
問題3	1 1	2 4	3 3	4 2	5 2	6 3	
問題4	1 2	2 1	3 2	4 3	5 2	6 1	7 1
	8 3	9 1	10 2	11 1	12 2	13 3	14 3
問題5	1 3	2 2	3 第1小題 4		第2小題 2		

言語知識（文字・語彙）

p.61

1

經過專家嚴格的審查。

解析 「厳正」的讀音為 2 げんせい。請注意「正」有兩種讀法，可以唸作しょう或せい，寫作「厳正」時，「正」要唸作せい。

詞彙 **厳正だ げんせいだ** な形 嚴格的｜**専門家 せんもんか** 名 專家
審査 しんさ 名 審查

2

其流暢的動作讓人完全感覺不出它是機器人。

解析 「滑らか」的讀音為 4 なめらか。

詞彙 **滑らかだ なめらかだ** な形 流暢的｜**動き うごき** 名 動作
ロボット 名 機器人｜**全く まったく** 副 完全不
感じる かんじる 動 感覺

3

市府協助市民維持終身健康。

解析 「生涯」的讀音為 1 しょうがい。請注意「生」有兩種讀法，可以唸作しょう或せい，寫作「生涯」時，「生」要唸作しょう。

詞彙 **生涯 しょうがい** 名 生涯｜**通じる つうじる** 動 在…（整個期間）
健康づくり けんこうづくり 維持健康｜**支援 しえん** 名 支援

4

一直以來總是以優秀的哥哥為榜樣。

解析 「模範」的讀音為 2 もはん。請注意「模」有兩種讀法，可以唸作も或ぼ，寫作「模範」時，「模」要唸作も。

詞彙 **模範 もはん** 名 榜樣｜**優秀だ ゆうしゅうだ** な形 優秀的
常に つねに 副 總是

5

上了年紀骨頭就會逐漸變脆弱。

解析 「脆く」的讀音為 3 もろく。

詞彙 **脆い もろい** い形 脆弱的｜**年を取る としをとる** 上了年紀
骨 ほね 名 骨頭｜**次第に しだいに** 副 逐漸

6

這間公司對上班時間很通融。

解析 「融通」的讀音為 2 ゆうずう。請注意正確讀音為長音ゆう；通的讀音為ずう，而非つう。

詞彙 **融通がきく ゆうずうがきく** 通融
勤務時間 きんむじかん 名 上班時間

7

我去年蓋了（　　）的自有宅。

1　希望　　2　期待
3　滿意　　**4　心心念念**

解析 四個選項皆為名詞。括號加上其後方內容「マイホーム（我的家）」表示「念願のマイホーム（我心目中的家）」最符合文意，因此答案為 4 念願。其他選項的用法為：1 **希望の大学**（想上的大學）；2 **期待の新商品**（期待的新商品）；3 **会心の作**（滿意之作）。

詞彙 **マイホーム** 名 自有宅｜**希望 きぼう** 名 希望｜**期待 きたい** 名 期待
会心 かいしん 名 滿意｜**念願 ねんがん** 名 心願

8

儘管引退後已過了十年，仍維持（　　）的身材。

1　緊緊　　2　清楚
3　結實　　4　暢快

解析 四個選項皆為副詞。括號加上其後方內容「体（身體）」表示「がっしりした体（健壯的身體）」最符合文意，因此答案為 3 がっしり。其他選項的用法為：1 **きっちりした性格**（一絲不苟的個性）；2 **くっきりした目**（清澈的眼睛）；4 **すっきりした気分**（暢快的心情）。

詞彙 **引退 いんたい** 名 引退｜**経つ たつ** 動 經過
維持 いじ 名 維持｜**きっちり** 副 緊緊地｜**くっきり** 副 清楚
がっしり 副 結實｜**すっきり** 副 暢快

9

錯誤的經營判斷將公司（　　）危險的局面。

1　趕出　　**2　逼到**
3　追上　　4　追逐

解析 四個選項皆為動詞。括號加上其前方內容「危うい状況に（危險的狀況）」表示「危うい状況に追い込んだ（陷入危險的狀況中）」最符合文意，因此答案為 2 追い込んだ。其他選項的用法為：1 **党から追い出した**（被開除黨籍）；3 **先頭に追いついた**（趕上前方的人）；4 **泥棒を追いかけた**（追趕小偷）。

詞彙 **誤る あやまる** 動 錯誤｜**経営 けいえい** 名 經營
判断 はんだん 名 判斷｜**危うい あやうい** い形 危險的
状況 じょうきょう 名 狀況｜**追い出す おいだす** 動 趕出
追い込む おいこむ 動 逼到｜**追いつく おいつく** 動 趕上
追いかける おいかける 動 追逐

10

發生了因程式錯誤所導致的會員個資（　　）事故。

1　外洩　　2　刪除
3　排除　　4　失竊

解析 四個選項皆為名詞。括號加上其前方內容「**個人情報が**（個人

資料）」表示「**個人情報が流出する**（個人資料外流）」最符合文意，因此答案為 1 流出。其他選項的用法為：2 **未知数を消去する**（消除未知數）；3 **可能性を排除する**（排除可能性）；4 **自転車を盜難する**（偷自行車）。

詞彙 プログラム名程式 | 会員 かいいん名會員
個人情報 こじんじょうほう名個人資料 | 流出 りゅうしゅつ名外洩
消去 しょうきょ名刪除 | 排除 はいじょ名排除
盗難 とうなん名失竊

11

爸爸將身體（　）到沙發上靜靜地看著報紙。

1 浸　　2 泡
3 降　　**4 癱、沉入**

解析 四個選項皆為動詞。括號加上其前方內容「ソファーに身を（身體在沙發上）」表示「**ソファーに身を沈めて**（身體癱在沙發上）」最符合文意，因此答案為 4 **沈めて**。其他選項的用法為：1 **お湯に足を浸して**（把腳泡在熱水裡）；2 **酢に梅を漬けて**（用醋醃梅子）；3 **床に荷物を降ろして**（把行李放在地板上）。

詞彙 ソファー名沙發 | 身 み名身體 | 浸す ひたす動浸泡
漬ける つける動浸泡 | 降ろす おろす動降下、放下
沈める しずめる動使沉入

12

銀行戶頭的（　）不足而沒有扣款。

1 餘額　　2 差額
3 剩餘　　4 總額

解析 四個選項皆為名詞。括號加上前後方內容表示「**銀行口座の残高が不足して**（因為銀行帳戶的餘額不足）」最符合文意，因此答案為 1 **残高**。其他選項的用法為：2 **売り上げと利益の差額が大きくて**（銷售額和利潤的差距很大）；3 **労働力の余剰が生じて**（勞動力過剩）；4 **収入の総額が 100 万円を超えて**（總收入超過 100 萬日圓）。

詞彙 口座 こうざ名戶頭 | 不足 ふそく名不足
引き落とし ひきおとし名扣款 | 残高 ざんだか名餘額
差額 さがく名差額 | 余剰 よじょう名剩餘 | 総額 そうがく名總額

13

經常確保生活不可或缺的東西有大量（　）。

1 維持　　2 儲值
3 存貨　　4 限制

解析 四個選項皆為名詞。括號加上其後方內容「**確保している**（確保）」表示「**ストックを確保している**（確保有存貨）」最符合文意，因此答案為 3 **ストック**。其他選項的用法為：1 **残りをキープする**（保留剩下的東西）；2 **残高をチャージする**（餘額加值）；4 **リミットを設定する**（設定限度）。

詞彙 欠かす かかす動缺少 | 常に つねに副經常
大量 たいりょう名大量 | 確保 かくほ名確保 | キープ名維持
チャージ名儲值 | ストック名存貨 | リミット名限制

14

剛才在車站的女性看起來一臉困惑。

1 著急　　**2 苦惱**
3 煩惱　　4 羞恥

解析 **とまどって**的意思為「不知所措」，因此答案為同義的 2 **困って**。

詞彙 とまどう動困惑 | 様子 ようす名樣子 | 急ぐ いそぐ動著急
困る こまる動苦惱 | 悩む なやむ動煩惱
恥じる はじる動羞恥

15

超過當初的預算。

1 檢查　　2 取消
3 超出　　4 更新

解析 **上回って**的意思為「超過」，因此答案為同義的 3 **オーバーして**。

詞彙 当初 とうしょ名當初 | 予算 よさん名預算
上回る うわまわる動超過 | チェック名檢查
キャンセル名取消 | オーバー名超出 | アップデート名更新

16

聽說這個地區有獨特的習俗。

1 打招呼　　2 故事
3 傳承　　**4 風俗**

解析 **しきたり**的意思為「傳統、慣例」，因此答案為同義的 4 **風習**。

詞彙 地域 ちいき名地區 | 独自だ どくじだ な形獨特的
しきたり名習俗 | 挨拶 あいさつ名打招呼
物語 ものがたり名故事 | 伝承 でんしょう名傳承
風習 ふうしゅう名風俗

17

祖父的手術平安結束，家人都放心了。

1 嚇了一跳　　2 勃然大怒
3 鬆了一口氣　　4 面露不悅

解析 **安堵した**的意思為「鬆了一口氣」，因此答案為同義的 3 **ほっとした**。

詞彙 手術 しゅじゅつ名手術 | 無事だ ぶじだ な形平安的
安堵 あんど名放心 | はっとする副嚇一跳
かっとする副勃然大怒 | ほっとする副鬆一口氣
むっとする副面露不悅

18

那位女性可能是很無聊，所以一直找我攀談。

1 如我所料　**2 三番兩次**
3 突如其來　4 暗地裡

解析 しきりに的意思為「頻繁地」，選項中可替換使用的是 2 何度も，故為正解。

詞彙 退屈だ たいくつだ なN形 無聊｜しきりに 副 頻繁地
話しかける はなしかける 動 攀談
予想通り よそうどおり 如預料般地｜突如 とつじょ 副 突如其來
こっそりと 副 暗地裡

19

緊急的時候盡可能快點報告相當重要。

1 迅速地　2 正確地
3 深厚地　4 簡潔地

解析 できるだけ早く的意思為「盡快」，選項中可替換使用的是 1 すみやかに，故為正解。

詞彙 非常 ひじょう 名 緊急｜際 さい 名 時候｜報告 ほうこく 名 報告
正確だ せいかくだ な形 正確的｜こまやかだ な形 深厚的
簡潔だ かんけつだ な形 簡潔的

20

樸素

1 儘管他已相當知名，卻仍過著與過去相同的樸素生活。
2 這裡的菜有種股舊時的樸素滋味，吃了會讓人懷念故鄉。
3 我從以前就很討厭被覺得很瘦很樸素，所以開始運動。
4 景氣愈來愈差，變樸素的人遽增。

解析 題目字彙「質素（簡樸）」用於表示生活的樣貌不奢華、很純樸，屬於形容詞，所以要先確認各選項中，該字彙與前後方的內容。正確用法為「質素な生活（簡樸的生活）」，因此答案為 1。其他選項可改成：2 素朴（そぼく，單純）；3 貧弱（ひんじゃく，瘦弱）；4 貧困（ひんこん，貧困）。

詞彙 質素だ しっそだ な形 樸素的｜味がする あじがする 有味道
故郷 こきょう 名 故鄉｜懐かしい なつかしい い形 懷舊的
やせる 動 瘦｜景気 けいき 名 景氣｜ますます 副 愈來愈…
悪化 あっか 名 惡化｜急増 きゅうぞう 名 遽增

21

寒酸的

1 這間設施收容了被飼主遺棄的寒酸動物們。
2 為經濟基礎寒酸的人士提供生活扶助的一連串行動已經開始。
3 這則故事是任職於某間廣告代理商的寒酸上班族的故事。
4 他平常都穿很寒酸的衣服，所以根本看不出來是社長。

解析 題目字彙「みすぼらしい（寒酸的）」用於表示穿著破舊的樣子，屬於形容詞，所以要先確認各選項中，該字彙與前後方的內容。正確用法為「みすぼらしい服装（寒酸的衣服）」，因此答案為 4。其他選項可改成：1 哀れだ（あわれだ，可憐的）；2 脆弱だ（ぜいじゃくだ，脆弱的）；3 しがない（微不足道的）。題目字彙「みすぼらしい（寒酸的）」用於表示穿著破舊的樣子，屬於形容詞，所以要先確認各選項中，該字彙與前後方的內容。正確用法為「みすぼらしい服装（寒酸的衣服）」，因此答案為 4。其他選項可改成：1 哀れだ（あわれだ，可憐的）；2 脆弱だ（ぜいじゃくだ，脆弱的）；3 しがない（微不足道的）。

詞彙 みすぼらしい い形 寒酸的｜施設 しせつ 名 設施
飼い主 かいぬし 名 飼主｜保護 ほご 名 收容
経済 けいざい 名 經濟｜基盤 きばん 名 基礎
人々 ひとびと 名 人們｜支援 しえん 名 扶助
取り組み とりくみ 名 行動｜物語 ものがたり 名 故事
広告 こうこく 名 廣告｜代理店 だいりてん 名 代理商
サラリーマン 名 上班族｜普段 ふだん 名 平時
服装 ふくそう 名 服裝

22

向後彎曲

1 我從以前就很常被人指出姿勢不佳，腰向後彎曲。
2 突然雷聲大作，嚇得我差點快向後彎曲。
3 這個判決若沒向後彎曲任誰都早已放棄，但迎來了希望的曙光。
4 加速過快的車子無法在彎道徹底向後彎曲，而撞上了牆壁。

解析 題目字彙「反る（向後彎曲）」用於表示原來是挺直的變成彎曲貌，屬於動詞，所以要先確認各選項中，該字彙與其前方的內容。正確用法為「腰が反って（腰部向後彎曲）」，因此答案為 1。其他選項可改成：2 ひっくり返る（ひっくりかえる，翻過去）；3 覆る（くつがえる，翻轉）；4 曲がる（まがる，轉彎）。

詞彙 反る そる 動 向後彎曲｜姿勢 しせい 名 姿勢｜腰 こし 名 腰
指摘 してき 名 指出｜突然 とつぜん 副 突然
雷 かみなり 名 雷｜音 おと 名 聲音
響きわたる ひびきわたる 動 響徹｜驚き おどろき 名 驚嚇
判決 はんけつ 名 判決｜諦める あきらめる 動 放棄
希望 きぼう 名 希望｜差し込む さしこむ 動 射入
スピード 名 速度｜カーブ 名 彎道｜衝突 しょうとつ 名 相撞

23

親善

1 大學畢業後過了數十年的現在，我仍與當時的好友繼續保持親善。
2 學語言時，連同與其有密切親善的文化也一起學習相當重要。
3 本活動的目的在於與鄰國市民的文化交流及親善。
4 兩國透過締結親善，讓人與貨物的往來更加興盛。

解析 題目字彙「親善（親善）」用於表示國家、或團體間的關係友

好，屬於名詞，所以要先確認各選項中，該字彙與其前方的內容。正確用法為「隣国の市民との文化交流や親善（與鄰國居民的文化交流和親善）」，因此答案為3。其他選項可改成：1 交際（こうさい，交往）；2 繋がり（つながり，關聯）；4 国交（こっこう，邦交）。

詞彙 親善 しんぜん 名 親善｜数十年 すうじゅうねん 名 數十年
経つ たつ 動 經過｜なお 副 仍然｜当時 とうじ 名 當時
親友 しんゆう 名 好友｜言語 げんご 名 語言
学ぶ まなぶ 動 學習｜際 さい 名 時候
密接だ みっせつだ な形 有密切關係的
重要だ じゅうようだ な形 重要的｜イベント 名 活動
隣国 りんこく 名 鄰國｜交流 こうりゅう 名 交流
目的 もくてき 名 目的｜両国 りょうこく 名 兩國
結ぶ むすぶ 動 締結｜行き来 いきき 名 往來

24

想不開
1 煩惱到最後決定想不開說出內心話。
2 他一臉想不開似地衝出了教室。
3 我這身打扮讓附近的人想不開我是醫生。
4 忽然想不開好的點子，所以馬上寫在筆記本上。

解析 題目字彙「思い詰める（深思熟慮）」用於表示苦惱於某件事，並陷入沈思，屬於動詞，所以要先確認各選項中，該字彙與其前方的內容。正確用法為「彼はひどく思い詰めた（他鑽牛角尖）」，因此答案為2。其他選項可改成：1 思い切る（おもいきる，下定決心）；3 思い込む（おもいこむ，深信）；4 思いつく（おもいつく，想到）。

詞彙 思い詰める おもいつめる 動 想不開、鑽牛角尖
悩む なやむ 動 煩惱｜本心 ほんしん 名 真心話
打ち明ける うちあける 動 坦率說出｜表情 ひょうじょう 名 表情
飛び出す とびだす 動 衝出｜ふと 副 忽然
アイデア 名 點子

25

逆轉
1 照片中的文字左右逆轉，看得很吃力。
2 新聞說景氣已經在逆轉，但人們似乎感受不到。
3 那個政治家逆轉了在野黨毫無根據的批評。
4 那一隊從壓倒性不利的局面一口氣逆轉。

解析 題目字彙「逆転（逆轉）」用於表示競爭情勢發生顛倒，屬於名詞，所以要先確認各選項中，該字彙與其前方的內容。正確用法為「不利だった状況から一気に逆転した（從不利的局面一口氣逆轉）」，因此答案為4。其他選項可改成：1 反転（はんてん，翻轉、顛倒）；2 回復（かいふく，恢復）；3 反撃（はんげき，反擊）。

詞彙 逆転 ぎゃくてん 名 逆轉｜文字 もじ 名 文字｜左右 さゆう 名 左右
苦労 くろう 名 辛苦｜景気 けいき 名 景氣｜人々 ひとびと 名 人們
実感 じっかん 名 實際感受｜政治家 せいじか 名 政治家
野党 やとう 名 在野黨｜根拠 こんきょ 名 根據｜批判 ひはん 名 批評
チーム 名 隊伍｜圧倒的だ あっとうてきだ な形 壓倒性的
不利だ ふりだ な形 不利的｜状況 じょうきょう 名 狀況
一気に いっきに 副 一口氣

言語知識（文法）

p.66

26

姊姊和我只相差2歲，但她（　　）是保育員，所以很熟悉如何和小孩相處。
1 用（某人）自己的方式　2 如同
3 儘管　**4 畢竟**

解析 本題要根據文意，選出適當的文法。選項1なりに和4だけあって皆可置於名詞「保育士（保育員）」的後方。2ごとく要置於名詞加上助詞的的後方；3たりとも則要置於數量詞後方，因此皆不適合填入。括號後方連接「子どもの扱いになれている（很熟悉和小孩相處）」，整句話表示「因為是保育員，所以很熟悉和小孩相處」語意最為通順，因此答案為4だけあって。建議一併熟記其他選項的意思。

詞彙 年が離れる としがはなれる 年齡有差距
保育士 ほいくし 名 保育員｜扱い あつかい 名 對待
～なりに 用（某人）自己的方式｜～ごとく 如同～
～たりとも 儘管～｜～だけあって 畢竟～

27

派駐國外是升遷的好機會，但我並沒有想出人頭地到不惜帶不願意去的老婆（　　）。
1 去　2 去
3 去　4 去

解析 本題要根據文意，選出適當的動詞形態。括號後方連接まで，因此括號要填入動詞て形、或辭書形。根據括號前後方的內容，表示「不想帶著不願意去的妻子過去出人頭地」，因此答案為1行って。

詞彙 海外 かいがい 名 海外｜赴任 ふにん 名 赴任
昇進 しょうしん 名 升遷｜チャンス 名 機會
嫌がる いやがる 動 不願意｜～てまで 不惜～
出世 しゅっせ 名 出人頭地

28

（與醫生的訪談中）
A「您在貧困的家庭環境裡當上醫生，真的非常了不起。」
B「經常有人這麼對我這麼說，但我認為（　　）因為家境貧窮所以我才能成為醫生。或許是有因為想靠成功脫貧的意志堅強吧。」
1 假如　2 正是
3 倒不如說是　4 請務必

解析 本題要根據文意，選出適當的副詞。括號後方連接：「**貧しい家庭環境だったからこそ医者になれたんだと思います**（我認為正因為家境貧寒，我才能成為一名醫生）」，括號所在的句子表示「相反地，正因為我家境貧寒」語意最為通順，因此答案為 3 **むしろ**。

詞彙 **医師** いし名醫師｜**インタビュー**名訪談
貧しい まずしいい形貧窮的｜**環境** かんきょう名環境
～中 ～なか ～當中｜**お医者さん** おいしゃさん名醫生
～からこそ 正因為～｜**成功** せいこう名成功
貧しさ まずしさ名貧窮｜**抜け出す** ぬけだす動脫離
かりに副假如｜**まさに**副真的｜**むしろ**副倒不如說
どうか副請務必

29

（公告）
（　　）自作主張，為了因應人手不足問題並減少員工的工作時間，本店將調整營業時間。抱歉造成各位不便，敬請見諒。

1　明明　**2　儘管**
3　即便　4　光是

解析 本題要根據文意，選出適當的文法。選項 2 ながら和 3 にせよ可置於形容詞語幹「**勝手**」的後方；而 1 的助詞の加上くせに，要置於名詞的後方、4 ばかり則要置於名詞、或動詞て形的後方，因此皆不適合填入。括號後方連接：「**人手不足及び従業員の労働時間削減のため営業時間を変更します**（因人力不足及員工工時減少而更改營業時間）」，其前方表示「雖然這樣有些任性」語意最為通順，因此答案為 2 **ながら**。3 にせよ表示「即使、無論」，並不適合填入括號內。建議一併熟記其他選項的意思。

詞彙 **お知らせ** おしらせ名公告｜**この度** このたび 本次
誠に まことに副非常｜**勝手だ** かってだな形自作主張的
人手不足 ひとでぶそく名人手不足｜**及び** および接以及
従業員 じゅうぎょういん名員工｜**労働** ろうどう名勞動
削減 さくげん名減少｜**営業時間** えいぎょうじかん名營業時間
変更 へんこう名變更｜**申し訳ない** もうしわけないい形抱歉的
了承 りょうしょう名原諒｜**～くせに** 明明～
～ながら 儘管～｜**～にせよ** 即便～
～てばかり 光是～

30

大學畢業後已經過了 2 年。因為有事而久違來到大學附近，因此打算（　　）曾照顧我的老師，向他致謝兼打招呼。

1　說　**2　拜訪**
3　在　4　來

解析 本題要根據文意，選出適當的敬語。去拜訪老師打聲招呼，打招呼的對象為長輩，要使用「**挨拶に伺うつもりだ**（打算去拜訪打聲招呼）」降低自身的地位，因此答案為 2 **伺う**。此處的「伺う」為「**訪ねる**」的謙讓語。1 申す為「言う」的謙讓語；3 いらっしゃる為「いる」的尊敬語；4 お越しになる為「来る」的尊敬語。

詞彙 **経つ** たつ動經過｜**お世話になる** おせわになる 受照顧
～かたがた 兼～｜**挨拶** あいさつ名打招呼
申す もうす動說（言う的謙讓語）
伺う うかがう動拜訪（訪ねる的謙讓語）
いらっしゃる動在（いる的尊敬語）
お越しになる おこしになる動來（来る的尊敬語）

31

（與棒球隊總教練的訪談中）
記者「恭喜你們奪冠。真是漂亮的大逆轉呢。」
教練「謝謝。大家的熱情聲援是我們的動力。今後（　　），我們就會全力以赴。」

1　會趁我們請球迷們支持時
2　會趁球迷們支持我們時
3　只要我們有請球迷們支持
4　只要有球迷們支持我們

解析 本題要根據文意，選出適當的文法。作答時，請特別留意選項 1 和 3 的「いただく」為謙讓語；選項 2 和 4 的「くださる」為尊敬語。根據括號前方的內容，表示「只要往後粉絲也繼續支持我們」語意最為通順，因此答案為 4 **くださる限り**。建議一併熟記其他選項的意思。

詞彙 **野球チーム** やきゅうチーム名棒球隊｜**監督** かんとく名總教練
インタビュー名訪談｜**記者** きしゃ名記者
優勝 ゆうしょう名奪冠｜**見事だ** みごとだな形漂亮的
大逆転 だいぎゃくてん名大逆轉｜**声援** せいえん名聲援
これからも 今後也｜**ファン**名粉絲｜**皆様** みなさま名各位
応援 おうえん名應援｜**精一杯** せいいっぱい副盡全力
～うちに 在～的時候｜**～限り** ～かぎり 只要～

32

從目前情況看來，遠足因大雨而（　　），但一想到孩子們一直期待著這一天就心痛。

1　中止也是不得已的　2　不能光只是中止
3　無須中止　4　中止也無妨

解析 本題要根據文意，選出適當的文法句型。作答時，請特別留意選項 3 和 4 的「させる」為使役用法。根據括號前後方的內容，表示「雖然是因爲大雨不得不取消郊遊」語意最為通順，因此答案為 1 **中止してもやむを得ない**。建議一併熟記其他選項的意思。

詞彙 **大雨** おおあめ名大雨｜**遠足** えんそく名遠足
状況 じょうきょう名狀況｜**楽しみだ** たのしみだな形期待的
痛む いたむ動痛
～やむを得ない ～やむをえない 不得已～
～てばかりもいられない 不能光是～
～までもない 無須～
～ても差し支えない ～てもさしつかえない ～也無妨

實戰模擬試題 2

33

這場慶生會的主角是鈴木，他（　）就沒戲唱了。

1　既然要來　　2　就算要來
3　不來的話　　4　沒有不來

解析 本題要根據文意，選出適當的文法句型。作答時，請特別留意選項 3 和 4 為動詞ない形。根據括號前後方的內容，表示「他不來的話說不過去」語意最為通順，因此答案為 3 **来ないことには**。建議一併熟記其他選項的意思。

詞彙 **主役** しゅやく 名主角｜**誕生日会** たんじょうびかい 名慶生會
話にならない はなしにならない 沒戲唱
～からには 既然～｜**～にしても** 就算～
～ないことには 不～的話｜**～ことなく** 沒有～

34

開始一個人住之後，切身了解對父母該有多感恩。他們每天為我們準備營養均衡的飯菜，還送我們上下學。這世界上（　）任何東西比父母的愛更加溫暖了。

1　應該不可能有　　2　不可以有
3　或許沒有　　4　簡直就沒有

解析 本題要根據文意，選出適當的文法句型。根據括號前後方的內容，表示「這世上沒有什麼比父母的愛更為溫暖」語意最為通順，因此答案為 3 **ないのではなかろうか**。建議一併熟記其他選項的意思。

詞彙 **一人暮らし** ひとりぐらし 名一個人住
ありがたみ 名感激之情｜**実感** じっかん 名親身感受
栄養 えいよう 名營養｜**バランス** 名平衡
送り迎え おくりむかえ 名接送｜**愛情** あいじょう 名愛情
この世 このよ 這世界上｜**～はずがない** 不可能～
～だろうか ～吧｜**～てはならない** 不可以～
～なかろうか 或許沒有～吧｜**～というものだ** 簡直就是～

35

田中「教授說明天前要交 10 頁的科學報告，太過分了吧。」
上田「真的啊。每次都（　）教授的臨時起意（　）。」

1　被……耍得團團轉也沒辦法呢
2　被……耍得團團轉到不行
3　讓……耍得團團轉也無濟於事
4　毫不避諱讓……耍得團團轉

解析 本題要根據文意，選出適當的文法句型。作答時，請特別留意選項 1 和 2 的「振り回される」為被動用法；選項 3 和 4 的「振り回させる」為使役用法。根據括號前後方的內容，表示「每次都被教授的心血來潮左右」語意最為通順，因此答案為 2 **振り回されてはかなわないね**。上田於前方回應「まったくだよ（真是的）」，表示認同田中說教授太過分的話，因此選項 1 振り回されても仕方ないね（被左右也是沒有辦法的事）並不適當。建議一併熟記其他選項的意思。

詞彙 **教授** きょうじゅ 名教授｜**まったく** 副真是
毎回 まいかい 名每次｜**思いつき** おもいつき 名臨時起意
振り回す ふりまわす 動捉弄
～てもしかたない ～也沒辦法
～てはかなわない ～到不行；～得受不了
～てもはじまらない ～也無濟於事
～てはばからない 毫不避諱～

36

有句諺語叫「入境隨俗」，意思是進到某個土地或環境，就要遵照當地的習慣或做法。但要改變已養成的習慣或做法，可不像說的這麼簡單。

1　習慣或作法　　2　像說的這麼
3　改變　　**4　已養成的**

解析 本題沒有需連接特定詞性或文法的選項，因此要根據文意，將四個選項排列成 4 **身についた** 1 **習慣ややり方を** 3 **変えることは** 2 **言葉でいうほど**（改變習以為常的習慣或方式，就像用話語表達般）。★置於第一格，因此答案為 4 **身についた**。

詞彙 **郷に入れば郷に従え** ごうにいればごうにしたがえ 入境隨俗
ことわざ 名諺語｜**土地** とち 名土地
環境 かんきょう 名環境｜**やり方** やりかた 名做法
従う したがう 動遵照｜**身につく** みにつく 養成

37

最近有政治人物不顧及國民需求，僅將自己的利益擺在第一位，企圖撼動國家。俗話說「有國民才有國家」，政治人物千萬不能忘記這件事。

1　有　　2　叫做～的
3　的　　**4　國家**

解析 1 あって和 3 の可組合成文法「あっての（正因為……才）」，因此可以連接 1 あって 3 の。接著根據文意，再將其他選項一併排列成 1 あって 3 の 4 国家 2 と（正因為有才有國家），因此答案為 4 国家。

詞彙 **国民** こくみん 名國民｜**利益** りえき 名利益｜**優先** ゆうせん 名優先
国 くに 名國家｜**動かす** うごかす 動撼動
政治家 せいじか 名政治家；政治人物
～あっての 有～才有～｜**国家** こっか 名國家

38

由於是對上縣內最強隊伍的比賽，接下來無論是否有努力練習都贏不了那一隊，所以我想享受比賽到最後一刻。

1　無論　　2　做
3　哪一邊　　4　不做

解析 2 的ようが和 4 的まいが可組合成文法「～ようが～まいが（不管是……或不是）」，因此可以先連接 2 しようが 4 しまいが（不管是做還是不做）。接著根據文意，再將其他選項一併排列成 2 しようが 4 しまいが 3 どっちに 1 しろ（不管是選擇做還是不做），因此答案為 3 どっちに。

詞彙 **チーム** 名隊伍｜**プレー** 名比賽

～ようが ～まいが 是否～｜どっちにしろ 無論如何

39

由於在班上所有人面前說了明天的數學考試絕對要拿滿分，今天看樣子不能睡了。

1 拿滿分　　2 由於
3 說　　4 ～這種話

解析 2 てまえ要置於動詞辭書形、或た形的後方，因此可以排列出 1 満点をとる 2 てまえ（既然都得到滿分）或 3 言ってしまった 2 てまえ（既然都說了）兩種組合。而空格前方跟後方分別為「クラス全員の前で明日の数学のテストでは絶対（當著全班同學的面，明天的數學考試一定會）」和「今日は眠れそうにもない（今天恐怕不能睡）」，中間填入「3 言ってしまった 2 てまえ（既然都說了）」語意較為通順。接著再根據文意，將其他選項一併排列成 1 満点をとる 4 なんて 3 言ってしまった 1 てまえ（既然都說了會考滿分），因此答案為 3 言ってしまった。

詞彙 全員 ぜんいん名全員｜絶対 ぜったい名絕對
満点をとる まんてんをとる 拿滿分｜～そうにもない 看樣子不能～
～てまえ 由於～｜～てしまう（表示遺憾的語氣）
～なんて 這種～

40

儘管醫療的發達拯救了許多生命，但目前仍有許多即使用最新的醫療技術也無法治癒的疾病。

1 發達　　**2 許多的**
3 醫療的　　4 因

解析 4 より和 1 當中的助詞に可以組合成文法「により（根據、透過……）」，因此可以先連接 1 発達に 4 より（隨著發展）。接著再根據文意，將其他選項一併排列成 3 医療の 1 発達に 4 より 2 多くの（隨著醫療的發展，越來越多）。★置於第四格，因此答案為 2 多くの。

詞彙 命 いのち名生命｜救う すくう動拯救｜最新 さいしん名最新
医療 いりょう名醫療｜～をもって 透過～
治す なおす動治療｜まだまだ副仍舊
現状 げんじょう名現狀｜発達 はったつ名發達｜～により 因～

41-45

面對壓力的方法

對生活在現代社會的我們而言，壓力的存在並不陌生。儘管大家或多或少有所差異，但幾乎每個人都是背負著壓力在生活。因此，這次我想談談有關面對壓力的方法。

41，大家都是用什麼方式來面對壓力呢？過度的壓力不僅會造成精神不適，也會引起頭痛、眼睛疲勞等生理面的不適，因此一有壓力就排解不累積相當重要。

說到壓力的排解方法，像卡拉 OK、運動等等都能暫時舒緩壓力，但這些活動並 **42** 壓力的根本原因。因為一旦再陷入相同的狀況，我們就會再次承受同等的、甚至是更大的壓力。話雖如此，但要從根本解決問題該怎麼做才好呢？

解決問題的第一步是，我們 **43** 面對自己。首先，我們要從認知「我們無法改變過去與他人」這點開始。接著，別試圖控制他人與過去，而是活用 **44** 學到的事來改變自己的想法。

帶著這股想法客觀地分析處在壓力下的自己。我們接受到壓力時，往往會被對方或情況逼得心浮氣躁。但是，只要認知到心浮氣躁的是自己這點，就能掌握情感和狀況，並逐漸冷靜下來。

這並不是在否定向外排解壓力這件事，不過，大家 **45** 面對自己心中的壓力如何？簡單的想法或許能讓我們每天的生活更輕鬆。

詞彙 ストレス名壓力｜向き合い方 むきあいかた 面對方法
現代 げんだい名現代｜～にとって 對～而言
身近だ みぢかだ な形熟悉的｜～によって 依據～
多かれ少なかれ おおかれすくなかれ 或多或少
抱える かかえる動背負｜そこで接因此
今回 こんかい名這次｜～について 關於～
述べる のべる動陳述｜方法 ほうほう名方法
過度だ かどだ な形過度的
精神的だ せいしんてきだ な形精神的
不調 ふちょう名不適｜～のみならず 不僅～
頭痛 ずつう名頭痛｜疲れ つかれ名疲勞
体調面 たいちょうめん名身體狀況方面｜異常 いじょう名異常
もたらす動帶來｜溜め込む ためこむ動累積
都度 つど名每次｜解消 かいしょう名解決
重要だ じゅうようだ な形重要的
解消法 かいしょうほう名排解方法｜カラオケ名卡拉 OK
一時的だ いちじてきだ な形暫時的｜和らげる やわらげる動緩和
根っこ ねっこ名根本｜状況 じょうきょう名狀況
おちいる動陷入｜再度 さいど名再次
または接或是｜根本的だ こんぽんてきだ な形根本的
解決 かいけつ名解決｜一歩 いっぽ名一步
自分自身 じぶんじしん名自己｜まずは副首先
過去 かこ名過去｜他人 たにん名他人
認識 にんしき名認知｜コントロール名控制
学ぶ まなぶ動學習｜生かす いかす動活用
考え方 かんがえかた名想法
客観的だ きゃっかんてきだ な形客觀的｜分析 ぶんせき名分析
相手 あいて名對方｜イライラ副心浮氣躁
～がちだ 往往～｜感情 かんじょう名情感
把握 はあく名掌握｜落ち着く おちつく動冷靜
発散 はっさん名宣洩｜否定 ひてい名否定｜ただ接不過
シンプルだ な形簡單的｜日々 ひび名每天
楽だ らくだ な形輕鬆的｜～かもしれない 或許～

41

1　假如	**2　話說**
3　再者	4　此外

解析 本題要根據文意，選出適當的連接詞。空格前方提到：「今回はストレスとの向き合い方について述べていきたいと思う（今天我想要談談如何面對壓力）」，而空格後方連接：「みなさんはどのような方法でストレスに向き合っているのだろうか（大家如何面對壓力呢？）」，提出新的內容，因此答案要選 2 さて。

詞彙 もし副假如｜さて接話說｜なお接再者｜また接此外

42

1　不可能解決	2　不一定不會解決
3　一定會解決	**4　不能當作解決**

解析 本題要根據文意，選出適當的文法句型。空格下一句話提出：「同じ状況におちいると、再度、同じまたはそれ以上のストレスを受けることになるからだ（如果陷入相同的狀況，就會再次感受到同樣、甚至更大的壓力）」，前方表示「それはストレスの根っこの原因を解決することにはならない（那並不能解決壓力的根源）」最符合文意，因此答案為 4 解決することにはならない。

詞彙 解決 かいけつ名解決｜～わけがない 不可能～
～ないとも限らない ～ないともかぎらない 不一定不～
～に違いない ～にちがいない 一定～
～ことにはならない 不能當作～

43

1　必須	2　踏出
3　使其必須	4　使其踏出

解析 本題要根據文意，選出適當的文法。選項 1 和 2 使用被動表現；選項 3 和 4 則使用使役表現，因此請留意空格前後的行為主體或對象為何。根據文意，空格前方提到：「解決の一歩（解決的第一步）」，而需要做的事為「自分自身と向き合うこと（面對自己）」，因此空格適合填入被動表現，答案要選 1 必要とされる。

詞彙 踏み出す ふみだす動踏出

44

1　像這樣	2　像那樣
3　接下來	**4　從中**

解析 本題要根據文意，選出適當的指示詞。空格後方提到：「学んだことを生かして自分の考え方を変える（利用學到的東西改變自己的思考方式）」，指的是空格前方：「過去と他人は変えられない」ということを認識すること（認知到「無法改變過去和別人」）」的下一步驟，因此答案要選 4 そこから。

45

1　不妨～如何？	2　大概是
3　不能老是在～	4　這就是～嗎？

解析 本題要根據文意，選出適當的文法句型。空格前方提到如果能認知到感到壓力的人是自己，便能逐漸冷靜下來，後方連接：「自分の中でストレスに向き合ってみてはどうだろうか（要不要試著面對自己內心的壓力）」最符合文意，因此答案要選 1 みてはどうだろうか。

詞彙 ～だろうか ～嗎｜～というところだ 大概～
～てばかりもいられない 不能老是在～
～というものだ 這就是～｜のか助嗎

讀解 p.72

46

俗話說：「笑口常開好運來」，意思是只要笑幸福就會來臨。雖然這是一種迷信，但我覺得所言甚是。與好友談笑風生，或是看搞笑節目發自內心笑出來時，的確能感受到幸福。
此外，笑有時也會幫助我。艱困的時候，我會有意識地試著揚起嘴角。不知為何，這麼做之後心態就會變得樂觀，會告訴自己「再稍微加把勁吧」。儘管有人認為強顏歡笑有害心理健康，但我今後也想過著不忘展露笑容的人生。

（註）迷信：沒有根據的事情被人們所相信

何者與筆者的看法相符？
1　筆者希望在任何時候都能展露笑容。
2　自己的感情不應該直接表達出來。
3　筆者希望能用樂觀的態度度過人生。
4　強顏歡笑會對內心造成負面影響，因此不應該這麼做。

解析 本題詢問隨筆中筆者的想法。請從頭到尾仔細閱讀，理解全文的內容，並確認筆者的想法。文章第二段末寫道：「私はこれからも笑いを忘れずに人生を送りたい」，因此答案要選 1 どんな時でも笑顔を絶やさないようにしたい（無論何時都想保持著笑臉）。

詞彙 笑う門には福来る わらうかどにはふくくる 笑口常開好運來
ことわざ名諺語｜幸福 こうふく名幸福
訪れる おとずれる動造訪｜迷信 めいしん名迷信
全く まったく副完全｜その通り そのとおり 正是如此
友人 ゆうじん名友人｜冗談 じょうだん名笑話
言い合う いいあう動互相說
お笑い番組 おわらいばんぐみ名搞笑節目
心から こころから 發自內心｜幸せ しあわせ名幸福
実感 じっかん名確實感受｜笑い わらい名笑
助ける たすける動幫助｜つらいい形痛苦的
口角 こうかく名嘴角｜意識 いしき名意識｜なぜか 不知為何

もう 副 再 | 頑張る がんばる 動 加油
前向き まえむき 名 樂觀 | 笑顔 えがお 名 笑容
毒 どく 名 危害 | 人生 じんせい 名 人生 | 根拠 こんきょ 名 根據
人々 ひとびと 名 人們 | 信じる しんじる 動 相信
絶やす たやす 動 斷絕 | 感情 かんじょう 名 感情
そのまま 照樣 | 表現 ひょうげん 名 表達
～べきではない 不應該～ | 人生を歩む じんせいをあゆむ 度過人生
作り笑顔 つくりえがお 勉強擺出的笑容
悪影響 あくえいきょう 名 負面影響 | 与える あたえる 動 給予

47

以下是來自某間健身房的公告。

致全體會員

關於暫時休業與會費退款事宜

因內部裝修，本館將於 1 月 13 日起暫時休業，停業期間預計約 1 個月。

有鑑於本次休業，我們將退還 1 月會費的一半金額。至於退款方式，我們將在向您收取 2 月會費時，告知您扣除 1 月會費退款後的金額。

本月退會的會員將以現金退款，請洽負責人。

星星健身聚樂部

這篇公告所通知的事情是什麼？

1 健身房的會費將在 1 月 31 日起更改。
2 若健身房的會籍持續到 1 月，2 月的會費將可享折扣。
3 由於健身房要休業，因此退款的金額將從 2 月的會費扣除。
4 由於健身房要休業，因此退會的會員將不退還會費。

解析 公告屬於應用文，本題針對該公告的相關內容提問。請從頭到尾仔細閱讀，理解其內容，並掌握全文脈絡。第一段開頭寫道：「臨時休業することになりました」、以及第二段寫道：「2 月分の会費をお支払いいただく際に、1 月の会費返金分を差し引いた金額を提示させていただきます」，因此答案要選 3 ジムの休業のため、2 月の会費から返金分の金額が引かれること（因健身房休館，會從 2 月份的會員費中扣除退款部分的金額）。

詞彙 スポーツジム 名 健身房 | お知らせ おしらせ 名 公告
会員 かいいん 名 會員 | 臨時 りんじ 名 臨時
休業 きゅうぎょう 名 休業 | 会費 かいひ 名 會費
返金 へんきん 名 退款 | ～について 關於～ | 施設 しせつ 名 設施
改修 かいしゅう 名 裝修 | ～のため 由於～ | 期間 きかん 名 期間
～にあたり ～的時候 | 半額 はんがく 名 一半金額
方法 ほうほう 名 方法 | お支払い おしはらい 名 支付
際 さい 名 時 | 差し引く さしひく 動 扣除 | 金額 きんがく 名 金額
提示 ていじ 名 出示 | 退会 たいかい 名 退會
現金 げんきん 名 現金 | 係りの者 かかりのもの 負責人
申し出 もうしで 名 吩咐 | フィットネスクラブ 名 健身俱樂部

48

以下是日語教師所寫的文章。

日語課程的授課計畫表可以說一定會安排日本的文化課程。相信有不少人聽到文化課程會認為是娛樂的時間，但這個安排其實有正當理由。

既然要學習語言，理解該語言使用者的文化背景不可或缺。文化背景會影響語言使用者的詞彙、表達方式以及用字遣詞的選擇。因此，若只學了語言的文法要素，還是有可能發生表達方式符合文法卻不自然的情形。

筆者在本文所表達的事是什麼？

1 若沒有文化課程，將無法產生自然的表達方式。
2 理解文化背景有助於語言的學習。
3 人會受到語言的文法影響，而產生不自然的表達方式。
4 習得語言的文法有助於語言的學習。

解析 本題詢問隨筆中筆者的想法。請從頭到尾仔細閱讀，理解全文的內容，並確認筆者的想法。文章第二段寫道：「言語を学ぶうえで、その言語使用者の文化的背景を理解することはかかせないこと」、以及「文化的背景は言語使用者の単語や表現、言い回しの選択に影響します」，因此答案要選 2 文化的背景を理解することで、言語学習の役に立つ（了解文化背景，有助於語言學習）。

詞彙 日本語 にほんご 名 日文 | カリキュラム 名 授課計畫表
日本 にほん 名 日本 | 組み込む くみこむ 動 排入
娯楽 ごらく 名 娛樂 | きちんとする 正當的
言語 げんご 名 語言 | 学ぶ まなぶ 動 學習
使用者 しようしゃ 名 使用者 | 文化的 ぶんかてき な形 文化的
背景 はいけい 名 背景 | 理解 りかい 名 理解
かかせない 不可或缺 | 単語 たんご 名 詞彙
表現 ひょうげん 名 表達方式 | 言い回し いいまわし 名 措辭
選択 せんたく 名 選擇 | 影響 えいきょう 名 影響
そのため 因此 | 文法的 ぶんぽうてき な形 文法的
要素 ようそ 名 要素 | 不自然だ ふしぜんだ な形 不自然的
自然だ しぜんだ な形 自然的 | 学習 がくしゅう 名 學習
習得 しゅうとく 名 習得

49

我想推薦覺得活得沒意義、筋疲力竭的現代人種植觀葉植物，尤其是仙人掌，每個月只要少量澆一次水即可。儘管速度緩慢，但可以看見它的成長，可愛圓潤的外型還能療癒心靈。

與可愛的外觀形成對比，仙人掌兼具了堅韌的特性。像沙漠那樣的乾燥地帶，一年只會下幾次雨，仙人掌會將這些雨水儲存在體內，用這些水分就能活下來，接著最後就會開花。仙人掌的這種特性有股力量，就好像在對人們呼籲什麼。

關於「仙人掌」，筆者如何敘述？

1 仙人掌不照顧也會長大，因此很推薦給現代人。
2 從仙人掌一點一滴成長的樣貌可感受到它的堅韌。

實戰模擬試題 2

3　仙人掌的二元性是與人類共通之處。
4　仙人掌強大的生存力能打動人心。

解析 本題詢問隨筆中筆者對於「サボテン（仙人掌）」的想法。請從頭到尾仔細閱讀，理解全文的內容，並確認筆者的想法。文章第二段中寫道：「砂漠のような乾燥した地域で年に数回、降る雨を体に蓄え、その水分だけで生き延びる」、以及「このようなサボテンの性質は人々に何か訴えかける強さを持っている」，因此答案要選 4 サボテンの生きる強さは人々の心に響くものがある（仙人掌強韌的生命力能夠打動人心）。

詞彙 生き甲斐 いきがい 名 生存意義
疲れ切る つかれきる 動 筋疲力竭｜現代人 げんだいじん 名 現代人
観葉植物 かんようしょくぶつ 名 觀葉植物
勧める すすめる 動 推薦｜サボテン 名 仙人掌
おすすめ 名 推薦｜少量 しょうりょう 名 少量
与える あたえる 動 給予｜少しずつ すこしずつ 一點一滴
成長 せいちょう 名 成長｜丸み まるみ 名 圓的模樣
帯びる おびる 動 帶有｜フォルム 名 形狀
愛らしさ あいらしさ 名 可愛
癒す いやす 動 療癒｜それに 接 而且
反対だ はんたいだ な形 相反的｜たくましさ 名 堅韌
兼ね備える かねそなえる 動 兼具
砂漠 さばく 名 沙漠｜乾燥 かんそう 名 乾燥｜地域 ちいき 名 地帶
蓄える たくわえる 動 儲存｜水分 すいぶん 名 水分
生き延びる いきのびる 動 活下來｜咲く さく 動 開花
性質 せいしつ 名 性質｜訴えかける うったえかける 動 呼籲
強さ つよさ 名 強勁｜手入れ ていれ 名 照顧
育つ そだつ 動 成長｜姿 すがた 名 樣貌
感じる かんじる 動 感覺｜二面性 にめんせい 名 二元性
人間 にんげん 名 人類｜共通 きょうつう 名 共通
部分 ぶぶん 名 部分｜響く ひびく 動 打動

50-52

智慧型手機普及的同時，社群媒體成了我們更熟悉的東西，多虧有它，讓我們能接收到許多資訊。特別是在維持人際關係這方面，社群媒體扮演了重大的角色。透過社群媒體，我們可以輕鬆地與遠方的親友聯繫、掌握他們的近況。社群媒體提供這種服務固然令人開心，卻也有幾個問題點。

其中之一就是使用社群媒體所引發的精神狀態異常。起因於看見他人生活的機會變多，而產生將自己與他人做比較的心理。儘管這對自我肯定感高的人毫無影響，但對其他人而言卻是個大問題。因為他們被優越感與自卑感牢牢地束縛，會試圖將自己與比自己差的人做比較來取得優越感。因此，他們看到他人充實的日常生活就會心生自卑，容易因為這股壓力而引起精神疾病。

為了解決這種問題，有人呼籲限制那些說自己精神狀態異常的人們使用手機。儘管許多人表示實踐這個方法有效果，但並不能從根本解決問題。解決問題的根本之道，就是必須改變對社群媒體的看待方式。社群媒體所呈現的，僅是從現實生活擷取的一部分，千萬不能看到後就當成是現實。為了那一部分的生活患得患失沒有意義。

（註 1）自我肯定感：可積極地評價自己的心態
（註 2）患得患失：狀況一改變就一下開心、一下難過

詞彙 スマートフォン 名 智慧型手機｜普及 ふきゅう 名 普及
～とともに 和～一起｜より 比起、更加
身近だ みぢかだ な形 切身、貼近｜情報 じょうほう 名 資訊
手に入れる てにいれる 取得｜離れる はなれる 動 分離
知人 ちじん 名 熟人｜連絡を取る れんらくをとる 取得聯繫
近況 きんきょう 名 近況｜把握 はあく 名 掌握
人間関係 にんげんかんけい 名 人際關係｜維持 いじ 名 維持
役割を果たす やくわりをはたす 扮演角色｜サービス 名 服務
提供 ていきょう 名 提供｜～一方で ～いっぽうで 另一方面～
問題点 もんだいてん 名 問題點｜引き起こす ひきおこす 動 引起
精神 せいしん 名 精神｜状態 じょうたい 名 狀態
異常 いじょう 名 異常｜他人 たにん 名 他人
目にする めにする 看見｜相手 あいて 名 對方
比較 ひかく 名 比較｜心理 しんり 名 心理
自己肯定感 じここうていかん 名 自我肯定感
影響 えいきょう 名 影響｜優越感 ゆうえつかん 名 優越感
劣等感 れっとうかん 名 自卑感｜とらわれる 動 被束縛
～がちだ 容易～｜劣る おとる 動 遜色｜得る える 動 得到
そのため 因此｜充実 じゅうじつ 名 充實
日常 にちじょう 名 日常｜生じる しょうじる 動 產生
ストレス 名 壓力｜精神的だ せいしんてきだ な形 精神的
不調 ふちょう 名 不適｜解決策 かいけつさく 名 解決方案
訴える うったえる 動 提出｜使用 しよう 名 使用
制限 せいげん 名 限制｜呼びかける よびかける 動 呼籲
方法 ほうほう 名 方法｜実践 じっせん 名 實踐｜効果 こうか 名 效果
聞こえる きこえる 動 聽得到｜根本的 こんぽんてき な形 根本的
解決 かいけつ 名 解決｜捉え方 とらえかた 看待方式
現実 げんじつ 名 現實｜一部分 いちぶぶん 名 一部分
切り取る きりとる 動 擷取
一喜一憂 いっきいちゆう 名 患得患失
積極的だ せっきょくてきだ な形 積極的｜評価 ひょうか 名 評價
感情 かんじょう 名 感情｜状況 じょうきょう 名 狀況
悲しむ かなしむ 動 悲傷

50

關於社群媒體，筆者如何敘述？
1　是人們比智慧型手機還早熟悉的東西
2　是維持交友關係不可或缺的東西
3　是收集許多資訊時相當方便的東西
4　是聯繫親友不可或缺的手段

解析 本題詢問筆者對於 SNS 的看法，因此請仔細閱讀文章第一段，確認相關內容。第一段中寫道：「SNS を通して遠く離れた知人と簡単に連絡が取れたり、近況が把握できたりと、人間関係を維持するために大きな役割を果たしてくれている」，因此答案要選 2 交友関係を維持するためにかかせないもの（是

維持交友關係不可或缺的東西）。

詞彙 先に さきに副先｜親しむ したしむ動親近
交友 こうゆう名交友｜かかせない 不可或缺
収集 しゅうしゅう名收集｜際 さい名時候
手段 しゅだん名手段

51

筆者所說的「大問題」指的是什麼？
1 將他人與自己做比較，藉此看輕對方
2 因使用社群媒體而產生出於安心感的依賴
3 將自己與他人比較，會降低自我認同感
4 因使用社群媒體而拘泥於優越感與自卑感

解析 題目列出的畫底線句子「大きな問題（大問題）」位在文章第二段，因此請閱讀第二段，並找出針對畫底線句子的相關說明。畫底線處前方寫道：「他人の生活を目にする機会が増えたことで、相手と自分を比較しようとする心理が働く」，以及畫底線處所在的句子寫道：「自己肯定感が高い人には何の影響もないが、そうでない人にとっては大きな問題だ」，因此答案要選 3 他人と自分を比べることで、自己肯定感が低下すること（將自己與他人比較，會降低自我認同感）。

詞彙 見下す みくだす動看輕
安心感 あんしんかん名安心感｜依存 いぞん名依賴、仰賴
低下 ていか名降低｜執着 しゅうちゃく名拘泥

52

筆者認為為了解決問題能做什麼事？
1 必須將現實與社群媒體區別開來思考。
2 使用社群媒體時，一定要限制時間。
3 干涉他人生活的同時，將社群媒體當成現實。
4 限制時間，並改變對社群媒體的看法。

解析 題目提及「問題を解決するためにできること（能夠做些什麼來解決問題）」，出現在第三段，因此請閱讀第三段，確認相關內容。第三段中寫道：「SNS は現実の一部分を切り取ったものであり、それを見て、現実だと考えてはいけない」，因此答案要選 1 SNS と現実を区別して、考えるようにしなくてはいけない（必須將現實與社群媒體區別開來思考）。

詞彙 区別 くべつ名區別｜～なくてはいけない 必須～
使用 しよう名使用｜制限 せいげん名限制
干渉 かんしょう名干涉｜捉える とらえる動看待
考え方 かんがえかた名想法
改める あらためる動改變

53-55

和女生交談時，她們會用許多像是「對啊」、「真辛苦呢」之類的附和詞或表達共感的語句，或許是因為聊不下去，怎麼聊都很累，因為看不見對話的終點。之前和老婆說話時也是如此。老婆最近說她頭痛，我很擔心，所以告訴她「快點去看醫生啦」，結果老婆就不開心了，回我「你連一句沒事嗎都不問？」。

這是男女生進行對話的目的不同所導致的問題。男生的對話主要傾向以解決問題為目的，而女生的對話則主要傾向以共感或理解為目的。想當然爾，目的不同，在對話中尋求的東西也會有所差異。因此，抱著擔心老婆的心情所說的那一句話，在老婆耳裡聽來就成了一句沒有同情心的建言。老婆所尋求的是擔心她頭痛並且表示理解的話語。

在那些以順利進行溝通的方法、變得善於傾聽的方法為題的書裡，經常會寫到別忘了體諒對方這點，但體諒這件事會依對象而有不同的做法，所以才這麼困難。有時我們體諒對方而採取的行動，對接受方而言可能很不愉快。有違本意且自顧自的體諒，不能稱作體諒。為了避免自顧自，希望大家先從站在對方的立場開始做起。

詞彙 あいづち名隨聲附和｜共感 きょうかん名共感
表現 ひょうげん名表達方式｜どうしても 無論如何
終着点 しゅうちゃくてん名終點｜以前 いぜん名之前
頭痛 ずつう名頭痛｜一言 ひとこと名一句話
機嫌を損ねる きげんをそこねる 不開心
目的 もくてき名目的｜違い ちがい名不同
生じる しょうじる動產生｜主に おもに副主要
解決 かいけつ名解決｜志向 しこう名志向｜傾向 けいこう名傾向
理解 りかい名理解｜求める もとめる動尋求
それゆえ接因此｜思いやり おもいやり名關心｜ただ副僅僅
助言 じょげん名建言｜悩む なやむ動生病受苦
示す しめす動表示
コミュニケーション名溝通｜方法 ほうほう名方法
聞き上手 ききじょうず名善於傾聽｜テーマ名主題
相手 あいて名對方｜配慮 はいりょ名體諒
行動 こうどう名行動｜受け取る うけとる動接受
不快だ ふかいだな形不愉快的｜意図 いと名意圖
異なる ことなる動不同
一人歩きする ひとりあるきする 自顧自、一人前行
まずは副首先｜立場 たちば名立場

53

文中提到不開心，原因為何？
1 因為丈夫不肯告訴妻子頭痛的原因
2 因為丈夫要妻子一個人去醫院
3 因為丈夫只出一張嘴，沒有採取任何行動
4 因為妻子覺得丈夫沒在關心自己

解析 題目列出的畫底線句子「機嫌を損ねてしまった（讓人心裡感到受傷）」位在文章第一段，因此請閱讀第一段，並找出針對畫底線句子的相關說明。畫底線處前方寫道：「大丈夫の一言もないの？」，以及畫底線處下一段末寫道：「妻が求めていたものは頭痛に悩む自分を心配する言葉、理解を示す言葉だったのだ」，因此答案要選 4 夫が自分のことを心配していないと思ったから（因為她認為丈夫並不擔心自己）。

54

關於男生與女生的對話目的，筆者如何敘述？

1　女生是以解決問題為目的進行對話。

2　男生只要進行沒有目的的對話就會累。

3　女生對話時會尋求表示共感的話語。

4　男生為了解決問題，只會看對話的終點。

解析 本題詢問筆者對於男性和女性對話的偏好的看法，因此請仔細閱讀文章第二段，確認相關內容。第二段中寫道：「女性の会話は主に共感や理解に志向した傾向にある」，因此答案要選 3 女性は会話をする際、共感を示す言葉を求める（女性在交談時，尋求表達同感的話語）。

詞彙 際 さい名時候

55

關於體諒，筆者最想表達的事情是什麼？

1　溝通時不可忘記體諒對方。

2　應閱讀溝通的書籍來理解體諒。

3　站在對方的立場才能將體諒的心意傳達給對方。

4　只有對方欣然接受，體諒才能成立。

解析 本題詢問筆者對於顧慮的看法，因此請仔細閱讀文章第三段，確認相關內容。第三段中寫道：「配慮というのが相手によって変わるもの」、以及「相手のことを考えてとった行動が、受け取る側にとっては不快だったりもする」，因此答案要選 4 相手が快く受けとることで、初めて成り立つものである（只有在對方欣然接受的狀況下才能成立）。

詞彙 ～べきである 應該～｜伝わる つたわる動傳達
快い こころよいな形欣然的
成り立つ なりたつ動成立

56-58

開始在國外生活後已過了快五個月，這五個月我發現了很重要的事情。我很受不了有人打破時間規定，畢竟這在社會上生存是件理所當然的事。然而，我心中的「理所當然」並不是這世界的「理所當然」。對這個地區的人而言，時間只是某種程度的衡量基準。儘管我向他們抱怨身為一個大人無法守時有多麼缺乏常識，他們也只是一臉茫然。但是，看到他們悠閒自得的生活後，我終於能理解原來這就是他們的時間該有的樣子。

對工作的看法也是如此。在日本，生活的重心是工作，準時回家會被白眼，犯了點小錯就會遭受嚴厲斥責，現在想起來有很多事情都相當奇怪。能察覺到這一點，是因為我與他們共事後學到了充實自己生活的工作方法。我開始抱持著任誰都會犯錯的從容想法，時間一到就準時回家，然後與家人共度時光。我很驚訝自己竟然每天忙到差點忘記陪伴家人的時間有多重要。

自己心中的「理所當然」只是以自己的價值觀為基準所打造的，就像是一把尺，會隨著生活環境逐漸改變。我們可以認同與自己不同的價值觀，也能從中獲得新的發現。因此，我們絕不能將自己的基準強加在他人身上。

（註 1）白眼：這裡指冷眼相看

（註 2）斥責：強烈譴責

詞彙 海外 かいがい名國外｜経つ たつ動經過
気づく きづく動發現｜時間を破る じかんをやぶる 不守時
堪える たえる動忍受｜当然だ とうぜんだな形理所當然的
当たり前 あたりまえ名理所當然｜地域 ちいき名地區
程度 ていど名程度｜目安 めやす名基準
～でしかない 只是～｜常識 じょうしき名常識
不満 ふまん名不滿｜もらす動宣洩
知らん顔 しらんかお名一臉茫然｜のびのび副悠哉地
在り方 ありかた名該有的樣子｜納得 なっとく名信服
～に対する ～にたいする 對～
考え方 かんがえかた名想法｜日本 にほん名日本
中心 ちゅうしん名中心｜定時 ていじ名規定的時刻
白い目 しろいめ名白眼｜ちょっとした 一點
ミス名疏失｜叱責 しっせき名斥責｜おかしな 奇怪的
多々 たた副許多｜充実 じゅうじつ名充實
取り組み方 とりくみかた 著手方式｜学ぶ まなぶ動學習
余裕 よゆう名餘裕｜過ごす すごす動度過
大切さ たいせつさ名重要性
忘れかける わすれかける 差點忘記
価値観 かちかん名價值觀｜基準 きじゅん名基準
定規 じょうぎ名尺｜環境 かんきょう名環境
変化 へんか名變化｜異なる ことなる動相異
認める みとめる動認同｜新ただ あらただな形新的
気づき きづき名發現｜他人 たにん名他人
押し当てる おしあてる動強加
冷淡だ れいたんだな形冷淡的｜批難 ひなん名譴責

56

文中提到我心中的「理所當然」，指的是什麼？

1　守時

2　依常理行動

3　有不滿也不會說出口

4　毫無顧慮地度過

解析 題目列出的畫底線句子「私の中にある「当たり前」（我心中的「理所當然」）」位在文章第一段，因此請閱讀第一段，並找出針對畫底線句子的相關說明。畫底線處前方寫道：「私は決まった時間を破ることに耐えられなかった。それは社会で生きていくうえで当然なことだった」，因此答案要選 1 時間を守ること（遵守時間）。

詞彙 守る まもる動遵守｜行動 こうどう名行動
口に出す くちにだす 說出口
心置きなく こころおきなく 毫無顧慮地

57

筆者對奇怪的價值觀有何種看法？

1　嚴格要求守時的自己很蠢。

2　驚訝自己竟然忘了家人和工作一樣重要。

3　現在即便周遭的人惹麻煩也無所謂。

4　現在想換到能度過充實生活的職場工作。

解析　本題詢問筆者對於被改變的價值觀的看法，因此請仔細閱讀文章第二段，確認相關內容。第二段中寫道：「忙しい毎日のせいで家族との時間を過ごす大切さを忘れかけていた自分に驚いた」，因此答案要選 2 仕事ほど家庭も大切だということを忘れていた自分に驚いた（對於忘記工作和家庭同等重要的自己感到驚訝）。

詞彙　ばかばかしい い形 愚蠢的｜迷惑 めいわく 名 麻煩
平気だ へいきだ な形 無所謂的｜職場 しょくば 名 職場
転職 てんしょく 名 換工作

58

筆者在本文最想表達的事情是什麼？

1　我們應該經常抱持學習新事物的態度。

2　即便價值觀改變，基本的想法千萬不能變。

3　為了共存，我應該努力讓價值觀一致。

4　不能以自己的價值觀為基準來看待事物。

解析　本題詢問筆者透過文章想表達的內容，因此請仔細閱讀文章後半段，確認筆者的想法或主張。第三段中寫道：「自分の中にある「当たり前」とは自分の価値観を基準に作った定規のようなものでしかなく、生活する環境によってどんどん変化していくものである」、以及「決して自分の定規を他人に押し当ててはいけない」，因此答案要選 4 自分の価値観を基準に物事を考えてはいけない（不能以自己的價值觀為基準來看待事物）。

詞彙　常に つねに 副 經常｜姿勢 しせい 名 態度｜変化 へんか 名 變化
基本的だ きほんてきだ な形 基本的｜共存 きょうそん 名 共存
努力 どりょく 名 努力｜物事 ものごと 名 事物

59-62

對種族議題事不關己的日本也隨著時代演進邁入國際化，外國人開始變得愈來愈不稀奇。媒體版面上具有外國血統、被稱作「混血兒」的體育選手其亮眼表現特別吸睛。在亞洲選手一直以來被認為不利的體育界，他們代表日本這個國家，展現耀眼的形象。對於這種「混血」選手的活躍，日本國內祝福聲四起的同時，社群媒體上卻也議論紛紛，其中不乏「他們應該不是真的日本人吧」、「應該認定是外國人的紀錄」等意見。這種議論可說是顯露了邁入國際化而展現多元樣貌的 1 日本現狀。但話說回來，他們口中真正的日本人，定義究竟為何？

法律上定義所謂的日本人就是持有日本國籍的人，但 2 現實卻並非如此。持有日本國籍卻遭到批評的「混血」選手就是個例子。這些選手即便在日本出生、受教育，並以日語為母語，卻單純因為外貌不像日本人，經常不被周遭的人當成日本人看待。也就是說，他們口中的日本人其實是有日本人外貌的人。

在四面環海的島國生活的日本人是說著相同語言的單一民族，由於伙伴意識與團體意識強烈，因此傾向以某個共同點來判斷對方是敵是友。而那個共通點，在這裡指的就是外貌。當然，這不僅限於外貌。人會尋找自己與他人之間有哪些共同點。話雖如此，現在這時代光憑這點來判斷對方，就只是件毫無意義的事。

根據厚生勞動省的調查，目前 30 個孩童裡就有 1 個擁有外國血統。這意味著學校每個班級會有 1 個擁有外國血統的在學孩童。也就是說，對新一代的人而言，長得不像日本人的日本人將成為更貼近他們的存在。在這之中，若我們大人老是將焦點放在外貌來議論別人「是不是日本人」，出生在新時代的孩子會怎麼看待我們呢？死板的日本人印象正逐漸崩毀。不，倒不如說毀了或許比較好。日本社會將變得更多元，日本人現在需要的，正是配合這股浪潮改變觀念。

（註 1）事不關己：事情與自己無關
（註 2）單一民族：這裡指占國家大部分比例的民族

詞彙　人種 じんしゅ 名 人種｜他人事 ひとごと 名 別人的事
日本 にほん 名 日本｜～とともに 跟著～
国際化 こくさいか 名 國際化｜メディア 名 媒體
ハーフ 名 混血兒｜ルーツを持つ ルーツをもつ 有根源
選手 せんしゅ 名 選手｜活躍 かつやく 名 活躍
目立つ めだつ 動 引人注目｜不利 ふり 名 不利
代表 だいひょう 名 代表｜華々しい はなばなしい い形 耀眼的
姿 すがた 名 形象｜～に対し ～にたいし 對於～
日本中 にほんじゅう 名 全日本｜祝福 しゅくふく 名 祝福
あがる 動 發出（聲音、意見等）
～一方で ～いっぽうで ～另一方面｜日本人 にほんじん 名 日本人
記録 きろく 名 紀錄｜認定 にんてい 名 認定｜～べきだ 應該～
議論 ぎろん 名 議論｜行う おこなう 動 進行
多様化 たようか 名 多元化｜現状 げんじょう 名 現狀
表す あらわす 動 顯現｜さて 接 話說回來｜定義 ていぎ 名 定義
法律上 ほうりつじょう 法律上｜国籍 こくせき 名 國籍
所有 しょゆう 名 持有｜現実 げんじつ 名 現實
～にもかかわらず 儘管～｜批判 ひはん 名 批評
例 れい 名 例子｜日本語 にほんご 名 日語
母語 ぼご 名 母語｜見た目 みため 名 外貌
周囲 しゅうい 名 周遭｜扱う あつかう 動 對待
つまり 副 也就是說｜そのもの 正是～
四方 しほう 名 四周｜囲む かこむ 動 包圍
島国 しまぐに 名 島國｜言語 げんご 名 語言
単一民族 たんいつみんぞく 名 單一民族｜仲間 なかま 名 伙伴
意識 いしき 名 意識｜集団意識 しゅうだんいしき 名 集體意識
～ゆえに 由於～｜共通点 きょうつうてん 名 共同點
用いる もちいる 動 使用｜判断 はんだん 名 判斷
傾向 けいこう 名 傾向
～に限ったことではない ～にかぎったことではない 不僅限～

人間 にんげん名人類

何かしら なにかしら副什麼｜相手 あいて名對方

だからといって 話雖如此｜着目 ちゃくもく名著眼

無意味だ むいみだ な形沒有意義的｜～でしかない 只不過是～

厚生労働省 こうせいろうどうしょう名厚生勞動省

調査 ちょうさ名調查｜現在 げんざい名現在

在籍 ざいせき名在籍｜新ただ あらただ な形新的

世代 せだい名世代｜より副更加

身近だ みぢかだ な形貼近的

存在 そんざい名存在｜いつまでも副一直

観点 かんてん名觀點｜映る うつる動映入眼簾

画一的だ かくいつてきだ な形死板的

日本人像 にほんじんぞう名日本人印象｜崩れる くずれる動崩毀

いや接不｜むしろ副倒不如說｜崩す くずす動使崩解

～ほうがいい ～比較好｜～かもしれない 或許～

さらに副更加｜まさに副正好｜合わせる あわせる動配合

変化 へんか名變化｜求める もとめる名要求

大部分 だいぶぶん名大部分｜占める しめる動占有

59

1 日本現状指的是何種狀況？

1 社會上的外國人變多，但仍存在對外國人的歧視心態

2 日本人的意識跟不上伴隨國際化而來的日本變化

3 外國人增加造成日本文化與異文化共存

4 社會的變化讓日本人的想法變得國際化

解析 題目列出的畫底線句子「日本の現状（日本的現狀）」位在文章第一段，因此請閱讀第一段，並找出針對畫底線句子的相關說明。畫底線處前方寫道：「時代 とともに国際化が進み、外国人が珍しいということもなくなってきました」以及、「SNS上では「彼らは本当の日本人ではないじゃないか」「外国人の記録として認定するべきだ」といった議論も盛んに行われています」，因此答案要選2 国際化にともなう日本の変化に、日本人の意識がついていけない状況（日本人的意識跟不上伴隨國際化而來的日本變化）。

詞彙 ～に対する ～にたいする 對於～｜差別 さべつ名歧視

ついていく 跟上｜状況 じょうきょう名狀況

増加 ぞうか名增加｜～により 因～

異文化 いぶんか名異文化｜共存 きょうそん名共存

考え方 かんがえかた名想法

国際的だ こくさいてきだ な形國際的

60

2 現實卻並非如此指的是什麼？

1 判斷是否為日本人的基準只有國籍

2 國籍依照生長長大的環境來決定

3 有日本的國籍卻因外貌而受歧視

4 在哪個國家修畢義務教育就會賦予該國國籍

解析 題目列出的畫底線句子「現実はそうではありません（現實並非如此）」位在文章第二段，因此請閱讀第二段，並找出針對畫底線句子的相關說明。畫底線處後方寫道：「見た目が日本人らしくないというだけの理由で、周囲から日本人として扱われないこともあります」，因此答案要選3 日本の国籍にもかかわらず外見で差別されること（儘管有日本國籍，在外表上卻遭受歧視）。

詞彙 ～かどうか 是否～｜判断 はんだん名判斷

基準 きじゅん名基準｜生まれ育つ うまれそだつ 出生長大

環境 かんきょう名環境｜国籍 こくせき名國籍

決定 けってい名決定｜～にもかかわらず 雖然～

外見 がいけん名外貌｜差別 さべつ名歧視

義務 ぎむ名義務｜終了 しゅうりょう名結束

与える あたえる動給予

61

筆者如何敘述日本人的特色？

1 日本人會藉由與對方比較來高估自己。

2 日本人會試圖從對方身上找出共同點來確認是否為伙伴。

3 不僅對方的長相，日本人還會試圖透過語言來判斷對方。

4 一旦對方和自己有所不同，日本人就會過度反應。

解析 本題詢問筆者對於日本人的特徵的看法，因此請仔細閱讀文章第三段，確認相關內容。第三段中寫道：「日本人はみな同じ言語を話す単一民族であるため、仲間意識、集団意識が強いゆえに、ある共通点を用いて仲間なのか、そうではないのか判断しようとする傾向にあります」，因此答案要選2 相手から共通点を見つけ出し、仲間であるか確認しようとすると述べている（從對方身上找出共同點，以此確認是否為同伴）。

詞彙 相手 あいて名對方｜過大評価 かだいひょうか名高估

共通点 きょうつうてん名共同點

見つけ出す みつけだす動找出｜確認 かくにん名確認

言語 げんご名語言｜違い ちがい名差異

過剰だ かじょうだ な形過度的｜反応 はんのう名反應

62

何者與筆者的看法相符？

1 千篇一律的日本人印象有必要更新。

2 藉由國籍或外貌來判斷是否為日本人很荒唐。

3 對新一代的人而言，國籍和人種將成為無意義的存在。

4 有外國血統的孩童數量將會愈來愈多。

解析 本題詢問筆者透過文章想表達的內容，因此請仔細閱讀文章後半段，確認筆者的想法或主張。第四段中寫道：「画一的な日本人像は崩れつつあります。いや、むしろ、崩したほうがいいのかもしれません」、以及「日本人の意識の変化が求められています」，因此答案要選1 一律した日本人のイメージを新たにする必要がある（千篇一律的日本人印象有必要更新）。

詞彙 一律 いちりつ名千篇一律｜イメージ名印象

新ただ あらただ な形新的｜ばかげる動荒唐｜数 かず名數量

ますます副愈來愈～

63-64

A

75 歲以上的高齡駕駛人釀成的悲慘事故不斷增加。事故的主要原因是方向盤操作失誤，或踩錯油門與剎車等操作疏失，這被認為是身體機能或認知機能衰退所引起。

由於高齡駕駛人的事故頻傳，政府正呼籲高齡駕駛人及其家人繳回駕照。若繳回駕照，政府將提供補助，使用大眾運輸系統時可享有折扣優惠，即便沒有車也能生活。這項措施不僅能保護所有居民免於事故危險，也能避免高齡人士成為事故的加害者。畢竟奪走人命後再做就為時已晚了。後悔「早知道那時候就繳回駕照了」前，人們應該對年事已高及身體衰退有所自覺，並自行繳回駕照。

B

隨著高齡駕駛人因操作疏失釀成的事故增加，呼籲應主動繳回駕照的風潮愈來愈盛行。因此，不繳回駕照的高齡人士有時會遭受嚴格的檢視，但不可忘記的是，其中不乏想繳回駕照卻辦不到的人。

住在都市地區的高齡人士即便沒有車也能使用大眾運輸系統，但對住在郊區的高齡人士而言，要完全擺脫車可是攸關生死的問題。公車 1 小時 1 班，搭計程車到超市單趟就要 2000 日圓，根本無法維持生活。

當然，這種政策對於維護人們的安全來說是必要的。因此，希望政府先從完善公共運輸的設備及制度先做起，才能讓高齡人士繳回駕照後也能安心生活。

（註）風潮：社會上的想法趨勢

詞彙 高齢者 こうれいしゃ 名 高齡人士｜ドライバー 名 駕駛人
悲惨だ ひさんだ な形 悲慘的｜主だ おもだ な形 主要的
要因 よういん 名 要因｜ハンドル 名 方向盤｜操作 そうさ 名 操作
誤り あやまり 名 失誤｜ブレーキ 名 剎車
踏み間違い ふみまちがい 名 踩錯｜ミス 名 疏失
身体 しんたい 名 身體｜機能 きのう 名 機能｜認知 にんち 名 認知
衰え おとろえ 名 衰退｜相次ぐ あいつぐ 動 相繼發生
政府 せいふ 名 政府｜免許 めんきょ 名 駕照
返納 へんのう 名 繳回｜呼びかける よびかける 動 呼籲
公共交通機関 こうきょうこうつうきかん 名 大眾運輸系統
割引 わりびき 名 折扣｜サービス 名 優惠
提供 ていきょう 名 提供｜サポート 名 支援
取り組み とりくみ 名 措施｜すべて 名 所有
住民 じゅうみん 名 居民｜守る まもる 動 保護
加害者 かがいしゃ 名 加害者｜命 いのち 名 生命
奪う うばう 動 奪走｜後悔 こうかい 名 後悔
年齢 ねんれい 名 年齡｜自覚 じかく 名 自覺
自ら みずから 副 自行｜～べきだ 應該～
増加 ぞうか 名 增加｜～に伴い ～にともない 隨著～
自主 じしゅ 名 主動｜風潮 ふうちょう 名 風潮
強まる つよまる 動 增強｜そのため 因此
厳しい目 きびしいめ 嚴厲的眼光
向ける むける 名 投向｜都市部 としぶ 名 都市地區
地方 ちほう 名 郊區｜切り離す きりはなす 動 分開
死活 しかつ 名 死活｜タクシー代 タクシーだい 名 計程車資
片道 かたみち 名 單程｜成り立つ なりたつ 動 成立
政策 せいさく 名 政策｜それゆえ 接 因此
設備 せつび 名 設備｜制度 せいど 名 制度
整える ととのえる 動 使完善

63

關於高齡人士與繳回駕照，A 與 B 文如何敘述？

1 A 文與 B 文皆敘述高齡人士無論有什麼原委都應該繳回駕照。

2 A 文與 B 文皆敘述繳回駕照的高齡人士應該使用大眾運輸系統。

3 A 文敘述現在有公共運輸的使用補助制度，因此政府會盡可能要求高齡人士繳回駕照；B 文敘述高齡人士中也有人是因為生活緣故而無法拋棄駕照。

4 A 文敘述沒車也能生活的高齡人士應該使用公共運輸；B 文敘述政府應提供支援讓高齡人士即使繳回駕照也能毫無不便地過生活。

解析 題目提及「高齢者と免許返納（高齡者歸還駕照）」，請分別找出文章 A 和 B 對此的看法。文章 A 第二段開頭寫道：「政府は高齢者ドライバーとその家族に免許の返納を呼びかけている。返納すると、公共交通機関利用にあたっての割引サービスが提供され、車がなくても生活できるようにサポートされる」；文章 B 第一段最後寫道：「免許を返納したくてもできない人がいるということを忘れてはいけない」。綜合上述，答案要選 3 A は公共交通機関の利用支援制度があってできるかぎり免許の返納が要求されると述べ、B は高齢者の中には生活のために免許を手放せない人もいると述べている（A 文敘述現在有公共運輸的使用補助制度，因此政府會盡可能要求高齡人士繳回駕照；B 文敘述高齡人士中也有人是因為生活緣故而無法拋棄駕照）。

詞彙 事情 じじょう 名 原委｜支援 しえん 名 支援
要求 ようきゅう 名 要求｜手放す てばなす 動 拋棄
不自由 ふじゆう 名 不方便

64

關於高齡駕駛人的駕照繳回措施，A 文與 B 文的觀點如何？

1 A 文基於問題的現狀來敘述今後的課題；B 文警告問題的危險性。

2 A 文批評不協助解決問題的人；B 文敘述問題的社會背景。

3 A 文提出了有意解決問題的具體方案；B 文批評造成問題原因的高齡人士。

4 A 文呼籲大家合作解決問題；B 文提出了解決問題會面臨的具體課題。

解析 題目提及「高齢者ドライバーの免許返納の取り組み（高齡駕駛人的駕照繳回措施）」，請分別找出文章 A 和 B 對此的看法。文章 A 第二段最後寫道：「あのとき、免許を返納しておけばよかった」と後悔する前に、年齢と衰えを自覚し、自ら免許を返納すべきである」；文章 B 第三段最後寫道：「まずは公共交通機関の設備や制度から整えてほしいものだ」。綜合上述，答案要選 4 A は問題解決のために協力を呼びかけ、B は問題解決の具体的な課題を提示している（A 呼籲透過合作來解決問題；B 則提出解決問題的具體課題）。

詞彙 警告 けいこく 名 警告｜解決 かいけつ 名 解決
協力 きょうりょく 名 合作｜批判 ひはん 名 批評
社会的 しゃかいてき な形 社會的｜背景 はいけい 名 背景
意識 いしき 名 意識｜具体案 ぐたいあん 名 具體方案
具体的だ ぐたいてきだ な形 具體的｜提示 ていじ 名 提出

65-68

在大環境疾呼教育平等之下，教育差距一定會被拿來與家庭的經濟差距結合探討。這兩者有相互關係，家庭收入愈低，孩子的學力就愈低。相反地，家庭收入愈高，孩子的學力就愈高。學力的差距大約會在小學中年級的階段開始浮現，最後導致學歷的落差。因為經濟較寬裕的家庭可以讓小孩接受私人教育，因此小孩有高學歷化的傾向。

這種經濟差距造成的學力差距被視為一大問題，但影響教育差距的可不只有經濟層面。我們很容易疏忽的一點是，城鄉差距也會影響孩子的教育。這裡所謂的城鄉差距指的是都市與鄉下的差距。因為就教育而言，光是住在鄉下就等同處在不利的環境中。但這絕對不是在否定住在鄉下這件事。我想說的是，鄉下無論是否有經濟問題，教育都是個遙不可及的存在。

舉例來說，大都市的書店裡琳瑯滿目的參考書，在鄉下的書店很難買到。此外，由於鄉下附近沒有大學，很少有機會目睹大學生的存在，因此居民對大學是個什麼樣的地方毫無概念。在這樣的環境下，誰會將目標放在升學呢？這與因經濟拮据而放棄高品質教育的都市居民的想法又不同，鄉下人本身就沒有花錢在教育這檔事的觀念。

當然，對教育沒興趣的人就不在話下。問題就在於，「接受高水準的教育」在住在都市的孩子們眼裡是件理所當然的事，但鄉下的孩子甚至連這個選項都不知道就長大成人了。辦不到和不知道完全是兩碼子的事。所謂的無知就是將自己與外面的世界隔絕，相當殘酷。若住在都市且大學隨處可見，即使是經濟不寬裕的家庭也會想辦法讓孩子升學，孩子本身也會去尋找提供經濟援助的制度，可以做許多努力來接受高等教育。但是，對不知道這個選項的鄉下孩子而言，升學不過就只是一連串的偶然。

許多孩子因為出生的地方而無法享有應受的教育，甚至沒有受教育的選項。我們正在扼殺未來希望的幼苗，這就是城鄉差距的問題點。政府已提議要落實教育平等、採取行動支援低收入家庭。但光靠這點真的能解決教育差距嗎？我們也必須關注教育的城鄉差距，思考現在需要做什麼事來彌平教育差距。

詞彙 平等 びょうどう 名 平等｜叫ぶ さけぶ 動 疾呼
決まって きまって 副 一定｜格差 かくさ 名 差距
結びつける むすびつける 動 結合
論じる ろんじる 動 探討｜低所得 ていしょとく 名 收入
世帯 せたい 名 家庭｜学力 がくりょく 名 學力
逆 ぎゃく 名 相反｜高所得 こうしょとく 名 高收入
相関関係 そうかんかんけい 名 相互關係｜差 さ 名 落差
中学年 ちゅうがくねん 名 中年級（小學三、四年級）
出始める ではじめる 動 開始出現
結果的だ けっかてきだ な形 最後的｜学歴 がくれき 名 學歷
繋がる つながる 動 導致
経済的だ けいざいてきだ な形 經濟的｜余裕 よゆう 名 餘裕
私教育 しきょういく 名 私人教育
高学歴化 こうがくれきか 名 高學歷化
問題視 もんだいし 名 視為問題｜影響 えいきょう 名 影響
なにも 副 什麼都｜経済面 けいざいめん 名 經濟層面
見落とす みおとす 動 疏忽｜〜がちだ 容易〜
地域 ちいき 名 地區｜都市 とし 名 都市｜地方 ちほう 名 鄉下
不利だ ふりだ な形 不利的｜環境 かんきょう 名 環境
否定 ひてい 名 否定｜〜わけではない 不是〜
〜にかかわらず 不論〜｜存在 そんざい 名 存在
都会 とかい 名 都會｜書店 しょてん 名 書店
ずらっと 副 成排｜揃う そろう 動 備齊
参考書 さんこうしょ 名 參考書
手に入れにくい てにいれにくい 難以取得
目にする めにする 看到｜イメージ 名 印象
進学 しんがく 名 升學｜目指す めざす 動 以〜為目標
質 しつ 名 品質｜諦める あきらめる 動 放棄
都市部 としぶ 名 都市地區｜発想 はっそう 名 想法
そのもの 本身｜当然 とうぜん 副 當然
認識 にんしき 名 認知｜レベル 名 水準
選択肢 せんたくし 名 選項｜全く まったく 副 完全
異なる ことなる 動 相異｜無知 むち 名 無知
遮断 しゃだん 名 隔絕｜残酷だ ざんこくだ な形 殘酷的
身近だ みぢかだ な形 隨處可見的｜なんとか 想辦法
自身 じしん 名 自己｜支援 しえん 名 支援
制度 せいど 名 制度｜努力 どりょく 名 努力
可能だ かのうだ な形 能夠的｜ただ 副 僅僅
偶然の重なり ぐうぜんのかさなり 一連串的偶然
〜にすぎない 不過是〜｜与える あたえる 動 給予
未来 みらい 名 未來｜可能性 かのうせい 名 可能性｜芽 め 名 幼苗
摘む つむ 動 摘除｜問題点 もんだいてん 名 問題點
政府 せいふ 名 政府｜活動 かつどう 名 行動
提案 ていあん 名 提議｜解決 かいけつ 名 解決
目を向ける めをむける 關注｜埋める うめる 動 彌平
〜なければならない 必須〜

65

關於經濟差距與孩童的教育，筆者如何敘述？

1 看不到家庭經濟狀況的差距會影響孩子學力的根據。
2 低收入家庭的孩子的學力會在 10 歲左右開始降低。
3 家庭的收入愈多，孩子的學歷就容易愈高。
4 高收入家庭的孩子可從容地接受私人教育。

解析 本題詢問筆者對於貧富差距和孩童教育的看法，因此請仔細閱讀文章第段，確認相關內容。第一段中寫道：「高所得世帯の子どもほど学力が高いという相関関係にある」、以及「経済的に余裕がある家庭では子どもに私教育を受けさせることができるため、子どもが高学歴化するというのだ」，因此答案要選 3 世帯の収入が多いほど、子どもの学歴が高くなりやすい（家庭的收入愈多，孩子的學歷就容易愈高）。

詞彙 状況 じょうきょう 名 狀況｜根拠 こんきょ 名 根據
低下し始める ていかしはじめる 開始降低
収入 しゅうにゅう 名 收入
高くなりやすい たかくなりやすい 容易變高

66

文中提到光是住在鄉下就等同處在不利的環境中，原因為何？

1 因為鄉下的平均所得比都市地區還低，因此有許多貧困家庭。
2 因為鄉下即便有錢，也很難接觸到教育。
3 因為鄉下沒有充實的設施，無法過便利的生活。
4 因為住在鄉下雖然沒有經濟問題，卻會缺乏升學的地方。

解析 題目列出的畫底線句子「田舎に住んでいるということは、それだけで不利な環境にあるということ（住在鄉下本身就是處於不利的環境中）」位在文章第二段，因此請閱讀第二段，並從中找出針對畫底線句子的相關說明。畫底線處後方寫道：「地方では経済的な問題にかかわらず、教育が遠い存在であるということだ」，因此答案要選 2 田舎はお金があっても、教育に触れることが難しいところだから（因為鄉下是個有錢也很難接觸到教育的地方）。

詞彙 平均的だ へいきんてきだ な形 平均的｜所得 しょとく 名 所得
貧しい まずしい い形 貧窮的｜触れる ふれる 動 接觸
充実 じゅうじつ 名 充實｜施設 しせつ 名 設施

67

關於城鄉差距對教育差距造成的問題，筆者如何敘述？

1 居住的地方會限縮孩子選擇的視野。
2 住在大都市的孩子認為理所當然的常識在鄉下不會教。
3 住在鄉下的孩子會在不知道都市是什麼樣的地方之下成長。
4 孩子的成長速度會根據住的地方有所差異。

解析 本題詢問筆者對於地區差距影響教育的問題有何看法，因此請仔細閱讀文章第三段和第四段，確認相關內容。第三段中寫道：「都会の書店ではずらっと揃っている参考書が、田舎の書店ではなかなか手に入れにくい。また、近くに大学がなく、大学生という存在を目にする機会が少ないため、大学という場所がどんなところかイメージが分からない」、以及第四段中寫道：「問題なのは、都会に住む子どもたちが当然のように認識している「高いレベルの教育を受ける」といった選択肢すら知らずに、田舎の子どもたちが大人になってしまうことである」，因此答案要選 1 住んでいる場所が、子どもの選択の視野をせばめる（居住的地方會縮小孩子的選擇範圍）。

詞彙 選択 せんたく 名 選擇｜視野 しや 名 視野｜せばめる 動 縮小
常識 じょうしき 名 常識｜成長 せいちょう 名 成長
スピード 名 速度｜違い ちがい 名 差異

68

筆者在本文最想表達的事情是什麼？

1 解決教育差距必須提供全面的經濟支援。
2 必須消彌經濟差距與城鄉差距來改善教育差距。
3 必須思考孩子們的未來以落實教育平等。
4 要達成教育平等的目標，必須用新的觀點來採取措施。

解析 本題詢問筆者透過文章想表達的內容，因此請仔細閱讀文章後半段，確認筆者的想法或主張。第五段中寫道：「政府は教育の平等を目指し、低所得世帯を支援する活動を提案している」、以及「私たちは教育における地域格差にも目を向け、教育格差を埋めるためには今何が必要か考えていかなければならない」，因此答案要選 4 平等な教育を目指すには新しい視点での取り組みが必要である（為追求平等教育，需要從新的視角應對）。

詞彙 解決 かいけつ 名 解決｜全面的だ ぜんめんてきだ な形 全面的
支援 しえん 名 支援｜改善 かいぜん 名 改善
平等だ びょうどうだ な形 平等的｜視点 してん 名 觀點
取り組み とりくみ 名 措施

69

佐藤考慮參加「洋蔥料理競賽」。佐藤要怎麼做才能參加第一次審查？

1 與妹妹一起準備原創的洋蔥食譜。
2 參考料理書來製作洋蔥食譜。
3 確認文件是否有疏漏，並提交報名表給窗口。
4 製作文件，並用電子郵件連同食譜一起寄出。

解析 本題詢問的是佐藤要做的事情。題目列出的條件為：「「たまねぎ料理コンテスト」に参加したい（想參加「洋蔥料理大賽」）」。而「申請方法（報名方法）」處寫道：「申請書とレシピを窓口に持参するかまたは、下記のアドレスに書類を添付してメールでお送りください」，因此答案要選 4 書類を作成して、レシピとともにメールで送信する（製作文件，並用電子郵件連同食譜一起寄出）。

詞彙 たまねぎ 名 洋蔥｜コンテスト 名 競賽
参加 さんか 名 參加｜審査 しんさ 名 審查｜オリジナル 名 原創
レシピ 名 食譜｜料理本 りょうりほん 名 料理書
参考 さんこう 名 參考｜作成 さくせい 名 製作
書類 しょるい 名 文件｜不備 ふび 名 疏漏
確認 かくにん 名 確認｜申請書 しんせいしょ 名 報名表
窓口 まどぐち 名 窗口｜提出 ていしゅつ 名 提交
～とともに 與～一起｜メール 名 郵件｜送信 そうしん 名 寄送

70

田中通過了第一次審查，明天就是第二次審查。對於緊張而失去信心的田中，下列何者是他明天比賽必須留意的事？

1　準備洋蔥帶去會場
2　在比賽開始前抵達會場
3　攜帶身分證去會場
4　請妹妹代替自己參加比賽

解析 本題詢問的是田中要注意的事情。題目列出的條件為：「明日2次審査を控えている（明天要進行第二輪審查）」。而「2次審査（第二輪審查）」下方的注意事項寫道：「申請者のみコンテストに参加可能です。本人確認できるものをお持ちください」，因此答案要選3 会場に身分証明書を持参すること（攜帶身分證去會場）。

詞彙 通過 つうか名通過｜控える ひかえる動靠近
緊張 きんちょう名緊張｜自信 じしん名自信
～なければいけない 必須～｜会場 かいじょう名會場

69-70

山川產洋蔥料理競賽
～讓你的食譜成為店內菜色的大好機會～

參加方式

▶ 參加資格　人人皆可參加！但僅限個人參加。
▶ 報名方式　報名表可在市公所的官方網站取得。請攜帶報名表及食譜至報名窗口，或以電子郵件夾帶檔案寄送至以下地址。截止日為6月5日（五）。

關於食譜

・使用山川市產洋蔥的自創食譜（料理種類不拘）
・調理時間不超過30分鐘

審查方式

▶ 第1次審查　以報名表進行文件審查
審查結果預計於6月12日（五）公布。請至市公所的官方網站查詢。
※ 文件有疏漏以及食譜不符規定將不予審查。
▶ 第2次審查　由餐廳主廚親自試吃審查
【會　場】　山川市公所　烹飪室
【時　間】　6月27日（六）11：00～15：00
【審查標準】

標準	美味度	營養均衡	創意	外觀
分數	25	25	25	25

【注意事項】參加時請遵守以下事項。
・參賽者請在比賽開始的30分鐘前至會場集合。
・僅申請者可參加比賽。請攜帶可確認是本人的證件。此外，萬一有事不克參加，亦不得請別人當代理人參加。
・現場會準備洋蔥，但其他食材與調味料請參賽者自行準備。

頒獎

比賽當天將公布冠軍。
獲得冠軍的食譜將商品化，成為山川市的人氣餐廳「星光山川」的菜單品項。
預計7月下旬就能讓大家品嚐到新菜色。

洽詢單位：山川市公所
電話號碼：0238-22-6633
電子郵件地址：yamakawasity@city.jp

詞彙 メニュー名菜單品項｜チャンス名機會｜方法 ほうほう名方式
資格 しかく名資格｜可能だ かのうだ な形可以的
ただし接不過｜個人 こじん名個人
限る かぎる動限制｜申請 しんせい名申請
市役所 しやくしょ名市公所｜ホームページ名官方網站
入手 にゅうしゅ名取得｜下記 かき名下述資訊｜アドレス名地址
添付 てんぷ名附件｜締め切り しめきり名截止
使用 しよう名使用｜ジャンル名種類｜問う とう動追究
調理 ちょうり名調理、烹調｜超える こえる名超過
結果 けっか名結果｜発表 はっぴょう名公布
及び および接以及｜満たす みたす動滿足
対象外になる たいしょうがいになる 排除在外
シェフ名主廚｜実食 じっしょく名實際吃
クッキングルーム名烹飪室｜日時 にちじ名日期時間
基準 きじゅん名標準｜おいしさ名美味度
栄養 えいよう名營養｜バランス名均衡
アイディア名點子｜見た目 みため名外觀
点数 てんすう名分數｜注意 ちゅうい名留意
事項 じこう名事項｜～にあたり ～的時候｜守る まもる動遵守
参加者 さんかしゃ名參加者｜申請者 しんせいしゃ名申請者
本人 ほんにん名本人｜代理人 だいりにん名代理人
別 べつ名別的｜食材 しょくざい名食材
調味料 ちょうみりょう名調味料｜自身 じしん名自己
表彰 ひょうしょう名表揚｜当日 とうじつ名當天
優秀賞 ゆうしゅうしょう名冠軍｜受賞 じゅしょう名獲獎
人気 にんき名人氣｜商品化 しょうひんか名商品化
下旬 げじゅん名下旬｜新メニュー しんメニュー名新菜色
問い合わせ先 といあわせさき名洽詢單位
電話番号 でんわばんごう名電話號碼

聽解 p.95

☞ 請利用播放**問題 1** 作答說明和例題的時間，提前瀏覽第 1 至第 6 題的選項，迅速掌握內容。一旦聽到「では、始めます」，便準備開始作答。

1

[音檔]

大学の事務室で男の学生と職員が話しています。男の学生はこのあとまず何をしますか。

M：奨学金を申し込みたいんですけど。

F：必要書類は持ってきましたか。

M：いえ、今日はその確認に。

F：では、まずは基本的な申請条件からお話しします。申請条件として成績が優秀な学生、また心身ともに健康な学生とあります。そして、今までの成績の平均が「B」以上でなければいけません。

M：はい、それはこないだ確認しました。

F：それから[1]この奨学金は家庭の経済状況を基準に選考されます。世帯所得が700万円以下でないと申請できません。

M：そうなんですか?それについてはちょっとよく分かんないな…。[1]まず、それから確認が必要ですね。親に聞いてみます。

F：[2][3]はい。確認ができたら、世帯所得を証明できるもの、それから、成績証明書を申込書と一緒に、こちらの事務室の窓口に提出してください。申込書の写真は撮影してから3か月以内のものをお願いします。

M：[4]写真は先週撮っておいたので大丈夫です。ありがとうございます。

男の学生はこのあとまず何をしますか。

[題本]

1 家庭の経済状況を確認する
2 しょとく証明書を準備する
3 成績証明書を発行する
4 申請書の写真を撮りに行く

中譯 男學生和職員正在大學的辦公室裡交談。男學生接下來會先做什麼事？

M：我想申請獎學金。

F：有帶必備文件來嗎？

M：沒有耶，我今天就是來確認這件事。

F：那我先從基本的申請條件開始說明，申請條件規定必須是成績優異且身心健康的學生。接著，到目前為止的平均成績必須在「B」以上。

M：了解，這我這陣子有確認了。

F：接著，[1]這份獎學金會以家庭的經濟狀況為標準進行遴選。家庭所得若沒有在 700 萬日圓以下無法申請。

M：真的嗎？這部分我不太清楚呢……。[1]要先確認這一點對吧。我來問問看父母。

F：[2][3]好的。確認完畢後，請將可證明家庭所得的文件，連同成績證明書與申請表一起交到這個辦公室的窗口。申請表的照片請使用 3 個月內拍攝的照片。

M：[4]我的照片是上禮拜拍好的，所以沒問題。謝謝。

男學生接下來會先做什麼事？

1 確認家庭的經濟狀況
2 準備所得證明書
3 開立成績證明書
4 去拍申請表的照片

解析 本題要從 1「確認家庭經濟狀況」、2「準備所得證明書」、3「開立成績證明書」、4「拍攝申請書照片」當中，選出男學生最先要做的事情。對話中，女子表示：「この奨学金は家庭の経済状況を基準に選考されます。世帯所得が 700 万円以下でないと申請できません」。而後男學生回應：「まず、それから確認が必要ですね」，因此答案要選 1 家庭の経済状況を確認する（確認家庭的經濟狀況）。2 和 3 要等到確認完經濟狀況後才做；4 為已經完成的事。

詞彙 事務室 じむしつ 名 辦公室｜職員 しょくいん 名 職員
奨学金 しょうがくきん 名 獎學金｜申し込む もうしこむ 動 申請
書類 しょるい 名 文件｜確認 かくにん 名 確認
まずは 副 首先｜基本的だ きほんてきだ な形 基本的
申請 しんせい 名 申請｜条件 じょうけん 名 條件
成績 せいせき 名 成績｜優秀だ ゆうしゅうだ な形 優秀的
心身 しんしん 名 身心｜ともに 副 都
健康だ けんこうだ な形 健康的｜今まで いままで 副 目前為止
平均 へいきん 名 平均｜状況 じょうきょう 名 狀況
基準 きじゅん 名 標準｜選考 せんこう 名 遴選
世帯 せたい 名 家庭｜所得 しょとく 名 所得
証明 しょうめい 名 證明
成績証明書 せいせきしょうめいしょ 名 成績證明書
申込書 もうしこみしょ 名 申請表｜窓口 まどぐち 名 窗口
提出 ていしゅつ 名 提交｜撮影 さつえい 名 拍攝
発行 はっこう 名 開立

2

[音檔]

大学で男の人と女の人が話しています。女の人はどうしますか。

F：[1]もう留学から帰ってきて3か月か…。どんどん英語を忘れていってる気がする。

M：言語は使わないと忘れるっていうもんね。

F：そうなんだよね。この単語、どんな意味だっけとか、これ英語でなんて言うんだっけとか、最近よくあるんだ。[2]毎日、英語のテキストとかは読んだりしてるんだけど。

M：あ、そう言えばこのあいだ先輩から言語学習にいいよっておもしろいアプリを教えてもらったよ。[3]「セイハロー」っていうアプリなんだけどね、これ。自分の母語と学習言語を登録すると、自分が勉強したい言語を母語としていて、自分の母語を学びたいっていう人に出会えて、メールや通話のやり取りができるんだって。

F：[3]気軽にお互いの言語が学べるのっていいね。やってみるよ。

M：あとはね、ドラマや映画を見ることもおすすめされたよ。

F：へぇ。

M：楽しんで勉強できるっていいよね。

F：うーん、[4]でも今は就職活動もあって忙しいから、それは難しそう。

女の人はどうしますか。

[題本]

1 アメリカに留学する
2 英語の教科書を読む
3 アプリに登録する
4 ドラマや映画を見る

中譯 男人與女人正在大學裡交談。女人會怎麼做？

F：[1]我留學回來已經過了3個月了啊……。感覺逐漸把英文忘光了耶。

M：語言沒在用本來就會忘記嘛。

F：的確是呢。我最近常常在回想這個單字是什麼意思，或者這個用英文要怎麼說。[2]雖然我每天都有看英文的教科書就是了。

M：啊，說到這個，前陣子學長姊有告訴我一個很適合用來學習語言的手機應用程式喔。[3]它是一個叫「Say Hello」的應用程式，就是這個。聽說只要登錄自己的母語和學習的語言，就能遇到以我們想學的語言為母語，並且想學我們的母語的人，可以透過郵件或通話和他們交流。

F：[3]可以輕鬆學習對方的語言這點很不錯呢！我會玩玩看的。

M：還有，聽說看戲劇或電影也很推薦喔。

F：哇。

M：可以開心學習很棒對吧？

F：嗯……[4]但是我現在求職很忙，感覺滿困難的。

女人會怎麼做？

1 去美國留學
2 看英文教科書
3 登錄手機應用程式
4 看電視劇或電影

解析 本題要從1「去美國留學」、2「讀英語教科書」、3「登錄應用程式」、4「看電視劇或電影」當中，選出女子接下來要做的事情。對話中，男子提出：「セイハロー」っていうアプリなんだけどね、これ。自分の母語と学習言語を登録すると、自分が勉強したい言語を母語としていて、自分の母語を学びたいっていう人に出会えて、メールや通話のやり取りができるんだって」。而後女子回應：「気軽にお互いの言語が学べるのっていいね。やってみるよ」，因此答案要選3アプリに登録する（登錄應用程式）。1和2為已經做過的事；4女子表示自己太忙沒有空看。

詞彙 留学 りゅうがく 名 留學｜気がする きがする 名 感覺
言語 げんご 名 語言｜単語 たんご 名 單字
そう言えば そういえば 話說回來｜学習 がくしゅう 名 學習
アプリ 名 手機應用程式｜母語 ぼご 名 母語
登録 とうろく 名 登錄｜学ぶ まなぶ 動 學習
出会う であう 動 遇到｜メール 名 電子郵件｜通話 つうわ 名 通話
やり取り やりとり 名 往來｜気軽だ きがるだ な形 輕鬆的
お互い おたがい 名 互相｜ドラマ 名 連續劇｜おすすめ 名 推薦
就職活動 しゅうしょくかつどう 名 求職
教科書 きょうかしょ 名 教科書

3

[音檔]

飲食店の本社で部長と女の社員が話しています。女の社員はこのあとまず何をしますか。

F：部長、昨日机の上に置いておいた新しいメニューの提案書見てもらえました？

M：うん。夏野菜カレー、なかなかいいよ。季節の野菜をふんだんに使っていてヘルシーだし、色も鮮やかで若い女性のお客さんからきっと人気が出るんじゃないかな？

F：値段設定はどうですか…？ ちょっと高い気もするんですけど。

M：[1]うーん、そこは大丈夫。それより、これは若い女性を対象とした商品だよね？だったら、単品で売るんじゃなくて、サラダやデザート、ドリンクなんかをつけて、レディースセットにするとか、もう少し女性のニーズを考えてみてもいいと思うよ。

F：そうですね。それはいいアイディアだと思います。アンケートを作って、若い女性の方々に聞いてみましょうか。

M：あ、それなら[2][3]去年やったアンケートの結果がパソコンに入っているから、それを参考にして。

F：[3]はい。もう少し詳しく見てみます。

M：うん。4月の初めには商品化に取り組みたいから、[4]来週までに新しいもの見せてもらえる？

F：はい、わかりました。

女の社員はこのあとまず何をしますか。

[題本]

1 新商品の値段を下げる
2 客にアンケートをとる
3 調査結果を分析する
4 提案書を作りなおす

中譯 部長與女員工正在餐飲店的總公司交談。女員工接下來會先做什麼事？

F：部長，昨天桌上擺的新菜色提案書您看了嗎？

M：嗯。夏季蔬菜咖哩感覺很不錯喔。使用大量的當季蔬菜很健康，顏色也很繽紛，一定很受女性顧客歡迎吧？

F：價格設定如何呢……？我覺得有點高就是了。

M：[1] 嗯……這倒沒問題。比起這個，這是以年輕女性為客群的商品對吧？這樣的話別單獨賣，可以搭配沙拉、點心或飲料組成淑女套餐之類的，再稍微思考一下女性的需求比較好喔。

F：的確是呢。我覺這是個好點子。我來做問卷問問看年輕女性們好了。

M：啊，這樣的話，[2] [3] 電腦裡有去年做的問卷結果，可以參考那份資料。

F：好的，我會仔細詳閱。

M：嗯。我希望4月初就能開始進行商品化，[4] 下禮拜前能讓我看新品嗎？

F：好的，了解。

女員工接下來會先做什麼事？

1 調降新商品的價格
2 對顧客實施問卷調查
3 分析調查結果
4 重作提案書

解析 本題要從1「調降價格」、2「做問卷調查」、3「分析調查結果」、4「重新製作提案書」當中，選出女員工最先要做的事情。對話中，女子詢問是否有做過問卷調查，對此男子表示：「去年やったアンケートの結果がパソコンに入っているから、それを参考にして」。而後女子回應：「はい。もう少し詳しく見てみます」，因此答案要選3 調査結果を分析する（分析調查結果）。1不需要調降價格；2為已經做過的事；4待分析完結過後才要做。

詞彙 飲食店 いんしょくてん 名 餐飲店 ｜ 本社 ほんしゃ 名 總公司
社員 しゃいん 名 員工 ｜ メニュー 名 菜色
提案書 ていあんしょ 名 提案書 ｜ 夏野菜 なつやさい 名 夏季蔬菜
ふんだんだ な形 大量的 ｜ ヘルシーだ な形 健康的
鮮やかだ あざやかだ な形 色彩繽紛的
お客さん おきゃくさん 名 客人
人気が出る にんきがでる 受歡迎 ｜ 設定 せってい 名 設定
気がする きがする 感覺 ｜ 対象 たいしょう 名 對象
商品 しょうひん 名 商品 ｜ だったら 接 這樣的話
単品 たんぴん 名 單點 ｜ デザート 名 點心 ｜ ドリンク 名 飲料
レディースセット 名 淑女套餐 ｜ ニーズ 名 需求
アイディア 名 點子 ｜ アンケート 名 問卷
方々 かたがた 名 各位 ｜ 結果 けっか 名 結果
参考 さんこう 名 參考 ｜ 詳しい くわしい い形 詳細的
商品化 しょうひんか 名 商品化 ｜ 取り組む とりくむ 動 進行
新商品 しんしょうひん 名 新商品 ｜ アンケートをとる 做問卷
調査 ちょうさ 名 調查 ｜ 分析 ぶんせき 名 分析
作りなおす つくりなおす 重作

4

[音檔]

会社で女の人と男の人が話しています。男の人はこのあとまず何をしなければなりませんか。

F：さっき頼んだ資料のコピーのことなんだけど。

M：すみません、忘れてました。すぐやります。

F：[1]それは違う人に頼むから、先に会議室の準備の方お願いしてもいいかな？

M：え、はい。

F：プロジェクターがちゃんと動くか確認してほしいの。たまに調子が悪いときあるのよね。

M：はい、わかりました。会議で使うPPTも問題なく表示されるか確認します。

F：マイクのチェックもお願いね。あ、会議室はちゃんと押さえてくれてるよね。

M：はい。昨日予約しておきました。2時から3時半までですよね。

F：え、それは会議の時間でしょ？[4]普通は告知した会議の時間よりも1時間ほど余裕をもって押さえなくっちゃ。会議が延びることも考えられるでしょ？

M：すみません。そういった場合もありますもんね。[2][3][4]すぐに変更してきます。

男の人はこのあとまず何をしなければなりませんか。

[題本]

1 会議用の資料のコピーをとる
2 会議室のプロジェクターを点検する
3 会議室のマイクをかくにんする
4 会議室の予約時間を変える

中譯 女人和男人正在公司裡交談。男人接下來必須先做什麼事？

F：剛才拜託你影印的資料如何了？

M：抱歉，我忘記了，我馬上去印。

F：[1] 這我會找其他人做，可以先麻煩你幫我準備會議室嗎？

M：啊，好的。

F：幫我確認投影機能不能正常運作。它偶爾會出狀況對吧？

M：好，我了解。我會確認會議使用的ＰＰＴ能不能正常顯示。

F：麥克風也拜託你確認一下喔。啊，會議室你已經幫我佔好了對吧？

M：對，我昨天預約好了。2點到3點半對吧？

F：咦，那是會議的時間吧？[4] 一般都要留點空檔，比通知的會議時間提早多借1小時左右。會議也是有可能延長的不是嗎？

M：抱歉，的確會有這種狀況呢。[2][3][4] 我馬上更改。

男人接下來必須先做什麼事？

1　影印會議用的資料

2　檢查會議室的投影機

3　確認會議室的麥克風

4　更改會議室的預約時間

解析　本題要從1「影印資料」、2「檢查投影機」、3「確認麥克風」、4「更改預約時間」當中，選出男子最先要做的事情。對話中，女子提出：「普通は告知した会議の時間よりも1時間ほど余裕をもって押さえなくっちゃ。会議が延びることも考えられるでしょ？」。而後男子回應：「すぐに変更してきます」，因此答案要選4会議室の予約時間を変える（更改會議室的預約時間）。1已經改交由其他人做；2和3待更改完預約時間後才要做。

詞彙　さっき 副 剛才｜資料 しりょう 名 資料｜先に さきに 副 先
プロジェクター 名 投影機｜ちゃんと 副 好好地
確認 かくにん 名 確認｜たまに 副 偶爾
調子 ちょうし 名 狀況｜表示 ひょうじ 名 顯示｜マイク 名 麥克風
押さえる おさえる 動 確保｜告知 こくち 名 通知
余裕 よゆう 名 空檔｜延びる のびる 動 延長
変更 へんこう 名 更改｜会議用 かいぎよう 名 會議用
コピーをとる 影印｜点検 てんけん 名 檢查

5

[音檔]

犬を飼っている男の人と専門家が話しています。男の人は犬のしつけのために何をしますか。

M：犬を飼って、3か月になるんですが、なかなか言うことを聞いてくれなくて。トイレの位置などは覚えてくれたんですが、家にあるクッションやスリッパなど、なんでも噛んでしまうんです。

F：飼って3か月ってことはまだ子犬ですよね。歯が生え変わる時期でもあるので、どうしても歯がゆさから、何かを噛んでしまうんです。

M：では、このまま放っておいても、大人になると自然に噛み癖がなくなるってことでしょうか。

F：いいえ、反対に習慣になってしまいます。なので、[1]家の物を犬の目につかないところ、届かないところに置いてください。犬は経験を通して、学ぶ生き物ですから、噛むという体験そのものをさせないようにしましょう。

M：なるほど。分かりました。

F：しかし、歯がかゆくて、人の手や衣服を噛んでしまうことがあるかもしれません。そのときは、犬のおもちゃや骨ガムなど、噛んでもいいものを与えてください。

M：[2][3]犬用のおもちゃを与えているんですが、そっちには反応を示さなくて、家のものばかり噛むんです。

F：飼い主が反応してくれるので、家のものを噛むと遊んでくれると思っているのかもしれませんね。過度に怒るのもよくありません。

M：[4]それは気をつけてはいるんですが。[1]まずは物理的に噛めない環境を作ることから始めたいと思います。

男の人は犬のしつけのために何をしますか。

[題本]

1　犬に噛まれたくないものを片づける

2　噛んでもいいものをわたす

3　犬用のおもちゃで遊んであげる

4　犬が噛んだら、すぐに厳しくしかる

中譯　養狗的男人正在和專家交談。男人會做什麼事來管教狗？

M：我養狗三個月了，牠一直很不聽話。雖然他記得廁所的位置，但家裡的坐墊和拖鞋之類的物品，牠什麼都咬。

F：養三個月還是幼犬呢。現在也是換牙的時期，因為牙齒很癢，不管怎麼樣都會咬東西。

M：那，這樣放著不管的話，長大後愛咬東西的毛病就會消失嗎？

F：不，相反地會變成習慣。所以，[1] 請把家中的物品放在狗看不到、摸不到的地方。狗是一種會透過經驗學習的生物，因此盡量別讓他們體驗咬東西這件事吧。

M：原來如此，我懂了。

F：但是，牠們有時也可能會因為牙齒癢就咬人的手或衣服。這時候請給他們狗玩具或是潔牙骨等咬了也沒事的東西。

M：[2] [3] 我有給牠犬用玩具，但是牠都沒有反應，都只咬家裡的東西。

F：牠可能是覺得飼主會有所反應，所以才咬家裡的東西來玩呢。但過度生氣也不好。

M：這點我有在注意。[4] 我想先從打造物理上沒得咬的環境做起。

男人會做什麼事來管教狗？

1　收拾不想被狗咬的東西

2　給牠咬了也沒事的東西

3　用犬用玩具陪牠玩

4　狗咬東西的話立刻怒罵

解析 本題要從 1「收拾東西」、2「給能讓狗咬的東西」、3「陪狗玩玩具」、4「嚴厲訓斥」當中，選出男子接下來要做的事情。對話中，女子表示：「家の物を犬の目につかないところ、届かないところに置いてください。犬は経験を通して、学ぶ生き物ですから、噛むという体験そのものをさせないようにしましょう」。而後男子回應：「まずは物理的に噛めない環境を作ることから始めたいと思います」，因此答案要選 1 犬に噛まれたくないものを片づける（把不想給狗咬的東西收起來）。2 和 3 為已經做過的事，但沒有效果；4 為不需要做的事。

詞彙 飼う かう 動 飼養｜專門家 せんもんか 名 專家
しつけ 名 管教｜位置 いち 名 位置
クッション 名 坐墊｜なんでも 副 什麼都
子犬 こいぬ 名 幼犬｜歯 は 名 牙齒
生え変わる はえかわる 動 新長（牙齒等）｜時期 じき 名 時期
どうしても 副 無論如何｜歯がゆさ はがゆさ 名 牙齒癢
放っておく ほうっておく 放著不管
自然だ しぜんだ な形 自然的｜噛み癖 かみぐせ 名 愛咬東西的毛病
反対だ はんたいだ な形 相反的｜なので 因此
目につく めにつく 看到｜届く とどく 動 到達
学ぶ まなぶ 動 學習｜生き物 いきもの な形 生物
体験 たいけん 名 體驗｜そのもの 本身｜かゆい い形 癢的
衣服 いふく 名 衣服｜骨ガム ほねガム 名 潔牙骨
与える あたえる 動 給予｜犬用 いぬよう 名 犬用
反応 はんのう 名 反應｜示す しめす 動 表示
飼い主 かいぬし 名 飼主｜過度だ かどだ な形 過度的
気をつける きをつける 注意｜まずは 副 首先
物理的だ ぶつりてきだ な形 物理的｜環境 かんきょう 名 環境

6

[音檔]

印刷の会社で男の人と女の人が話しています。女の人はこのあとすぐ何をしなければなりませんか。

M：鈴木さん、どうしたの？

F：たった今、新井製菓さんから電話があって、チョコレートの製品ラベルにミスがあったそうです。

M：それは大変だ。担当は鈴木さんだったよね。ラベルを発注する際に確認はしたの？

F：[1]はい、発注の前日に何回も確認して、発注する際にも再度確認しました。別の商品のラベルと入れ替わった可能性もあります。印刷工場に確認したほうがいいですかね。

M：[2]いや、それは違う人に確認してもらうから。[3]鈴木さんは、すぐに新井製菓さんの方にお詫びに向かって。

F：[3]はい。お詫びの品を準備したほうがいいですか。

M：[4]それは今度にしよう。新しいラベルをいつお届けできるか分かり次第連絡するから、その点についても話してもらえる？

F：分かりました。

M：じゃあ、追って連絡するから。

女の人はこのあとすぐ何をしなければなりませんか。

[題本]

1 ラベルの発注書を確認する
2 印刷工場に電話をする
3 取り引き先に向かう
4 お詫びの品を買う

中譯 男人和女人正在印刷公司交談。女人接下來必須立刻做什麼事？

M：鈴木，怎麼了嗎？

F：剛才新井製菓打電話來，說巧克力的產品標籤好像出錯了。

M：這下糟了。這是鈴木妳負責的對吧？妳訂購標籤的時候有確認嗎？

F：[1]有的，下訂的前一天我確認了好幾次，下訂的時候也有再次確認。也有可能和別的商品的標籤調換了。和印刷工廠確認比較好對吧？

M：[2]不，這我會請其他人確認。[3]鈴木，妳立刻前往新井製菓道歉。

F：[3]好的。準備道歉的禮品比較好嗎？

M：[4]這下次再說吧。知道新的標籤何時到貨後可以跟我說一聲嗎？

F：知道了。

M：那我會再聯絡妳。

女人接下來必須立刻做什麼事？

1　確認標籤的訂購單
2　打電話給印刷廠
3　去見客戶
4　購買道歉禮品

解析 本題要從 1「確認訂單」、2「致電印刷廠」、3「去客戶的公司」、4「買賠罪禮物」當中，選出女子最先要做的事情。對話中，男子提出：「鈴木さんは、すぐに新井製菓さんの方にお詫びに向かって」。而後女子回應：「はい」，因此答案要選 3 取り引き先に向かう（去客戶的公司）。1 為已經做過的事；2 為其他人該做的事；4 為稍後才要做的事。

詞彙 印刷 いんさつ 名 印刷｜たった今 たったいま 副 剛才
製菓 せいか 名 製菓｜チョコレート 名 巧克力
製品 せいひん 名 產品｜ラベル 名 標籤｜ミス 名 疏失
担当 たんとう 名 負責｜発注 はっちゅう 名 訂購｜際 さい 名 時候
確認 かくにん 名 確認｜前日 ぜんじつ 名 前一天
再度 さいど 名 再次｜別 べつ 名 別的｜商品 しょうひん 名 商品
入れ替わる いれかわる 動 調換｜可能性 かのうせい 名 可能性

お詫び おわび名道歉｜お詫びの品 おわびのしな 道歉的禮品
追う おう動追｜発注書 はっちゅうしょ名訂貨單
取り引き先 とりひきさき名客戶

☞ 請利用播放**問題2**作答說明和例題的時間，提前瀏覽第1至第7題的選項，迅速掌握內容。一旦聽到「では、始めます」，便準備開始作答。

1

[音檔]

コンビニで店長と店員がアンケート結果について話しています。客の要望に応えるために何をすることにしましたか。

F：店長、アンケート結果をまとめたのでいっしょに見てもらえませんか。

M：ありがとう。最近、朝の売り上げがあまり良くなくてね。意見を聞いて改善できる部分があればと思っていたんだ。

F：まず店内についてですが、掃除が行き届いていて清潔だという意見がほとんどですね。あ、店員の項目なんですが、「あいさつが明るくていい」「親切だ」という意見が多いんですが、「新人の店員が会計するとき時間がかかる」という意見も見られます。

M：うーん、これぱかりは慣れだからな。トラブルになったこともないし、ここは見守っていこう。

F：他にはおにぎりやパン自体はおいしいが、朝の8時半以降は品ぞろえが悪く、品数も少ないという意見もあります。

M：8時前後がお客さんのピークだからね。確かにそれ以降にいらっしゃるお客様が不満に思うのも無理はないな。じゃあ、今の2倍の量を注文しよう。途中商品の補充が必要で、人数を増やしたいというなら、朝のシフトの人数を増やしてもいいし。

F：いえ、人数はそのままで大丈夫だと思います。

客の要望に応えるために何をすることにしましたか。

[題本]

1 店員が慣れるまで教育をする
2 朝のそうじを丁寧におこなう
3 売れる商品を多めに注文する
4 朝の時間帯に店員の人数を増やす

中譯 店長和店員正在便利商店討論問卷結果。他們決定做什麼事來回應顧客的要求？

F：店長，我整理好問卷結果了，要不要一起瞧瞧？

M：謝謝。最近早上的業績不太好呢，我還想說聽聽客人意見，看有沒有可以改善的地方。

F：首先是店內，幾乎所有意見都說打掃得很徹底很乾淨。啊，店員的項目有很多人提到「打招呼很有精神很棒」、「很親切」，但也有人說「新人店員結帳很費時」。

M：嗯……畢竟這點我們已經習慣了嘛。反正他也沒惹麻煩，我們就繼續一旁守護吧。

F：還有其他意見，像是飯糰和麵包本身很好吃，但早上8點半以後的種類很不齊全，數量也很少。

M：因為8點前後是人潮巔峰嘛。的確在那之後蒞臨的顧客會覺得不滿，這也不無道理。這樣的話，我們就訂購現在2倍的量吧。中途會需要補充商品，如果想增加人手，增加早班的人數也無妨。

F：不，我覺得人數照原來的就好了。

他們決定做什麼事來回應顧客的要求？

1 教育店員直到他熟悉工作
2 早上細心打掃
3 多訂購熱銷商品
4 增加早上時段的店員人數

解析 本題詢問決定做什麼事情。各選項的重點為1「教育員工」、2「多注意清潔」、3「多訂購暢銷商品」、4「增加店員數」。對話中，女子表示：「朝の8時半以降は品ぞろえが悪く、品数も少ないという意見もあります」。而後男子回應：「8時前後がお客さんのピークだからね。確かにそれ以降にいらっしゃるお客様が不満に思うのも無理はないな。じゃあ、今の2倍の量を注文しよう」，因此答案為3 売れる商品を多めに注文する（多訂購熱銷商品）。1提到繼續觀察狀況；2不需要特別加強；4不需要增加人數。

詞彙 コンビニ名便利商店｜店長 てんちょう名店長｜アンケート名問卷
結果 けっか名結果｜客 きゃく名客人
要望 ようぼう名要求｜応える こたえる動回應
まとめる動彙整｜売り上げ うりあげ名業績
改善 かいぜん名改善｜部分 ぶぶん名部分
店内 てんない名店內｜行き届く いきとどく動周到
清潔だ せいけつだ な形清潔的｜項目 こうもく名項目
新人 しんじん名新人｜会計 かいけい名結帳
慣れ なれ名習慣｜トラブル名糾紛
見守る みまもる動一旁守護、照看｜おにぎり名飯糰
自体 じたい名本身｜以降 いこう名以後
品ぞろえ しなぞろえ名商品種類
品数 しなかず名商品數量｜前後 ぜんご名前後
お客さん おきゃくさん名客人｜ピーク名巔峰
不満だ ふまんだ な形不滿的｜量 りょう名數量
注文 ちゅうもん名訂購｜商品 しょうひん名商品
補充 ほじゅう名補充｜人数 にんずう名人數
増やす ふやす動增加｜シフト名排班
丁寧だ ていねいだ な形細心的
売れる うれる動暢銷｜多めだ おおめだ な形多一點的
時間帯 じかんたい名時段

2

[音檔]

ラジオでアナウンサーと評論家が映画について話しています。評論家はこの作品について最も優れているところはどこだと言っていますか。

F：アジア圏の作品が三大映画コンクールで優秀賞を獲得するなんて本当にすばらしいですね。

M：そうですね。これをきっかけにアジア映画界全体がレベルアップすることが期待できます。

F：ところで、この映画がここまで高評価を得た理由は何なんでしょうか。映画に詳しくない私が言うのもなんですが、やはりストーリーの展開の早さなのでは？

M：はい、それも理由の一つだとは思います。ストーリーの展開に、俳優の迫力ある演技が合わさり、緊張感あふれるシーンが素晴らしかったですね。しかし、高く評価された理由は計算された画面の構成にあるのではないでしょうか。

F：画面構成というと？

M：映画のテーマが「幸せと不幸」でしたよね。そのテーマが「光と影」を使って、シーンごとに「幸せと不幸」がうまく表現されているんです。場面のストーリーや俳優の演技とは別にその場面の背景やカメラワークによって、テーマを訴えているんです。

F：そうだったんですね。気づきませんでした。次はそういった点に注意して、もう一度映画を見てみようと思います。

評論家はこの作品について最も優れているところはどこだと言っていますか。

[題本]

1 観客を引き込むストーリーの展開

2 緊張感あふれる俳優の演技

3 テーマを強く訴える画面の構成

4 カメラマンの優れた撮影技術

中譯 主持人與評論家正在廣播節目裡談論電影。評論家說這部電影最優秀的地方是哪裡？

F：亞洲圈的作品能在三大電影節榮獲最佳電影獎真的非常厲害呢。

M：沒錯。可以期待藉由這個契機讓整個亞洲電影界更上一層樓。

F：話說回來，這部電影能受到如此好評的原因究竟是為什麼呢？對電影不熟的我是這麼看的，果然還是因為故事進展迅速對吧？

M：是的，我覺得這裡是原因之一。故事進展與演員具震撼力的演技相輔相成，充滿緊張感的橋段非常精彩。但是，這部片受好評的原因應該是它精心安排的畫面構成吧。

F：畫面構成指的是？

M：電影的主題是「幸福與不幸」對吧？這個主題使用了「光與影」，每一幕都把「幸福與不幸」呈現得非常好。除了各橋段的故事及演員的演技，這部片還透過該橋段的背景及運鏡來訴諸主題。

F：原來是這樣呀，我都沒發現。我下次留意這幾個地方，再看一次電影好了。

評論家說這部電影最優秀的地方是哪裡？

1 吸引觀眾的故事進展

2 充滿緊張感的演員演技

3 強力呼應主題的畫面構成

4 攝影師優秀的拍攝技術

解析 本題詢問該作品最為出色的地方。各選項的重點為 1「故事發展」、2「演員演技」、3「畫面構成」、4「拍攝技術」。對話中，男子表示：「高く評価された理由は計算された画面の構成にあるのではないでしょうか。テーマが「光と影」を使って、シーンごとに「幸せと不幸」がうまく表現されているんです」，因此答案為 3 テーマを強く訴える画面の構成（強烈呼應主題的畫面構成）。1 和 2 並非最為出色的地方；4 並未提及。

詞彙 評論家 ひょうろんか 名 評論家｜作品 さくひん 名 作品
最も もっとも 副 最｜優れる すぐれる 動 優秀
アジア圏 アジアけん 名 亞洲圈｜三大 さんだい 三大
コンクール 名 電影節｜優秀賞 ゆうしゅうしょう 名 最佳電影獎
獲得 かくとく 名 獲得｜きっかけ 名 契機
映画界 えいがかい 名 電影界｜全体 ぜんたい 名 整體
レベルアップ 名 升級｜期待 きたい 名 期待｜ところで 接 話說回來
高評価 こうひょうか 名 好評｜得る える 動 得到
詳しい くわしい い形 詳細的｜ストーリー 名 故事
展開 てんかい 名 進展｜早さ はやさ 名 迅速
俳優 はいゆう 名 演員｜迫力 はくりょく 名 震撼力
演技 えんぎ 名 演技｜合わさる あわさる 動 相合
緊張感 きんちょうかん 名 緊張感｜あふれる 動 充滿
シーン 名 幕｜評価 ひょうか 名 評價｜計算 けいさん 名 精心安排
画面 がめん 名 畫面｜構成 こうせい 名 構成｜テーマ 名 主題
幸せ しあわせ 名 幸福｜不幸 ふこう 名 不幸｜影 かげ 名 影子
表現 ひょうげん 名 表現｜場面 ばめん 名 場景｜別 べつ 名 另外
背景 はいけい 名 背景｜撮影 さつえい 名 拍攝
訴える うったえる 動 訴諸｜気づく きづく 動 察覺
観客 かんきゃく 名 觀眾｜引き込む ひきこむ 動 吸引
カメラマン 名 攝影師

3

[音檔]

テレビでアナウンサーが男の人にインタビューしています。男の人が医者になったのはどうしてですか。

F：夏休み企画として子どもたちに人生の先輩からのお話を届けようとのことで、今日は大山大学病院小児科の田中先生をゲストにお迎えしております。

M：よろしくお願いします。

F：早速ですが、先生はお父様、おじい様もお医者様ということで先生がお医者様になったのにはやはり、ご家族の影響が大きかったのでしょうか。

M：うーん、父と祖父の影響がゼロかって言えばうそになりますが、医者になるように強要されたことはないですね。

F：では、医者になりたいと考えるようになった特別な理由でも？

M：はい、実は私には6歳年の離れた妹がいるんですが、妹は昔から体が弱くて、しょっちゅう入退院を繰り返していました。中学生ぐらいになると妹の苦しむ姿を見て「何とかしてあげたい」という気持ちがどんどん大きくなりました。そうして、医学に興味を持ち始めて、簡単な医学書などを読むようになりましたね。医者の家系なので、家にはたくさんの医学書がありました。

F：すばらしい兄弟愛ですね。

M：兄弟愛と言われるとなんだか恥ずかしいですね。治療に直接関わることはありませんでしたが、今では妹もすっかり元気になりました。病気で苦しんでいる子どもたちを一人でも元気にしたい一心で、患者さん一人一人に向き合っています。

男の人が医者になったのはどうしてですか。

[題本]

1 医者の家系に生まれたから
2 病気の妹を助けたいと思ったから
3 家に多くの医学の本があったから
4 病気の児童を元気にしたかったから

中譯 主播正在電視上訪問男人。男人為什麼會成為醫生？

F：這次的暑假企劃要為小朋友們帶來人生前輩的故事，今天我們請到了一位來賓，那就是大山大學醫院小兒科的田中醫生。

M：請多指教。

F：話不多說，您的父親及爺爺都是醫生，您會當醫生，果然還是受到許多家人的影響對吧？

M：嗯……說毫無受到父親和爺爺的影響倒也不是，但他們不曾強迫我當醫生。

F：那麼，您想當醫生是有什麼特別的理由嗎？

M：是的，其實我有個和我差6歲的妹妹，她從前身體就不好，經常進出在醫院。大約是在升國中之後，看到妹妹痛苦的樣子，我心裡「想為她做點什麼」的念頭愈來愈強烈。因此我開始對醫學感興趣，後來就簡單地閱讀一些醫學書籍。畢竟我家是醫生世家，家裡有許多醫學書籍。

F：這種手足之情真令人感動呢。

M：被人說手足之情總覺得有點害羞呢。雖然我沒有直接參與治療，但妹妹現在也完全康復了。我現在專注在讓因病受苦的小孩恢復健康，哪怕只有一個人也好，我抱持著這種心情面對每一位患者。

男人成為醫生的原因是什麼？

1 因為出生在醫生家庭
2 因為想幫助生病的妹妹
3 因為家裡有許多醫學書籍
4 因為想讓生病的孩童變健康

解析 本題詢問男子成為醫生的理由。各選項的重點為1「出生於醫生世家」、2「想幫助妹妹」、3「家中有很多醫學書籍」、4「想讓生病的孩子恢復健康」。對話中，女子提出：「医者になりたいと考えるようになった特別な理由でも」。而後男子回應：「妹の苦しむ姿を見て「何とかしてあげたい」という気持ちがどんどん大きくなりました。そうして、医学に興味を持ち始めて、簡単な医学書などを読むようになりましたね」，因此答案為2病気の妹を助けたいと思ったから（因為想幫助生病的妹妹）。1並非因此受到家裡要求；3僅對他有所幫助，並非因此想成為醫生；4為目前想做的事。

詞彙 インタビュー 名 訪問｜企画 きかく 名 企劃
人生 じんせい 名 人生｜大学病院 だいがくびょういん 名 大學醫院
小児科 しょうにか 名 小兒科｜ゲスト 名 來賓
早速 さっそく 副 立刻｜お父様 おとうさま 名 父親
おじい様 おじいさま 名 爺爺
お医者様 おいしゃさま 名 醫生｜影響 えいきょう 名 影響
強要 きょうよう 名 強迫｜実は じつは 副 其實
年の離れる としのはなれる 年齡相距
しょっちゅう 副 經常｜入退院 にゅうたいいん 名 住院出院
繰り返す くりかえす 動 重複｜中学生 ちゅうがくせい 名 國中生
苦しむ くるしむ 動 痛苦｜姿 すがた 名 樣子
何とか なんとか 想辦法｜持ち始める もちはじめる 開始抱持
医学書 いがくしょ 名 醫學書籍｜家系 かけい 名 世家
兄弟愛 きょうだいあい 名 手足之情｜なんだか 總覺得
治療 ちりょう 名 治療｜直接 ちょくせつ 副 直接
関わる かかわる 動 涉及｜一心 いっしん 名 專心
患者 かんじゃ 名 患者｜向き合う むきあう 動 面對
助ける たすける 動 幫助｜児童 じどう 名 兒童

4

[音檔]

セミナーで女の人が女性の社会進出について話しています。女性が社会で活躍するために最も大切なことは何だと言っていますか。

F：女性が今よりも更に社会に進出して活躍するために必要なことは何でしょうか。女性は男性にはない出産、さらに育児という大きな仕事を担うこともあります。ですから、それをサポートする社会的な制度の充実が欠かせません。これが今の社会の一番の課題ではないでしょうか。もちろん、家庭での男性の協力や理解も重要だと言えますが、全ての女性にパートナーがいるとは限りませんし、特にシングルマザーの女性は、社会のサポート制度に頼らざるを得ない状況です。また、女性男性を問わず、けがや病気で仕事を一時的に離れなくてはいけない時の保障も、とても大切だと言えるでしょう。

女性が社会で活躍するために最も大切なことは何だと言っていますか。

[題本]

1 出産や育児のサポート制度の充実
2 家庭における男性の理解と協力
3 シングルマザーのサポート
4 けがや病気の時の保障

中譯 女人在研討會談論有關女性進入社會的話題。她說女性若要在社會大顯身手，最重要的事情是什麼？

F：要讓比現在更多的女性出社會一展長才，必要的條件是什麼呢？女性有時須負責男性所沒有的生產，甚至是育兒的重大工作。因此，充實社會制度來支援這個方面是不可或缺的，這或許是當今社會最重要的課題。當然，家庭中男性的協助與理解也相當重要，但不一定所有的女性都有伴侶，特別是單親媽媽，她們正面臨不得不仰賴社會援助制度的窘境。除此之外，無論男女，受傷或生病等必須暫時離開工作崗位時的保障，可以說也相當重要。

她說女性若要在社會大顯身手，最重要的事情是什麼？

1 充實生產及育兒的支援制度
2 家庭內男性的理解與協助
3 對單親媽媽的支援
4 受傷或生病時的保障

解析 本題詢問女性為活躍於社會中，最重要的事情。各選項的重點為1「加強支援制度」、2「男性的理解與協助」、3「單親媽媽的支援」、4「受傷或生病時的保障」。對話中，女子表示：「女性は男性にはない出産、さらに育児という大きな仕事を担うこともあります。ですから、それをサポートする社会的な制度の充実が欠かせません。これが今の社会の一番の課題ではないでしょうか」，因此答案為1出産や育児のサポート制度の充実（加強生產和育兒的支援制度）。2並非所有女性都有伴侶；3僅提到也需要支援單親媽媽；4針對社會制度舉例。

詞彙 セミナー名研討會｜進出 しんしゅつ名進入
活躍 かつやく名大顯身手｜出産 しゅっさん名生產
さらに副更加｜育児 いくじ名育兒｜担う になう動負責
サポート名支援｜制度 せいど名制度｜充実 じゅうじつ名充實
欠かす かかす動缺乏｜課題 かだい名課題
協力 きょうりょく名協助｜理解 りかい名理解
重要だ じゅうようだ な形重要的｜全て すべて名全部
パートナー名伴侶｜シングルマザー名單親媽媽
頼る たよる動仰賴｜状況 じょうきょう名狀況
一時的だ いちじてきだ な形暫時的｜離れる はなれる動離開
保障 ほしょう名保障

5

[音檔]

大学の教育学の講義で先生が話しています。いじめ問題の解決には何が重要だと言っていますか。

F：いじめ問題の根本的な解決を望むのであれば、教師は加害者の心の問題に寄り添わなくてはいけません。昔は容姿や家庭の問題など差別によるいじめが多かったのですが、最近はストレスを発散するための場としていじめが行われています。もちろん、いじめの被害者が受けた深い心の傷をどうやってケアしていくのかという点も重要なことです。しかし、それだけでは一つのいじめが解決しても、加害者の心に闇があれば、また新たないじめが生じてしまいます。いじめの加害者はいじめが良くないことだと分かっています。それでも、ストレスやプレッシャーを発散したいという気持ちがいじめという加害行為に繋がってしまうのです。

いじめ問題の解決には何が重要だと言っていますか。

[題本]

1 いじめの加害者の心をケアすること
2 差別的な視点をなくすこと
3 いじめの被害者の傷をいやすこと
4 いじめが悪いことだと教えること

中譯 老師正在大學的教育學課發言。他說解決霸凌問題最重要的是什麼？

F：若希望根本性地解決霸凌問題，教師必須深入了解加害者的內心問題。以前因外貌、家庭問題等歧視導致的霸凌相當多，但最近霸凌被當成一種宣洩壓力的手段。當然，如何療癒霸凌被害者嚴重的心靈創傷這點也相當重要。但若

實戰模擬試題2

只做到這一點，即便解決了一樁霸凌，只要加害者內心仍有陰影，就會再產生新的霸凌。霸凌的被害者知道霸凌是不好的事。即便如此，他們想宣洩內外在壓力的念頭還是會導致霸凌這種加害行為發生。

他說解決霸凌問題最重要的是什麼？

1　照顧霸凌加害者的心靈

2　去除歧視性的觀點

3　治療霸凌被害者的傷

4　告訴他們霸凌是不好的事

解析 本題詢問在解決霸凌問題上，最重要的事情。各選項的重點為 1「照顧加害者的心靈」、2「消除歧視」、3「治療被害者的傷口」、4「教導霸凌是不好的事」。對話中，女子表示：「いじめ問題の根本的な解決を望むのであれば、教師は加害者の心の問題に寄り添わなくてはいけません。加害者の心に闇があれば、また新たないじめが生じてしまいます」，因此答案為 1 いじめの加害者の心をケアすること（照顧霸凌加害者的心靈）。2 以往面對霸凌的解決方式；3 並非根本的解決之道；4 為加害者知道的事。

詞彙 教育学 きょういくがく 名 教育學｜講義 こうぎ 名 課程
いじめ 名 霸凌｜解決 かいけつ 名 解決
重要だ じゅうようだ な形 重要的
根本的だ こんぽんてきだ な形 根本性的｜望む のぞむ 動 希望
教師 きょうし 名 教師｜加害者 かがいしゃ 名 加害者
寄り添う よりそう 動 貼近｜容姿 ようし 名 外貌
差別 さべつ 名 歧視｜ストレス 名 內在壓力
発散 はっさん 名 宣洩｜場 ば 名 場所
被害者 ひがいしゃ 名 被害者｜傷 きず 名 傷口
ケア 名 照顧、療癒｜闇 やみ 名 黑暗｜新ただ あらただ な形 新的
生じる しょうじる 動 產生｜それでも 接 即便如此
プレッシャー 名 外在壓力｜加害 かがい 名 加害
行為 こうい 名 行為｜繋がる つながる 動 導致
差別的だ さべつてきだ な形 歧視的｜視点 してん 名 觀點
いやす 動 治療

6

[音檔]

大学で男の人と女の人が老人ホームでのボランティアについて話しています。女の人は何が心配だと言っていますか。

F：来週、授業の一環として大学の近所の老人ホームにボランティアに行くことになったんだ。

M：そうなんだ。介護の仕事に興味があるって言ってたし、いい機会じゃない。

F：そうなの。今まで介護について勉強してきたけど、実際に訪問するのは初めて。食事のサポートをしたり、お着替えを手伝ったりする予定なんだ。それから、私が考えた体操をおじいちゃん、おばあちゃんたちとやるんだけど、ちょっと心配で。

M：体力的にお年寄りには大変そうってこと？

F：ううん、動物のまねとかもあってちょっと幼稚すぎるかなって。

M：うーん、そうかな。楽しく体操できたほうがお年寄りにもいいんじゃない？

F：喜んでくれるといいな。

女の人は何が心配だと言っていますか。

[題本]

1 初めて介護施設を訪れること

2 食事や着替えの手伝いをすること

3 おじいちゃんたちに体力がないこと

4 体操の動作が子どもっぽいこと

中譯 男人與女人正在大學裡談論有關老人之家的志工。女人說她擔心什麼？

F：下禮拜作為課程的一環，我們會去大學附近的老人之家當志工。

M：這樣啊。妳說妳對照護工作有興趣，這是個好機會吧。

F：是啊。我學照護到現在還是第一次實際拜訪。預計會協助用餐，還有幫忙更換衣物。還有，我會和老爺爺老奶奶們一起做我編的體操，但我有點擔心。

M：妳是怕對老年人的體力負擔太大嗎？

F：不是啦，因為也有模仿動物的動作，我在想會不會太幼稚。

M：嗯，這樣啊。但可以開心地做體操對老年人來說也不錯，不是嗎？

F：他們能開心的話就好了。

女人說她擔心什麼？

1　第一次造訪照護機構

2　幫助用餐和更換衣物

3　爺爺們沒體力

4　體操動作幼稚

解析 本題詢問女子擔憂的事情。各選項的重點為 1「初訪養老院」、2「幫忙吃飯或更換衣服」、3「爺爺們沒有體力」、4「體操動作太幼稚」。對話中，女子表示：「私が考えた体操をおじいちゃん、おばあちゃんたちとやるんだけど、ちょっと心配で、動物のまねとかもあってちょっと幼稚すぎるかなって」，因此答案為 4 体操の動作が子どもっぽいこと（體操動作太幼稚）。1 雖為初訪，但並非女子擔憂的事情；2 為即將要做的事情；3 提到並非擔心體力問題。

詞彙 老人ホーム ろうじんホーム 名 老人之家｜ボランティア 名 志工
一環 いっかん 名 一環｜介護 かいご 名 照護
実際 じっさい 名 實際｜訪問 ほうもん 名 造訪｜サポート 名 支援
着替え きがえ 名 更換衣物｜体操 たいそう 名 體操
おじいちゃん 名 老爺爺｜おばあちゃん 名 老奶奶
体力 たいりょく 名 體力｜お年寄り おとしより 名 老年人
まね 名 模仿｜幼稚だ ようちだ な形 幼稚的｜施設 しせつ 名 設施

訪れる おとずれる 動 造訪 | 動作 どうさ 名 動作
子どもっぽい こどもっぽい 幼稚的

7

[音檔]

アナウンサーと野球監督が話しています。監督はファンイベントにおいてどんなことが残念だと言っていますか。

F：監督、今シーズンもお疲れ様です。ファンのみなさんも監督、選手の頑張りに感動なさったと思います。

M：はい、試合に負けてばかりだったのに、声がかれるまで応援してくれたファンの方々には感謝の言葉しか出ません。ありがとうございます。

F：監督はファンのみなさんに感謝を伝えるために感謝イベントを開催される予定なんですよね。

M：はい。毎日のように球場に足を運んでくれるファンの方々はもちろん、なかなか球場には来ることができない地方のファンの方々のためにも、全国15か所で選手のサイン会と野球教室を開催したいと思っています。本当はファンの方一人一人と交流したいのですが、サイン会は5000人、野球教室は50人と人数が限られてしまうのが申し訳ないです。

F：それでも、ファンの方々にとって待ち遠しい企画ですよ。

M：野球教室は選手とキャッチボールもできるチャンスなので、年齢、性別問わず多くの方々に応募してもらいたいですね。詳しくは球団ホームページにありますので、そちらを参照してください。

監督はファンイベントにおいてどんなことが残念だと言っていますか。

[題本]

1 イベント開催地が少ないこと
2 参加人数が決まっていること
3 ファンの人たちを待たせていること
4 応募者の年齢に制限があること

中譯 主播正在和棒球教練交談。教練說球迷活動的什麼事很可惜？

F：教練，這個球季您辛苦了。相信每位球迷也對教練及選手的努力相當感動。

M：是的，儘管我們老是輸掉比賽，對每個為我們加油、喊到快沙啞的球迷們，我只能用感謝來形容。謝謝大家。

F：教練您預計舉辦感謝活動來向球迷們表達謝意對吧？

M：是的。除了幾乎天天來球場的球迷之外，為了那些不方便來球場的外縣市球迷，我們打算在全國 15 個地點舉辦選手簽名會以及棒球教室。雖然真的很想和每位球迷交流，但很抱歉的是，這次活動有人數限制，簽名會 5000 人，棒球教室 50 人。

F：即便如此，相信球迷們已經對這個企劃迫不及待了呢。

M：棒球教室的活動有機會和選手玩傳接球，不論性別、年齡，希望大家能踴躍報名。詳情已經公告在球團的官方網站，還請大家參閱。

教練說球迷活動的什麼事很可惜？

1 活動的舉辦地點很少
2 參加人數是固定的
3 讓球迷們等候多時
4 報名者有年齡限制

解析 本題詢問對於活動感到可惜的事情。各選項的重點為 1「舉辦地太少」、2「有限制人數」、3「讓粉絲等待」、4「有年齡限制」。對話中，男子表示：「本当はファンの方一人一人と交流したいのですが、サイン会は 5000 人、野球教室は 50 人と人数が限られてしまうのが申し訳ないです」，因此答案為 2 参加人数が決まっているこ（參加人數是固定的）。1 並未提到；3 並非感到可惜的事情；4 沒有年齡限制。

詞彙 野球 やきゅう 名 棒球 | 監督 かんとく 名 教練 | ファン 名 粉絲
イベント 名 活動 | 今シーズン こんシーズン 名 本賽季
お疲れ様 おつかれさま 辛苦了 | 選手 せんしゅ 名 選手
頑張り がんばり 名 努力 | 感動 かんどう 名 感動
かれる 動 沙啞 | 応援 おうえん 名 聲援
方々 かたがた 名 各位 | 感謝 かんしゃ 名 感謝
開催 かいさい 名 舉辦 | 球場 きゅうじょう 名 球場
足を運ぶ あしをはこぶ 前往 | 地方 ちほう 名 外縣市
全国 ぜんこく 名 全國 | サイン会 サインかい 名 簽名會
交流 こうりゅう 名 交流 | 人数 にんずう 名 人數
限る かぎる 動 限制 | それでも 接 即便如此
待ち遠しい まちどおしい い形 迫不及待的
企画 きかく 名 企劃 | キャッチボール 名 傳接球
チャンス 名 機會 | 年齢 ねんれい 名 年齡
性別 せいべつ 名 性別 | 問う とう 動 追究、視～為問題
多く おおく 名 許多 | 応募 おうぼ 名 報名
詳しい くわしい い形 詳細的 | 球団 きゅうだん 名 球團
ホームページ 名 官方網站 | 参照 さんしょう 名 參閱
開催地 かいさいち 名 舉辦地點 | 參加 さんか 名 參加
応募者 おうぼしゃ 名 報名者 | 制限 せいげん 名 限制

實戰模擬試題2

☞ **問題 3** 的試題本上不會出現任何內容。因此請利用播放例題的時間，事先回想概要理解大題的解題策略。一旦聽到「では、始めます」，便準備開始作答。

1

[音檔]

栄養学の講義で先生が話しています。

F：皆さんの中には何かを口にする際に自分が食べたいものを食べ、飲みたいものを飲んでいるという人がほとんどでしょう。しかし、体は食べたもので作られるという言葉があるように、私たちが毎日何気なくとっている食事は健康を考えるうえで非常に大切なものです。実際に、ビタミンやたんぱく質など体にかかせない栄養素を含む食材をとることを心がければ健康な状態を保つことができます。反対に、油や糖質を多く含んだものをとり続ければ、生活習慣病や肥満などの病気にかかりやすくなります。「体は自分の食生活が表れるもの」だと考えるといいと思います。

先生の話のテーマは何ですか。

1 食べ物が体に与える影響

2 生活習慣と病気の関係

3 体の育成にかかせない栄養素

4 病気にならないための体づくり

中譯 老師正在營養學的課堂上說話。

F：大家吃東西的時候，應該幾乎都是吃想吃的、喝想喝的吧？但是，如同「人如其食」這句話所說的，在思考健康這件事情上，我們每天無意中攝取的東西相當重要。實際上，只要注意食材是否含維生素和蛋白質等身體不可或缺的營養素，就能保持健康的狀態。相反地，若持續攝取含大量油脂或糖分的東西，就容易罹患生活習慣病或肥胖等疾病。大家可以想成「身體是自己飲食習慣的表徵」。

老師說話的主題為何？

1 食物對身體造成的影響

2 生活習慣與疾病的關係

3 培養健康身體不可或缺的營養素

4 預防疾病的養生之道

解析 情境說明中提及老師在營養學課堂上授課，因此請仔細聆聽老師說了哪些與營養相關的內容。老師表示：「体は食べたもので作られるという言葉があるように、私たちが毎日何気なくとっている食事は健康を考えるうえで非常に大切なものです。体は自分の食生活が表れるもの」，而本題詢問的是老師授課的主題，因此答案要選 1 食べ物が体に与える影響（食物對身體造成的影響）。

詞彙 **栄養学** えいようがく 名 營養學 ｜ **講義** こうぎ 名 課程

口にする くちにする 吃 ｜ **際** さい 名 時候 ｜ **ほとんど** 名 幾乎

何気ない なにげない い形 無意間的 ｜ **健康** けんこう 名 健康

非常だ ひじょうだ な形 非常 ｜ **実際** じっさい 名 實際

ビタミン 名 維生素 ｜ **たんぱく質** たんぱくしつ 名 蛋白質

栄養素 えいようそ 名 營養素 ｜ **含む** ふくむ 動 含有

食材 しょくざい 名 食材 ｜ **心がける** こころがける 動 注意

状態 じょうたい 名 狀態 ｜ **保つ** たもつ 動 保持 ｜ **油** あぶら 名 油脂

糖質 とうしつ 名 糖分

生活習慣病 せいかつしゅうかんびょう 名 生活習慣病

肥満 ひまん 名 肥胖 ｜ **かかりやすい** 易罹患

食生活 しょくせいかつ 名 飲食習慣 ｜ **表れる** あらわれる 動 呈現

与える あたえる 動 給予 ｜ **影響** えいきょう 名 影響

育成 いくせい 名 養成 ｜ **体づくり** からだづくり 名 養生

2

[音檔]

テレビである飲食店の経営者が話しています。

M：日本のサービスは海外の観光客からも高評価を得ています。この裏にはマニュアルを用いて行われる徹底した社員教育があります。マニュアルがあることで、全国の全ての店舗で質の良いサービスを提供することが可能になりました。けれども、マニュアル化という言葉の通り、融通が利かないという問題点も指摘されています。これは「マニュアルに沿った行動を」という志向によるものですが、マニュアルはあくまでもサービスの最低基準を提示したものということを忘れてはいけません。私たちは最低基準よりも上のラインを目指し、これからもお客様が喜ぶ最高のサービスを提供していかなければなりません。

経営者は何について話していますか。

1 日本のサービスの質の高さ

2 マニュアルによる社員教育の効果

3 マニュアル化がもたらした問題点

4 サービスを提供するうえでの考え

中譯 某餐飲店的經營者正在電視上說話。

M：日本的服務也受到海外觀光客的好評，這背後的關鍵是採用工作手冊來徹底執行員工教育。只要有工作手冊，全國的店面都能提供品質良好的服務。但是，正如公式化一詞所說的，有人也指出了不懂變通這個問題。這是希望員工「按照工作手冊規定行動」所導致，但千萬不能忘記，工作手冊提到的終究只是服務的最低標準。我們必須將目標放在比最低標準更高的門檻，今後也要繼續提供最棒的服務讓顧客開心。

經營者在談論什麼？

1 日本的服務品質之高

2　採用手冊進行員工教育的效果

3　公式化所帶來的問題

4　對提供服務一事的想法

解析 情境說明中提及餐廳的經營者在電視上的談話，因此請仔細聆聽經營者說了哪些與餐廳經營相關的內容。經營者表示：「マニュアルはあくまでもサービスの最低基準を提示したものということを忘れてはいけません。私たちは最低基準よりも上のラインを目指し、これからもお客様が喜ぶ最高のサービスを提供していかなければなりません」，而本題詢問的是經營者正在談論的內容，因此答案要選 4 サービスを提供するうえでの考え（對於提供服務的想法）。

詞彙 飲食店 いんしょくてん 名 餐飲店｜經営者 けいえいしゃ 名 經營者
日本 にほん 名 日本｜サービス 名 服務｜海外 かいがい 名 海外
観光客 かんこうきゃく 名 觀光客｜高評価 こうひょうか 名 好評
得る える 動 得到｜裏 うら 名 背後｜マニュアル 名 手冊
用いる もちいる 動 使用｜徹底 てってい 名 徹底
社員 しゃいん 名 員工｜全国 ぜんこく 名 全國
全て すべて 名 全部｜店舗 てんぽ 名 店面｜質 しつ 名 品質
提供 ていきょう 名 提供｜可能だ かのうだ な形 能夠的
マニュアル化 マニュアルか 名 公式化
融通が利く ゆうずうがきく 不知變通
問題点 もんだいてん 名 問題點｜指摘 してき 名 指出
沿う そう 動 遵循｜行動 こうどう 名 行動｜志向 しこう 名 志向
あくまで 副 終究｜最低 さいてい 名 最低
基準 きじゅん 名 標準｜提示 ていじ 名 提出｜ライン 名 線
目指す めざす 動 以～為目標｜お客様 おきゃくさま 名 客人
最高 さいこう 名 最棒｜高さ たかさ 名 高｜効果 こうか 名 效果
もたらす 動 帶來｜考え かんがえ 名 想法

3

[音檔]

大学の授業で先生が話しています。

F：「心理学」と聞くと研究者たちの難しい理論や心理カウンセリングなどのイメージが先走り、実生活とは遠いものと考えられがちです。しかし、心理学はそのような専門家だけではなく、経営者や警察官など幅広い分野の方々から学ばれています。それは私たちの周りに心理学の知識や理論が存在することを意味します。今学期の授業では皆さんに心理学を身近に感じてほしいと考え、実際の生活で取り入れることができる心理学の知識や理論に注目していきます。それを生かして、面接での緊張をほぐす方法や初対面の相手に心を開かせる方法などを見ていきたいと思います。

今学期の授業のテーマは何ですか。

1 心理学の基礎理論やカウンセリング

2 様々な職業に利用される心理学の理論

3 実生活で応用できる心理学の知識

4 自分の心理を見つめなおす方法

中譯 老師正在大學的課堂上說話。

F：聽到「心理學」，大家浮現的第一印象通常是研究者們的艱深理論或是心理諮商，往往認為它是與實際生活遙不可及的東西。但是，心理學可不只有這些專家涉獵，企業經營者、警察等各領域的人都有在學習，相當廣泛。這意味著我們周遭存在著心理學的知識與理論。這學期我希望能讓大家感受到與心理學更靠近，因此會著眼在可運用於實際生活的心理學知識及理論。課堂中會運用這些知識帶大家了解各種內容，像是如何緩解面試的緊張情緒、向初次見面的人敞開心房的方法。

這學期的課程主題為何？

1　心理學的基礎理論與諮商

2　運用在各種職業的心理學理論

3　可應用在實際生活的心理學知識

4　重新審視自我心理的方法

解析 情境說明中提及老師正在大學課堂上進行說明，因此請仔細聆聽老師所說的內容，並掌握整體脈絡。老師表示：「今学期の授業では皆さんに心理学を身近に感じてほしいと考え、実際の生活で取り入れることができる心理学の知識や理論に注目していきます」，而本題詢問的是本學期課程的主題，因此答案要選 3 実生活で応用できる心理学の知識（可應用於現實生活中的心理學知識）。

詞彙 心理学 しんりがく 名 心理學｜研究者 けんきゅうしゃ 名 研究者
理論 りろん 名 理論｜心理 しんり 名 心理
カウンセリング 名 諮商｜イメージ 名 印象
先走る さきばしる 動 搶先｜実生活 じっせいかつ 名 實際生活
専門家 せんもんか 名 專家｜経営者 けいえいしゃ 名 經營者
警察官 けいさつかん 名 警察｜幅広い はばひろい い形 廣泛的
分野 ぶんや 名 領域｜方々 かたがた 名 人們｜学ぶ まなぶ 動 學習
知識 ちしき 名 知識｜存在 そんざい 名 存在
今学期 こんがっき 名 這學期｜身近だ みぢかだ な形 貼近的
感じる かんじる 動 感覺｜実際 じっさい 名 實際
取り入れる とりいれる 動 採用
注目 ちゅうもく 名 著眼｜生かす いかす 動 活用
面接 めんせつ 名 面試｜緊張 きんちょう 名 緊張｜ほぐす 動 緩解
方法 ほうほう 名 方法｜初対面 しょたいめん 名 初次見面
相手 あいて 名 對方｜テーマ 名 主題｜基礎 きそ 名 基礎
様々だ さまざまだ な形 各式各樣的｜職業 しょくぎょう 名 職業
応用 おうよう 名 應用｜見つめる みつめる 動 審視

4

[音檔]

テレビでレポーターが話しています。

M：ここ、青木町は人口1,000人からなる小さな町です。若者の減少により過疎化が懸念されていました。しかし、町長のアイディアで特産物であるリンゴに文字やイラストを入れて売りだしたところ、たちまち人気商品となり、町の農業にも活気が戻ってきました。リンゴに文字を入れる作業は栽培時にシールを貼っておくだけなので、農家の負担も少なくて済みますね。特に、受験生向けの「合格祈願りんご」は雨にも風にも負けずに落ちずに耐え抜いたという意味も込められており、毎年生産が追いつかないほどの人気ぶりです。ちょっとしたアイディアがここまで町を元気づけてくれました。

レポーターは何について伝えていますか。

1 文字入りりんごの栽培方法
2 青木町が活性化した理由
3 合格祈願を込めたりんごの由来
4 新しいアイディアを出す重要性

中譯 記者正在電視上說話。

M：這個青木町是個人口 1,000 人的小鎮，曾有人擔心這裡會因為年輕人的減少而導致沒落。但是，町長想出了一個點子，將這裡特產的蘋果印上文字或插圖出售，結果轉眼間成了人氣商品，讓鎮上的農業也找回了生機。在蘋果上印字的作業，只要在栽培時貼上貼紙即可完成，對農民的負擔也很小。尤其是專為考生推出的「金榜題名蘋果」具有不畏風雨、挺到最後不掉落的意涵，買氣旺到每年都供不應求。一個小點子，就為鎮上注入了這麼多的活力。

記者所報導的內容為何？

1 刻字蘋果的栽培方法
2 青木町活化的原因
3 金榜題名蘋果的由來
4 產出新點子的重要性

解析 情境說明中提及記者在電視上的談話，因此請仔細聆聽記者所說的內容，並掌握整體脈絡。記者表示：「町長のアイディアで特産物であるリンゴに文字やイラストを入れて売りだしたところ、たちまち人気商品となり、町の農業にも活気 が戻ってきました。ちょっとしたアイディアがここまで町を元気づけてくれました」，而本題詢問的是記者正在談論的內容，因此答案要選 2 青木町が活性化した理由（青木町活化的理由）。

詞彙 リポーター名記者｜若者 わかもの名年輕人
減少 げんしょう名減少｜過疎化 かそか名沒落
懸念 けねん名擔心｜町長 ちょうちょう名町長
アイディア名點子｜特産物 とくさんぶつ名特產品
リンゴ名蘋果｜文字 もじ名文字｜イラスト名插圖
売りだす うりだす動出售｜たちまち副轉眼間
人気 にんき名人氣｜商品 しょうひん名商品
農業 のうぎょう名農業｜活気 かっき名生機
作業 さぎょう名作業｜栽培 さいばい名栽培
シール名貼紙｜貼る はる動張貼｜農家 のうか名農民
負担 ふたん名負擔｜受験生 じゅけんせい名考生
合格 ごうかく名合格｜祈願 きがん名祈求
耐え抜く たえぬく動忍受到底｜込める こめる動內含
追いつく おいつく動追上｜人気ぶり にんきぶり名受歡迎的程度
ちょっとした 一點點的｜元気づける げんきづける動加油打氣
文字入り もじいり名帶有文字｜方法 ほうほう名方法
活性化 かっせいか名活化｜由来 ゆらい名由來
重要性 じゅうようせい名重要性

5

[音檔]

ラジオで女の人が話しています。

F：私たちにはそれぞれ平等に時間が与えられていますが、忙しくても充実した生活を送ることができる人と、忙しさを言い訳に時間を無駄にしてしまう人がいますよね。時間を上手に使える人は隙間時間の使い方がうまいんです。難しいことではありません。空いた時間を利用すればいいんです。いつもの通勤時間に読書したり、英会話の勉強をしたりするなど簡単なことです。また、電車の待ち時間に仕事のメールを返信すれば、勤務時間を他の業務にあてることができます。まずはこのような隙間時間から見直してみてはいかがでしょうか。

女の人は何について話していますか。

1 充実した生活と時間の感覚
2 時間を有効に活用する方法
3 空き時間をうまく作る方法
4 趣味や仕事を楽しむ大切さ

中譯 女人正在廣播裡說話。

F：我們每個人都被賦予了平等的時間，有人即使忙碌還是能度過充實的生活，有人卻拿忙碌當藉口浪費時間。擅長使用時間的人很擅長利用零碎時間。這不是一件困難的事，只要利用空閒時間即可。像是在平常通勤時看書、念英語會話等等，就是這麼簡單。此外，在等電車時回覆工作的郵件，就能把上班時間拿來處理其他業務。大家不妨先從重新審視這些零碎時間做起。

女人正在談論什麼？

1 充實的生活與時間的感覺
2 有效利用時間的方法
3 巧妙騰出時間空檔的方法

4　享受休閒活動與工作的重要性

解析 情境說明中提及女子在廣播中的談話，因此請仔細聆聽女子所說的內容，並掌握整體脈絡。女子表示：「**時間を上手に使える人は隙間時間の使い方がうまいんです。難しいことではありません。空いた時間を利用すればいいんです。まずはこのような隙間時間から見直してみてはいかがでしょうか**」，而本題詢問的是女子正在談論的內容，因此答案要選 2 **時間を有効に活用する方法**（有效利用時間的方法）。

詞彙 專門家 せんもんか 名 專家｜それぞれ 副 各自
平等だ びょうどうだ な形 平等的｜与える あたえる 動 賦予
充実 じゅうじつ 名 充實｜忙しさ いそがしさ 名 忙碌
言い訳 いいわけ 名 藉口｜無駄にする むだにする 浪費
隙間 すきま 名 空隙｜使い方 つかいかた 名 用法
通勤 つうきん 名 通勤｜読書 どくしょ 名 看書
英会話 えいかいわ 名 英語會話｜メール 名 郵件
返信 へんしん 名 回信｜勤務 きんむ 名 上班
業務 ぎょうむ 名 業務｜あてる 動 充當
まずは 副 首先｜見直す みなおす 動 重新審視
感覚 かんかく 名 感覺｜有効だ ゆうこうだ な形 有效的
活用 かつよう 名 活用｜空き時間 あきじかん 名 空閒時間
大切さ たいせつさ 名 重要性

6

[音檔]

講演会で男の人が話しています。

M：私は20年間アリについて研究しています。アリには人間のように家があり、えさを探しに出てもきちんと家に戻ることができます。私たちは視覚や記憶を頼りに家に帰ることができますが、アリの視力は弱く、ほとんど頼りになりません。その代わりにアリは家を出る際に、おしりから特有の物質を出し、道筋を作り、帰りはその臭いをかぎながら家路に着くのです。この物質はえさを見つけたときや敵が現れたときなど、仲間に何か助けを求めるときにも使われます。

男の人は主に何について話していますか。

1 アリと人間の家の構造
2 アリと人間の感覚の違い
3 アリが出す物質の役割
4 アリが仲間を助ける方法

中譯 男人正在演講會裡說話。

M：我這 20 年來都在研究螞蟻。螞蟻像人類一樣有家，就算出門覓食也會規規矩矩地回到家裡。我們可以仰賴視覺或記憶來回家，但螞蟻的視力很弱，幾乎派不上用場。取而代之的，螞蟻會在離開家裡的時候從屁股釋出特有物質來打造一條通路，回去的時候就能聞著那股臭味踏上歸途。這種物質也會用在覓食或敵人出現等需向夥伴求助的時刻。

男人主要在談論什麼？

1　螞蟻與人類的家的構造
2　螞蟻於人類的感覺差異
3　螞蟻釋出的物質的作用
4　螞蟻幫助同伴的方法

解析 情境說明中提及男子正在演講，因此請仔細聆聽男子所說的內容，並掌握整體脈絡。男子表示：「**アリは家を出る際に、おしりから特有の物質を出し、道筋を作り、帰りはその臭いをかぎながら家路に着くのです。この物質はえさを見つけたときや敵が現れたときなど、仲間に何か助けを求めるときにも使われます**」，而本題詢問的是男子主要談論的內容，因此答案要選 3 **アリが出す物質の役割**（螞蟻產生的物質的作用）。

詞彙 講演会 こうえんかい 名 演講會｜アリ 名 螞蟻
人間 にんげん 名 人類｜えさ 名 餌食｜きちんと 名 規規矩矩地
視覚 しかく 名 視覺｜記憶 きおく 名 記憶｜頼り たより 名 仰賴
視力 しりょく 名 視力｜際 さい 名 時候｜おしり 名 屁股
特有 とくゆう 名 特有｜物質 ぶっしつ 名 物質
道筋 みちすじ 名 道路｜かぐ 動 嗅聞
家路 いえじ 名 歸途｜敵 てき 名 敵人
現れる あらわれる 動 出現｜仲間 なかま 名 同伴
助け たすけ 名 幫助｜求める もとめる 動 要求
主に おもに 副 主要｜構造 こうぞう 名 構造
感覚 かんかく 名 感覺｜違い ちがい 名 差異
役割 やくわり 名 任務｜助ける たすける 動 幫助
方法 ほうほう 名 方法

☞ **問題 4** 的試題本上不會出現任何內容。因此請利用播放例題的時間，事先回想即時應答大題的解題策略。一旦聽到「では、始めます」，便準備開始作答。

1

[音檔]

M：初めてとはいえ、こんなにミスが多いんじゃ資料として使えないよ。

F：1 もう使わなくてもいいんですか。
2 すみません、修正します。
3 資料を作ったのは初めてではありません。

中譯 M：雖說是第一次，但資料這麼多錯誤根本不能用嘛。

F：1　可以不要再用了嗎？
2　抱歉，我會修正。
3　我不是第一次做資料。

解析 本題情境中，男生指出資料的錯誤百出。
1（×）重複使用「使う（つかう）」，為陷阱選項。
2（○）回答「すみません、修正します（對不起，我會修改）」，向男方道歉，故為適當的答覆。

3（×）不符合「資料錯誤百出」的情境。

詞彙 ミス名錯誤｜資料 しりょう名資料｜修正 しゅうせい名修正

2

[音檔]

M：今回のプロジェクトの成功は武田さんあってのことだと思ってるよ。

F：**1 いえ、チームで努力した結果です。**

2 次回は必ず成功させます。

3 プロジェクト、頑張りましょう。

中譯 M：我覺得這次專案是因為有武田妳在才能成功喔。

F：**1 不，這是團隊努力的結果。**

2 我下次一定要成功。

3 一起努力完成專案吧

解析 本題情境中，男生稱讚女生，表示企劃的成功是托她的福。

1（◯）回答「いえ、チームで努力した結果です（不，這是團隊努力的成果）」，謙虛回應男方的讚美，故為適當的答覆。

2（×）不符合「企劃已經成功」的情境。

3（×）不符合「企劃已經成功」的情境。

詞彙 今回 こんかい名這次｜プロジェクト名專案
成功 せいこう名成功｜チーム名團隊｜努力 どりょく名努力
結果 けっか名結果｜次回 じかい名下次

3

[音檔]

F：おすすめしてくれた小説、男女問わず、人気の理由が分かったよ。

M：1 男性から人気が高いからね。

2 気に入ってもらえて何よりだよ。

3 恋愛小説だからおもしろいよ。

中譯 F：我終於了解你推薦的小說為什麼不分男女都大受歡迎的原因了。

M：1 因為很受男生歡迎嘛。

2 妳能喜歡比什麼都重要。

3 因為是愛情小說所以很好看喔。

解析 本題情境中，女生感謝男生推薦她好看的小說。

1（×）不符合「不分男女都很受歡迎」的情境。

2（◯）回答「気に入ってもらえて何よりだよ（妳能喜歡比什麼都重要）」，故為適當的答覆。

3（×）重複使用「小説（しょうせつ）」，為陷阱選項。

詞彙 おすすめ名推薦｜男女 だんじょ名男女｜問う とう動問
人気 にんき名人氣｜気に入る きにいる 中意
何よりだ なによりだ 比什麼都重要｜恋愛 れんあい名愛情
小説 しょうせつ名小說

4

[音檔]

M：田中さんと言い争いになってからというもの、しばらく口も利いてないな…。

F：1 なんで話を聞いてあげないの？

2 言いたいことは言ったほうがいいよ。

3 まだ謝ってなかったの？

中譯 M：自從和田中爭吵之後，我們已經有段時間沒說話了……。

F：1 你為什麼不聽他說話？

2 想說什麼就說出來比較好喔。

3 你還沒道歉嗎？

解析 本題情境中，男生煩惱著跟田中吵架後冷戰中。

1（×）使用「話を聞く（聽人說）」，僅與「口を利く（說話）」有所關聯，為陷阱選項。

2（×）重複使用「言う（いう）」，為陷阱選項。

3（◯）反問「まだ謝ってなかったの？（你還沒道歉嗎？）」，故為適當的回應。

詞彙 言い争い いいあらそい動爭吵｜口を利く くちをきく 說話

5

[音檔]

F：すみませんが、こちらは禁煙席になっておりまして。

M：1 喫煙席はあちらです。

2 あ、気がつかなくて…。

3 灰皿お持ちしましょうか。

中譯 F：不好意思，我們這邊是禁菸區。

M：1 吸菸區在那邊。

2 啊，我沒注意到……

3 我來幫您拿菸灰缸吧。

解析 本題情境中，女生提醒男生此處為禁菸區。

1（×）該回應由女生提出較為適當。

2（◯）回答「あ、気がつかなくて…（啊，我沒注意到…）」，向對方表達歉意，故為適當的答覆。

3（×）不符合「禁菸席禁止吸菸」的情境。

詞彙 禁煙席 きんえんせき名禁菸區｜喫煙席 きつえんせき名吸菸區
気がつく きがつく 察覺

6

[音檔]

M：取引先から連絡が来ないとも限らないから、電話対応しっかりね。

F：**1 はい、丁寧に対応いたします。**

2 いえ、連絡は来ていないようですが。

3 ただいま、部長は席を外しております。

中譯 M：客戶也不一定不會聯絡我們，所以要確實接聽電話喔。

F：**1　好的，我會細心應對。**

2　不，好像都沒聯絡我們。

3　部長目前暫時離開座位。

解析 本題情境中，男生提醒要確實接聽電話。

1（○）回答「はい、丁寧に対応いたします（是，我會認真接聽）」，表示同意男生的指示，故為適當的答覆。

2（×）不符合「客戶尚未打電話來」的狀況。

3（×）不符合「客戶尚未打電話來」的狀況。

詞彙 取引先 とりひきさき 名 客戶｜対応 たいおう 名 應對

丁寧だ ていねいだ ナ形 細心的

席を外す せきをはずす 離開座位

7

[音檔]

M：キムさん、これ以上欠席したら成績のつけようがないなあ。

F：**1 すみません、今後気を付けます。**

2 そんなに成績が悪いんですか？

3 論文の内容が良くないんですね。

中譯 M：金同學，妳再缺席的話我很難幫妳打成績喔。

F：**1　抱歉，我今後會注意。**

2　我成績有這麼差嗎？

3　論文的內容不好對吧？

解析 本題情境中，男生告知女生缺課太多次，請她注意。

1（○）回答「すみません、今後気を付けます（不好意思，以後我會注意）」，向男生表達歉意，故為適當的答覆。

2（×）重複使用「成績（せいせき）」，為陷阱選項。

3（×）僅提到「缺席影響成績」，並未提到論文。

詞彙 欠席 けっせき 名 缺席｜成績 せいせき 名 成績

今後 こんご 副 今後｜気を付ける きをつける 注意

論文 ろんぶん 名 論文｜内容 ないよう 名 內容

8

[音檔]

F：この絵、佐藤さんが描いたの？ こんな絵が描けるなんて信じられない。

M：1 やっぱり変だよね。

2 なんで信じてくれないの？

3 そんな、おおげさだよ。

中譯 F：這幅畫是佐藤你畫的嗎？不敢相信你這麼會畫畫。

M：1　妳果然很奇怪呢。

2　妳為什麼不肯相信呢？

3　哪有這回事，妳太誇張了啦。

解析 本題情境中，女生稱讚男生所畫的畫作。

1（×）不符合「稱讚男生」的情境。

2（×）重複使用「信じる（しんじる）」，為陷阱選項。

3（○）回答「そんな、おおげさだよ（哪有這回事，妳太誇張了啦）」，表示謙虛，故為適當的答覆。

詞彙 描く かく 動 描繪｜信じる しんじる 動 相信

おおげさだ ナ形 誇張的

9

[音檔]

F：会社説明会、今日だったよね。いつにもまして気合、入っているようだけど。

M：**1 母校での説明会だからね。**

2 うまく発表できてよかったよね。

3 失敗しないように頑張ってね。

中譯 F：公司說明會是今天對吧？你似乎比平常更有幹勁呢。

M：**1　因為是辦在母校的說明會嘛。**

2　發表得這麼順利真是太棒了呢。

3　加油別失敗囉。

解析 本題情境中，女生對於對方今天特別有幹勁感到好奇。

1（○）回答「母校での説明会だからね（因為是辦在母校的說明會）」，說明理由，故為適當的答覆。

2（×）不符合「說明會尚未開始」的情境。

3（×）使用「頑張る（加油）」，僅與「気合が入る（有幹勁）」有所關聯，為陷阱選項。

詞彙 説明会 せつめいかい 名 說明會｜いつにもまして 比平常更～

気合 きあい 名 幹勁｜母校 ぼこう 名 母校｜発表 はっぴょう 名 發表

10

[音檔]

F：企画書をお願いしてたんだけど、林君、どこか知らない？

M：1 ちょっとだれか分かりませんが。

2 朝からの会議が長引いているようです。

3 企画書、ないんですか。

中譯 F：我有麻煩小林做企畫書，你知道他人在哪嗎？

M：1　我不曉得他是誰。

2　早上開會好像開到現在。

3　沒有企劃書嗎？

解析 本題情境中，女生詢問林君在哪裡。

1（×）不符合「詢問人在哪裡」的情境。

2（○）回答「朝からの会議が長引いているようです（早上開會好像開到現在）」，故為適當的答覆。

3（×）重複使用「企画書（きかくしょ）」，為陷阱選項。

詞彙 企画書 きかくしょ 名 企劃書｜長引く ながびく 動 拖延

11

[音檔]

F：さっきから箸が進んでないけど、口に合わなかった？

M：1 **ちょっと考え事してて。**

2 箸を持ってきてくれる？

3 いつもよりおいしいよ。

中譯 F：你從剛才開始都沒動筷子，不合你胃口嗎？

M：**1 我在想些事情。**

2 妳可以幫我拿筷子來嗎？

3 比平常好吃耶。

解析 本題情境中，女生對於男生看起來沒什麼食慾表達擔憂。

1（◯）回答「ちょっと考え事してて（我只是在想事情）」，告知女方理由，故為適當的答覆。

2（×）重複使用「箸（はし）」，為陷阱選項。

3（×）不符合「看起來沒什麼食慾」的情境。

詞彙 箸が進む はしがすすむ 吃得很起勁

口に合う くちにあう 合胃口

考え事 かんがえごと 名 想事情

12

[音檔]

M：髪を切ったからか、気分までさっぱりしたよ。

F：1 気分に合わせて、髪切ったんだね。

2 短いほうが似合っているよ。

3 新しいヘアスタイル、気に入らないの？

中譯 M：可能是因為剪了頭髮，連心情都很舒暢呢。

F：1 因為你的頭髮是配合心情剪的啊。

2 短髮比較適合你喔。

3 你不喜歡新髮型嗎？

解析 本題情境中，男生表達剪完頭髮後心情很好。

1（×）不符合「剪完頭髮心情才轉變」的情境。

2（◯）回答「短いほうが似合っているよ（短髮比較適合你喔）」，對男生所說的話表達同感，故為適當的答覆。

3（×）不符合「剪完頭髮心情很好」的情境。

詞彙 さっぱり 副 舒暢｜合わせる あわせる 動 配合

似合う にあう 動 合適｜ヘアスタイル 名 髮型

気に入る きにいる 中意

13

[音檔]

M：今年の新入社員は例年になく、元気がいいと思いませんか。

F：1 もう少し明るいといいですよね。

2 あとで注意しておきます。

3 元気すぎて、困ってるくらいですよ。

中譯 M：妳不覺得今年的新進員工和往年不同，特別有精神嗎？

F：1 能再開朗一點就好了呢。

2 我待會會提醒他們。

3 太有精神到讓人覺得困擾呢。

解析 本題情境中，男生稱讚今年的新進員工。

1（×）不符合「稱讚新進員工精力充沛」的情境。

2（×）不符合「稱讚新進員工」的情境。

3（◯）回答「元気すぎて、困ってるくらいですよ（精力充沛到有點讓人困擾）」，呼應男生所說的話，故為適當的答覆。

詞彙 新入 しんにゅう 名 新進｜社員 しゃいん 名 員工

例年 れいねん 名 往年｜困る こまる 動 困擾

14

[音檔]

M：観光客が増えたら、さらなる売り上げの増加が見込めますね。

F：1 全部売り切れてしまいました。

2 観光客で混んでいるらしいです。

3 ますます忙しくなりそうですね。

中譯 M：觀光客變多的話，業績就有望變得更好呢。

F：1 全部賣光了。

2 似乎被觀光客擠得水洩不通。

3 感覺會愈來愈忙呢。

解析 本題情境中，男生表示期待隨著觀光客變多，銷量也隨之增加。

1（×）不符合「期待往後銷量增加」的情境。

2（×）不符合「假設觀光客會變多」的情境。

3（◯）回答「ますます忙しくなりそうですね（看來會越來越忙呢）」，呼應男生所說的話，故為適當的答覆。

詞彙 観光客 かんこうきゃく 名 觀光客｜さらなる 更加

売り上げ うりあげ 名 業績｜増加 ぞうか 名 增加

見込む みこむ 動 預料

売り切れる うりきれる 動 賣光｜混む こむ 動 擁擠

ますます 副 愈來愈

請聆聽**問題 5** 的長篇對話文。本大題不會播放例題，因此請直接開始作答。建議在題本上寫下你所聽到的內容，再進行作答。

1

[音檔]

会社で女の人と男の人が話しています。

F：遠藤くん、ジムに通ってるって言ってたよね。最近疲れやすいし、ストレスの発散にもなりそうだから、私も運動を始めようと思うんだけど、会社の近くでいいところない？ 退勤後に行けるところなら習慣づけられるかなって。それから、ランニングや筋トレだけだと飽きちゃいそうだから、できればヨガとかのレッスンも受けたいな。あと、1か月ごとに会費を払えるとこがいいんだけど。忙しくなったら、時間の調整も難しそうだし。

M：そうですね。僕が通っているのは「佐々木ジム」っていうんですけど、会社からも近いし、スタッフの指導も丁寧です。水泳のクラスもあって楽しそうですよ。でも、契約期間が短くて3か月からです。

F：水泳か、楽しそう。

M：あ、同期の今井さんが通ってる「フラワースポーツ」は会社から15分のところにあるそうですよ。若干遠いですが、ここは会員制ではなく、回数券制で忙しい人におすすめです。ただ、運動器具の利用のみ可能です。

F：なるほどね。

M：それから、会社から徒歩数分のところに「ハッピーヨガ」というヨガ専門の施設も。他の運動器具はありませんが、週に3回レッスンを受けられるのでいい運動になると思いますよ。契約期間は自分で決めることができるそうです。

F：へえ。

M：あとは会社から一駅離れた駒田駅の最寄りにある「元気エクササイズ」ですかね。1か月ごとに会費が払えますし、ヨガの講師が教えるのが上手で、レッスンがおもしろいって好評らしいですよ。

F：駒田駅か、家とは逆方向だ。それなら、他の運動ができないのは残念だけど、レッスンが受けられて、会社終わりのいい気分転換になりそうなここにしようかな。何より契約期間が自由だからね。今日、施設を見学しに行ってみるよ。

女の人はどの施設を見学することにしましたか。

1 佐々木ジム

2 フラワースポーツ

3 ハッピーヨガ

4 元気エクササイズ

中譯 女人和男人正在公司裡交談。

F：遠藤，你之前說你有在上健身房對吧？我最近很容易疲勞，所以想說我也開始來運動一下，感覺也能排解壓力。公司附近有好地方嗎？我想說去下班後就能去的地方才能養成習慣。然後，只有慢跑和重訓很容易膩，可以的話希望也能上瑜伽之類的課。還有，我希望是可以每個月繳會費的地方。畢竟忙起來感覺會很難調整時間。

M：這樣啊。我去的那間叫做「佐佐木健身房」，離公司很近，工作人員的指導也很細心。而且還有游泳課程，感覺很好玩喔。但簽約期間最短是三個月起跳。

F：游泳啊，好像很好玩。

M：啊，同期進來的今井去的那間「花朵運動中心」聽說在距離公司 15 分鐘的地方。雖然有點遠，但它不是會員制，而是採用回數票制，很推薦給忙碌的人。不過只能使用運動器材。

F：原來如此。

M：然後，公司走幾步路就能到的地方還有一間專門教瑜伽的機構，叫「快樂瑜伽教室」。雖然沒有其他運動器材，但一週可以上三次課，運動量應該很夠喔。聽說簽約期間也能自己決定。

F：哇。

M：過來就是離與公司距離一站的駒田站最近的「元氣運動館」了吧。它可以每個月繳會費，瑜伽講師也很會教，上課也很好玩，評價似乎很好喔。

F：駒田站啊，和我家反方向呢。這樣的話，雖然不能做其他運動很可惜，應該會選這一間，感覺下班後能好好地轉換心情。而且合約期間可以自由決定比什麼都好。我今天會去參觀看看那間機構。

女人決定參觀哪個機構？

1 佐佐木健身房

2 花朵運動中心

3 快樂瑜伽教室

4 元氣運動館

解析 請仔細聆聽對話中針對各選項提及的內容與女子最終的選擇，並快速寫下重點筆記。

〈筆記〉女子→公司附近、可下班後直接去的地方、希望有像瑜伽之類的課程、會費為月繳制

— 佐佐木健身房：離公司近、工作人員指導親切、游泳課、簽約期間最短三個月→游泳感覺很好玩

— 花朵運動中心：離公司 15 分鐘、回數票制、但只能使用運動器材

— 快樂瑜伽教室：徒步幾分鐘、瑜珈專門教室、運動器材 X、每週三次課程、簽約期間有彈性

— 元氣運動館：離公司一站、會費為月繳制、瑜珈

課→回家反方向

女子→雖然沒辦法做其他運動，有點可惜，但可以上課，簽約期間不受限

本題詢問女子選擇參觀哪間設施，女子表示雖然瑜珈專門教室，並未提供運動器材，但是每週三堂課，又沒有簽約期間的限制，因此答案要選 3 ハッピーヨガ（快樂瑜珈教室）。

詞彙 ジム名健身房｜ストレス名壓力｜発散 はっさん名排解
退勤後 たいきんご 下班後
習慣づける しゅうかんづける 養成習慣｜ランニング名慢跑
筋トレ きんトレ名重訓｜飽きる あきる動膩
ヨガ名瑜伽｜レッスン名課程｜会費 かいひ名會費
調整 ちょうせい名調整｜スタッフ名工作人員
指導 しどう名指導｜丁寧だ ていねいだな形細心的
でも接但是｜契約 けいやく名合約
期間 きかん名期間｜同期 どうき名同期｜若干 じゃっかん副有點
会員制 かいいんせい名會員制
回数券制 かいすうけんせい名回數票制｜おすすめ名推薦
ただ接不過｜器具 きぐ名器材｜可能だ かのうだな形可以的
徒歩 とほ名走路｜数分 すうふん名幾分鐘｜施設 しせつ名機構
週 しゅう名週｜離れる はなれる動距離
最寄り もより名最近｜エクササイズ名運動
講師 こうし名講師｜好評 こうひょう名好評
逆方向 ぎゃくほうこう名反方向｜それなら接既然如此
気分 きぶん名心情｜転換 てんかん名轉換
何より なにより副比什麼都好｜見学 けんがく名參觀

2

[音檔]

出版社で上司と社員二人が話しています。

M1：来年出版予定の世界遺産を扱った小学生向けの本、事前アンケートでは小学生には少し難しいという意見が多くて、何とか改善したいんだ。何かいい案はないかな。

F　：本に使用される単語が難しかったのではないでしょうか。一応、全ての漢字に読み仮名を振ってはいましたが、単語の意味を知らなければ理解できませんし。

M1：そういった問題がないように学校の教員の意見を取り入れながら作成したんだよ。

M2：はい、他の小学生用の教材に比べても特別難しいというものでは。

M1：そうなんだよな。

M2：じゃあ、基本的な背景知識の不足が問題かもしれないです。彼らに「遺跡は25メートルです」って言っても想像するのが難しいでしょうけど、「プールくらいです」と言えば簡単に伝わりますよね。遺跡が建てられた時代の知識もないわけですから、そういった点の補充が必要じゃないかと。

M1：なるほど。

F　：それより、本の内容自体を検討するのはどうですか。子どもたちが興味を持つ世界遺産というよりは、常識的に知っておいてほしいという大人の価値観で作ってしまったことに問題があると思います。特に寺院などは関心が向かないのも無理がないのでは…。

M2：内容を変えてしまったら、来年の出版まで間に合いません。それに子どものうちから世界に目を向けて、教養ある大人になってほしいという目的で作ったものですから。

F　：では、対象者を中学生に変更するのはどうでしょうか。中学生であれば、世界遺産についてある程度、学校で習いますよね。それに教科書にはない内容もありますし。

M1：中学生にこの内容と言葉づかいはちょっとな。中学生用はまた別にあるし。やっぱり、締め切りのことを考えて、子どもたちの理解を補うための工夫を取り入れることからやってみよう。

問題を改善するために、何をすることにしましたか。

1 使われる単語を易しいものにする
2 基礎的な背景知識の説明を加える
3 小学生が興味をもつ内容に改善する
4 対象年齢を中学生に変更する

中譯 上司與兩名員工正在出版社裡交談。

M1：明年預計會出版一本專為小學生寫的書，內容是有關世界遺產，事前問卷裡有許多意見提到對小學生而言有點難，我希望能想辦法改善。有什麼好辦法嗎？

F　：應該是書裡面使用的單字太難了吧？我們姑且把所有的漢字都標上了假名唸法，但不知道單字涵義的話也無法理解。

M1：為了避免這種問題，我們已經有採納學校教職員的建議來製作書籍囉。

M2：是的，會不會是和其他小學生的專用教材比特別難？

M1：應該是這樣吧。

M2：那，問題或許出在基本的背景知識不足。告訴他們「遺跡有 25 公尺」他們可能很難想像，但若改說「和游泳池差不多」就比較簡單好懂了，對吧？他們應該也沒有遺跡建造時代的知識，這些地方可能需要補充。

M1：原來如此。

F　：比起這些，我們討論一下書本身的內容如何？我覺得我們做這本書的問題出在，與其想讓孩子們對世界遺產產生興趣，倒不如說我們是以大人的價值觀希望他們知道這些常識。他們對寺院之類的不特別感興趣也是理所當然的吧……

M2：改內容的話會趕不上明年出版。而且我們做這本書的目的是希望孩子能在年幼的時候就放眼世界，成為有學識涵養

的大人。

F：那，把目標客群改成國中生如何？國中生的話應該會在學校學到某種程度的世界遺產對吧？而且有些內容教科書也沒有。

M1：對國中生來說這種內容和用字遣詞有點不適合呢。而且坊間就有其他國中生用的書了。考慮到截稿日期，我們還是先多下點功夫，補充能增進孩子們理解的內容吧。

他們決定做什麼事來改善問題？

1 把使用的單字換成簡單的字

2 增加基礎背景知識的說明

3 改成小學生會感興趣的內容

4 把適用年齡改成國中生

解析 請仔細聆聽後半段對話中三人最終達成的協議，並快速寫下重點筆記。

〈筆記〉改善問題的方法？

1 單字偏難：不懂意思沒辦法理解 X →已聽取教職人員的意見

2 缺乏背景知識：需要補充簡單傳達→考量到截止日、補充加強理解的內容

3 評估內容：能引起孩童興趣→無法趕上出版時間

4 對象改成國中生：國中生對世界遺產有一定程度的了解→內容和口吻不太適合國中生

本題詢問決定如何改善問題，對話中提到考量到截止日期，補充能讓孩童理解的內容尤佳，因此答案要選 2 基礎的な背景知識の説明を加える（加強說明基本的背景知識）。

詞彙 出版社 しゅっぱんしゃ 名 出版社｜上司 じょうし 名 上司
社員 しゃいん 名 員工｜出版 しゅっぱん 名 出版
世界遺産 せかいいさん 名 世界遺產
扱う あつかう 動 對待；處理
小学生 しょうがくせい 名 小學生｜事前 じぜん 名 事前
アンケート 名 問卷｜何とか なんとか 設法
改善 かいぜん 名 改善｜案 あん 名 方案｜使用 しよう 名 使用
単語 たんご 名 單字｜一応 いちおう 副 姑且
全て すべて 名 全部｜読み仮名 よみがな 名 假名唸法
振る ふる 動 標註｜理解 りかい 名 理解
教員 きょういん 名 教職員
取り入れる とりいれる 動 採納
作成 さくせい 名 製作｜教材 きょうざい 名 教材
基本的だ きほんてきだ な形 基本的
背景知識 はいけいちしき 名 背景知識｜不足 ふそく 名 不足
遺跡 いせき 名 遺跡｜想像 そうぞう 名 想像
伝わる つたわる 動 傳達｜知識 ちしき 名 知識
補充 ほじゅう 名 補充｜内容 ないよう 名 內容｜自体 じたい 名 本身
検討 けんとう 名 討論｜常識的だ じょうしきてきだ な形 常識的
価値観 かちかん 名 價值觀｜寺院 じいん 名 寺院
関心 かんしん 名 關心｜向く むく 動 朝向
目を向ける めをむける 關注｜教養 きょうよう 名 知識涵養
目的 もくてき 名 目的｜対象者 たいしょうしゃ 名 對象族群
中学生 ちゅうがくせい 名 國中生｜変更 へんこう 名 更改
程度 ていど 名 程度｜教科書 きょうかしょ 名 教科書
言葉づかい ことばづかい 名 用字遣詞｜別 べつ 名 別的
締め切り しめきり 名 截止｜補う おぎなう 動 補充
工夫 くふう 名 工夫｜基礎的だ きそてきだ な形 基礎的
加える くわえる 動 添加｜対象 たいしょう 名 對象
年齢 ねんれい 名 年齢

3

[音檔]

ラジオでアナウンサーが博物館について話しています。

F1：今日は夏の炎天下のお出かけにもおすすめの４つの博物館をご紹介します。「昆虫博物館」では様々な昆虫の生態を学ぶことができます。ここでは昆虫の飼育も行っていて、今の季節ですと、ホタルや鈴虫が見られるそうです。夏の風物詩に心癒されてみてはいかがでしょうか。「恐竜博物館」では恐竜の誕生から絶滅までをたどることができます。３Ｄ眼鏡をかけ、乗り物に乗って見学するので、まるで恐竜が間近にいるような迫力を感じることができます。「ラーメン博物館」では、展示を楽しめるのはもちろん、体験型の博物館なので実際にオリジナルのインスタントラーメンを作ることができるそうです。ただ、人気があるため１週間前の予約が必須です。「アニメ博物館」ではその名の通り、アニメの歴史について知ることができます。アニメと聞くと子どものものといったイメージがあるかと思いますが、親御さん世代の懐かしいアニメも展示されていますので、親子で楽しめるスポットです。また、様々なアニメが上映されていますので、１日中楽しめるのも魅力の一つですね。

M：宮本さん、今日、どれか行ってみない？

F2：うん、いいよ。これはどうかな？大好物だし、なにより世界に１つだけのものを作れるってすごく魅力的だなって思ったんだけど。

M：うーん、やってみたいけど、事前予約が必要みたいだよ。僕は昔からイラストとか美術に興味があるから、そっちがいいな。

F2：それなら家でも見られるじゃない。私はちょっとな。

M：そっか。じゃあ、それは家族と見に行くよ。親子におすすめって言ってたし。それなら、遊園地みたいにアトラクションを楽しめるところはどう？

F2：それ、私もいいかもって思った。本でしか見たことないから、近くで動いている姿を見られたら楽しそうだし。なんか歴史の壮大な一ページを覗けるなんてわくわくしちゃう。あ、でも、田中君、生き物好きだったよね。

M：うん、夏の風情を楽しみたい気もするけど、やっぱり自然の中でみたいな。

F2：そっか。じゃあ、パソコンで場所調べて、あそこに行ってみよう。

質問1　男の人は家族とどの博物館に行きますか。

質問2　二人はどの博物館に一緒に行きますか。

[題本]

質問1

1 昆虫の博物館
2 恐竜の博物館
3 ラーメンの博物館
4 アニメの博物館

質問2

1 昆虫の博物館
2 恐竜の博物館
3 ラーメンの博物館
4 アニメの博物館

中譯 主持人正在廣播裡談論博物館。

F1：今天要介紹四間適合在炎炎夏日出門逛逛的博物館。「昆蟲博物館」可以學習各種昆蟲的生態。這裡有飼養昆蟲，據說現在這個季節可以看到螢火蟲和鈴蟲。不妨來場夏季代表生物的心靈療癒體驗吧。「恐龍博物館」可追溯恐龍從誕生到滅絕的過程。您將戴上 3D 眼鏡並搭乘移動設施參觀，可感受恐龍彷彿就在身邊的震撼力。「拉麵博物館」不僅能欣賞展示品，由於是體驗型的博物館，據說還能實際製作原創泡麵。不過人氣太旺，必須一週前預約。「動畫博物館」如同其名，可了解動畫的歷史。聽到動畫，您可能會有個印象，覺得是小孩的東西，但館內也展示了大家父母親那一代的懷舊動畫，因此是個能親子同樂的景點。此外，館內也會上映各式各樣的動畫，可逛一整天這點也是這間博物館的魅力之一呢。

M：宮本，今天要不要去其中哪間看看？

F2：嗯，好啊。這間如何？不但是我最愛的東西，最重要的是還能製作全世界唯一的成品，我覺得很吸引人呢。

M：嗯……我是很想做做看啦，但好像需要事先預約耶。我從以前就對插畫和美術之類的很有興趣，這間比較好吧？

F2：那個家裡就能看了不是嗎？我有點不行。

M：這樣啊。那，那間我會和家人去看，畢竟它都說推薦給親子了。這樣的話，可以像遊樂園一樣享受遊樂設施的地方如何？

F2：我覺得我好像也可以。我只在書上看過，能近距離看到它動的樣子好像很有趣。能一窺久遠歷史的偉大篇章真令人興奮。啊，不過田中你很喜歡生物對吧？

M：嗯，我也想享受夏天的風情，但還是想在大自然裡看呢。

F2：這樣啊。那，我們用電腦搜尋地點，去那邊看看吧。

問題 1　男人會和家人去哪一間博物館？
問題 2　兩人會一起去哪一間博物館？

問題 1

1　昆蟲博物館
2　恐龍博物館
3　拉麵博物館
4　動畫博物館

問題 2

1　昆蟲博物館
2　恐龍博物館
3　拉麵博物館
4　動畫博物館

解析 請仔細聆聽獨白中針對各選項提及的內容，並快速寫下重點筆記。接著聆聽對話，確認兩人各自的選擇為何。

〈筆記〉推薦 4 間博物館

1　昆蟲博物館：學習昆蟲的生態、可以看到螢火蟲或鈴蟲
2　恐龍博物館：呈現恐龍的誕生到滅亡、戴上 3D 眼鏡並享受遊樂設施
3　拉麵博物館：可製作泡麵、需一週前預約
4　動畫博物館：動畫的歷史、適合親子同樂、上映各種動畫

男生→對插畫和美術感興趣、跟家人去參觀、喜歡類似遊樂園的地方、喜歡生物
女生→近距離看到活動的樣貌、一窺歷史的偉大篇章

問題 1 詢問男生選擇跟家人去的博物館。男生表示他對插畫和美術感興趣，打算跟家人去參加，因此答案要選 4 アニメの博物館（動畫博物館）。

問題 2 詢問兩人選擇一起去的博物館。男生表示喜歡類似遊樂園的地方；女生表示想要近距離看到活動的樣貌，並一窺歷史的偉大篇章，因此答案要選 2 恐竜の博物館（恐龍博物館）。

詞彙 博物館 はくぶつかん 名 博物館
炎天下 えんてんか 名 大熱天底下｜お出かけ おでかけ 名 出門
おすすめ 名 推薦｜昆虫 こんちゅう 名 昆蟲
様々だ さまざまだ な形 各式各樣的｜生態 せいたい 名 生態
学ぶ まなぶ 動 學習｜飼育 しいく 名 飼養｜ホタル 名 螢火蟲
鈴虫 すずむし 名 鈴蟲｜風物詩 ふうぶつし 名 季節的代表事物
癒す いやす 動 療癒｜恐竜 きょうりゅう 名 恐龍
誕生 たんじょう 名 誕生｜絶滅 ぜつめつ 名 滅絕

たどる動追溯｜見学 けんがく名參觀
まるで副簡直｜間近だ まぢかだな形靠近的
迫力 はくりょく名震撼力｜感じる かんじる動感覺
ラーメン名拉麵｜展示 てんじ名展示
体験型 たいけんがた名體驗型｜実際 じっさい名實際
オリジナル名原創｜インスタントラーメン名泡麵
ただ接不過｜人気 にんき名人氣｜必須 ひっす名必須
アニメ名動畫｜名の通り なのとおり 如同名字
イメージ名印象｜親御 おやご名您父母｜世代 せだい名世代
懐かしい なつかしいな形令人懷念的｜親子 おやこ名親子
スポット名景點｜上映 じょうえい名上映
魅力 みりょく名魅力｜大好物 だいこうぶつ名最喜歡的東西
なにより副最重要的是｜すごく副非常
魅力的だ みりょくてきだな形吸引人的｜事前 じぜん名事前
昔 むかし名以前｜イラスト名插畫
美術 びじゅつ名美術｜遊園地 ゆうえんち名遊樂園
アトラクション名遊樂設施｜姿 すがた名樣貌
壮大だ そうだいだな形廣大的｜覗く のぞく動窺視
わくわく副興奮｜生き物好き いきものずき名喜歡生物
風情 ふぜい名風情｜気がする きがする 感覺
自然 しぜん名大自然

實戰模擬試題2

實戰模擬試題 3

言語知識（文字・語彙）

問題1	1 1	2 3	3 4	4 3	5 2	6 2	
問題2	7 2	8 4	9 2	10 4	11 1	12 3	13 1
問題3	14 3	15 2	16 1	17 4	18 1	19 4	
問題4	20 2	21 3	22 4	23 2	24 1	25 3	

言語知識（文法）

問題5	26 1	27 1	28 3	29 1	30 4
	31 2	32 3	33 2	34 3	35 2
問題6	36 2	37 3	38 4	39 3	40 3
問題7	41 4	42 4	43 1	44 3	45 4

讀解

問題8	46 3	47 3	48 4	49 3		
問題9	50 3	51 4	52 4	53 3	54 3	55 4
	56 3	57 2	58 4			
問題10	59 3	60 4	61 2	62 1		
問題11	63 2	64 4				
問題12	65 1	66 3	67 2	68 2		
問題13	69 3	70 4				

聽解

問題1	1 2	2 2	3 1	4 4	5 4	6 3	
問題2	1 2	2 3	3 1	4 2	5 1	6 2	7 3
問題3	1 3	2 3	3 1	4 2	5 1	6 4	
問題4	1 2	2 1	3 1	4 3	5 2	6 3	7 2
	8 3	9 1	10 3	11 1	12 2	13 2	14 1
問題5	1 2	2 1	3 第1小題 2		第2小題 3		

言語知識（文字・語彙）

p.113

1

犯人似乎使用了巧妙的手法入侵民宅。

解析 「巧妙」的讀音為 1 こうみょう。請注意正確讀音為こう，而非濁音。

詞彙 巧妙だ こうみょうだ [な形] 巧妙的｜犯人 はんにん [名] 犯人
手口 てぐち [名] 手法｜住宅 じゅうたく [名] 住宅
侵入 しんにゅう [名] 侵入

2

促使注意網路的危險性。

解析 「促した」的讀音為 3 うながした。

詞彙 促す うながす [動] 促使｜インターネット [名] 網路
危険性 きけんせい [名] 危險性

3

這一帶有鱗次櫛比的木造住宅。

解析 「密集」的讀音為 4 みっしゅう。請注意正確讀音為促音みっ和長音しゅう。

詞彙 密集 みっしゅう [名] 密集｜辺り あたり [名] 附近
木造 もくぞう [名] 木造｜住宅 じゅうたく [名] 住宅
立ち並ぶ たちならぶ [動] 排列

4

他工作總是敷衍了事。

解析 「疎か」的讀音為 3 おろそか。

詞彙 疎かだ おろそかだ [な形] 隨便的

5

受行動不便的患者之託，前往他的住家看診。

解析 「往診」的讀音為 2 おうしん。請注意正確讀音為しん，而非濁音。

詞彙 往診 おうしん [名] 前往看診｜患者 かんじゃ [名] 患者
自宅 じたく [名] 自家｜依頼 いらい [名] 委託

6

警察成功救出人質。

解析 「人質」的讀音為 2 ひとじち。請注意「人」為訓讀，唸作ひと；「質」為音讀，唸作じち，屬於濁音。

詞彙 人質 ひとじち [名] 人質｜救出 きゅうしゅつ [名] 救出
成功 せいこう [名] 成功

7

那支隊伍拿下的那一分讓他們再次（　　）了氣勢。

1 保住　　**2 找回**
3 包圍　　4 安裝

解析 四個選項皆為動詞。括號加上其前方內容「再び勢いを（再次氣勢）」表示「再び勢いを取り戻した（重新找回了氣勢）」最符合文意，因此答案為 2 取り戻した。其他選項的用法為：1 命を取り留めた（保住了性命）；3 ファンに取り巻かれた（被粉絲包圍住）；4 電灯を取り付けた（安裝了電燈）。

詞彙 チーム [名] 隊伍｜きっかけ [名] 契機｜再び ふたたび [副] 再次
勢い いきおい [名] 氣勢｜取り留める とりとめる [動] 保住
取り戻す とりもどす [動] 找回｜取り巻く とりまく [動] 包圍
取り付ける とりつける [動] 安裝

8

這間房間的聲音完全被（　　），什麼都聽不到。

1 防止　　2 阻止
3 斷絕　　**4 阻隔**

解析 四個選項皆為名詞。括號加上其前方內容「音が完全に（聲音完全地）」表示「音が完全に遮断されて（聲音完全被隔絕）」最符合文意，因此答案為 4 遮断。其他選項的用法為：1 事故が防止されて（意外被防止發生）；2 入場が阻止されて（被禁止入場）；3 交流が断絶されて（被斷絕往來）。

詞彙 完全に かんぜんに [副] 完全｜防止 ぼうし [名] 防止
阻止 そし [名] 阻止｜断絶 だんぜつ [名] 斷絕｜遮断 しゃだん [名] 阻隔

9

每次回老家媽媽都會提起相親的事，果然還是很（　　）。

1 順利　　**2 厭煩**
3 柔軟　　4 委婉

解析 四個選項皆為副詞。括號加上其前方內容「さすがに（實在是）」表示「さすがにうんざりしている（實在是令人厭煩）」最符合文意，因此答案為 2 うんざり。其他選項的用法為：1 結論がすんなり出る（輕易得出結論）；3 野菜がしんなりしている（青菜軟嫩）；4 話し方がやんわりしている（語氣溫和）。

詞彙 帰省 きせい [名] 回老家｜お見合い おみあい [名] 相親
持ち出す もちだす [動] 提出｜さすがに [副] 果然還是
すんなり [副] 順利｜うんざり [副] 厭煩
しんなり [副] 柔軟｜やんわり [副] 委婉

10

不認識他的人會被他粗俗的遣詞嚇到，但他其實本來就脾氣（　　）。

1 嚴肅　　2 嚴厲
3 難以接近　　**4 暴躁**

實戰模擬試題 3

解析 四個選項皆為形容詞。括號加上其前方內容「気性（脾氣）」表示「気性が荒っぽい（脾氣暴躁）」最符合文意，因此答案為 4 荒っぽい。其他選項的用法為：1 態度が重々しい（態度認真）；2 言い方が手厳しい（語氣嚴厲）；3 彼の存在が煙ったい（對於他的存在感到不自在）。

詞彙 言葉づかい ことばづかい 名 遣詞 | 気性 きしょう 名 性情
もともと 副 本來 | 重々しい おもおもしい い形 嚴肅的
手厳しい てきびしい い形 嚴厲的
煙ったい けむったい い形 難以接近的
荒っぽい あらっぽい い形 暴躁的

11

聚餐費和交通費就算了，連私人旅行都用（　　）買單真讓人受不了。

1 公款	2 私費
3 開銷	4 消費

解析 四個選項皆為名詞。括號加上前後方內容表示「個人的な旅行まで経費で処理（連個人旅行也當作經費處理）」最符合文意，因此答案為 1 経費。其他選項的用法為：2 私費で留学する（自費留學）；3 出費を抑える（控制開銷）；4 消費を促す（促進消費）。

詞彙 会食代 かいしょくだい 名 聚餐費 | 交通費 こうつうひ 名 交通費
個人的だ こじんてきだ な形 個人的 | 処理 しょり 名 處理
経費 けいひ 名 公款 | 私費 しひ 名 私費
出費 しゅっぴ 名 開銷 | 消費 しょうひ 名 消費

12

必須思考新的政策，來（　　）20 年來的不景氣。

1 避開	2 穿過
3 脫離	4 脫落

解析 四個選項皆為動詞。括號加上其前方內容「不況を（不景氣）」表示「不況を脱する（擺脫不景氣）」最符合文意，因此答案為 3 脱する。其他選項的用法為：1 注意を逸らす（轉移注意力）；2 毛が抜ける（掉頭髮）；4 予想が外れる（預料之外）。

詞彙 新ただ あらただ な形 新的 | 政策 せいさく 名 政策
必要 ひつよう 名 必要 | 逸らす そらす 動 避開
抜ける ぬける 動 穿過 | 脱する だっする 動 脫離
外れる はずれる 動 脫落

13

或許是因為緊張而無法冷靜，他坐下來了卻還是（　　）。

1 坐立難安	2 硬梆梆
3 軟綿綿	4 慢慢

解析 四個選項皆為副詞。括號加上其前方內容表示「落ち着かないのかそわそわ（靜不下來坐立難安）」最符合文意，因此答案為 1 そわそわ。其他選項的用法為：2 セーターがごわごわになる（毛衣變得硬梆梆）；3 パンがふわふわしている（麵包很鬆軟）；4 じわじわと人気が出る（逐漸受歡迎）。

詞彙 席につく せきにつく 就座 | 緊張 きんちょう 名 緊張
落ち着く おちつく 動 冷靜 | そわそわ 副 坐立難安
ごわごわ 副 硬梆梆 | ふわふわ 副 軟綿綿 | じわじわ 副 慢慢

14

那件事我聽了大吃一驚。

1 失去幹勁	2 悲從中來
3 非常震驚	4 相當喪氣

解析 仰天した的意思為「嚇了一跳」，選項中可替換使用的是 3 とても驚いた，故為正解。

詞彙 仰天 ぎょうてん 名 大吃一驚 | やる気 やるき 名 幹勁
かなり 副 相當 | 落ち込む おちこむ 動 喪氣

15

探詢對方的意圖。

1 動向	**2 想法**
3 秘密	4 記憶

解析 意図的意思為「意圖」，因此答案為同義的 2 思惑。

詞彙 相手 あいて 名 對方 | 意図 いと 名 意圖 | 探る さぐる 動 探詢
動向 どうこう 名 動向 | 思惑 おもわく 名 想法
秘密 ひみつ 名 秘密 | 記憶 きおく 名 記憶

16

在那之後記憶還是很模糊。

1 不清楚	2 不完全
3 不自然	4 不穩定

解析 あやふやな的意思為「模糊的」，因此答案為同義的 1 不明瞭な。

詞彙 記憶 きおく 名 記憶 | あやふやだ な形 模糊的
不明瞭だ ふめいりょうだ な形 不清楚的
不完全だ ふかんぜんだ な形 不完全的
不自然だ ふしぜんだ な形 不自然的
不安定だ ふあんていだ な形 不穩定的

17

他們的實力旗鼓相當。

1 與之前沒有兩樣	2 比這邊還好
3 非同一般	**4 大致相同**

解析 互角だった的意思為「勢均力敵」，選項中可替換使用的是 4 大体同じだった，故為正解。

詞彙 実力 じつりょく 名 實力 | 互角だ ごかくだ な形 旗鼓相當的
並 なみ 名 一般 | 同じだ おなじだ な形 相同的

18

我比女兒還快疲乏。

1 累　2 開跑
3 喧鬧　4 放棄

解析 ばててしまった的意思為「疲憊不堪」，選項中可替換使用的是1疲れてしまった，故為正解。

詞彙 先に さきに副先｜ばてる動疲乏｜走り出す はしりだす動開跑
はしゃぐ動喧鬧｜諦める あきらめる動放棄

19

兩人不得已從座位站了起來。

1 中途　2 不發一語
3 同時　**4 無奈**

解析 やむを得ず的意思為「不得已」，選項中可替換使用的是4仕方なく，故為正解。

詞彙 やむを得ず やむをえず 不得已｜途中 とちゅう名中途
一斉に いっせいに副同時
仕方ない しかたないい形無奈的；沒辦法的

20

怠慢

1 他因為瞧不起人的怠慢態度而被周遭的人討厭。
2 上司指出部下最近在業務上的怠慢態度，並要求改善。
3 邊走邊用手機容易無意間怠慢周遭事物，因此相當危險。
4 因為經常被說優柔寡斷且怠慢，所以有注意要清楚表達想法。

解析 題目字彙「怠慢（怠慢）」用於表示對待事情的態度不夠勤奮、有所疏忽，屬於形容詞，所以要先確認各選項中，該字彙與前後方的內容。正確用法為「業務に対する怠慢な姿勢（對工作的怠慢態度）」，因此答案為2。其他選項可改成：1傲慢（ごうまん，傲慢）；3不注意（ふちゅうい，不小心）；4気弱（きよわ，軟弱）。

詞彙 怠慢だ たいまんだな形怠慢的｜馬鹿 ばか名傻子
態度 たいど名態度｜嫌がる いやがる動討厭
上司 じょうし名上司｜部下 ぶか名部屬｜業務 ぎょうむ名業務
姿勢 しせい名態度｜指摘 してき名指出｜改善 かいぜん名改善
求める もとめる動要求｜携帯電話 けいたいでんわ名手機
操作 そうさ名操作｜つい副無意間
優柔不断 ゆうじゅうふだん名優柔寡斷｜意識 いしき名注意

21

據點

1 雖然目前為止家裡的空間也很大，但會搬到更寬廣的據點。
2 這一支鉛筆是讓他成為一名成功畫家的據點。
3 今後預計以中國為據點進行開發業務。
4 我一點也不相信他沒據點這回事。

解析 題目字彙「拠点（據點）」用於表示活動的重要區域或跳板，屬於名詞，所以要先確認各選項中，該字彙與其前方的內容。正確用法為「これからは中国を拠点（從現在起把中國作為據點）」，因此答案為3。其他選項可改成：1住処（すみか，住處）；2契機（けいき，契機）；4根拠（こんきょ，根據）。

詞彙 拠点 きょてん名據點｜さらに副更｜引っ越し ひっこし名搬家
画家 がか名畫家｜成功 せいこう名成功｜開発 かいはつ名開發
業務 ぎょうむ名業務｜進める すすめる動進行
いっさい副完全不（後接否定形）

22

熱鬧

1 運行時間因事故產生混亂，因此車內一片熱鬧。
2 和一群朋友熱鬧到很晚，所以被鄰居警告了。
3 第一次出國旅行非常好玩，忍不住就熱鬧了。
4 全年都有觀光客熱鬧的廣場扒竊事件頻傳。

解析 題目字彙「賑わう（熱鬧）」用於表示很多人聚集在某個地方，充滿活力，屬於動詞，所以要先確認各選項中，該字彙與其前方的內容。正確用法為「観光客で賑わう（遊客絡繹不絕）」，因此答案為4。其他選項可改成：1混雑する（こんざつする，擁擠）；2騒ぐ（さわぐ，吵鬧）；3はしゃぐ（喧鬧）。

詞彙 賑わう にぎわう動熱鬧｜運行 うんこう名運行
乱れ みだれ名混亂｜生じる しょうじる動產生
車内 しゃない名車內｜海外旅行 かいがいりょこう名國外旅行
つい副忍不住｜一年中 いちねんじゅう 全年
観光客 かんこうきゃく名觀光客｜広場 ひろば名廣場
スリ名扒手被害｜ひがい名受害
多発 たはつ名頻繁發生

23

擴散

1 若要獲取穩定的收益，必須擴散風險。
2 近年社群媒體快速普及，個人資料變得更容易擴散出去。
3 我透過埋首於興趣來一口氣擴散累積的壓力。
4 玻璃被地震震碎，碎片擴散在房間裡。

解析 題目字彙「拡散（擴散）」用於表示有東西分散於廣大的範圍，屬於名詞，所以要先確認各選項中，該字彙與其前方的內容。正確用法為「個人が情報を拡散しやすく（個人容易擴散資訊）」，因此答案為2。其他選項可改成：1分散（ぶんさん，分散）；3発散（はっさん，紓解）；4飛散（ひさん，飛散）。

詞彙 拡散 かくさん名擴散｜安定 あんてい名穩定
収益 しゅうえき名收益｜得る える動獲得｜リスク名風險
近年 きんねん名近年｜急速だ きゅうそくだな形快速的
普及 ふきゅう名普及｜個人 こじん名個人
情報 じょうほう名資訊｜没頭 ぼっとう名埋首

溜まる たまる動累積｜ストレス名壓力
一気 いっき名一口氣｜破片 はへん名碎片

24

訣竅
1　電視上介紹了將多餘的飯菜煮成美味料理的訣竅。
2　這間大學可以學到專業知識與訣竅。
3　掌握公司成長訣竅的沒有別的，正是員工。
4　妹妹為了養狗，正在學習身為一個飼主的必要訣竅。

解析 題目字彙「こつ（訣竅）」用於表示做某件事的手段、方法等相關知識，屬於名詞，所以要先確認各選項中，該字彙與其前方的內容。正確用法為「美味しくアレンジするこつ（做成美味佳餚的訣竅）」，因此答案為 1。其他選項可改成：2 スキル（技術）；3 鍵（かぎ，關鍵）；4 知識（ちしき，知識）。

詞彙 こつ名訣竅｜余る あまる動多餘｜アレンジ名調理
専門的だ せんもんてきだ な形 專門的｜知識 ちしき 名知識
身に付ける みにつける 學到
成長 せいちょう名成長｜握る にぎる動掌握
ほかでもない 沒有別的｜社員 しゃいん名員工
飼う かう動飼養｜飼い主 かいぬし名飼主
学ぶ まなぶ動學習

25

正面地
1　冰箱拿出來的牛奶的賞味期限正面過了。
2　總是笑臉迎人的井上今天心情好像正面很好。
3　這個地區的周邊沒有山和樹，所以正面承受了颱風的影響。
4　眼前的人好像快昏倒了，所以我正面伸出手。

解析 題目字彙「もろに（迎面）」用於表示直接受到影響，屬於副詞，所以要先確認各選項中，該字彙與其後方的內容。正確用法為「もろに受ける（迎面受到）」，因此答案為 3。其他選項可改成：1 とっくに（早就）；2 やけに（格外）；4 とっさに（瞬間）。

詞彙 もろに副正面地｜取り出す とりだす動取出
賞味期限 しょうみきげん名賞味期限
笑顔 えがお名笑臉｜機嫌 きげん名心情
地域 ちいき名地區｜周辺 しゅうへん名周邊
影響 えいきょう名影響｜差し出す さしだす動伸出

言語知識（文法）

p.118

26

明天的酒局我不想參加，決定（　　）當志工（　　）拒絕。
1　以……為由　　2　與……對照
3　根據……×　　4　專注於……×

解析 本題要根據文意，選出適當的文法。四個選項皆可置於名詞「ボランティア活動（志工活動）」的後方，而括號後方連接的內容為「断ることにした（決定拒絕）」，該句話表示「決定以義工活動為藉口拒絕」語意最為通順，因此答案為 1 にかこつけて。建議一併熟記其他選項的意思。

詞彙 飲み会 のみかい名酒局｜気が進む きがすすむ 願意去做
ボランティア名志工｜活動 かつどう名活動
断る ことわる動拒絕｜～にかこつけて 以～為由
～に照らして ～にてらして 與～對照
～に即して ～にそくして 根據～｜～にかまけて 專注於～

27

生重病或出意外（　　），他竟然無故不來上班，真是缺乏常識。
1　就算了　　2　一副…的樣子
3　不顧　　4　不管

解析 本題要根據文意，選出適當的文法。四個選項皆可置於名詞「事故（意外）」的後方，而括號後方連接的內容為「無断で会社を休むなんて（竟然無故缺勤）」，該句話表示「撇除生重病或是出意外，竟然無故缺勤」語意最為通順，因此答案為 1 ならいざしらず。建議一併熟記其他選項的意思。

詞彙 無断 むだん名未經許可｜常識 じょうしき名常識
欠ける かける動欠缺｜～いざしらず 就算了～
～とばかりに 一副～的樣子｜～をものともせずに 不顧～
～をよそに 不管～

28

現在將針對敝公司的人事系統進行約 30 分鐘的說明。首先請（　　）發放到您手邊的資料。
1　讓人看　　2　看（謙讓語）
3　看（尊敬語）　　4　聽

解析 本題要根據文意，選出適當的敬語。根據情境，鄭重請求對方查看資料，要使用「お配りした資料をご覧になってください（請看一下剛發給您的資料）」提升對方的地位，因此答案為 3 ご覧になって。此處的「ご覧になる」為「見る」的尊敬語。1 お目にかけて為「見せる」的尊敬語；2 拝見して為「見る」的謙讓語；4 お聞きになって為「聞く」的尊敬語。

詞彙 弊社 へいしゃ名敝公司｜人事 じんじ名人事
システム名系統｜～に関して ～にかんして 關於～
手元 てもと名手邊｜配る くばる動發放

資料 しりょう名資料

お目にかける おめにかける動讓人看（見せる的謙讓語）

拝見する はいけんする動看（見る的謙讓語）

ご覧になる ごらんになる動看（見る的尊敬語）

お聞きになる おききになる動聽（聞く的尊敬語）

29

在高速公路飆車威脅周遭車輛駕駛的事件頻傳，這種（　　）的行為非取締不可。

1　極為危險　　2　僅限於危險

3　不禁危險　　4　與危險結合

解析 本題要根據文意，選出適當的文法句型。根據括號前後方的內容，表示「應該要取締這種危險至極的行為」語意最為通順，因此答案為 1 危険極まりない。建議一併熟記其他選項的意思。

詞彙 高速 こうそく名高速｜道路 どうろ名道路｜スピード名速度

周囲 しゅうい名周遭｜脅かす おどかす動威脅

多発 たはつ名經常發生｜行為 こうい名行為

取り締まる とりしまる動取締

～なければならない 非～不可

～極まりない ～きわまりない 極為～｜～かぎりの 僅限於～

～を禁じ得ない ～をきんじえない 不禁～

～と相まった ～とあいまった 與～結合

30

那個選手不諱（　　）一定要在下一屆的奧運奪金，但究竟能否實現呢？

1　言　　2　言

3　言　　**4　言**

解析 本題要根據文意，選出適當的動詞形態。括號後方連接「はばからない」，表示括號要填入動詞的て形，因此答案為 4 言って。填入後表示「雖然他毫不猶豫地表示一定會得金牌」。

詞彙 選手 せんしゅ名選手｜オリンピック名奧運

金メダル きんメダル名金牌

～てはばからない 不諱言～｜はたして副究竟

実現 じつげん名實現

31

中村：「明晚要不要去吃飯？我好想再去一次之前去的餐廳。要去的話要預約比較好，對吧？」

村田：「好啊。但（　　），現在也預約不到了。因為那間店很紅。」

1　即使無法預約　　**2　就算要預約**

3　與其要讓人預約　　4　如果預約了

解析 本題要根據文意，選出適當的文法句型。作答時，請特別留意選項 3 的「させる」為使役用法。根據括號前後方的內容，表示「但是，現在可能也來不及訂位了」語意最為通順，因此答案為 2 予約するしたって。建議一併熟記其他選項的意思。

詞彙 ～ほうがいい ～比較好｜人気 にんき名人氣

～ないまでも　即使不～　　～たって　就算～

～くらいなら　與其～　　～とあれば　如果～

32

日本的服務業秉持待客如賓的精神，但最近卻有愈來愈多客人（　　），提出許多無理的要求。

1　有禮貌也好　　2　有禮貌是好的

3　利用有禮貌這點　　4　有禮貌是好的

解析 本題要根據文意，選出適當的文法句型。根據括號前後方的內容，表示「雖然是以親切待客精神為基礎，但是最近有越來越多客人利用這份親切，提出不合理的要求」語意最為通順，因此答案為 3 丁寧なのをいいことに。

詞彙 日本 にほん名日本｜接客業 せっきゃくぎょう名 服務業

おもてなし名待客如賓｜精神 せいしん名精神

基づく もとづく動秉著｜ここのところ 最近

無茶だ むちゃだな形不合理｜要求 ようきゅう名要求

～をいいことに ～趁著、利用

33

（在公司的會議室）

半澤：「那麼，關於這件事，（　　）。」

吉田：「了解。那麼，靜待您的回覆。」

1　請您再考慮　　**2　請容我再考慮一下**

3　您能否再考慮呢　　4　您能否再考慮呢

解析 本題要根據文意，選出適當的文法句型。作答時，請特別留意選項 1 和 4 的「てくださる」為尊敬表現；選項 2 的「させていただく」為謙讓表現；選項 3 的「ていただく」為謙讓表現；選項 4 的「なさる」為尊敬語。吉田回應半澤：「お返事をお待ちしております。（靜待你的回覆）」，表示靜待半澤考慮過後的答覆，因此半澤要使用謙讓表現「させていただく」表示「希望能讓我再考慮一下」語意最為通順，因此答案為 2 検討させていただければと存じます。

詞彙 今回 こんかい名這次｜件 けん名一事｜～につき ～關於

再度 さいど名再次｜検討 けんとう名考慮

存じる ぞんじる動認為、打算（思う、考える的謙讓語）

～でしょうか ～嗎、～呢

34

今晚似乎會下大雪。現在雖然還沒下，但一想到晚上公車停駛會回不了家，（　　）。

1　不應該出門　　2　不能再出門下去

3　即使想出門也不能出門　　4　不可能出門

解析 本題要根據文意，選出適當的文法句型。根據括號前後方的內容，表示「我想如果公車停駛的話，就回不了家了，所以即使想出門也沒辦法」語意最為通順，因此答案為 3 出かけよう

にも出かけられない。選項 1 的「べからず」表示禁止做某件事，適用於普遍對所有人禁止的行為上。但本題中的「如果公車停駛的話，就回不了家了」屬於個人的判斷，因此不適合填入。建議一併熟記其他選項的意思。

詞彙 大雪 おおゆき 名 大雪 ｜ ～べからず 不應該～
～てはいられない 不能～下去
～ようにも～ない 即使想～也不能～ ｜ ～べくもない 不可能～

35

(在公司)
佐藤：「下禮拜好像有商業禮儀研習喔，聽說所有人都要參加。」
山田：「我們已經進公司第三年了耶。（　　），現在應該沒必要上這種研習課吧。」

1 儘管不是新進員工　　**2 又不是新進員工**
3 即使不是新進員工　　4 如果是新進員工

解析 本題要根據文意，選出適當的文法句型。根據括號前後方的內容，表示「我們已經進公司三年了，又不是新進員工，我覺得現在沒必要接受這種培訓」語意最為通順，因此答案為 2 新入社員でもあるまいし。建議一併熟記其他選項的意思。

詞彙 ビジネスマナー 名 商業禮儀 ｜ 研修 けんしゅう 名 研習
全員 ぜんいん 名 全員 ｜ 参加 さんか 名 參加
入社 にゅうしゃ 名 進公司 ｜ いまさら 副 事到如今
新入 しんにゅう 名 新進 ｜ 社員 しゃいん 名 員工
～ものの 儘管～ ｜ ～でもあるまいし 又不是～
～ではないまでも 即使不～至少也～ ｜ ～ともなれば 如果～

36

我女兒經常和附近的朋友出門玩，相當喜愛社交。相反地，我兒子卻老是一個人打電動，很擔心他有沒有朋友。

1 玩　　**2 喜愛社交**
3 許多　　4 相反地

解析 4 ひきかえ和 2 當中的助詞に可組合成文法「にひきかえ（與其不同地、相反地）」，因此可先排列出 2 社交的なのに 4 ひきかえ（與善於交際相反地）。接著根據文意，可將其他選項一併排列成 1 遊ぶことが 3 多くて 2 社交的なのに 4 ひきかえ（與很愛玩樂又善於交際相反地）或 2 社交的なのに 4 ひきかえ 1 遊ぶことが 3 多くて（善於交際，相反地很愛玩樂）兩種組合。而根據空格後方連接的內容：「息子は一人でゲームをしてばかりで（兒子總是一個人玩遊戲）」，空格填入「1 遊ぶことが 3 多くて 2 社交的なのに 4 ひきかえ（與很愛玩樂又善於交際相反地）」語意較為通順，因此答案為 2 社交的なのに。

詞彙 ゲーム 名 遊戲 ｜ ～てばかりだ 老是～ ｜ 友人 ゆうじん 名 朋友
社交的だ しゃこうてきだ な形 喜愛社交的
～にひきかえ 與～相反

37

我在思考該如何回覆對方，但即便想了多少次都想不出好方法，因此決定找職場的前輩或上司商量。

1 多少　　2 想
3 好的　　4 即便

解析 4 ところで要置於動詞た形的後方，因此可先排列出 2 考えた 4 ところで（試著思考過）。選項 3 いい不能置於「1 いくら」或「2 考えた 4 ところで」的前方，因此得放在最後一格。接著再根據文意，將其他選項一併排列成
1 いくら 2 考えた 4 ところで 3 いい（不管怎麼想，好的）。
★置於第四格，因此答案為 3 いい。

詞彙 先方 せんぽう 名 對方 ｜ 方法 ほうほう 名 方法
思い浮かぶ おもいうかぶ 動 想到 ｜ 職場 しょくば 名 職場
上司 じょうし 名 上司 ｜ 相談に乗る そうだんにのる 商量
いくら 副 多少 ｜ ～たところで 即便～

38

自從得知小學的同屆同學當上社長在多個領域發光發熱後，心想不能輸的他停止玩樂，開始看書，或是去參加對工作有所助益的講座。

1 發光發熱　　2 自從～之後
3 當上社長在各領域　　**4 得知**

解析 2 というもの和 4 的 てから可組合成文法「てからというもの（自從……就一直）」，因此可先排列出 4 知ってから 2 というもの（從知道後就一直）。選項中，1 活躍しているのを（正處於活躍）和 3 社長として多方面で（身為社長，在各領域）皆適合置於「同級生が（同班同學）」的後方。而根據文意，可將選項排列成 3 社長として多方面で 1 活躍しているのを 4 知ってから 2 というもの（從知道他作為一名社長，活躍於各領域後就一直），因此答案為 4 知ってから。

詞彙 同級生 どうきゅうせい 名 同屆同學 ｜ 役立つ やくだつ 動 有幫助
セミナー 名 講座 ｜ 活躍 かつやく 名 活躍
～てからというもの 自從～之後
多方面 たほうめん 名 多方面

39

最近有些人會自稱極簡主義者，他們會盡可能地減少生活中擁有的東西。我周遭也有幾個像這樣的人，但山田甚至連冰箱都沒有。

1 甚至　　2 山田
3 冰箱　　4 連

解析 1 當中的に至って要置於名詞的後方，因此可先排列出 2 山田さん 1 に至っては（說到山田）或 3 冷蔵庫 1 に至っては（說到冰箱）兩種組合。而空格前方連接的內容為：「私の周りにも何人かいるが（我身邊也有一些人）」，連接「2 山田さん 1 に至っては（說到山田）」語意較為通順。接著再根據文意，將其他選項一併排列成 2 山田さん 1 に至っては 3 冷蔵

庫 4 すら（說到山田，連冰箱都），因此答案為 3 冷蔵庫。

詞彙 ミニマリスト名極簡主義者｜持ち物 もちもの名持有物
減らす へらす動減少｜暮らす くらす動生活
～に至って ～にいたって 甚至～｜すら助連

40

（在郵件裡）
本來應該再早點聯絡您才對，由於人事異動的工作交接需要時間，因此這麼晚才告知您研習日程。非常抱歉造成您的不便。

1 早　　2 的時候
3 再稍微　　4 應該聯絡

解析 本題沒有需連接特定詞性或文法的選項，因此要根據文意，將四個選項排列成 3 もう少し 1 早く 4 ご連絡すべき 2 ところを（應該儘早跟你聯絡）。★置於第一格，因此答案為 3 もう少し。

詞彙 メール名郵件｜人事異動 じんじいどう名人事異動
引継ぎ ひきつぎ名交接｜要する ようする動需要
研修 けんしゅう名研習｜日程 にってい名日程
迷惑 めいわく名麻煩｜～ところを 在～的時候
～べきだ 應該～

41-45

孩子們的玩樂

電腦與電子產品已成為現代生活中不可或缺的用品，但孩子們的玩樂卻愈來愈貧乏。最近也有調查結果顯示，受小學生青睞的的玩樂已經從在戶外玩耍，轉變成遊戲或是智慧型手機。的確，**41** 有人認為經常在家玩 **41** 會失去從體驗中學習或成長的機會。例如在大自然中玩耍可以累積接觸動植物的自然體驗，動用身體來玩耍可以提升身體機能與體能。不僅如此，一個人玩還是和別人一起玩或許也是一大重點。孩子們可在與朋友的玩樂中學到人際關係的建立方法。和具有個人特色的夥伴交際，可培養孩子們在社會上生存不可或缺的能力。

那麼，確保 **42** 機會，是否就代表不能在家裡玩呢？現代生活因數位化變得更方便，孩子們本來就無法避免透過電腦或智慧型手機來進行玩樂。**43** 父母不應該限制這件事，而是必須找出與之靈活共存的方法，並且給孩子示範。舉例來說，父母不應該讓孩子們一個人關在房裡玩遊戲，而是讓他們與好友或家人一起玩，這樣孩子們就必須透過遊戲來溝通。也可以試著找能活動身體的遊戲給孩子們玩。此外，看電影或連續劇不是看完就結束了，建議可實際造訪作為故事舞台的拍攝地、接觸當地的文化，增添玩樂的多元性，讓孩子們找出與 **44** 的關聯。若能製造接觸大自然的機會就更好了。透過內外的結合，，玩樂對小孩而言 **45** 更加充實。

詞彙 デジタル名數位｜機器 きき名機器
必要不可欠だ ひつようふかけつだ な形不可或缺的
現代 げんだい名現在｜～において 在～
貧困化 ひんこんか名貧窮化｜小学生 しょうがくせい名小學生
人気 にんき名人氣｜外遊び そとあそび名在戶外玩耍
ゲーム名遊戲｜スマートフォン名智慧型手機
変化 へんか名變化｜調査 ちょうさ名調查｜結果 けっか名結果
体験 たいけん名體驗｜学び まなび名學習
成長 せいちょう名成長｜自然 しぜん名自然
～を通して ～をとおして 透過～｜植物 しょくぶつ名植物
生き物 いきもの名生物｜触れる ふれる動接觸
積む つむ動累積｜機能 きのう名機能｜能力 のうりょく名能力
高める たかめる動提升｜～にとどまらず 不僅～
重要だ じゅうようだ な形重要的｜要素 ようそ名要素
築き方 きずきかた名建立方法｜習得 しゅうとく名學到
個性 こせい名個性｜人間 にんげん名人類｜同士 どうし名同伴
関わり かかわり名交際｜確保 かくほ名確保
不可能だ ふかのうだ な形不能的
デジタル化 デジタルか名數位化｜～によって 因～
避けては通れない さけてはとおれない 無可避免
制限 せいげん名限制｜共存 きょうそん名共存
方法 ほうほう名方法｜示す しめす動展示
～なければならない 必須～｜例 れい名例子
こもる動閉門不出｜コミュニケーション名溝通
動かす うごかす動動｜積極的だ せっきょくてきだ な形積極的
取り入れる とりいれる動採用｜ドラマ名連續劇
物語 ものがたり名故事｜舞台 ぶたい名舞台
実際 じっさい名實際｜訪れる おとずれる動造訪
土地 とち名土地｜発展 はってん名發展
さらに副再｜なお副更加
結び付ける むすびつける動結合｜より副更加
豊かだ ゆたかだ な形充實的

41

1 ×……不一定會失去　　2 ×……沒必要失去
3 很難說……會失去　　**4 有人認為……會失去**

解析 本題要根據文意，選出適當的文法句型。選項 1 和 3 為使役表現；選項 2 和 4 為被動表現，因此請留意空格前後的行為主體或對象為何。根據文意，雖然在家玩樂的時間變多，卻失去了「体験からの学びや成長の機会（從體驗中學習和成長的機會）」，因此空格適合填入被動表現，答案要選 4 失われるように思われる。

詞彙 失う うしなう動失去
～とは限らない ～とはかぎらない 不一定～
～こともない 沒必要～
～とは言いがたい ～とはいいがたい 很難說～
～ように思われる ～ようにおもわれる 被認為～

42

1 怎樣的　　2 那個
3 那種　　**4 這種**

解析 本題要根據文意，選出適當的指示詞。空格後方的「機会（機

實戰模擬試題 3

會）」指的是前方提及的：「人との関係の築き方を習得する（學習如何建立人際關係）」的機會，因此答案要選 4 そういう。

詞彙 どういう 怎樣的｜あの 那個｜ああいう 那種｜そういう 那種

43

1 正因如此	2 不但如此
3 因為	4 儘管如此

解析 本題要根據文意，選出適當的字詞。空格前方提到在現代無法避免使用電腦或智慧型手機玩遊戲；空格後方則提到父母應該要找出與之共存的方法，表示「だからこそ親はそれを制限するのでなく、上手に共存していく方法を見つけて子どもに示さなければならない（正因如此，父母不應該限制這種行為，而是要找出好好共存的方法，並示範給子女看）」最符合文意，因此答案要選 1 だからこそ。

詞彙 だからこそ 正因如此｜～ばかりか 不但如此～
なぜなら 因為｜～にもかかわらず 儘管如此～

44

1 動物或植物	2 朋友或老師
3 人與社會	4 家人或學校

解析 本題要根據文意，選出適當的字詞。空格前方提到：「その土地の文化に触れてみるなど（接觸當地的文化）」；空格後方則提到：「関わりを見つけさせる（找出關聯）」，因此表示「人や社会との関わりを見つけさせる（找出人與社會的關聯）」最符合文意，答案要選 3 人や社会。

45

1 不能變得	2 不可能變得
3 變得～得受不了	**4 或許會變得**

解析 本題要根據文意，選出適當的文法句型。空格所在的段落強調把在家玩的遊戲，連結至在外面玩樂的遊戲的重要性，空格所在的句子表達「内と外を結び付けることによって、子どもにとって遊びはより豊かなものになるのではないか（透過內與外的連結，對孩子來說，玩樂或許會變得更加豐富）」最符合文意，因此答案要選 4 なるのではないか。

詞彙 ～てはならない 不能～｜～わけにはいかない 不可能～
～てはかなわない ～得受不了｜～のではないか 或許～

讀解

p.124

46

首都圈的人口明顯集中。確實，首都圈從工作職場、商業機構等便利性的層面來看是出類拔萃的，但都會生活是否有為人們帶來真正的富足呢？

有資料顯示，東京有小孩的家庭數量居冠，生育率卻很低。因為在都會工作的女性處在不得不放棄生育的狀況。現在居家工作逐漸普及，工作方式也愈趨多樣化，這或許是讓人們可兼顧養小孩，同時享受充實生活的契機。

何者與筆者的看法相符？

1 都會生活的便利性不會改變，因此人口集中的情形今後也許會持續下去。

2 工作職場雖然集中在都會區，但也許會有愈來愈多的工作家庭居家辦公。

3 只要在工作形態下功夫，或許就能一邊工作，一邊度過充實的生活。

4 首都圈的生活相當便利，年輕一代的人或許會很滿意在都會的生活。

解析 本題詢問隨筆中筆者的想法。請從頭到尾仔細閱讀，理解全文的內容，並確認筆者的想法。文章第二段最後寫道：「働き方を多様化することが、子育てとの両立を可能にし、趣味も楽しめる豊かな暮らしのきっかけになるはずである」，因此答案要選 3 勤務形態を工夫すれば、働きながら充実した暮らしができるようになるだろう（只要在工作型態上下功夫，或許能在工作的同時過著充實的生活）。

詞彙 首都圏 しゅとけん 名 首都圈｜集中 しゅうちゅう 名 集中
著しい いちじるしい い形 明顯的｜確かに たしかに 副 的確
職場 しょくば 名 職場｜商業 しょうぎょう 名 商業
施設 しせつ 名 設施｜利便性 りべんせい 名 便利性
～においては 在～｜群を抜く ぐんをぬく 出類拔萃
都会 とかい 名 都會｜豊かさ ゆたかさ 名 富足
もたらす 動 帶來｜子育て こそだて 名 養小孩
世代 せだい 名 家庭｜最も もっとも 副 最
東京 とうきょう 名 東京｜出生率 しゅっせいりつ 名 出生率
データ 名 資料｜出産 しゅっさん 名 生育｜あきらめる 動 放棄
～ざるを得ない ～ざるをえない 不得不～
状況 じょうきょう 名 狀況｜在宅勤務 ざいたくきんむ 名 居家辦公
普及 ふきゅう 名 普及｜～つつある 正在～
働き方 はたらきかた 名 工作方式｜多様化 たようか 名 多樣化
両立 りょうりつ 名 兼顧｜豊かだ ゆたかだ な形 充實的
暮らし くらし 名 生活｜きっかけ 名 契機｜今後 こんご 名 今後
形態 けいたい 名 型態｜工夫 くふう 名 工夫
充実 じゅうじつ 名 充實｜便利 べんり 名 便利
満足 まんぞく 名 滿足

47

以下是貼在某間便利商店的員工休息室的公告。

關於班表提交方式的更改

為了改善排班日在前一個月月底才決定的情況，店裡將引進排班調整系統。先前的流程是在排班表上填寫想排班的日子再提交給店長。下個月起將更改為登入網路系統輸入排班日的形式。截止日期與先前相同。

店長將在本月內說明排班調整系統的登入與填寫方式，請在打工結束後告知您有空的時間。

這篇公告通知的是什麼事？

1 為了改善現在的狀況，會提前截止排班表的提交日期

2 寫有欲排班日期的排班表的提交對象將會改變

3 之後會變成必須使用網路提交想排班的日期

4 這個月中旬必須聯絡店長來聽他說明

解析 公告屬於應用文，本題針對文章的內容提問。請從頭到尾仔細閱讀，理解其內容，並掌握全文脈絡。文章開頭寫道：「勤務日調整システムを導入します」，以及文章後半段寫道：「来月より、インターネット上のシステムにアクセスし、希望日を入力する形に変更します」，因此答案要選 3 インターネットを使って、勤務希望日を伝えなければならなくなること（必須透過網路告知希望上班的日期）。

詞彙 コンビニエンスストア 名 便利商店｜スタッフ 名 員工｜ルーム 名 室
貼る はる 動 張貼｜お知らせ おしらせ 名 公告
勤務 きんむ 名 上班｜希望日 きぼうび 名 想要的日子
提出 ていしゅつ 名 提交｜変更 へんこう 名 更改
勤務日 きんむび 名 上班日｜決定 けってい 名 決定
前月 ぜんげつ 名 前一個月｜月末 げつまつ 名 月底
状況 じょうきょう 名 狀況｜改善 かいぜん 名 改善
～すべく 為了～｜調整 ちょうせい 名 調整｜システム 名 系統
導入 どうにゅう 名 引進｜次月 じげつ 名 下個月
希望表 きぼうひょう 名 排班表｜記入 きにゅう 名 填寫
店長 てんちょう 名 店長｜流れ ながれ 名 流程
インターネット上 インターネットじょう 網路上
アクセス 名 造訪｜入力 にゅうりょく 名 輸入
変更 へんこう 名 更改｜締切日 しめきりび 名 截止日
同様だ どうようだ な形 相同的｜今月中 こんげつちゅう 名 本月內
ログイン 名 登入｜入力 にゅうりょく 名 輸入
方法 ほうほう 名 方法｜終了後 しゅうりょうご 名 結束後
時間が取れる じかんがとれる 有空
申し出る もうしでる 動 吩咐｜早める はやめる 動 提前
提出先 ていしゅつさき 名 提交對象｜中旬 ちゅうじゅん 名 中旬
連絡を取る れんらくをとる 聯絡

48

當櫻花色的和菓子開始陳列在店家的架上，就會有許多人為終於來臨的春天歡欣鼓舞。因為和菓子不僅傳承了美麗與美味，更流傳了人們享受季節變化的心。

食物也好，習慣也罷，自古延續至今的東西，都反映了流傳在那片土地的、對大自然的心。若能從櫻花色的和菓子感受到春天來臨的喜悅，或許可以說，生活在現在的我們並沒有失去那顆心吧。

何者與筆者的看法相符？

1　和菓子是一種重視季節，但不太重視味道與美觀的點心。

2　新的食物不會被那片土地對大自然的獨到看法影響。

3　若沒有和菓子，可以說就沒有東西能傳承為春天來臨而喜悅的心。

4　現代人可說是與古時候相同，都有享受季節變化的心情。

解析 本題詢問隨筆中筆者的想法。請從頭到尾仔細閱讀，理解全文的內容，並確認筆者的想法。文章開頭寫道：「桜の色の和菓子が店に並ぶようになると、いよいよ春が来るのだと心を弾ませる人が多い」、中間寫道：「季節の移り変わりを楽しむ心と共に受け継がれてきたお菓子」、以及後半段寫道：「現代を生きる私たちも、その心を失っていないと言うことができるだろう」，因此答案要選 4 現代人も昔と同様、季節の変化を楽しむ気持ちを持っていると言える（可以說現代人也像過去一樣，保有享受季節變化的心）。

詞彙 桜 さくら 名 櫻花｜和菓子 わがし 名 和菓子
いよいよ 副 終於｜心を弾む こころをはずむ 高興
美しさ うつくしさ 名 美麗｜おいしさ 名 美味
～だけではなく 不僅～｜移り変わり うつりかわり 名 變化
～と共に ～とともに 與～一同｜受け継ぐ うけつぐ 動 傳承
～であれ ～也好｜習慣 かんしゅう 名 習慣｜土地 とち 名 土地
伝わる つたわる 動 流傳｜自然 しぜん 名 自然
反映 はんせい 名 反映｜喜び よろこび 名 喜悅
感じる かんじる 動 感覺｜現代 げんだい 名 現代
失う うしなう 動 失去｜重視 じゅうし 名 重視
独自 どくじ 名 獨自｜考え方 かんがえかた 名 想法
影響 えいきょう 名 影響｜同様だ どうようだ な形 相同的

49

現在是個輕鬆就能接收資訊的時代。新的資訊僅開放給部分人士的時代已告終，我們即使足不出戶也能接觸到各式各樣的資訊。資訊的傳遞也變得相當容易，如果只是將自己獲得的資訊傳遞給更多的人，現在任誰都辦得到。但是，能將資訊加以編輯、賦予獨特的附加價值並產出新資訊的人，究竟有多少呢？要成為一名「資訊產出者」真是出乎意料地困難。

筆者在這篇文章所敘述的事情為何？

1　獲得新資訊很困難，因此「資訊產出者」僅限一部分的人。

2　直接傳遞資訊任誰都辦得到，但能編輯的只有專家。

實戰模擬試題 3

3　**單純只是散播資訊稱不上是個「資訊產出者」。**

4　社會上充斥著各式各樣的資訊，但產出新資訊稱不上容易。

解析 本題詢問隨筆中筆者的想法。請從頭到尾仔細閱讀，理解全文的內容，並確認筆者的想法。文章中間寫道：「自分が得た情報を多くの人に伝えるだけなら誰でもできるようになりました」，以及後半段寫道：「編集し、独自の価値を付け加えて、新たな情報を作り出している人はどれだけいるでしょうか。「情報を作り出す人」になるのは意外に難しいものです」，因此答案要選 3 情報を単に広めるだけでは「情報を作り出す人」になっているとは言えない（光是傳遞資訊，談不上是「資訊創造者」）。

詞彙 情報 じょうほう 名 資訊｜受け取る うけとる 動 接收
一部 いちぶ 名 一部分｜一歩 いっぽ 名 一步
様々だ さまざまだ な形 各式各樣的｜触れる ふれる 動 接觸
容易だ よういだ な形 容易的｜得る える 動 獲得
編集 へんしゅう 名 編輯｜独自 どくじ 名 獨自｜価値 かち 名 價值
付け加える つけくわえる 動 附加
新ただ あらただ な形 新的｜作り出す つくりだす 動 產出
どれだけ 副 多少｜意外だ いがいだ な形 出乎意料的
〜ものだ 真是〜｜そのまま 副 直接｜プロ 名 專家
単に たんに 副 單純｜広める ひろめる 動 散播
〜とは言えない 〜とはいえない 稱不上〜
世の中 よのなか 名 社會上｜あふれる 動 充滿

50-52

所謂的高爾夫球，簡單來說就是一種「較量如何在比賽中用最少桿數（註 1）打完所有球洞的競技運動」。桿數會直接換算成得分，因此會由參賽者中得分最少的人獲勝。

此外，高爾夫球的有趣之處在於1 它不是一項單純靠體力來決勝負的運動。我原本以為要在高爾夫球裡取得好成績，出色的身體能力和高超的技術是不可或缺的，但聽說意外地不是這麼一回事。據說，打高爾夫球不應執著體力或技巧，最重要的是處變不驚。一旦把球打出界，即便是經驗老道的人也會頻頻感到緊張。過度要求完美而陷入驚慌就會失誤連連。這樣不僅會一口氣大幅增加桿數，還會讓精神陷入不穩定的狀態，而無法獲得預期的成果。有許多高爾夫球手正面臨2 這種煩惱。

出乎意料地，有一群人相當擅於應付這種情況，那就是高齡的高爾夫球手。儘管他們缺乏野心或挑戰精神之類的大膽心態，卻能心平氣和地打球。這或許是因為欲望隨著年紀減少，而讓他們具備了樂觀、妥協的心態吧。他們已經不再使出渾身解數（註 2）打球，而是先理解自己的體力與壞習慣，再有效率地享受打球的樂趣，因此擊球失誤也是預料中的事。接著，這種成熟的打球風格，才讓他們貢獻了巨大的成果。

（註 1）桿數：打者擊球的次數
（註 2）使出渾身解數：不節制地使盡全力

詞彙 ゴルフ 名 高爾夫球｜簡潔だ かんけつだ な形 簡潔的
競技 きょうぎ 名 競技｜いかに 副 如何｜打数 だすう 名 桿數
コース 名 球場｜競う きそう 動 競爭｜そのまま 副 直接
得点 とくてん 名 得分｜換算 かんさん 名 換算｜よって 因此
参加者 さんかしゃ 名 參加者｜勝利 しょうり 名 勝利
単に たんに 副 單純｜体力 たいりょく 名 體力
勝負 しょうぶ 名 勝負｜成果 せいか 名 成果
優れる すぐれる 動 出色｜身体 しんたい 名 身體
能力 のうりょく 名 能力｜高度だ こうどだ な形 高超的
手法 てほう 名 手法｜不可欠だ ふかけつだ な形 不可或缺的
〜と思いきや 〜とおもいきや 原以為〜
案外 あんがい 名 意外｜執着 しゅうちゃく 名 執著
動揺 どうよう 名 動搖｜肝心だ かんじんだ な形 重要的
一旦 いったん 副 一旦｜例え たとえ 副 即使
ベテラン 名 老手｜ひんぱんだ な形 頻繁的
緊張 きんちょう 名 緊張｜襲われる おそわれる 動 被襲擊
完璧さ かんぺきさ 名 完美｜求める もとめる 動 要求
〜あまり 過度〜｜動揺が走る どうようがはしる 動搖不已
ミス 名 失誤｜連続 れんぞく 名 連續
大幅だ おおはばだ な形 大幅的｜一気に いっきに 副 一口氣
不安定だ ふあんていだ な形 不穩定的｜精神 せいしん 名 精神
状態 じょうたい 名 狀態｜陥る おちいる 動 陷入
思うように おもうように 如預期地｜悩み なやみ 名 煩惱
直面 ちょくめん 名 面對｜プレーヤー 名 球手
存在 そんざい 名 存在｜対処 たいしょ 名 應付
高齢 こうれい 名 高齡｜野心 やしん 名 野心
挑戦心 ちょうせんしん 名 挑戰精神｜〜といった 之類的〜
大胆さ だいたんさ 名 大膽｜〜こそ 正是〜
乏しい とぼしい い形 缺乏的｜〜ものの 儘管〜
落ち着く おちつく 動 冷靜｜プレー 名 打球
遂行 すいこう 名 完成｜〜とともに 隨著〜｜欲望 よくぼう 名 欲望
薄れる うすれる 動 減少｜楽観 らっかん 名 樂觀
妥協 だきょう 名 妥協｜視野 しや 名 觀點
備わる そなわる 動 具備｜もはや 副 已經
力任せだ ちからまかせだ な形 使盡全力的｜癖 くせ 名 壞習慣
把握 はあく 名 掌握｜〜た上で 〜たうえで 先〜再〜
効率 こうりつ 名 效率｜ミスショット 名 擊球失誤
想定内 そうていない 名 預料中｜成熟 せいじゅく 名 成熟
スタイル 名 風格｜大いに おおいに 副 大大地
貢献 こうけん 名 貢獻｜打者 だしゃ 名 打者｜ボール 名 球
回数 かいすう 名 次數｜加減 かげん 名 調控

50

文中提到1 它不是一項單純靠體力來決勝負的運動，原因為何？

1　因為只要失誤，即便是老手也會一口氣陷入精神不穩定的狀態。

2　因為即便是老手也會過度執著體力或技巧，而頻頻感到緊張。

3　**因為據說要在高爾夫球打出好成績，保持冷靜非常重要。**

4　因為如果要在高爾夫球打出好成績，出色的身體能力和高超的技術是不可或缺的。

解析 題目列出的畫底線句子「ゴルフは単に体力のみで勝負するスポーツではない（高爾夫球並非單純靠體力定勝負的運動）」位在文章第二段，因此請閱讀第二段，並找出針對畫底線句子的相關說明。畫底線處後方寫道：「体力や手法に執着するのではなく、まずは動揺しないことが肝心だと言われている」，因此答案要選 3 ゴルフで良い記録を出すには平静さを保つことが重要だと言われているから（因為據說想在高爾夫球比賽中打出好成績，保持冷靜非常重要）。

詞彙 記録 きろく名紀錄｜平静さ へいせいさ名冷靜
保つ たもつ動保持

51

文中提到 2 這種煩惱，下列敘述何者與該煩惱相符？

1 一把球打出界就因緊張而陷入精神不穩定的狀態
2 一把球打出界就因過於追求完美而大幅增加桿數
3 一把球打出界就因過於執著體力與技巧不斷失誤
4 一把球打出界就因緊張而增加失誤，打不出好成果

解析 題目列出的畫底線句子「このような悩み（這樣的煩惱）」位在文章第二段，因此請閱讀第二段，並找出針對畫底線句子的相關說明。畫底線處前方寫道：「一旦コースに出てしまえば、例えベテランであれ、ひんぱんに緊張に襲われる。完璧さを求めるあまりに動揺が走り、ミスを連続。打数が大幅に増えるどころか、一気に不安定な精神状態に陥り、思うように成果が上がらない」，因此答案要選 4 コースに出ると、緊張が原因でミスが増え、良い成果が出ないこと（只要球一出界，就會因為緊張導致失誤增加，無法取得好成績）。

詞彙 繰り返す くりかえす動重複

52

對於高齡的高爾夫球手，筆者有何種看法？

1 他們把失誤看成是預料中的事，並且不使用體力，有效率地打球
2 完全沒有野心與挑戰精神，會冷靜地打球
3 隨著年紀具備了樂觀、妥協的心態，因此可有效率地打球
4 會藉由理解自己的體力與壞習慣，讓自己能冷靜地打球

解析 本題詢問筆者對於「高齢のゴルフプレーヤー（高齡的高爾夫球員）」的看法，因此請仔細閱讀文章第三段，確認相關內容。第三段中寫道：「野心や挑戦心といった大胆さこそ乏しいものの、落ち着いてプレ ーを遂行できる」以及「自分の体力や癖を把握した上で、効率良くプレーを楽しんでいる」，因此答案要選 4 自分の体力や癖を把握することで、落ち着いてプレーを遂行できる（了解自己的體力和習慣，能夠沈著地完成比賽）。

詞彙 想定内 そうていない名預料中｜一切 いっさい副完全

53-55

最近超市或便利商店開始能經常看到「無麩質」的食品。所謂的麩質，指的是小麥等穀物內所含的蛋白質，而將之從材料中去除的食品就是無麩質食品。目前這些食品也受到了重視健康、積極忌食小麥製品的族群青睞。此外，人們會如此注重無麩質，原因就在於對小麥過敏的人愈來愈多。

小麥過敏的症狀五花八門，從慢性腸胃不適、發癢等輕度的自覺症狀，到陷入休克狀態的極端症狀都有。研究指出麩質會對小腸造成不良影響。據說麩質難以在人體的消化器官中分解，因此會在小腸內被視為異物（註 1）而遭受攻擊，導致小腸的腸壁受傷，進而阻礙營養的吸收。

目前沒有藥物能對付這種過敏，所以鼓勵對小麥過敏的人在飲食中徹底排除小麥。因為戒吃小麥製品可大幅減輕對小腸的負擔並恢復腸壁，進而促進小腸一如往常地吸收營養。此外，平時經常攝取小麥製品的人，或是長期身體不適、花錢嘗試各種保健法卻不見成效的人，最好也趁早嘗試這種方法。完全戒吃小麥製品約 2 週，若嘗試這種方法有改善不適，等於是意外的收穫（註 2）。畢竟等一切為時已完再做就太慢了。

（註 1）異物：這裡指無法溶於身體組織內的東西
（註 2）賺到：獲得意料之外的好處或好運

詞彙 コンビニ名便利商店｜グルテンフリー 無麩質
食品 しょくひん名食品｜頻繁だ ひんぱんだな形頻繁的
見かける みかける動看到｜グルテン名麩質
小麦 こむぎ名小麥｜穀物 こくもつ名穀物｜含む ふくむ動含有
タンパク質 タンパクしつ名蛋白質｜材料 ざいりょう名材料
排除 はいじょ名排除｜現在 げんざい名現在
積極的 せっきょくてきな形積極的｜製品 せいひん名產品
断つ たつ動戒斷｜健康 けんこう名健康｜志向 しこう名志向
層 そう名族群｜人気 にんき名人氣｜また副此外
意識 いしき名意識｜高まる たかまる動提升
アレルギー名過敏｜直面 ちょくめん名面對
症状 しょうじょう名症狀｜慢性的だ まんせいてきだな形慢性的
お腹の不調 おなかのふちょう名腸胃不適｜かゆみ名搔癢
自覚 じかく名自覺｜症状 しょうじょう名症狀
極端だ きょくたんだな形極端的｜ショック名休克
状態 じょうたい名狀態｜～に至る ～にいたる 到～
様々だ さまざまだな形五花八門的｜小腸 しょうちょう名小腸
悪影響 あくえいきょう名負面影響
及ぼす およぼす動造成｜指摘 してき名指出
消化器官 しょうかきかん名消化器官｜分解 ぶんかい名分解
異物 いぶつ名異物｜攻撃 こうげき名攻擊｜それゆえに 因此
傷付く きずつく動受傷｜栄養 えいよう名營養
吸収 きゅうしゅう名吸收｜阻む はばむ動阻止
対応 たいおう名對付｜実践 じっせん名實踐
奨励 しょうれい名獎勵｜負担 ふたん名負擔
大幅だ おおはばだな形大幅的｜軽減 けいげん名減輕
腸壁 ちょうへき名腸壁｜回復 かいふく名恢復

從来通り じゅうらいどおり 一如往常
促進 そくしん名促進｜日頃 ひごろ名平時
摂取 せっしゅ名攝取｜不調 ふちょう名不適｜あらゆる 所有
健康法 けんこうほう名保健法｜費やす ついやす動花費
成果 せいか名成果｜早いうちに はやいうちに 趁早
手法 てほう名手法｜試みる こころみる動嘗試
改善 かいぜん名改善｜儲けもの もうけもの名意外的收穫
手遅れ ておくれ名為時已晚｜組織 そしき名組織
溶ける とける動溶解
思いがけない おもいがけないい形意料之外的
得る える動獲得｜利益 りえき名好處｜幸運 こううん名好運

53

「無麩質」食品變得普遍的原因為何？
1　因為注重健康的族群流行完全排除小麥
2　因為注重健康的族群開始經常去超市或便利商店
3　因為對小麥過敏的人變多，所以需要不含小麥的食品
4　因為對小麥過敏的人開始注重健康

解析 本題詢問無麩質食品變得普遍的理由，因此請仔細閱讀文章第一段，確認相關內容。第一段中寫道：「グルテンフリーの意識が高まっているのは、小麦アレルギーに直面する人が増えているからだ」，因此答案要選 3 小麦アレルギーを持つ人が増加し、小麦が入っていない食品が必要になったから（因為對小麥過敏的人數增加，所以需要不含小麥的食品）。

詞彙 一般的だ いっぱんてきだな形普遍的｜流行 りゅうこう名流行
增加 ぞうか名增加

54

文中提到研究指出麩質會對小腸造成不良影響，原因為何？
1　因為麩質在小腸內會被當成異物對待，進而攻擊小腸
2　因為麩質會弄傷小腸，阻礙營養的吸收
3　因為麩質會被當作異物攻擊，進而讓小腸的腸壁受傷
4　因為麩質會引起慢性的腸胃不適或發癢等症狀

解析 題目列出的畫底線句子「グルテンは小腸に悪影響を及ぼすと指摘されている（有人指出麩質對小腸有不良影響）」位在文章第二段，因此請閱讀第二段，並找出針對畫底線句子的相關說明。畫底線處後方寫道：「グルテンは人の消化器官の中では分解されにくく、小腸で異物として攻撃されてしまう。それゆえに小腸の壁が傷付き、栄養の吸収が阻まれると言われている」，因此答案要選 3 グルテンが小腸で異物として攻撃され、小腸の壁が傷付くから（因為麩質在小腸中被當成異物受到攻擊，使得小腸腸壁損傷）。

詞彙 扱う あつかう動對待｜引き起こす ひきおこす動引起

55

根據筆者所述，對於小麥過敏該如何應對比較好？
1　只需戒吃小麥 2 週，大幅減輕對小腸的負擔。
2　花錢嘗試所有保健法，等待成效出現。
3　嘗試大幅減少食品的費用負擔，以戒除小麥製品。
4　為了讓身體回復到能夠攝取營養的狀態，盡可能不吃小麥製品。

解析 本題詢問處理對小麥過敏的方法，因此請仔細閱讀文章第三段，確認相關內容。第三段中寫道：「小麦アレルギーの人には、小麦を一切排除した食事の実践が奨励される。小麦製品を断つことで、小腸への負担を大幅に軽減し腸壁を回復させ、従来通りの栄養吸収を促進できるからだ」，因此答案要選 4 栄養がとれる体に戻すため、小麦製品を全く食べないようにする（為了讓身體回復到能夠攝取營養的狀態，盡可能不吃小麥製品）。

詞彙 対応 たいおう名應對｜費用 ひよう名費用｜負担 ふたん名負擔

56-58

久久一次回老家，發現老媽似乎很愛一間她在散步途中發現的新咖啡廳，她經常一個人興高采烈地光顧。由於她熱情邀約，說希望和我一起去，所以就陪她去了一次。果然，店裡空間相當舒適，咖啡也很好喝。我想老媽會這麼愛的原因，或許是因為文靜且給人知性印象的老闆不錯，也可能是因為在這裡小憩是她這個 74 歲老婦人的私房樂趣。

於是，我稍微對老媽進行了一番「審問」，她說會喜歡那間店是因為以鄉下來說那間店非常高尚，而且老闆對材料很講究，每樣東西都很好吃。的確，我對老闆的堅持甚感佩服，但我的猜測似乎有點不準。

老媽真正開心的似乎不是私房樂趣，而是自己一個人發現那間店。凡事夫唱婦隨的老媽 50 年來都過著老派，也就是妻子唯夫命是從的圓滿夫妻生活，她自己也覺得這種生活方式很適合她。即便從女兒客觀的角度來看也覺得確實如此，老媽並沒有勉強地壓抑自己。話雖如此，任誰都會有意見和新發現，即便是微不足道的事，只要自己覺得好就會歡欣雀躍，能被認同就更開心了。享受自己的新發現的老媽散發一股年輕的氣息，開朗地說老爸也是咖啡愛好者的話就好了。

（註）審問：這裡指拐彎抹角地詢問、試探對方，以便讓對方說出真話

詞彙 実家 じっか名老家｜気に入る きにいる 中意
いそいそ副興高采烈地｜頻繁だ ひんぱんだな形頻繁的
熱心だ ねっしんだな形熱心的｜誘う さそう動邀請
同伴 どうはん名偕同｜居心地の良い いごこちのよい 舒適的
美味 びみ名美味｜物静かだ ものしずかだな形文靜的
知的だ ちてきだな形知性的｜印象 いんしょう名印象
素敵だ すてきだな形很棒的｜憩い いこい名休憩
老婦人 ろうふじん名老婦人｜ひそかだな形祕密的
誘導尋問 ゆうどうじんもん名審問｜～にしては 以～來說
洗練 せんれん名高尚｜店主 てんしゅ名老闆
素材 そざい名材料｜こだわり名講究
確かに たしかに副的確｜甚だ はなはだ副甚是
感心 かんしん名佩服｜～とはいえ 話雖如此～
憶測 おくそく名猜測｜やや副有點｜外れる はずれる動不準

どうやら副似乎｜喜び よろこび名喜悅
発見 はっけん名發現｜何事も なにごとも 凡事
夫唱婦随 ふしょうふずい名夫唱婦隨｜すなわち接也就是說
言い出す いいだす動吩咐｜従う したがう動順從
旧式 きゅうしき名舊式
夫婦円満型 ふうふえんまんがた名夫妻圓滿型
暮らす くらす動生活｜生き方 いきかた名生活方式
自覚 じかく名自覺｜客観的 きゃっかんてきな形客觀的
無理矢理 むりやり副勉強｜抑える おさえる動壓抑
その通りだ 正是如此｜とはいえ接話雖如此
ささいだな形微不足道的｜心躍る こころおどる 歡欣雀躍
認める みとめる動認同｜満喫 まんきつ名享受
若々しい わかわかしいい形看起來很年輕的
コーヒー好き　コーヒーずき　咖啡愛好者
朗らかだ ほがらかだな形開朗的
遠回す とおまわす動拐彎抹角
問いかける といかける動詢問｜探る さぐる動試探

56

關於母親喜歡咖啡廳一事，筆者一開始想到的原因為何？
1　因為咖啡和料理比其他店好吃
2　因為內部裝潢時髦、空間舒適
3　因為喜歡很棒的老闆
4　因為覺得有在講究的料理很厲害

解析 本題詢問筆者起初認為媽媽喜歡喫茶店的理由，因此請仔細閱讀文章第一段，確認相關內容。第一段中寫道：「物静かで知的な印象の店主がちょっと素敵で、ここでの憩いが 74 歳老婦人のひそかな楽しみだからかもしれないと思った」，因此答案要選 3 素敵な店主のことを気に入っているから（因為喜歡很棒的老闆）。

詞彙 インテリア名內部裝潢

57

文中提到自己的新發現，指的是什麼事？
1　新咖啡廳的老闆對咖啡豆很講究
2　自己喜歡上新的咖啡廳，而非聽從先生的意見
3　自己一直以來的生活方式很適合自己
4　自己覺得好的東西被他人認同的話會很開心

解析 題目列出的畫底線句子「自らの発見（自己的發現）」位在文章第三段，因此請閱讀第三段，並找出針對畫底線句子的相關說明。畫底線處前方寫道：「どうやら母の喜びは密かな楽しみのことではなく、自分一人で発見したということのようだ」，因此答案要選 2 新しい喫茶店を、夫の意見ではなく自分から好きになったこと（自己喜歡上新的咖啡廳，而非聽從先生的意見）。

詞彙 自分から じぶんから 自己｜生き方 いきかた 生活方式
他人 たにん名他人

58

關於母親的樣子，筆者的看法如何？
1　即便父母兩人相處的形式是妻子順從丈夫的意見，但只要本人適合就沒問題。
2　母親一直以來都盡量不表達自己的意見，但現在不一樣了，因此感覺她好像很開心。
3　母親都找到自己喜歡的店了，父親卻沒有一起去，好像很寂寞。
4　母親找到去咖啡廳這項樂趣，似乎過得開朗有朝氣。

解析 本題詢問筆者對於母親的樣子的想法，因此請仔細閱讀文章第三段，確認相關內容。第三段中寫道：「自らの発見を満喫する母は若々しく、父もコーヒー好きならいいのにと朗らかだった」，因此答案要選 4 喫茶店に通うという楽しみを見つけて、明るく元気に過ごしているようだ（母親找到去咖啡廳這項樂趣，似乎過得開朗有朝氣）。

詞彙 様子 ようす名樣子｜本人 ほんにん名本人｜違う ちがう動不同
過ごす すごす動度過

59-62

國際會議經常會使用被稱作圓桌的圓形桌子。提到圓桌會議，它象徵著古代亞瑟王傳說的「圓桌武士」，具有不論身分高低順序、能以對等立場發言的優點。但是，我所經歷的圓桌卻是一段痛苦的經驗。

那不是會議，而是一場飯局。席間對某個上司的不滿成為話題，大家聊得好不熱絡。雖然我在聊天的時候就踏上了歸途，但心情卻漸漸地開始不愉快起來。和人聊到合不來的人或不擅應付的人的言行舉止時，無論怎麼說都會變成在說壞話。就算多加幾句「他雖然是個好人」、「我雖然能理解」之類的話，聽起來就像是辯解，反而會有種卑鄙的感覺。即便我想盡量不說壞話，但實際上還是希望有人能聽我說。老實說，我很希望能獲得他人的贊同。

那是一場非常滿意的飯局，大家你一句我一句地暢聊，我也不甘示弱地發表意見，並獲得了贊同。但一群人所批評的事實卻在事後開始在心裡發酵，讓我 1 有種說不出口的厭惡感。我覺得這天所發生的事，恰巧與圓桌有很大的關聯。大家都站在均等的立場發表意見的話，似乎就會有種不必為自己的發言負責的想法。無論是自己的意見還是誰的意見，都會變成全體的意見。自己的惡意會被均一化，並且以平等的形式被淡化。讓我有種在圓桌上掩蓋自己惡行的感覺。

在等同於無限的網路空間中，每個人四散在各個角落，或許會讓 2 這變得更加嚴重。無論好壞都沒有順序，發言機會也平等，導致意見愈多，個人責任就淡化得愈嚴重。更何況如果是匿名，發言就更不具實體。自己的發言也好，模仿他人發言也罷，一切都等同在一開始就放棄了責任。這雖然會讓人產生無數的聲音灰飛煙滅的錯覺，但這些仍是自己脫口而出的東西，這點並沒有改變。行為伴隨著責任，這點我們必須時時牢記。儘管反省的時候會覺得自己本來沒有想說話壞的想法很偽善，但至少先對責任有所自覺。對我而言，圓桌是一種粉飾懦弱與狡猾的象徵，它還是比較適合能對等且坦蕩發言的勇者，如同古時候的騎士。

(註 1) 亞瑟王傳說：關於活在西元 6 世紀初的歐洲的亞瑟王的故事
(註 2) 圓桌武士：這裡指服侍亞瑟王的人們
(註 3) 勇者：有勇氣的人

詞彙 国際会議 こくさいかいぎ 名 國際會議 | 円卓 えんたく 名 圓桌
円形 えんけい 名 圓形 | 円卓会議 えんたくかいぎ 名 圓桌會議
古くは ふるくは 古時候 | アーサー王 アーサーおう 名 亞瑟王
伝説 でんせつ 名 傳說 | 騎士 きし 名 騎士
象徴 しょうちょう 名 象徵 | 上位 じょうい 名 上位
下位 かい 名 下位 | 順序 じゅんじょ 名 順序
対等だ たいとうだ な形 對等的 | 立場 たちば 名 立場
発言 はつげん 名 發言 | 利点 りてん 名 優點
一般的だ いっぱんてきだ な形 一般的 | 平等 びょうどう 名 平等
明確だ めいかくだ な形 明確的 | 印象 いんしょう 名 印象
食事会 しょくじかい 名 飯局 | 上司 じょうし 名 上司
不満 ふまん 名 不滿 | 話題 わだい 名 話題
大いに おおいに 副 大大地 | 盛り上がる もりあがる 動 情緒高漲
満足 まんぞく 名 滿足 | 帰路につく きろにつく 踏上歸途
気が合う きがあう 合得來 | 苦手だ にがてだ な形 不擅長的
言動 げんどう 名 言行舉止 | どうしても 無論如何
悪口 わるぐち 名 壞話 | 付け加える つけくわえる 動 附加
いかにも 副 好像 | 弁解 べんかい 名 辯解 | かえって 副 反而
卑怯だ ひきょうだ な形 卑鄙的 | 実際 じっさい 名 實際
賛同 さんどう 名 贊同 | 正直だ しょうじきだ な形 老實的
あちこち 名 到處 | 飛び交う とびかう 動 紛飛
得る える 動 獲得 | 複数人 ふくすうじん 複數人
批判 ひはん 名 批評 | 事実 じじつ 名 事實 | じわじわ 副 慢慢地
広がる ひろがる 動 擴大 | 出来事 できごと 名 發生的事
たまたま 副 恰巧 | 均等だ きんとうだ な形 均等的
位置 いち 名 位置 | 責任 せきにん 名 責任 | 全体 ぜんたい 名 全體
悪意 あくい 名 惡意 | 均一化 きんいつか 名 均一化
薄める うすめる 動 淡化 | 行い おこない 名 行為
ごまかす 動 糊弄 | 無限だ むげんだ な形 無限的
等しい ひとしい い形 相等的 | 空間 くうかん 名 空間
点々と てんてんと 副 四散 | 散らばる ちらばる 動 分布
インターネット 名 網路 | さらに 副 更加 | 増幅 ぞうふく 名 增幅
良くも悪くも よくもわるくも 無論好壞 | 序列 じょれつ 名 順序
故に ゆえに 接 因為 | ～ば ～ほど 愈～就愈～
希薄だ きはくだ な形 稀薄的 | まして 副 更何況
匿名 とくめい 名 匿名 | 実体 じったい 名 實體
模倣 もほう 名 模仿 | もとより 副 一開始 | 放棄 ほうき 名 放棄
同然だ どうぜんだ な形 相同的 | 無数 むすう 名 無數
まぎれる 動 混入 | 煙 けむり 名 煙霧
錯覚 さっかく 名 錯覺 | いったん 副 一旦
吐き出す はきだす 動 說出 | 行為 こうい 名 行為
伴う ともなう 動 伴隨 | 常に つねに 副 時常
胸 むね 名 內心 | 刻む きざむ 動 銘刻
省みる かえりみる 動 反省 | そもそも 副 本來
偽善 ぎぜん 名 偽善 | せめて 副 至少 | 所在 しょざい 名 所在
自覚 じかく 名 自覺 | 狡さ ずるさ 名 狡猾 | ～ごとく 如同～
堂々と どうどうと 副 坦蕩地 | 勇者 ゆうしゃ 名 勇者
ふさわしい い形 合適的 | 世紀 せいき 名 世紀 | ヨーロッパ 名 歐洲
物語 ものがたり 名 故事 | 仕える つかえる 動 服侍
禁止 きんし 名 禁止 | 勇気 ゆうき 名 勇氣

59

根據筆者所述，圓桌會議的優點為何？

1 因為用在國際會議，所以參加者可以感受到平等。
2 沒有固定的發言順序，可站在對等的立場發言。
3 與會者的立場平等，可對等交談。
4 可讓人們看見每個人都是平等且對等的。

解析 本題詢問筆者對於圓桌會議的優點的看法，因此請仔細閱讀文章第　段，確認相關內容。第一段中寫道：「上位や下位という順序がなく対等な立場で発言できるというのが利点で、一般的には平等であり対等であることを明確にしているような良い印象がある」，因此答案要選 3 会議の参加者の立場が平等で、対等に話すことができる（與會者的立場平等，可對等交談）。

詞彙 参加者 さんかしゃ 名 参加者 | 感じる かんじる 動 感受

60

筆者提到 1 有種說不出口的厭惡感，原因為何？

1 因為覺得在飯局裡熱絡暢聊對上司的不滿是件卑鄙的事
2 因為覺得講出對上司的批評可以減少與意見有關的責任
3 因為大家一來一往地討論上司，覺得自己被他人批評
4 因為覺得好像在透過大家一起說上司壞話來掩蓋惡行

解析 題目列出的畫底線句子「何とも言えない嫌な気分になった（有種難以形容的討厭心情）」位在文章第三段，因此請閱讀第三段，並找出針對畫底線句子的相關說明。畫底線處前方寫道：「複数人で批判した事実はあとからじわじわと心の中に広がり」；畫底線處後方則寫道：「円卓で自分の嫌な行いをごまかしたような気持ちになった」，因此答案要選 4 上司の悪口を大勢で言うことで、よくない行いをごまかしたように思ったから（因為覺得很多人都在說主管的壞話，好像藉此把不好的行為蒙混過去）。

61

2 這指的是什麼事？

1 大家一起說某人的壞話
2 對發言的責任淡化
3 每個人都處在均等的立場
4 人人的發言皆平等

解析 題目列出的畫底線字詞「これ（這件事）」位在文章第四段，因此請閱讀第四段，並找出針對畫底線句子的相關說明。畫底線處後方寫道：「良くも悪くも序列はなく、発言の機会も平等であるが故にその声が多ければ多いほど自己の責任は希薄になる」，因此答案要選 2 発言に対する責任が薄まること（減輕對於發言的責任）。

詞彙 均等だ きんとうだ ㊟な形 均等的

62

何者與筆者的看法相符？

1 **一個人發言或行動時會伴隨責任，這點千萬不能忘記。**

2 無論有多麼討厭，都應該拿出責任與勇氣來發言或行動。

3 在類似圓桌會議的平等場合的發言，所有人都應該負責，不是只有個人。

4 圓桌會議是個人人皆可坦蕩發言的場合，所以不能說別人的壞話。

解析 本題詢問筆者透過文章想表達的內容，因此請仔細閱讀文章後半段，確認筆者的想法或主張。第四段中寫道：「行為には責任が伴うことを常に胸に刻むべきである」、以及「せめて責任の所在は自覚しておきたい」，因此答案要選 1 発言や行動には、それを行った人に責任が伴うことを忘れてはいけない（不能忘記說出話語或是做出行動的人，都伴隨著責任）。

詞彙 行動 こうどう 名 行動｜個人 こじん 名 個人

63-64

A

男性勞工請育嬰假的情況遲遲未有起色，原因就出在難以請育嬰假的職場風氣。上一代人被養育小孩是女人的工作的老舊價值觀拘束，只要這些人還在，就無法期待職場風氣會有所改變。

另一方面，年輕主管積極請育嬰假的企業開始逐漸增加。上司率先（註 1）使用這項制度，就能形成一股趨勢。男性若沒有職場的顧慮，請育嬰假的比例應該就會自然提升。最終，夫妻都能毫無顧慮地扛起家務和養小孩的工作，心理負擔會愈來愈少。若這種環境的改變逐漸擴大，將可打造出讓女性也能發光發熱的社會。

B

在以前的年代，男主外女主內是件理所當然的事。而現今的理想社會是夫妻同心協力工作，女性也能和男性一樣在職場發光發熱。

儘管如此，現實的情況是職場的制度與風氣一如既往，男性想請育嬰假就會被上司冷嘲熱諷，甚至還必須放棄升遷。更糟糕的是，實際請到育嬰假的男性當中，有些甚至只是單純請假，無法滿足家事或育兒需求。在家事或育兒這方面毫無經驗的男性即使請幾週的假也只是幫忙，大多不會主動做事。單純請假很可能演變成本末倒置的情況（註 2），反而增加妻子的負擔。最後男性似乎就會變成在打電動、睡午覺，單純休息不工作。不僅是企業，若男性的觀念沒有改變，要打造一個男女皆能發光發熱的環境或許相當困難。

（註 1）率先：比他人還早

（註 2）本末倒置：覺得好而去做的事造成反效果

詞彙 育児 いくじ 名 育兒｜休暇 きゅうか 名 休假｜取得 しゅとく 名 取得｜職場 しょくば 名 職場｜雰囲気 ふんいき 名 風氣｜子育て こそだて 名 養育小孩｜価値観 かちかん 名 價值觀｜とらわれる 動 被拘束｜世代 せだい 名 族群｜～限り ～かぎり 只要～｜期待 きたい 名 期待｜その一方 そのいっぽう 另一方面｜リーダー 名 領導者｜積極的だ せっきょくてきだ な形 積極的｜企業 きぎょう 名 企業｜徐々に じょじょに 副 慢慢地｜増え始める ふえはじめる 開始增加｜上司 じょうし 名 上司｜率先 そっせん 名 率先｜制度 せいど 名 制度｜流れ ながれ 名 趨勢｜不安 ふあん 名 不安｜自然だ しぜんだ な形 自然的｜取得率 しゅとくりつ 名 取得率｜結果 けっか 名 結果｜家事 かじ 名 家事｜育児 いくじ 名 育兒｜任せる まかせる 動 委託｜心理的 しんりてき な形 心理的｜負担 ふたん 名 負擔｜環境作り かんきょうづくり 環境營造｜広がる ひろがる 動 擴大｜活躍 かつやく 名 活躍｜つながる 動 致使｜当たり前だ あたりまえだ な形 理所當然的｜時代 じだい 名 時代｜夫婦 ふうふ 名 夫妻｜力を合わせる ちからをあわせる 同心協力｜理想 りそう 名 理想｜にもかかわらず 儘管如此｜～ものなら 如果要～的話｜皮肉 ひにく 名 諷刺｜昇進 しょうしん 名 升遷｜あきらめる 動 放棄｜～なければならない 必須～｜現実 げんじつ 名 現實｜さらに 副 更加｜実際 じっさい 名 實際｜満足だ まんぞくだ な形 滿足的｜数週間 すうしゅうかん 數週｜ただ 副 僅僅｜主体的だ しゅたいてきだ な形 主動的｜単に たんに 副 單純｜増す ます 動 增加｜本末転倒 ほんまつてんとう 名 本末倒置｜事態 じたい 名 事態｜～かねない 可能～｜意識 いしき 名 觀念｜作り出す つくりだす 動 製造出｜逆効果 ぎゃくこうか 名 反效果

63

關於男性的育嬰假，A 文與 B 文如何敘述？

1 A 文與 B 文皆敘述育嬰假的取得率會維持低迷，今後也不會改變。

2 **A 和 B 都認為難以請假的職場氛圍，阻礙了育嬰假取得比率的增加。**

3 A 文敘述只要男性的擔憂消失，請育嬰假的人就會增加；B 文敘述男性不擅長做家事，因此請育嬰假的人不會增加。

4 A 文敘述如果年輕主管請育嬰假，取得率就會提升；B 文敘述男性不擅長做家事，因此不想請假。

解析 題目提及「男性の育児休暇（男性育嬰假）」，請分別找出文章 A 和 B 對此的看法。文章 A 第一段開頭寫道：「男性の育児休暇の取得がなかなか進まない。その原因は育児休暇を取りにくい職場の雰囲気にある」；文章Ｂ第二段開頭寫道：「職場の制度と雰囲気が変わらず、男性が育児休暇を取ろうものなら、上司から皮肉を言われ、昇進も諦めなければならないのが現実だ」。綜合上述，答案要選２ＡもＢも、休暇を取りにくい職場の雰囲気が、育児休暇の取得率の上昇を妨げていると述べている（Ａ和Ｂ都認為難以請假的職場氛圍，阻礙了育嬰假取得比率的增加）。

詞彙 今後 こんご名今後｜妨げる さまたげる動妨礙
苦手だ にがてだ な形不擅長的

64

關於女性的職場表現，Ａ文與Ｂ文如何敘述？

1 Ａ文敘述只要職場的風氣改變，女性也能有亮眼表現；Ｂ文敘述男性不會放棄升遷，因此女性很難在職場發光發熱。
2 Ａ文敘述只要年邁的主管卸任，女性就能有亮眼表現；Ｂ文敘述只要企業制度改變，女性也能在職場發光發熱。
3 Ａ文敘述如果主管是年輕人，女性也能有亮眼表現；Ｂ文敘述男性不會做家事和養小孩，因此女性很難在職場發光發熱。
4 Ａ文敘述只要環境讓男性可輕易請到育嬰假，女性也能有亮眼表現；Ｂ文敘述只要男性的觀念不改變，女性就很難在職場發光發熱。

解析 題目提及「女性の活躍（女性的活躍）」，請分別找出文章Ａ和Ｂ對此的看法。文章Ａ第二段中間寫道：「男性の職場での不安が無くなれば、自然に育児休暇の取得率が上がっていくだろう」、以及第二段末寫道：「このような環境作りが広がれば、女性が活躍できる社会へとつながっていくと思う」；文章Ｂ第二段最後寫道：「男性の意識を変えていかなければ、男女共に活躍できる環境を作り出すのは難しいのではないだろうか」。綜合上述，答案要選４Ａは男性の育児休暇が取りやすい環境になれば、女性も活躍できると述べ、Ｂは男性の意識が変わらなければ、難しいと述べている（Ａ文敘述只要環境讓男性可輕易請到育嬰假，女性也能有亮眼表現；Ｂ文敘述只要男性的觀念不改變，女性就很難在職場發光發熱）。

詞彙 年配 ねんぱい名年邁｜退職 たいしょく名辭職

65-68

目前許多國家仍維持國境封鎖的狀態，彼此的往來受到了極端的限制。不僅是國境，日本國內甚至要求國民基本上要待在家，將出門次數降低到最小限度。人們的日常行動受到了限制，為的就是避免與他人接觸。人傳人的新型病毒傳染病肆虐全球，為了抑制感染與死亡人數的增加，各國採取了更嚴厲的外出禁止措施，街道不見人影的書面不知道已看過多少次。我們曾在歷史或虛構的故事裡看過未知病毒帶來的恐懼與恐慌，但看到日本的現況以及其他國家的新聞，才意識到它已真實地在我們的眼前上演。

人們大力宣導要避免感染除了洗手和漱口之外，總之就是不接觸他人，重要的是與他人保持物理距離，甚至還出現了「社交距離」一詞。因此，與人見面時不論場所為何，保持２公尺左右的一定距離是種禮儀，接著逐漸演變成常識，最後成為一種日常。為了防止病毒再次流行，或者防範又有別的病毒於未然，人們都認為這種日常應該還會持續。換言之，接觸人這件事預料在未來會成為一種非常珍貴、罕見的體驗，我們的生活究竟會不會演變成這副局面呢？

我深深地覺得，以他人身體為媒介的病毒會促使人類走向孤立。但是，人類本來就是過群居生活的動物。我覺得將人個別隔離，不與任何人見面，全靠網路就能解決一切的生活既行得通，卻也行不通。或許在技術上和物理上是辦得到的。

然而，人類想和他們人見面、進行物理接觸的欲望應該不會消失。說不定在遙遠的未來，身為生物的我們會因應環境變化，連這種欲望都愈來愈少，最後就遺忘了。我腦海想像著這樣的故事——人類哪裡也不去，只在受侷限的空間裡生活，日常生活中別說社交距離了，連和人見面的機會都沒有。接著，人類會接近他人或是與他人物理接觸，讓故事迎接快樂的結局，或者成為劇情的轉捩點。這應該會讓人回想起想跨越所有隔離線的欲望吧。

當人們越線、接觸的時候，不曉得會發生什麼事。但我希望未來可以從中感受到「活生生」的感覺。不，我現在才發現，無論以前還是現在，這份心情都是一樣的。只是現在仍存在各種界線與物理距離，它們不是抽象的，而是化為具體有形的事物存在於眼前。

（註１）恐慌：感到恐懼，慌張，失去冷靜
（註２）漱口：嘴裡含水或藥來洗淨喉嚨與口腔

詞彙 国境 こっきょう名國境｜閉鎖 へいさ名封鎖
往来 おうらい名往來｜極端だ きょくたんだ な形極端的
制限 せいげん名限制｜日本 にほん名日本
国内 こくない名國內｜移動 いどう名移動
外出 がいしゅつ名外出｜最小限 さいしょうげん名最低限度
基本的だ きほんてきだ な形基本的｜在宅 ざいたく名在家
要請 ようせい名要求｜他人 たにん名他人
接触 せっしょく名接觸｜避ける さける名避免
日常 にちじょう名日常｜行動 こうどう名行動
感染 かんせん名感染｜新型 しんがた名新型
ウイルス名病毒｜感染症 かんせんしょう名傳染病
世界中 せかいじゅう 全球
猛威をふるう もういをふるう 發威
感染者 かんせんしゃ名感染者｜死亡者 しぼうしゃ名死亡者
増加 ぞうか名增加｜抑える おさえる動抑制｜さらに副更加
外出 がいしゅつ名外出｜禁止 きんし名禁止｜措置 そち名措施
映像 えいぞう名影像｜幾度となく いくどとなく 多少次
未知 みち名未知｜もたらす動帶來｜恐怖 きょうふ名恐懼
恐慌 きょうこう名恐慌｜歴史 れきし名歷史
様々だ さまざまだ な形各式各樣的｜フィクション名虛構故事

見知る みしる 動 看過 | 現状 げんじょう 名 現況
他国 たこく 名 他國 | 現実 げんじつ 名 現實 | まさに 副 正是
手洗い てあらい 名 洗手 | うがい 名 漱口 | とにかく 副 總之
物理的だ ぶつりてきだ な形 物理的 | 距離 きょり 名 距離
重要だ じゅうようだ な形 重要的 | 盛んに さかんに 副 熱烈的
社会的 しゃかいてき な形 社會的 | ～なる 成為～
～を問わず ～をとわず 不論～ | 一定 いってい 名 一定
保つ たもつ 動 保持 | 礼儀 れいぎ 動 禮儀
常識 じょうしき 名 常識 | ～つつあり 逐漸～
再流行 さいりゅうこう 名 再次流行 | あるいは 副 或是
また別の またべつの 又有別的 | 未然 みぜん 名 未然
貴重だ きちょうだ な形 珍貴的 | まれだ な形 罕見的
体験 たいけん 名 體驗 | 未来 みらい 名 未來 | 予想 よそう 名 預料
果たして はたして 副 究竟 | 身体 しんたい 名 身體
媒体 ばいたい 名 媒體 | 恐ろしさ おそろしさ 名 恐怖
孤立 こりつ 名 孤立 | 促す うながす 動 促使
つくづく 副 深深地 | 本来 ほんらい 名 本來 | 群れ むれ 名 群體
個別 こべつ 名 個別 | 隔離 かくり 名 隔離
誰とも だれとも 任誰都 | 全て すべて 名 全部
オンライン 名 線上 | 事足りる ことたりる 動 足夠
可能だ かのうだ な形 可能的 | 技術的 ぎじゅつてき な形 技術上的
出会う であう 動 相遇 | 欲求 よっきゅう 名 欲望
もしかすると 或許 | 将来 しょうらい 名 將來
生物 せいぶつ 名 生物 | 環境 かんきょう 名 環境
変化 へんか 名 變化 | 応じる おうじる 動 因應
薄れる うすれる 動 變弱 | どこへも 哪裡也不
空間 くうかん 名 空間 | 物語 ものがたり 名 故事
想像 そうぞう 名 想像 | 接近 せっきん 名 接近
ハッピーエンド 名 快樂的結局 | または 副 或是
転換点 てんかんてん 名 轉捩點 | あらゆる 所有 | 線 せん 名 線
越える こえる 動 跨越 | 起こる おこる 動 發生
感じる かんじる 動 感覺 | 今更 いまさら 副 事到如今
気づく きづく 動 發現 | 線引き せんびき 名 劃分
抽象 ちゅうしょう 名 抽象 | 身体的 しんたいてき 名 有形的
具体性 ぐたいせい 名 具體性 | おそわれる 動 襲來
あわてる 動 慌張 | 平静さ へいせいさ 名 冷靜
失う うしなう 動 失去 | 洗浄 せんじょう 名 洗淨

65

文中提到人們的日常行動受到了限制，筆者舉了哪個例子來說明這種生活？

1 減少外出
2 在家工作
3 洗手
4 防範於未然

解析 題目列出的畫底線句子「日常の行動を制限される生活（限制日常行動的生活）」位在文章第一段，因此請閱讀第一段，並從中找出針對畫底線句子的相關說明。畫底線處前方寫道：「日本国内でも移動、外出は最小限とし基本的に在宅を要請」，因此答案要選 1 外出を減らす（減少外出）。

66

筆者敘述今後的社會將如何改變？

1 洗手和漱口成為與人見面時的禮儀。
2 人類會經常獨來獨往，成為珍貴的體驗。
3 與他人直接見面的經驗會變得非常珍貴。
4 至今沒見過的現實會經常上演。

解析 本題詢問筆者對於未來社會變化的看法，因此請仔細閱讀文章第二段，確認相關內容。第二段中寫道：「ヒトと接触することは非常に貴重な、まれな体験となる未来が予想されるのだが、果たしてどのような生活になるだろう」，因此答案要選 3 他人と直接会うという経験が非常に大切になる（與他人面對面的經驗變得相當珍貴）。

詞彙 直接 ちょくせつ 名 直接

67

關於人類的特性，筆者如何敘述？

1 人類是一種難以壓抑各種欲望的生物。
2 人類是群居生活的生物，不會獨來獨往。
3 人類是一種也能習慣不見任何人，可以變化的生物。
4 人類是一種只能在受侷限的空間裡生活的生物。

解析 本題詢問筆者對於人類特性的看法，因此請仔細閱讀文章第三段，確認相關內容。第三段中寫道：「ヒトは本来群れで生きる動物である」，因此答案要選 2 孤立することなく、集団で生活する生き物である（是一種不會獨來獨往的群居動物）。

詞彙 性質 せいしつ 名 特性 | 抑える おさえる 動 壓抑
生き物 いきもの 名 生物 | 集団 しゅうだん 名 群體
対応 たいおう 名 應付 | 限定 げんてい 名 限定

68

筆者在本文中敘述的事情為何？

1 與他人接觸一事，無論是以前還是現都伴隨著危險，不曉得會發生什麼事。
2 想與他人建立關係、身體接觸的欲望，今後並不會消失。
3 與他人保持物理距離避免接觸今後也不會成為社會的常識。
4 促使人類孤立、遠離他人的病毒的恐怖之處在於，它會擴大人類生活的可能性。

解析 本題詢問筆者透過文章想表達的內容，因此請仔細閱讀文章後半段，確認筆者的想法或主張。第四段中寫道：「他者と出会いたい、物理的に接触したいという欲求は消えないはずだ」，因此答案要選 2 他人と関わり、身体的にも接触したいという欲求は、これからもなくならないだろう（想與他人建立關係、身體接觸的欲望，今後並不會消失）。

詞彙 変わらず かわらず 副 依舊 | 伴う ともなう 動 伴隨
関わる かかわる 動 交際 | 可能性 かのうせい 名 可能性
広げる ひろげる 動 擴大

69

田中現在對打造使用永續能源的社會很有興趣，他希望能解讀社會整體的動向，同時進行都市計畫，他應該就讀哪個科系，並選擇哪個科系當輔系呢？

1　就讀社會系，並修讀電力電子應用工程系的課程當輔系。
2　就讀政治系，並修讀建築系的課程當輔系。
3　就讀建築系，並修讀社會系的課程當輔系。
4　就讀電力電子應用工程系，並修讀建築系的課程當輔系。

解析 本題詢問的是田中適合選擇的科系。題目列出的條件為：（1）社会全体の動きを読み取りながら（掌握整體社會的動向）（2）都市計画ができる（能進行都市計畫）。

（1）掌握整體社會的動向：社会学科「多角的なアプローチから現代社会を読み解く専門知識と実践力を養い（從多個角度出發，培養解讀現代社會的專業知識和實踐能力）」

（2）能進行都市計畫：建築学「グローバルな視野で建築と都市の未来を創造する「まちづくり」のスペシャリストを育成する（培養以全球視野創造建築和城市未來的「城市建設」專家）」

綜合上述，答案要選 3 建築学科に入り、副専攻として社会学科の授業を履修する（進入建築系，輔修社會學系）。

詞彙 持続可能なエネルギー じぞくかのうなエネルギー 永續能源
全体 ぜんたい 名 整體｜動き うごき 名 動向
読み取る よみとる 動 解讀｜都市 とし 名 都市
学科 がっか 名 學系｜副専攻 ふくせんこう 名 輔系
社会学科 しゃかいがっか 名 社會系
電気電子応用工学科 でんきでんしおうようこうがくか 名 電力電子應用工程系
政治学科 せいじがっか 名 政治系
建築学科 けんちくがっか 名 建築系

70

約翰是在日本出生的外國人，目前是日本的高中 3 年級生。他如果要和友人參加大學的學院說明會，必須如何預約？

1　2 天前打電話預約。
2　4 天前打電話預約。
3　2 天前寄電子郵件預約。
4　4 天前寄電子郵件預約。

解析 本題詢問的是約翰要做的事情。題目列出的條件為：日本の高校の 3 年生（日本的高中三年級）、友人と参加（與朋友一起參加）。而表格下方的「学部説明会（大學說明會）」寫道：「E メールの場合は 4 日前までにお願いします。2 人以上でのお申し込みは、E メールでお願いします」，因此答案要選 4 E メールで、4 日前までに予約する（四天前透過電子郵件預約）。

詞彙 学部 がくぶ 名 學院｜説明会 せつめいかい 名 說明會
参加 さんか 名 參加

69-70 關北大學

關北大學

院系簡介

★ 關北大學的所有學院皆可修讀考取教師證照的科目。
★ 輔系可跨院修讀。

學院	學系	學系目標	未來出路
工學院	電力電子應用工程	培養能有效利用電力並貢獻社會的人才。	半導體技術員、精密機械技術員、機械技術員、研究員
	資訊工程	學習 AI、感性工學等各種資訊科技的知識，培養能貢獻社會的人才。	電信技術員、精密機械技術員、資訊工程技術員、研究員
	建築學	培養透過國際視野來創造建築與都市未來的「城市規劃」專家。	建築師、土木建築工程技術員、研究員、店面設計師
文學院	本國文學 西洋文學	透過思想、藝術、文化、地區及歷史闡明人類存在的本質。	圖書館事務員、學藝員
	語言學系	透過語言學研究並闡明文化與人類的狀態、人類存在的意義，以及人類行為的本質。	學藝員、研究員
	社會學系	藉由多方面的剖析培養解讀現代社會的專業知識與實踐力，培養能實現理想社會的人才。	宣傳、公關、新聞工作者、企劃市調
教育學院	教育學系	培養理解兒童，且具有實踐力、教學能力以及人格魅力的教育者。	中學教師、幼稚園教師、小學教師、托育人員、特殊教育教師
法學院	法律學系	透過生活周遭的事件與訴訟案件學習法律，為存在於社會裡的課題尋求解決方法。	檢察官、司法事務官、律師、書記官、法官、國家公務員
	政治學系	學習國內外的政治，探究建構更好的社會的方法。	政治家、公務員、新聞工作者、國際公務員、聯合國職員

【學院說明會】8 月 1 日（一）～ 17 日（三）
1 天 2 場，時間為 10：00 － 12：00、14：00 － 16：00。
說明會將以電話或電子郵件的方式受理報名。若採電話報名，請在說明會的 2 天前報名；若採電子郵件報名，請在說明會的 4 天前報名。2 人以上報名請透過電子郵件。
海外居民的說明會將另行舉辦。日程等資訊請透過電子郵件洽詢。

詞彙 学科 がっか 名 學系｜教員 きょういん 名 教師
免許 めんきょ 名 證照｜取得 しゅとく 名 取得
科目 かもく 名 科目｜受講 じゅこう 名 修課
副専攻 ふくせんこう 名 輔系｜超える こえる 動 跨越
可能だ かのうだ な形 能夠的｜工学部 こうがくぶ 名 工學院
電力 でんりょく 名 電力｜有効 ゆうこう 名 有效
貢献 こうけん 名 貢獻｜人材 じんざい 名 人才
育成 いくせい 名 培養｜半導体 はんどうたい 名 半導體
技術者 ぎじゅつしゃ 名 技術員｜精密 せいみつ 名 精密
研究者 けんきゅうしゃ 名 研究員｜情報 じょうほう 名 資訊
工学 こうがく 名 工學｜感性 かんせい 名 感性

多彩だ たさいだ な形 各種的｜通信 つうしん 名 通訊
建築学 けんちくがく 名 建築學｜グローバルだ な形 國際的
視野 しや 名 視野｜都市 とし 名 都市｜創造 そうぞう 名 創造
まちづくり 名 城市規劃｜スペシャリスト 名 專家
建築士 けんちくし 名 建築師｜土木 どぼく 名 土木
店舗 てんぽ 名 店面｜デザイナー 名 設計師
文学部 ぶんがくぶ 名 文學院｜国文学 こくぶんがく 名 本國文學
思想 しそう 名 思想｜芸術 げいじゅつ 名 藝術
地域 ちいき 名 地區｜存在 そんざい 名 存在
本質 ほんしつ 名 本質｜解き明かす ときあかす 動 闡明
司書 ししょ 名 圖書事務員｜学芸員 がくげいいん 名 學藝員
言語学科 げんごがっか 名 語言學系｜ありよう 名 狀態
意義 いぎ 名 意義｜営み いとなみ 名 行為
解明 かいめい 名 闡明｜社会学科 しゃかいがっか 名 社會學系
多角的だ たかくてきだ な形 多方面的｜アプローチ 名 接近
現代 げんだい 名 現代｜読み解く よみとく 動 解讀
知識 ちしき 名 知識｜実践力 じっせんりょく 名 實踐力
養う やしなう 動 培養｜理想的だ りそうてきだ な形 理想的
実現 じつげん 名 實現｜宣伝 せんでん 名 宣傳
広報 こうほう 名 公關｜ジャーナリスト 名 新聞工作者
企画 きかく 名 企劃｜調査 ちょうさ 名 調查
教育学部 きょういくがくぶ 名 教育學院
教育学科 きょういくがっか 名 教育學系｜理解 りかい 名 理解
教育力 きょういくりょく 名 教學能力
人間力 にんげんりょく 名 人格魅力
備える そなえる 動 具備｜教育者 きょういくしゃ 名 教育者
教諭 きょうゆ 名 教師｜幼稚園 ようちえん 名 幼稚園
保育士 ほいくし 名 托育人員｜支援 しえん 名 支援
法学部 ほうがくぶ 名 法學院｜法律学科 ほうりつがっか 名 法律學系
身近だ みぢかだ な形 身邊的｜事件 じけん 名 事件
裁判 さいばん 名 裁判；訴訟案件｜課題 かだい 名 課題
解決策 かいけつさく 名 解決方法｜探る さぐる 動 尋求
検察官 けんさつかん 名 檢察官｜裁判所 さいばんしょ 名 法院
事務官 じむかん 名 事務官｜弁護士 べんごし 名 律師
司法書士 しほうしょし 名 書記官｜裁判官 さいばんかん 名 法官
国家 こっか 名 國家｜政治学科 せいじがっか 名 政治學系
国内外 こくないがい 名 國內外｜よりよい 更好的
構築 こうちく 名 建構｜探究 たんきゅう 名 探究
政治家 せいじか 名 政治家｜国連 こくれん 名 聯合國
職員 しょくいん 名 職員｜ただし 接 但是
受け付く うけつく 動 受理｜海外 かいがい 名 海外
在住 ざいじゅう 名 居住｜別途 べっと 名 另行
問い合わせる といあわせる 動 洽詢

聽解

p.147

☞ 問題 1　在問題 1 的大題，請先聆聽題目。接著請聆聽對話，從答案卷 1 到 4 的選項中，選出一個最適當的答案。

1

[音檔]

大学で男の学生と女の学生が話しています。男の学生はスピーチコンテストに向けてこの後まず何をしますか。

M：今日は練習に付き合ってくれてありがとう。

F：すごくいい内容だね。話に引き込まれるというか。入賞が狙えるかもって思ったよ。

M：ほんと？それはうれしいなあ。聞いてもらうの初めてなんだけど、何かアドバイスがあったら、教えてくれないかな。

F：そうねえ。時間を計ってたんだけど、7分ちょっとだったよ。規定では6分以内だから、ちょっと短くしないとね。[1]本番は緊張して早口になっちゃうとは思うんだけど。[2]頭のほうの子どもの頃の話、ちょっと削れるんじゃないかな。

M：[2]わかった。そうするよ。

F：あ、それから去年私が出場したときは事前に一度、日本人の友達に聞いてもらったよ。それで発音のわかりにくいところとかを指摘してもらったんだ。

M：それいいね。[3]原稿直してスピーチ暗記したら、クラスの友達にお願いしてみるよ。あー、練習してみたら、急に緊張してきちゃったよ。ねえねえ、去年、緊張してないみたいだったけど、そういうタイプ？

F：ううん、その逆。コンテストに申し込んだことを本当に後悔したよ。でも、やめるってわけにもいかないしね。直前まで人形を並べて何度も練習したわよ。

M：へえ、そうなんだ。[4]僕も後でやってみよう。

男の学生はスピーチコンテストに向けてこの後まず何をしますか。

[題本]

1 早口にならないように練習する
2 スピーチの内容を減らす
3 日本人の友達に聞いてもらう
4 人形を目の前に置いて練習をする

中譯 男學生與女學生正在大學裡交談。男學生接下來會先做什麼事來準備演講比賽？

M：今天謝謝妳陪我練習。

F：內容很棒喔。該說內容很吸引人嗎？我覺得應該可以得名喔。

M：真的嗎？聽妳這麼說還真開心。我是第一次練習給別人看，有什麼建議的話可以跟我說嗎？

F：這個嘛。我有計時，長度大概超過 7 分鐘一點點喔。規定是 6 分鐘以內，得縮短一點才行。[1] 雖然我覺得正式上場會緊張就不小心說太快，[2] 但開頭的小時候的故事應該可以刪掉一點吧。

M：[2] 我懂了，就這麼辦吧。

F：啊，還有，我去年參加的時候有事先請日本人朋友聽我演講喔。所以他有幫我指出發音聽不清楚的地方。

M：這招不錯耶。[3] 我改完原稿背完講稿後，會拜託班上的同學幫我聽聽看的。啊，我只要練習就會突然緊張起來。話說妳去年好像不緊張呢，妳是這種類型的人嗎？

F：不，我是相反。我很後悔報名比賽耶。但是又不可能放棄。所以我到比賽的前一刻都擺娃娃在面前一直練習呢。

M：哇，這樣啊。[4] 我之後也來試試看吧。

男學生接下來會先做什麼事來準備演講比賽？

1　練習不要講太快

2　刪減演講內容

3　請日本人朋友聽自已練習

4　在面前擺娃娃練習

解析　本題要從 1「練習放慢語速」、2「縮減內容」、3「給日本朋友聽」、4「在娃娃面前練習」當中，選出男子最先要做的事情。對話中，女子提出：「頭のほうの子どもの頃の話、ちょっと削れるんじゃないかな」。而後男子回應：「わかった。そうするよ」，因此答案要選 2 スピーチの内容を減らす（縮減講稿內容）。1 不需要做這件事；3 和 4 待修完講稿後才要做。

詞彙　スピーチ名演講｜コンテスト名競賽
付き合う つきあう動陪伴｜內容 ないよう名內容
引き込まれる ひきこまれる動吸引人｜入賞 にゅうしょう名得名
狙う ねらう動瞄準｜アドバイス名建議｜計る はかる動測量
規定 きてい名規定｜本番 ほんばん名正式上場
緊張 きんちょう名緊張｜早口 はやくち名說話快
削る けずる動刪減｜出場 しゅつじょう名出場
事前 じぜん名事前｜指摘 してき名指出｜原稿 げんこう名原稿
暗記 あんき名背誦｜逆 ぎゃく名相反
申し込む もうしこむ動報名｜後悔 こうかい名後悔
直前 ちょくぜん名前一刻｜減らす へらす動刪減

2

[音檔]

店員と女の客が話しています。女の客は、このあと何をしますか。

M：いらっしゃいませ。

F：すみません。広告に載っていた抽選会って、こちらですか。

M：はい。ご参加いただくにあたって、当店のポイントカードをお持ちかどうか確認させていただいておりますが。

F：あ、そうなんですか。ポイントカード、持っていないんですが。

M：それでしたら、本日ポイントカードをお作りいただくか、[2]先に店内で指定の商品をお買い上げいただいて、そのレシートをお見せいただければご参加いただけます。

F：どんな指定商品があるんですか。

M：はい。[2]本日は国産牛肉２パックか、お米10キロが指定商品となっております。

F：そうですか。ポイントカードはすぐに作れますか。

M：はい。本日身分証をお持ちでしたらすぐお作りできます。

F：身分証か。えーと…。うーん。[1]てっきり身分証はお財布に入ってると思ってたのになあ。[4]帰るのも面倒だし、せっかくだから、[2][3]軽いものでも買おうかな。

女の客は、このあと何をしますか。

[題本]

1 ポイントカードを作る

2 牛肉を2パック買う

3 お米を買って帰る

4 身分証を取ってくる

中譯　店員與女客人正在交談。女客人接下來會做什麼事？

M：歡迎光臨。

F：不好意思，廣告上刊登的抽獎活動是在這裡嗎？

M：是的。要參加的話，我們會先確認您是否有本店的集點卡。

F：啊，這樣啊。我沒有集點卡耶。

M：這樣的話，您可以今天申辦集點卡，[2] 或是先在店內購買指定商品，並出示該筆消費的收據就能參加。

F：指定商品有哪些呢？

M：是的，[2] 今天的指定商品是兩包國產牛肉，或是 10 公斤的白米。

F：這樣啊。集點卡立刻就能申辦嗎？

M：是的，您今天有攜帶身分證的話立刻就能為您辦理。

F：身分證啊。這個嘛……呃……。[1] 我本來還以為錢包裡肯定有身分證的說。[4] 回家也很麻煩，機會難得，[2][3] 還是買點小東西好了。

女客人接下來會做什麼事？

1　申辦集點卡

2　買兩包牛肉

3　買白米回家

4　拿身分證過來

解析 本題要從 1「辦集點卡」、2「買兩包牛肉」、3「買米」、4「回去拿身分證」當中，選出女客人接下來要做的事情。對話中，男子表示：「先に店内で指定の商品をお買い上げいただいて、そのレシートをお見せいただければご参加いただけます，本日は国産牛肉 2 パックか、お米 10 キロが指定商品となっております」。而後女子回應：「軽いものでも買おうかな」，因此答案要選 2 牛肉を 2 パック買う（買兩包牛肉）。1 女子沒有帶身分證；3 和 4 為她決定不做的事。

詞彙 広告 こうこく 名 廣告｜載る のる 動 刊登
抽選会 ちゅうせんかい 名 抽獎活動｜参加 さんか 名 參加
当店 とうてん 名 本店｜ポイントカード 名 集點卡
確認 かくにん 名 確認｜本日 ほんじつ 名 本日
店内 てんない 名 店內｜指定 してい 名 指定
商品 しょうひん 名 商品｜買い上げ かいあげ 名 購買
レシート 名 收據｜国産 こくさん 名 國產｜パック 名 包
身分証 みぶんしょう 名 身分證｜てっきり 副 肯定
面倒だ めんどうだ な形 麻煩的｜せっかく 副 難得

3

[音檔]

病院で医者と男の人が話しています。男の人は、このあとまず何をしますか。

F：以上で診察は終わりです。また、1 週間くらいしたら来てください。

M：ありがとうございました。

F：じゃあ、[1] この後は会計ですから、部屋を出たら、受付に行ってこの診察票を係の者にお渡しください。

M：あの、薬はどうやってもらうんですか。

F：今日、お出しした薬はすべて通りの向かいの薬局で扱ってますので、会計の後、そちらで購入してください。

M：あの、今日はどうしても急いでいて、ちょっと薬局に行っている時間がないかもしれないんですが…。

F：そうですか。[2] 四日以内なら処方せんを持って行けば、どこの薬局でも買えますよ。[3] 診察票を渡すときに、そのことも念のためお話ししといてください。

M：わかりました。

F：ああ、でも、[4] 今日も薬を飲んでほしいから、どこでもいいので、薬局ですぐ買ってくださいね。

M：はい。

男の人は、このあとまず何をしますか。

[題本]

1 受付に行って診察票を渡す
2 薬局で急いでいると言う
3 受付で薬局に行くことを話す
4 どこかの薬局で薬を買う

中譯 醫生與男人正在醫院裡交談。男人接下來會先做什麼事？

F：看診到此結束。請 1 週左右後再來回診。

M：謝謝。

F：那，[1] 待會會向您結帳，出診間後請到櫃台，把這張診斷書交給負責人。

M：那個，藥要怎麼領呢？

F：今天開給您的藥，馬路對面的藥局全部都有提供，請結帳後到那裡購買。

M：那個，我今天很趕時間，可能沒什麼時間去藥局……。

F：這樣啊。[2] 四天以內拿處方箋去的話，任何一間藥局都能買喔。[3] 保險起見，交診斷書的時候記得也和負責人說一聲。

M：我了解了。

F：啊，但是 [4] 我希望你今天也能服藥，哪間都好，請立刻去藥局買。

M：好的。

男人接下來會先做什麼事？

1　去櫃檯交診斷書
2　向藥局說自己在趕時間
3　向櫃台說要去藥局的事
4　到隨便一間藥局買藥

解析 本題要從 1「至櫃檯交出診斷書」、2「告知藥局在趕時間」、3「告知櫃檯要前往藥局」、4「去藥局買藥」當中，選出男子最先要做的事情。對話中，女子表示：「この後は会 計ですから、部屋を出たら、受付に行ってこの診察票を係の者にお渡しください」，因此答案要選 1 受付に行って診察票を渡す（去櫃檯交診斷書）。2 和 3 皆不需要做；4 為結帳後才要做的事。

詞彙 診察 しんさつ 名 看診｜会計 かいけい 名 結帳
診察票 しんさつひょう 名 診斷書｜係 かかり 名 負責人員
向かい むかい 名 對面｜薬局 やっきょく 名 藥局
扱う あつかう 動 買賣｜購入 こうにゅう 名 購買
処方せん しょほうせん 名 處方箋｜念のため ねんのため 保險起見

4

[音檔]

会社で女の人と部長が話しています。女の人はまず何をしますか。

F：部長、今、少しよろしいでしょうか。

M：うん、どうした？

F：実は、先ほどお客様からクレームの電話がありまして…。納品した製品に問題があったそうなんです。それで、午後に客先に行って確認してこようと思ってるんですが。

M：それ、先週納品した高山工業の件？それなら私も行ったほうがいいから、[3]向かいながら車の中で詳しい状況を聞かせて。

F：はい。私はまず資料を準備しておきます。

M：それより、できるだけ早く向かったほうがいい。[2]資料は先週、納品の時に使ったのを使うから、[4]印刷しておいて。

F：[4]わかりました。

M：電話をくれたのは、田中様だった？

F：いえ、鈴木様です。

M：わかった。[1]私からも高山工業に電話しておくよ。

女の人はまず何をしますか。

[題本]

1 お客様に電話をする
2 資料を作る
3 部長に説明する
4 資料を印刷する

中譯 女人和部長正在公司裡交談。女人會先做什麼事？

F：部長，現在方便耽誤您一點時間嗎？

M：嗯，怎麼了？

F：其實，剛才有客戶打電話來抱怨……。我們交貨的產品好像有問題。所以我想說下午先去客戶那邊確認一趟。

M：妳是說上禮拜交給高山工業的那批貨嗎？這樣我也去一趟比較好，[3]去的途中向我說明一下詳細情況吧。

F：好的，我會先準備好資料。

M：比起這個，我們盡快去客戶那邊比較好。[2]資料就用上禮拜交貨時用的那份，先印出來吧。

F：[4]了解。

M：打電話來的是田中嗎？

F：不是，是鈴木。

M：了解。[1]我也會先打電話給高山工業。

女人會先做什麼事？

1 打電話給客戶
2 製作資料
3 向部長說明
4 影印資料

解析 本題要從1「致電客戶」、2「製作資料」、3「跟部長說明」、4「列印資料」當中，選出女子最先要做的事情。對話中，男子提出：「印刷しておいて」。而後女子回應：「わかりました」，因此答案要選4 **資料を印刷する**（列印資料）。1為部長要做的事；2為不需要做的事；3為印完資料後才要做的事。

詞彙 先ほど さきほど 名剛才｜クレーム 名抱怨
納品 のうひん 名交貨｜製品 せいひん 名產品
客先 きゃくさき 名客戶｜確認 かくにん 名確認
工業 こうぎょう 名工業｜詳しい くわしい い形詳細的
状況 じょうきょう 名狀況｜資料 しりょう 名資料
印刷 いんさつ 名影印

5

[音檔]

レストランの男の店長と飲食店経営の専門家が話しています。男の店長は、今後レストランをどのように改善しますか。

M：開店当初はお客様がたくさんいらっしゃったんですけど、店内のレイアウトを変更した後、お客様が減ってしまって。料理は変えてないんですが。

F：そうですか。[1]レイアウトは特に気になりませんよ。それより、ここ1年の間に近所で何か変化はありましたか。

M：そうですね。駅前の再開発が進んだことでしょうか。でも、駅前にできた店の多くはうちとジャンルが異なるので関係ないと思うんですけど。

F：確かにお店の種類はそうです。しかし、この地域を訪れる客層が変化してきたのではありませんか。

M：そう言われてみれば。以前は年配の方が多かったんですが。

F：若い夫婦や家族連れが増えたんですね。やはり、客層の変化が原因ではないかと思います。

M：じゃ、若い人に合わせてメニューの価格を見直したほうがいいんでしょうか。

F：[2]いえ、一律に下げたら経営が苦しくなるだけですし、今までの店の雰囲気も損ねてしまう恐れがあります。[4]既存のメニューはそのままで、若い客層にも手が届く価格帯のメニューを提供してはいかがでしょうか。

M：メニューを増やすんですか。

F：今のメニューの中で価格を下げられるものがあればそれでもいいと思いますが。

M：うーん。[3]それはちょっと難しそうなので、[4]新しく考えてみようと思います。

男の店長は、今後レストランをどのように改善しますか。

[題本]

1 店のレイアウトを元に戻す
2 全てのメニューの値段を安くする
3 一部のメニューの価格を変更する
4 様々な値段のメニューを用意する

中譯 男店長正在餐廳裡和餐飲店經營專家交談。男店長今後會如何改善餐廳？

M：剛開幕的時候有很多客人光顧，但店內的空間佈局更改後客人就變少了。菜色沒變就是了。

F：這樣啊。[1] 空間佈局我倒不特別在意。比起這點，這一年間附近有什麼變化嗎？

M：這個嘛。應該就是車站前有進行重新開發吧。但是，車站前開的店很多都和本店的類型不同，所以我想應該沒有關係。

F：確實店面的種類是這樣。但會不會是來這個地區的客群開始有所改變呢？

M：聽您這麼說，以前的確是年長的人比較多。

F：年輕夫婦和攜家帶眷的客群變多了對吧？我覺得原因果然還是客群的變化。

M：那，我是不是要迎合年輕人，重新制定一下菜單品項的價格比較好？

F：[2] 不，一律調降價格只會讓經營更艱苦，而且也有可能破壞店面至今的氛圍。[4] 既有的品項維持原價就好，您要不要嘗試提供年輕客群也負擔得起的價格區間的品項？

M：增加品項嗎？

F：現在菜單裡有能調降價格的品項的話，我覺得就直接降價也行。

M：嗯……。[3] 這好像有點困難，我還是想想看新的品項好了。

男店長今後會如何改善餐廳？

1　將空間佈局恢復原狀
2　調降所有品項的價錢
3　更改部分品項的價格
4　準備各種價格的品項

解析　本題要從 1「恢復原有配置」、2「降低所有品項的價格」、3「更改部分品項的價格」、4「準備各種價格的品項」當中，選出男子接下來要做的事情。對話中，女子提出：「既存のメニューはそのままで、若い客層にも手が届く価格帯のメニューを提供してはいかがでしょうか」。而後男子回應降價有困難，並表示：「新しく考えてみようと思います」，因此答案要選 4 様々な値段のメニューを用意する（準備各種價格的品項）。1 和 2 皆為不需要做的事；3 男子表示執行上有困難。

詞彙　店長 てんちょう 名 店長｜飲食店 いんしょくてん 名 餐飲店
經営 けいえい 名 經營｜専門家 せんもんか 名 專家
今後 こんご 名 今後｜改善 かいぜん 名 改善
開店 かいてん 名 開店｜当初 とうしょ 名 當初
店内 てんない 名 店內｜レイアウト 名 空間佈局
変更 へんこう 名 更改｜減る へる 動 減少｜変化 へんか 名 變化
駅前 えきまえ 名 車站前｜再開発 さいかいはつ 名 重新開發
ジャンル 名 種類｜異なる ことなる 動 相異
種類 しゅるい 名 種類｜地域 ちいき 名 地區
訪れる おとずれる 動 造訪｜客層 きゃくそう 名 客群
年配 ねんぱい 名 年邁｜夫婦 ふうふ 名 夫妻
メニュー 名 菜單品項｜価格 かかく 名 價格
見直す みなおす 動 重新審視｜一律だ いちりつだ な形 一律的
苦しい くるしい い形 艱苦的｜雰囲気 ふんいき 名 氛圍
損ねる そこねる 動 損害｜恐れ おそれ 名 疑慮
既存 きそん 名 既有｜手が届く てがとどく 負擔得起
価格帯 かかくたい 名 價格區間｜提供 ていきょう 名 提供
様々だ さまざまだ な形 各種的

6

[音檔]

大学でテニス部の男の学生と女の学生がテニス部のチラシについて話しています。男の学生はチラシをどのように直しますか。

M：先輩、新入生に配布するチラシ、目を通していただけましたか。

F：ああ、これね。ちょうど今見てたの。[1]活動内容が簡潔にまとまってて、いいと思ったわ。文字数が多いと、読みにくくて結局だれも読まないからね。体験入部の日も目立つところにあるし、活動の曜日、時間、年間のスケジュールもわかりやすくていいと思う。

M：そうですか。もう少し詳しく書こうかなと思ったんですが、書かなくてよかったです。

F：でも、文字しかないから、写真を入れたらどうかな。楽しい雰囲気を伝えたほうが、入部希望者が増えると思うよ。ほら、合宿の写真とか。みんなで撮ったのですごくいいの、あったじゃない。

M：ええ、僕もそう思ったんですけどね。[2]でも、載せてほしくないって部員が何人かいたんですよ。

F：そっか、それなら[3]イラストにしたら？ インターネット上に、無料で使えるのがあるし。

M：[3]そうですね。じゃあ、ここの空いてるスペースに。

F：あ、それから、連絡先が田中君の電話番号だけだけど、メールアドレスも書いておくといいんじゃないかな。電話だとちょっとって思う人もいるみたいだから。

M：あれ？[4]電話番号の下に入れたと思うんですが。

F：あ、ほんとだ。見落としてたわ。

男の学生はチラシをどのように直しますか。

[題本]

1　文字数を減らす
2　合宿の写真を入れる
3　イラストを入れる
4　メールアドレスを書く

中譯　網球社的男學生與女學生正在大學裡談論有關網球社傳單的事。男學生會如何修改傳單？

M：學姊，能請您過目一下要發給新生的傳單嗎？

F：啊，這個啊，我剛好看完。[1] 活動內容彙整得很簡潔，我覺得很棒喔。因為字數太多的話很難閱讀，到最後就沒人會看了。入社體驗的日期也標示得很顯眼，活動日期、時間、全年行事曆也清楚易懂，我覺得做得很好。

M：這樣啊。我還想說寫得更仔細一點，幸好沒有寫。

F：但是現在只有文字，要不要放點照片呢？我覺得傳達社團開心的氣氛會讓想加入的人變多喔。你看，像是集訓的照片之類的，我們不是有很棒的團體照嗎？

M：對耶，我也是這麼想的。[2] 但是，有幾個社員不想被刊登在上面耶。

F：這樣啊，[3] 那插圖的話如何？而且網路上還有可以免費使用的。

M：[3] 對耶。那我把它放在這個空白的地方。

F：啊，還有，聯絡方式只有田中同學的電話號碼，是不是寫一下電子郵件地址比較好？因為有些人可能不太想打電話。

M：咦？[4] 我記得我寫在電話號碼的下面耶。

F：啊，真的耶。我漏看了啦。

男學生會如何修改傳單？

1　刪減字數

2　放集訓的照片進去

3　放插圖進去

4　寫電子郵件地址

解析　本題要從 1「減少字數」、2「加上集訓營照片」、3「加上插圖」、4「寫下電子郵件地址」當中，選出男學生接下來要做的事情。對話中，女子提出：「イラストにしたら？インターネット上に、無料で使えるのがあるし」。而後男子回應：「そうですね。じゃあ、ここの空いてるスペースに」，因此答案要選 3 イラストを入れる（加上插圖）。1 為不需要做的事；2 提及有社員不願意；4 為已經做的事。

詞彙　チラシ 名 傳單｜新入生 しんにゅうせい 名 新生
配布 はいふ 名 發放｜目を通す めをとおす 過目
活動 かつどう 名 活動｜内容 ないよう 名 內容
簡潔だ かんけつだ な形 簡潔的｜まとまる 動 彙整
文字数 もじすう 名 字數｜結局 けっきょく 名 結果
体験 たいけん 名 體驗｜入部日 にゅうぶび 名 入社日
目立つ めだつ 動 顯眼｜年間 ねんかん 名 整年
スケジュール 名 行程表｜詳しい くわしい い形 詳細的
雰囲気 ふんいき 名 氣氛｜入部 にゅうぶ 名 入社
希望者 きぼうしゃ 名 有意願者｜合宿 がっしゅく 名 集訓
部員 ぶいん 名 社員｜イラスト 名 插圖
インターネット 名 網路｜無料 むりょう 名 免費｜スペース 名 空間
連絡先 れんらくさき 名 聯絡方式｜メールアドレス 名 電子郵件地址
見落とす みおとす 動 漏看｜減らす へらす 動 減少

☞ 問題 2　在問題 2 的大題，請先聆聽問題。接者，請閱讀答案卷的選項。將會有閱讀的時間。接著再聽對話，並從答案卷 1 到 4 的選項當中，選出一個最適當的答案。

1

[音檔]

講演会で歯科医が話しています。歯科医はどんなことが最も重要だと言っていますか。

F：皆さんは、歯医者さんにどのぐらいの頻度で行かれますか。歯に痛みを感じてから慌てて行く方もいらっしゃるかもしれませんが、歯も他の病気と同じで早期発見早期治療が大切なんです。そのため、当医院では6カ月に一回の定期検診を行い、早い段階で虫歯を見つけ、治療をしていきます。そうすることで歯を抜くというような残念な結果を避けることもでき、年を取っても自分の歯で食事を楽しむことができるのです。また、過去の治療の記録がわかるように、常に同じ歯医者さんに診てもらうのもいいでしょう。それから、一日三回毎食後に磨くのが理想的ですが、難しいときはせめて口をゆすいでおくと虫歯になりにくいですよ。

歯科医はどんなことが最も重要だと言っていますか。

[題本]

1　歯が痛ければ早く診てもらうこと

2　歯科に定期検診に行くこと

3　いつも同じ歯科医に行くこと

4　食後には必ず歯を磨くこと

中譯　牙醫正在演講會上說話。牙醫說什麼事情最重要？

F：大家去看牙醫的頻率如何呢？有些人或許是感受到牙痛才慌忙就醫，但牙齒和其他的疾病一樣，早期發現、早期治療非常重要。因此，本院會每 6 個月進行一次定期檢查，在早期的階段發現蛀牙，並進行治療。這麼做可避免導致拔牙的最壞結果，即便上了年紀也能用自己的牙齒享受用餐的樂趣。此外，建議大家經常給同一位牙醫看診，讓他了解過去的治療紀錄。然後，一天三次，每天飯後刷牙是最理想的，但執行上有困難的時候至少先漱口，才不會容易蛀牙喔。

牙醫說什麼事情最重要？

1　牙痛的話盡早就醫

2　去牙科做定期檢查

3　固定給同一個牙醫看診

4　飯後一定要刷牙

解析　本題詢問牙醫師認為最為重要的事情。各選項的重點為 1「牙痛的話儘快就醫」、2「定期檢查」、3「去同一家牙科」、4「飯後刷牙」。對話中，女子提出：「歯も他の病気と同じで

早期発見早期治療が大切なんです。そのため、当医院では6カ月に一回の定期検診を行い、早い段階で虫歯を見つけ、治療をしていきます」，因此答案為 2 歯科に定期検診に行くこと（定期去牙科檢查）。1 提到在牙痛之前，早期發現治療尤佳；3 並非最重要的事情；4 提及難以做到飯後刷牙時，至少要漱口。

詞彙 講演会 こうえんかい 名 演講會｜歯科医 しかい 名 牙醫
重要だ じゅうようだ な形 重要的｜歯医者さん はいしゃさん 名 牙醫
頻度 ひんど 名 頻率｜痛み いたみ 名 疼痛
慌てる あわてる 動 慌張｜早期 そうき 名 早期
発見 はっけん 名 發現｜治療 ちりょう 名 治療
当医院 とういいん 名 本醫院｜定期 ていき 名 定期
検診 けんしん 名 檢查｜段階 だんかい 名 階段
虫歯 むしば 名 蛀牙｜抜く ぬく 動 拔除｜結果 けっか 名 結果
避ける さける 動 避免｜年を取る としをとる 上年紀
過去 かこ 名 過去｜記録 きろく 名 紀錄｜常に つねに 副 經常
診る みる 動 看診｜食後 しょくご 名 飯後
理想的だ りそうてきだ な形 理想的｜せめて 副 至少
ゆすぐ 動 漱口

2

[音檔]

車のメーカーで男の人と女の人が話しています。この男の人は新しい素材について何が心配だと言っていますか。

M：部長からのメール見た？開発中の新しい素材が完成して、実用化されるって記事。

F：うん、見たよ。植物性の素材を車にも使っていけるってやつでしょ？

M：うん、金属で製造されている部分に使えそうなんだって。うちでも今後実験をやって使用していくんだろうけど、なんだかなあ。

F：開発に時間がかかったぶん、価格が高くなりそうなの？

M：それは問題ないんだよ。むしろ、金属よりちょっと安く作れるって聞いたことあるよ。

F：重量が1割ぐらい軽くなるんでしょ？ 軽量化されるってことは、少ないガソリンで長く走れるようになるんだから、お客様にとってもいいんじゃないの？

M：もちろんそうなんだけど、今までも車体の重量は減らせるだけ減らしてきたからね。これ以上軽量化したら、強風のときに車がぐらつくんじゃないかな。それに、スピードを出しているときも危ないよね。

F：確かに。でも、スピードは出さなければいいだけだし、車が吹き飛ぶような強風もそんなにないから大丈夫だよ。

M：うーん、軽さと安全性のバランスをよくしないといけないんだよね。難しい実験になりそうだよ。

この男の人は新しい素材について何が心配だと言っていますか。

[題本]

1 金属部分に使用できること
2 製品の価格が上がってしまうこと
3 軽くなるために危険度が増すこと
4 実験をするのが難しいこと

中譯 男人與女人正在車廠交談。這個男人說他擔心新材料的什麼問題？

M：妳看了部長寄來的信了嗎？就是那篇說開發中的新材料完成，要邁入實用化的報導。

F：嗯，我看囉。說植物性的材料也能使用在車子的那篇對吧？

M：嗯，好像可以用在用金屬製造的部份。我們公司今後也會進行實驗陸續採用吧，總覺得會這麼做呢。

F：開發耗時的話，感覺價格會變貴吧？

M：這沒問題啦，我倒是聽說生產價格比金屬便宜呢。

F：重量不是輕了約 1 成嗎？輕量化就表示可以用比較少的汽油跑比較長的距離，這對客人來說不是很好嗎？

M：當然是這樣沒錯，畢竟我們一直以來都盡可能地減少車體的重量。但繼續輕量化的話，遇到強風的時候車子應該會搖晃吧。而且加速的時候很危險呢。

F：的確。但是只要不要加速過快就好了，而且會把車子吹走的強風才沒那麼多，沒問題的啦。

M：嗯……輕盈與安全性的平衡得抓好才行呢。感覺會是個很困難的實驗。

這個男人說他擔心新材料的什麼問題？

1 能用在金屬的部分
2 產品的價格上漲
3 變輕而增加危險度
4 難以進行實驗

解析 本題詢問男子對於新的材料的擔憂。各選項的重點為 1「可用於金屬零件」、2「產品價格上漲」、3「變輕後導致風險增加」、4「難以實驗」。對話中，男子表示：「これ以上軽量化したら、強風のときに車がぐらつくんじゃないかな。それに、スピードを出しているときも危ないよね」，因此答案為 3 軽くなるために危険度が増すこと（重量變輕導致危險度增加）。1 和 4 皆不是男子擔憂的事情；2 男子提到新的材料比金屬便宜。

詞彙 メーカー 名 廠商｜素材 そざい 名 材料
開発 かいはつ 名 開發｜完成 かんせい 名 完成
実用化 じつようか 名 實用化｜記事 きじ 名 報導
植物性 しょくぶつせい 名 植物性｜金属 きんぞく 名 金屬
製造 せいぞう 名 製造｜部分 ぶぶん 名 部分

今後 こんご 名 今後｜実験 じっけん 名 實驗｜使用 しよう 名 使用
価格 かかく 名 價格｜むしろ 副 倒是｜重量 じゅうりょう 名 重量
軽量化 けいりょうか 名 輕量化｜車体 しゃたい 名 車體
減らす へらす 動 減少｜強風 きょうふう 名 強風
ぐらつく 動 搖晃｜スピード 名 速度
吹き飛ぶ ふきとぶ 動 吹走｜軽さ かるさ 名 輕盈
安全性 あんぜんせい 名 安全性｜バランス 名 平衡
製品 せいひん 名 製品｜危険度 きけんど 名 危險度
増す ます 動 增加

3

[音檔]

テレビでアナウンサーが女の人に児童館でのボランティア活動についてインタビューしています。女の人がボランティアを始めたきっかけは何ですか。

M：こちらの児童館でボランティアをされている、大学生の佐藤さんにお話を伺います。よろしくお願いします。佐藤さん、この活動はもう長いんですか。

F：ええ、もうかれこれ一年になりますね。

M：何か特別な思いがあるんでしょうか。

F：友人が介護施設でボランティアをしていて、それを見て、私も誰かの助けになりたいと思ったんです。やりがいがありそうだし、大変そうだけどボランティアの経験は将来きっと役に立つと思って。それで、大学のゼミでご縁のあったここに決めたんです。ゼミで来た時に、人が足りないと言う話も耳にしましたし。

M：もともと、子供はお好きなんですか。

F：ええ。幼稚園の先生を目指しているので、就職する前に子供のことを知っておきたいというのもありました。

M：アルバイトじゃなくて、ボランティアをするという考え方、すばらしいですね。

F：ここにいると、子供について知ることが多くて、私にとっては授業を受けているような感じなんです。毎日新しい発見の連続です。

M：そうですか。学生生活との両立、大変じゃないですか。

F：いえ、今年必要な単位はもう取れたので、割と時間があるんです。

女の人がボランティアを始めたきっかけは何ですか。

[題本]

1 友達がボランティアをしていたから

2 ボランティアが足りないと思ったから

3 子供について学ぶことが多いから

4 時間に余裕があったから

中譯 主播正在電視上訪問女人有關在兒童館當志工的事。女人開始當志工的契機為何？

M：我們現在就來訪問這位在兒童館擔任志工的大學生佐藤小姐。請多指教。佐藤小姐，您在這當志工已經當很久了嗎？

F：是的，已經將近一年了。

M：是有什麼特別的動機嗎？

F：我朋友在安養機構當志工，我看到後也覺得想助人一臂之力。感覺當志工很有意義。而且雖然感覺很累，但是志工經驗對將來一定會有幫助，我是這麼想的。然後，我在大學的書報討論會因緣際會得知這個地方，就決定在這當志工了。和書報討論會的同學們一起來的時候，也有聽到他們說人手不足。

M：您原本就很喜歡小孩嗎？

F：是的，我想當幼稚園的老師，所以想說也可以在就業前先了解小孩的事。

M：沒有選擇打工而是當志工，這種想法真的很令人欽佩呢。

F：我待在這裡了解了許多小孩的事情，對我而言有種像在上課的感覺。每天都有一連串的新發現。

M：這樣啊。您還要兼顧學業不會很累嗎？

F：不會，我今年已經把需要的學分都修完了，時間意外地多。

女人開始當志工的契機為何？

1 因為朋友在當志工

2 因為覺得志工不夠

3 因為學到很多小孩的事

4 因為有時間空檔

解析 本題詢問女子開始做志工的契機。各選項的重點為 1「因為朋友在做志工」、2「因為志工人數不足」、3「因為學到很多跟孩童相關的東西」、4「因為時間充裕」。對話中，女子表示：**「友人が介護施設でボランティアをしていて、それを見て、私も誰かの助けになりたいと思ったんです」**，因此答案為 1 友達がボランティアをしていたから（因為朋友在做志工）。2 選擇該兒童館的理由；3 透過做志工獲得的東西；4 對於當志工未感到辛苦的理由。

詞彙 児童館 じどうかん 名 兒童館｜ボランティア 名 志工
活動 かつどう 名 活動｜きっかけ 名 契機｜かれこれ 副 將近
介護 かいご 名 安養照護｜施設 しせつ 名 機構｜助け たすけ 名 助力
やりがい 名 意義｜将来 しょうらい 名 將來｜ゼミ 名 書報討論會
縁 えん 名 緣分｜耳にする みみにする 聽到｜もともと 副 原本
幼稚園 ようちえん 名 幼稚園｜目指す めざす 動 以～為目標
就職 しゅうしょく 名 就業｜考え方 かんがえかた 名 想法
感じ かんじ 名 感覺｜発見 はっけん 名 發現
連続 れんぞく 名 連續｜両立 りょうりつ 名 兼顧
単位 たんい 名 學分｜割と わりと 副 意外地｜余裕 よゆう 名 餘裕

4

[音檔]

大学で、男の学生と女の学生が話しています。女の学生はどうして採用が決まった会社を辞退すると言っていますか。

M：聞いたよ、おめでとう、就職決まったんだって？

F：ああ、ありがとう。それなんだけどね、実は辞退しようと思ってるんだ。

M：ええ！もったいない。あんなに就職活動頑張ってたのに。

F：うん、やりたい仕事をするために頑張ってたつもりだったんだけど、なんだかやってるうちにどうして頑張ってるのかわからなくなってきちゃって。仕事がしたいのか、会社に入りたいのか。

M：やりたい仕事があるからだろ？

F：そう思ってたんだけどね。でも、何社も何社も受けていると、どんな仕事でもいいから会社に入りたいって思い始めちゃって。それで決まったのがあの会社なんだけどさ。でも、なんだか納得できなくて。

M：ふうん。じゃあ、これからどうするの？

F：そうね、もう一度自分の希望の仕事ができる会社を探してみる。

M：そっか。夢が叶うといいね。

女の学生はどうして採用が決まった会社を辞退すると言っていますか。

[題本]

1 他に入りたい会社があるから

2 したいと思う仕事ができないから

3 新しい夢が見つかったから

4 どんな仕事がしたいかわからないから

中譯 男學生與女學生正在大學裡交談。女學生說她為什麼回絕了確定錄取她的公司？

M：我聽說囉，恭喜妳！聽說妳找到公司了對吧？

F：啊，謝謝。話是這麼說沒錯，但其實我正在考慮回絕。

M：什麼！太可惜了。妳明明那麼努力找工作的說。

F：嗯，我覺得我為了做想做的工作付出了很多努力，但總覺得在做的時候開始不明白為什麼要這麼努力。到底是想工作，還是想出社會。

M：因為妳有想做的工作吧？

F：我也是這麼想的。但是面試了好幾間公司後，我開始覺得什麼工作都好，總之想快點進公司，所以就決定進那間公司了。但是我總覺得無法接受。

M：嗯……那妳接下來要怎麼辦呢？

F：這個嘛，我會再找找看能做自己想做的工作的公司。

M：這樣啊，祝妳美夢成真喔。

女學生說她為什麼回絕了確定錄取她的公司？

1 因為有其他想進的公司

2 因為無法做想做的工作

3 因為找到了新的夢想

4 因為不知道要做什麼樣的工作

解析 本題詢問女學生決定離職的理由。各選項的重點為 1「因為有想進的公司」、2「因為不能做想做的事」、3「因為發現新的夢想」、4「因為不曉得要做什麼工作」。對話中，女子表示：「もう一度自分の希望の仕事ができる会社を探してみる」，因此答案為 2 したいと思う仕事ができないから（因為不能做想做的事）。1 和 3 並未提及；4 僅提到當時覺得什麼工作都好，才選擇自己被錄取的公司，並非不曉得要做什麼。

詞彙 採用 さいよう 名 錄用｜辞退 じたい 名 回絕、辭退
就職 しゅうしょく 名 就業｜もったいない い形 可惜的
活動 かつどう 名 活動｜納得 なっとく 名 接受｜希望 きぼう 名 希望
叶う かなう 動 實現

5

[音檔]

テレビで男の人が商品を紹介しています。この商品が従来のものと比べて一番変わった点は何ですか。

M：今日は新しく発売されたカメラをご紹介したいと思います。こちらは従来のものに比べて画質が圧倒的によくなり、様々なシーンでよりきれいな写真を撮ることができるようになりました。さらに、手に収まりやすいように形が作り変えられたのもこのモデルの特徴です。これだけの改良にも関わらずお値段は変わらないのですから、驚きです。そして、何といっても、持っていることを忘れるほどの軽さが従来のモデルにはなかったものです。このように軽量化が実現できたのはメーカーの技術の発達によるところが大きいでしょう。

この商品が従来のものと比べて一番変わった点は何ですか。

[題本]

1 非常に軽くなったこと

2 低価格に設定したこと

3 美しい写真が撮れること

4 サイズが小さくなったこと

中譯 男人正在電視上介紹商品。這項商品與過去的商品相比，改變最多的地方是什麼？

M：今天要為大家介紹的是新發售的相機。這台相機與過去的產品相比，畫質壓倒性地變好，可以在各種場合拍出更漂亮的照片。此外，這次重新打造了外型，可輕易地拿在手上，這也是這款機型的特色。做了這麼多改良價格卻不變，實在太驚人了。接著，最重要的是，過去從來沒有任何一款機型可以像這款一樣，輕巧到會忘記有拿在手上。能將輕量化實現到這種地步，廠商的技術進步或許是很大

因素。

這項商品與過去的商品相比，改變最多的地方是什麼？

1 變得非常輕

2 設定在低價位

3 可以拍攝漂亮的照片

4 尺寸變小

解析 本題詢問該商品與以往相比最大的變化。各選項的重點為 1「重量變輕」、2「低價」、3「拍出漂亮的照片」、4「尺寸變小」。對話中，男子表示：「何といっても、持っていることを忘れるほどの軽さが従来のモデルにはなかったものです」，因此答案為 1 非常に軽くなったこと（重量變很輕）。2 價格並未改變；3 並非最大的改變；4 僅變成手持方便，尺寸並未變小。

詞彙 商品 しょうひん名商品｜従来 じゅうらい名歷來
発売 はつばい名發售｜画質 がしつ名畫質
圧倒的だ あっとうてきだ な形壓倒性的
様々だ さまざまだ な形各式各樣的｜シーン名場合
さらに副此外｜収まる おさまる動容納
作り変える つくりかえる動重做｜モデル名機型
特徴 とくちょう名特色｜改良 かいりょう名改良
値段 ねだん名價錢｜驚き おどろき名驚人
軽さ かるさ名輕巧｜軽量化 けいりょうか名輕量化
実現 じつげん名實現｜発達 はったつ名進步
非常に ひじょうに副非常｜低価格 ていかかく名低價
設定 せってい名設定｜サイズ名尺寸

6

[音檔]

男の人と女の人が話しています。女の人はレストランの何が不満だったと言っていますか。

M：この間の旅行の写真、できたからアルバムにしたよ。

F：わあ、ありがとう、見てもいい？

M：うん。上手に撮れたでしょう？

F：どれも素敵ねえ。そうそうこのレストラン、おいしかったわよね。

M：ああ、メインのお肉が最高だったよ。一度食べたら忘れられない味だよねえ。

F：そうね。もっとこってりした料理かと思ってたけど、意外とさっぱりしてて、絶品だったわね。もうちょっと値段が安ければ言うことないんだけどなあ。

M：まあね、でも雰囲気もサービスも満足できたし、それにお金を払ってると思えばね。

F：そうね、レストランの建物も少し古いかなって思ったけど逆に歴史が感じられてよかったのかもね。

女の人はレストランの何が不満だったと言っていますか。

[題本]

1 思っていた味と違っていたこと

2 値段が高かったこと

3 サービスの代金を払ったこと

4 建物が古かったこと

中譯 男人和女人正在交談。女人說她對餐廳的什麼地方不滿？

M：前陣子旅行的照片洗出來了，所以我做成了相簿。

F：哇，謝謝，我可以看看嗎？

M：嗯，拍得挺不賴對吧？

F：每張都很漂亮呢。對了對了，這間餐廳很好吃對吧。

M：對啊，主菜的肉超棒。味道吃過就忘不了呢。

F：是呀。我還以為會更會更油膩一點，沒想到意外清爽，真的是逸品。價錢再稍微便宜一點就完美了。

M：也是啦，但是氣氛和服務都很令人滿意，當成是付錢買這些就好了。

F：說得也是，我本來還想說餐廳的建築物也是有點老舊了，結果反而有種歷史感，很不錯呢。

女人說她對餐廳的什麼地方不滿？

1 味道不如預期

2 價錢貴

3 付了服務費

4 建築物老舊

解析 本題詢問女子對餐廳不太滿意的地方。各選項的重點為 1「並非想像中的味道」、2「價格貴」、3「支付服務費」、4「建築物老舊」。對話中，女子表示：「もうちょっと値段が安ければ言うことないんだけどなあ」，因此答案為 2 値段が高かったこと（價格貴）。1 和 4 為餐廳的優點；3 實際上並未支付服務費。

詞彙 不満 ふまん名不滿｜この間 このあいだ名前陣子
アルバム名相簿｜素敵だ すてきだ な形出色的｜メイン名主菜
最高 さいこう名超棒｜こってり副油膩
意外だ いがいだ な形意外的｜さっぱり副清爽
絶品 ぜっぴん名逸品｜値段 ねだん名價錢
雰囲気 ふんいき名氣氛｜サービス名服務
満足 まんぞく名滿意｜逆に ぎゃくに副反而
感じる かんじる動感受｜代金 だいきん名金錢

7

[音檔]

ラジオで女の人が本について話しています。女の人は紙の本の一番の魅力は何だと言っていますか。

F：近年、スマートフォンやタブレットが普及し、電子機器を用いて読書を楽しむ人が増えています。確かに、電子機器を使うと何冊も重い本を持ち歩く必要もないし、読みたい本がその場で買え、本屋にも行く必要がないので便利なのは分かります。それでも、わたしは、紙の本が好きです。紙の本には質感とにおいがあります。本の独特のにおいをかぎながら、さらさらとしたページをめくること、この２つこそ本の醍醐味と言えるでしょう。また、友人や恋人に自分のお気に入りをプレゼントできることも電子機器の本にはない魅力です。

女の人は紙の本の一番の魅力は何だと言っていますか。

[題本]

1 重い荷物を持ち歩かなくていいこと

2 インターネットで本が買えること

3 紙の手触りと香りが楽しめること

4 周りの人たちにプレゼントできること

中譯 女人正在廣播裡談論書。女人說紙本書籍最大的魅力是什麼？

F：近年，智慧型手機和平板電腦普及，使用電子設備享受閱讀樂趣的人愈來愈多。的確，使用電子設備就不必隨身攜帶好幾本厚重的書，想看的書也能當場買，不必去書局，我了解它方便的地方。即便如此，我還是喜歡紙本書籍。紙本書籍有質感和氣味。一邊聞著書本的獨特氣味，一邊迅速翻頁，這兩件事或許可說是書本的樂趣所在。此外，可以把自己喜愛的書送給朋友或情人這點，也是電子設備的書本沒有的魅力。

女人說紙本書籍最大的魅力是什麼？

1 無須隨身攜帶沉重的行李

2 在網路上就買得到

3 能夠享受紙張的觸感與香氣

4 可以送給周遭的人

解析 本題詢問紙本書最大的魅力。各選項的重點為 1「不用隨身攜帶」、2「可以上網購買」、3「能享受觸感和香氣」、4「可以送禮」。對話中，女子表示：「本の独特のにおいをかぎながら、さらさらとしたページをめくること、かみこの２つこそ本の醍醐味と言えるでしょう」，因此答案為 3 紙の手触りと香りが楽しめること（能夠享受紙張的觸感和香氣）。1 和 2 皆為使用電子產品閱讀的優點；4 並非最大的魅力。

詞彙 魅力 みりょく 名 魅力｜近年 きんねん 名 近年
スマートフォン 名 智慧型手機｜タブレット 名 平板電腦
普及 ふきゅう 名 普及｜電子 でんし 名 電子｜機器 きき 名 機器設備
用いる もちいる 動 使用｜読書 どくしょ 名 看書
持ち歩く もちあるく 動 隨身攜帶｜本屋 ほんや 名 書店
それでも 接 即便如此｜質感 しつかん 名 質感
独特だ どくとくだ な形 獨特的｜かぐ 動 嗅聞
さらさら 副 迅速｜めくる 動 翻｜醍醐味 だいごみ 名 醍醐味
友人 ゆうじん 名 友人｜恋人 こいびと 名 情人
お気に入り おきにいり 名 喜愛｜インターネット 名 網路
手触り てざわり 名 觸感｜香り かおり 名 香氣

☞ **問題 3** 在問題 3 的大題，題目卷沒有印任何東西。本大題是聆聽整體內容的問題。對話前沒有題目。請先聆聽對話，接著聆聽題目與選項，並從 1 到 4 的選項中，選出一個最適當的答案。

1

[音檔]

テレビでレポーターが話しています。

F：「コンビニ」と聞いて頭に真っ先に浮かぶのは24時間営業だと思いますが、こちらのコンビニの経営者の方は、半年前に24時間営業をやめようと本社に提案しました。人手不足や光熱費の節約がその理由だそうです。そこで一か月前から、このコンビニでは24時間営業をせず、夜間は閉店するという試みを実験的に行っています。その結果、売り上げは大きく減らなかったとのことですが、新たな問題が出てきたそうです。24時間営業の時は、いつでも納品ができましたが、今は夜間に店が閉まっているので、納品の時に誰かがカギを開けに来なければいけないのです。夜間以外に納品できればいいのですが、多数のコンビニ店がある中、この店舗だけのために時間をずらして配達するのはなかなか難しいとのことです。

このレポーターは何について伝えていますか。

1 本社から営業時間短縮の実験を頼まれた店

2 このコンビニが24時間営業を続ける理由

3 あるコンビニの24時間営業をしない試みと課題

4 コンビニの人件費や光熱費の節約の方法

中譯 記者正在電視上說話。

F：提到「便利商店」，相信您腦海裡最先浮現的是 24 小時營業。但這間便利商店的老闆卻在半年前向總公司提議廢除 24 小時營業，據說是因為人手不足以及為了節省電費與瓦斯費。因此，一個月前開始，這間便利商店實驗性地嘗試晚上打烊，不再 24 小時營業。結果聽說業績並沒有大幅衰退，但卻衍生了新的問題。24 小時營業的時候隨時都能進貨，現在因為晚上關起店門，所以進貨的時候必須有人來開鎖。如果能夠在晚上以外的時間進貨還行，但現在便利商店為數眾多，很難為了這間店面錯開時間送貨。

這名記者所傳達的事情為何？

1 被總公司要求縮短營業時間的店

2 這間便利商店持續 24 小時營業的原因

3 某間便利商店廢除 24 小時營業的嘗試與課題

4 便利商店節省人事費與電費的方法

解析 情境說明中提及記者在電視上的談話，因此請仔細聆聽記者所說的內容，並掌握整體脈絡。記者表示：「一か月前から、こ

のコンビニでは24時間営業をせず、夜間は閉店するという試みを実験的に行わっています。その結果、売り上げは大きく減らなかったとのことですが、新たな問題が出てきたそうです」，而本題詢問的是記者正在談論的內容，因此答案要選3 あるコンビニの24時間営業をしない試みと課題（某間超商不24小時營業的嘗試與挑戰）。

詞彙 コンビニ 名便利商店 | 真っ先 まっさき 名最先
浮かぶ うかぶ 動浮現 | 営業 えいぎょう 名營業
経営者 けいえいしゃ 名經營者 | 半年 はんとし 名半年
本社 ほんしゃ 名總公司 | 提案 ていあん 名提議
人手不足 ひとでぶそく 名人手不足
光熱費 こうねつひ 名電費與瓦斯費 | 節約 せつやく 名節省
夜間 やかん 名晚間 | 閉店 へいてん 名關店
実験 じっけん 名實驗 | 結果 けっか 名結果
売り上げ うりあげ 名業績 | 減る へる 動減少
新ただ あらただ な形新的 | 納品 のうひん 名進貨
多数 たすう 名多數 | 店舗 てんぽ 名店面 | ずらす 動錯開
配達 はいたつ 名配送 | 短縮 たんしゅく 名縮短
課題 かだい 名課題 | 人件費 じんけんひ 名人事費

2

[音檔]

テレビでレポーターが話しています。

M：今日は、多くの鳥を保護している団体におじゃましています。皆さん、ペットの鳥の平均寿命がどのくらいかご存じですか。大型のオウムやインコですと、犬や猫より長く、50年から60年なんですよ。中には100年以上生きるものもいるんです。意外に長いでしょう？ですから、飼い始めたころは問題がなくても、様々な理由で一緒に暮らせなくなる人もいます。飼い主が入院したり、先に亡くなってしまったりすることもあるでしょう。今日ご紹介するこちらの団体は、どうしても飼えなくなった鳥を一旦保護し、鳥を飼ってもいいと言う新たな飼い主さんに託す活動をしています。ここの運営は、皆さんからの寄付でまかなっているそうです。こちらにいるオウムは現在15歳なんですが、数か月前に保護されてやってきて、無事に次のおうちが見つかり、明日引っ越すそうですよ。

レポーターは何について話していますか。
1 鳥をできるだけ長生きさせる方法
2 この団体から鳥を預かる条件
3 鳥の新しい家族を探す支援団体
4 年老いた鳥を安全に飼育する方法

中譯 記者正在電視上說話。

M：今天我們要大家拜訪一個收容許多鳥類的團體。大家知道寵物鳥的平均壽命有多長嗎？大型的鳳頭鸚鵡或一般鸚鵡的壽命比犬貓還長，有50到60年。當中也有活超過100年的個體。意外地長壽對吧？因此有些人開始養的時候沒有問題，後來卻會因為各種因素無法和寵物鳥一起生活。可能也會有像是飼主住院、或是飼主早一步離開人世的情況。今天要介紹的這個團體提供了一項服務，他們會暫時收容無法再飼養的鳥類，再託付給可以飼養的新飼主。據說這裡是靠大家的捐款來維持營運。這邊的鳳頭鸚鵡現在15歲，聽說牠幾個月前被收容到這裡，已經順利找到下一個家，明天就會搬過去。

記者談論的主題是什麼？
1 讓鳥類盡可能長壽的方法
2 這個團體收容鳥類的條件
3 為鳥類尋找新家庭的支援團體
4 安全飼養高齡鳥類的方法

解析 情境說明中提及記者在電視上的談話，因此請仔細聆聽記者所說的內容，並掌握整體脈絡。記者表示：「今日は、多くの鳥を保護している団体におじゃましています，こちらの団体は、どうしても飼えなくなった鳥を一旦保護し、鳥を飼ってもいいと言う新たな飼い主さんに託す活動をしています」，而本題詢問的是記者正在談論的內容，因此答案要選3 鳥の新しい家族を探す支援団体（為鳥類尋找新家庭的支援團體）。

詞彙 保護 ほご 名收容 | 団体 だんたい 名團體 | おじゃまする 打擾
平均 へいきん 名平均 | 寿命 じゅみょう 名壽命
大型 おおがた 名大型 | オウム 名鳳頭鸚鵡 | インコ 名鸚鵡
意外だ いがいだ な形意外的 | 様々だ さまざまだ な形各式各樣的
暮らす くらす 動生活 | 飼い主 かいぬし 名飼主
一旦 いったん 副一旦 | 新ただ あらただ な形新的
託す たくす 動託付 | 活動 かつどう 名活動
運営 うんえい 名營運 | 寄付 きふ 名捐款
まかなう 動維持 | 現在 げんざい 名現在
数か月 すうかげつ 名幾個月 | 無事だ ぶじだ な形平安的
長生き ながいき 名長壽 | 預かる あずかる 動保管
条件 じょうけん 名條件 | 支援 しえん 名支援
老いる おいる 動老去 | 飼育 しいく 名飼養

3

[音檔]

テレビで女の人が話しています。

F：こちらのあさひ市は昔から着物や帯の生産地として有名ですが、20年前に比べると販売数と売り上げがぐんと下がっています。着物を着る人が徐々に減ってきているのが現状です。ある調査によると、着物は着るのが面倒だ、お金がかかる、動きにくいというのがその理由となっていました。そこで、この市では着物を着ている人に様々なサービスを行うことにしました。着物を着ているだけで、バスやタクシーや美術館などで割引などの優待が受けられます。また、着物を持っていない人は、市のセンターに行けば、非常に安いお値段でレンタルできます。ぜひ、着物でおでかけください。着物がゆるんで困ったときは、市内にあるほとんどの着物屋さんで直してもらえます。こちらはなんと無料です。まずは様々な人に着物に触れてもらい、また着たいと思ってもらうのがその狙いだそうです。

女の人は何について話していますか。

1 着物を着る人を増やすための試み

2 着物や帯を生産しなくなった理由

3 手軽に高級な着物を借りられる方法

4 無料でお客さんに着物を着せる活動

中譯 女人正在電視上說話。

F：這邊的早市從前就以和服及腰帶的生產地聞名，但與 20 年前相比，銷量與業績都一口氣下滑。以現狀而言，穿和服的人正逐漸減少。某項調查指出，穿和服太麻煩、太花錢，以及不好活動是穿和服的人減少的原因。有鑑於此，這個市場決定為穿和服的人提供各式各樣的優惠。只要穿和服，即可享有公車、計程車或是美術館等各種折扣優惠。此外，沒有和服的人只要去市中心，就能以非常便宜的價格租借和服。大家請務必前往那裡穿和服。和服鬆掉不知該如何是好的話，幾乎市場內的所有和服店都能幫我們調整。而且這項服務還是免費。據說市場的用意是想先讓各種族群的人接觸和服，再讓他們萌生想穿穿看的念頭。

女人談論的主題是什麼？

1 增加穿和服人數的嘗試

2 不再生產和服和腰帶的原因

3 輕鬆租借高級和服的方法

4 免費讓客人穿和服的活動

解析 情境說明中提及女子在電視上的談話，因此請仔細聆聽女子所說的內容，並掌握整體脈絡。女子表示：「着物を着る人が徐々に減ってきているのが現状です，そこで、この市では着物を着ている人に様々なサービスを行うことにしました，様々な人に着物に触れてもらい、また着たいと思ってもらうのがその狙いだそうです」，而本題詢問的是女子正在談論的內容，因此答案要選 1 着物を着る人を増やすための試み（增加穿和服人數的嘗試）。

詞彙 帯 おび 名 腰帶｜生産地 せいさんち 名 生產地
販売数 はんばいすう 名 銷量｜売り上げ うりあげ 名 業績
ぐんと 副 一口氣發生變化｜徐々に じょじょに 副 逐漸
減る へる 動 減少｜現状 げんじょう 名 現狀
調査 ちょうさ 名 調查｜面倒だ めんどうだ な形 麻煩的
様々だ さまざまだ な形 各種的｜サービス 名 優惠
割引 わりびき 名 打折｜優待 ゆうたい 名 優待｜センター 名 中心
非常に ひじょうに 副 非常｜レンタル 名 租借｜ゆるむ 動 鬆開
市内 しない 名 市內｜着物屋さん きものやさん 名 和服店
無料 むりょう 名 免費｜触れる ふれる 動 接觸
狙い ねらい 名 用意｜試み こころみ 名 嘗試
手軽だ てがるだ な形 輕鬆的｜高級 こうきゅう 名 高級

4

[音檔]

テレビでレポーターが話しています。

M：みなさんは銭湯、つまりお風呂屋さんにはよくいらっしゃいますか。一昔前は住まいに浴室がなく、多くの方が利用していましたが、今では95%のご家庭に浴室があり、銭湯の利用者数は全国的に減少する一方です。こちらの銭湯の利用者も、以前は、昔から通っているお年寄りがほとんどでした。しかし最近、サウナ目当ての若者が増えてきて、今年の利用者は昨年の2倍になったんだそうです。入浴料は470円で、お風呂上りにビールを飲んでも1000円ほど。数時間楽しめて、リフレッシュもできるので人気が出て、カラオケや映画に行くような感覚で友人と通う人も多いそうです。さらに楽しかった様子をインターネットで発信し、それを見て、いいと思った人がまた銭湯にはまっていくんですね。銭湯の経営者の方にお話を伺いましたが、経営が苦しいときも廃業しなくてよかったと笑顔でおっしゃっていました。

レポーターは何について話していますか。

1 銭湯の利用者を増加させる工夫

2 銭湯の利用者が増加した理由

3 できるだけ安く銭湯を利用する方法

4 利用者が多くなった銭湯の条件

中譯 記者正在電視上說話。

M：大家會經常光顧錢湯，也就是澡堂這種地方嗎？以前的住家沒有浴室，因此有許多人會前往錢湯，現在 95% 的家庭都有浴室了，因此全國的錢湯使用人數正持續減少。這間錢湯的顧客也幾乎都是從前就持續光顧的長輩。然而最近，來洗三溫暖的年輕人開始愈來愈多，據說今年的顧客是去年的 2 倍。入浴費是 470 日圓，洗完澡喝啤酒大概 1,000 日圓左右。可以在這裡享受數小時的泡湯樂趣，還能放鬆身體，因此很受歡迎。據說也有許多人是用一種去卡啦 OK 或看電影的心情和朋友一起來。他們還會將開心泡湯的樣子分享到網路上，讓看到後覺得不錯的人迷上錢湯。我們訪問了錢湯的老闆，他笑容滿面地表示，幸好自己沒有在經營慘澹的時候歇業。

記者談論的主題是什麼？

1 讓錢湯顧客增加的巧思

2 錢湯顧客增加的原因

3　盡量便宜使用錢湯的方法
4　錢湯顧客變多的條件

解析 情境說明中提及記者在電視上的談話，因此請仔細聽記者所說的內容，並掌握整體脈絡。記者表示：「最近、サウナ目当ての若者が増えてきて，入浴料は470円で、お風呂上りにビールを飲んでも1000円，数時間楽しめて、リフレッシュもできるので人気，楽しかった様子をインターネットで発信し、それを見て、いいと思った人がまた銭湯にはまっていくんですね」，而本題詢問的是記者正在談論的內容，因此答案要選2 銭湯の利用者が増加した理由（錢湯顧客增加的原因）。

詞彙 銭湯 せんとう 名 錢湯｜お風呂屋さん おふろやさん 名 澡堂
一昔 ひとむかし 名 以前｜住まい すまい 名 住家
浴室 よくしつ 名 浴室｜全国 ぜんこく 名 全國
減少 げんしょう 名 減少｜利用者 りようしゃ 名 使用者
年寄り としより 名 老年人｜ほとんど 名 幾乎｜サウナ 名 三溫暖
目当て めあて 名 目標｜若者 わかもの 名 年輕人
入浴料 にゅうよくりょう 名 入浴費｜ビール 名 啤酒
数時間 すうじかん 名 數小時｜リフレッシュ 名 放鬆
カラオケ 名 卡啦OK｜感覚 かんかく 名 感覺｜様子 ようす 名 樣子
インターネット 名 網路｜発信 はっしん 名 發出｜はまる 動 著迷
経営者 けいえいしゃ 名 經營者｜廃業 はいぎょう 名 歇業
笑顔 えがお 名 笑臉｜増加 ぞうか 名 增加
工夫 くふう 名 工夫｜条件 じょうけん 名 條件

5

[音檔]

講演会でレストランの経営者が話しています。

F：私は市内で焼き肉店を10店舗経営していますが、去年から経営方針をがらりと変更して、お酒を出さないことにしました。飲み物のメニューはなく、無料のお茶とお水のみです。飲み物からの売り上げがなくなることに対する不安や、そもそもお客さんが減るのではないかなど、従業員から反対の声もあがりました。しかし、お酒を楽しむのでなく、お肉の味を十分味わっていただきたいというのが当初の私の目的でした。いざ始めてみると、酔っぱらったお客様のトラブルがなくなり、やってよかったと思いました。それに、これは予想外だったのですが、健康や節約のために酒量を減らしたいという方が多く来てくださることになり、結果的には大成功となりました。

経営者は何について話していますか。
1 **経営方法の変更と結果**
2 新しい事業に対する課題
3 飲酒をやめるための様々な試み
4 店でのトラブルをなくす方法

中譯 餐廳老闆正在演講會上說話。

F：我在市內經營了10家燒肉店。去年我大幅度修改經營方針，決定不賣酒。現在店裡沒有飲料品項，只有免費的茶和水。當然也有員工持反對意見，他們擔心會失去賣飲料的業績，或是讓顧客減少。但是，我一開始的目的本來就不是讓客人品酒，而是讓客人盡情享受肉的美味。開始這麼做之後，喝醉後惹麻煩的客人就消失了，讓我覺得這麼做真是太好了。而且預料外的是，店裡來了許多為了健康或省錢想少喝酒的客人，就結果而言是個大成功。

老闆談論的主題是什麼？
1　**經營方式的改變與結果**
2　對新事業的課題
3　戒酒的各種嘗試
4　減少店內糾紛的方法

解析 情境說明中提及餐廳經營者在演講，因此請仔細聆聽餐廳經營者說了哪些與餐廳經營相關的內容。經營者表示：「去年から経営方針をがらりと変更して、お酒を出さないことにしました，いざ始めてみると、酔っぱらったお客様のトラブルがなくなり、やってよかったと思いました，健康や節約のために酒量を減らしたいという方が多く来てくださることになり、結果的には大成功となりました」，而本題詢問的是經營者正在談論的內容，因此答案要選1 経営の方法の変更と結果（經營方式的改變和結果）。

詞彙 講演会 こうえんかい 名 演講｜経営者 けいえいしゃ 名 經營者
市内 しない 名 市內｜焼き肉屋 やきにくや 名 燒肉店
店舗 てんぽ 名 店面｜経営 けいえい 名 經營
方針 ほうしん 名 方針｜がらりと 副 大幅度地
変更 へんこう 名 更改｜メニュー 名 菜單品項
無料 むりょう 名 免費｜売り上げ うりあげ 名 業績
不安 ふあん 名 不安｜そもそも 副 本來｜減る へる 動 減少
従業員 じゅうぎょういん 名 員工｜味わう あじわう 動 品嚐
当初 とうしょ 名 當初｜目的 もくてき 名 目的｜いざ 副 一旦
酔っぱらう よっぱらう 動 酩酊大醉｜トラブル 名 糾紛
予想外 よそうがい 名 預料外｜健康 けんこう 名 健康
節約 せつやく 名 節省｜酒量 しゅりょう 名 酒量
減らす へらす 動 減少｜結果 けっか 名 結果
大成功 だいせいこう 名 大成功｜飲酒 いんしゅ 名 喝酒
様々だ さまざまだ な形 各種的｜試み こころみ 名 嘗試

6

[音檔]

ラジオで男の人が話しています。

M：今日は北川保育園におじゃましています。そろそろ保護者がお子さんをお迎えに来る時間です。今、私は門の辺りにいますが、北東京大学のゼミの学生さんがこの保育園の一角を借りて、野菜を販売しています。保育園で野菜を売っているとは、不思議な話ですよね。実は、この学生さんは農家と消費者を直接つなぐ研究をしています。お店以外の場所で、売り場をどこにするか話し合ったとき、仕事と育児で忙しい人がなかなか買い物に行けないのではないか、それに、小さな子どもに新鮮な野菜を食べさせたいという人が多いのではないか、という意見が出たそうです。そこで、保育園に決めたそうですよ。ここで産地直送の収穫したての野菜が購入できるんですよ。保護者の中には毎日必ず購入する人もいて、今後もずっと続けてほしいという声が多く寄せられているそうです。

男の人は何について話していますか。

1 保育園の新しい事業
2 野菜の販売場所の比較
3 新鮮な野菜の購入方法
4 大学生の研究活動

中譯 男人正在廣播裡說話。

M：我們今天來到了北川托兒所。差不多是家長來接小孩的時間了。現在記者在大門附近的位置，北東京大學書報討論會的學生借用了托兒所的一個角落在販售蔬菜。大家一定也覺得在托兒所賣菜很奇怪對吧。其實這群學生正在進行直接串連農民與消費者的研究。據說他們在討論是否要在店面以外的地方設置賣場時，有人提到忙於工作養小孩的人很難去購物，而且現在有許多人希望讓小孩多吃新鮮蔬菜，因此他們決定在托兒所賣菜。這裡可以買到產地直送且剛收成的蔬菜，家長當中也有人是每天一定會來買。據說有許多家長告訴他們希望今後也能持續賣下去。

男人談論的主題是什麼？

1 托兒所的新事業
2 比較蔬菜的販賣場所
3 新鮮蔬菜的購買方式
4 大學生的研究活動

解析 情境說明中提及男子在廣播上的談話，因此請仔細聆聽男子所說的內容，並掌握整體脈絡。男子表示：「北東京大学のゼミの学生さんがこの保育園の一角を借りて、野菜を販売しています，この学生さんは農家と消費者を直接つなぐ研究をしています」，而本題詢問的是男子正在談論的內容，因此答案要選 4 大学生の研究活動（大學生的研究活動）。

詞彙 保育園 ほいくえん 名 托兒所｜おじゃまする 打擾
保護者 ほごしゃ 名 家長｜辺り あたり 名 附近
ゼミ 名 書報討論會｜一角 いっかく 名 一角
販売 はんばい 名 販售｜不思議だ ふしぎだ な形 奇怪的
農家 のうか 名 農民｜消費者 しょうひしゃ 名 消費者
直接 ちょくせつ 名 直接｜つなぐ 動 連接
話し合う はなしあう 動 討論｜育児 いくじ 名 養小孩
新鮮だ しんせんだ な形 新鮮的｜産地 さんち 名 產地
直送 ちょくそう 名 直送｜収穫 しゅうかく 名 收成
購入 こうにゅう 名 購買｜今後 こんご 名 今後
寄せる よせる 動 提供（意見）｜事業 じぎょう 名 事業
比較 ひかく 名 比較｜活動 かつどう 名 活動

☞ 問題 4　在問題 4 的大題，問題卷沒有印任何東西。首先，請聆聽句子。接著，請聆聽對該句子的回答，從 1 到 3 的選項中，選出一個最適當的答案。

1

[音檔]

M：お客さんから、資料がまだ送られてこないって連絡がきたんだけど、どうなってる？

F：1 いえ、まだ連絡は来ていませんよ。
2 すみません、すぐに送ります。
3 では、そのようにしておきます。

中譯 M：客人聯絡說我們資料還沒寄過去，是怎麼一回事？
F：1 不，客人還沒聯絡我們喔。
2 抱歉，我馬上寄。
3 那就這麼辦吧。

解析 本題情境中，男生詢問女生是否有寄資料給客戶。
1（×）不符合「客戶有來電告知」的情境。
2（○）回答「すみません、すぐに送ります（抱歉，我馬上寄）」，提出解決方式，故為適當的答覆。
3（×）使用「おく」，僅與「送る（おくる）」的讀音相似，為陷阱選項。

詞彙 資料 しりょう 名 資料

2

[音檔]

F：どうぞ、あちらにお席をご用意させていただきました。

M：**1 わざわざありがとうございます。**
2 それでは遠慮なくいただきます。
3 確かに確認いたしました。

中譯 F：這邊請，為您準備了那邊的座位。
M：**1 謝謝您特地安排。**
2 那我就不客氣了。
3 我的確有確認到。

解析 本題情境中，女生引導對方至安排好的座位。

1（◯）回答「わざわざありがとうございます（謝謝您特地安排好）」，表達對女生的感謝之意，故為適當的答覆。

2（×）重複使用「いただく」，為陷阱選項。

3（×）不符合「已為對方安排好座位」的情境。

詞彙 わざわざ 副 特地｜**確認** かくにん 名 確認

3

[音檔]

M：仕事でも趣味でも、教わる人との相性ってやっぱり大事だよね。

F：**1 そうだね。よくわかるよ。**

2 それなら先生に合いそうだよね。

3 うん、教えるのって本当に難しいよね。

中譯 M：不管是工作還是興趣，和受教的人合不合得來果然很重要呢。

F：**1 是啊，我很能體會。**

2 這樣的話好像很適合老師您呢。

3 嗯，教學真的很難呢。

解析 本題情境中，男生提出意見，表示跟學習的人合得來很重要。

1（◯）回答「そうだね。よくわかるよ（沒錯，我很能體會）」，表示認同男生所說的話，故為適當的答覆。

2（×）使用「先生（老師）」，僅與「教わる（教）」有所關聯，為陷阱選項。

3（×）使用「教える（おしえる）」，僅與「教わる（おそわる）」的讀音相似，為陷阱選項。

詞彙 **教わる** おそわる 動 受教｜**相性** あいしょう 名 契合度

4

[音檔]

M：今度の企画書はわりと自信があったし、絶対通ると思ったんだけどなあ。

F：1 自信があるなら、きっと大丈夫だよ。

2 とにかく、やるだけやってみたら？

3 また次があるから、がんばりなよ。

中譯 M：這次的企劃書我特別有信心，還以為絕對可以通過的說。

F：1 有自信的話一定沒問題的啦。

2 總之要不要試著做做看就好？

3 還有下次，加油吧。

解析 本題情境中，男生對於企劃書未能通過表達遺憾。

1（×）已知未通過，該回應的時間點並不適當。

2（×）已知未通過，該回應的時間點並不適當。

3（◯）回答「また次があるから、がんばりなよ（下次還有機會，加油）」，安慰男生，故為適當的回應。

詞彙 **企画書** きかくしょ 名 企劃書｜わりと 副 意外地

自信 じしん 名 自信｜**絶対** ぜったい 名 絕對｜とにかく 副 總之

5

[音檔]

M：ごめん、これ借りてた本。すっかり返したものと思ってたよ。

F：1 えっ、いつ返したの？

2 ああ、私も忘れてたよ。

3 えっ、もう返したよ。

中譯 M：抱歉，這是我向妳借的書。我還以為我還妳了呢。

F：1 咦，你什麼時候還的？

2 啊，我也忘了呢。

3 咦，你已經還了啊。

解析 本題情境中，男生對於忘記還對方書道歉。

1（×）重複使用「返した（かえした）」，為陷阱選項。

2（◯）回答「ああ、私も忘れてたよ（啊，我也忘了）」，表示他跟男生一樣，故為適當的答覆。

3（×）不符合「應該要還書」的情境。

6

[音檔]

F：さっきの店員さん、なんだかしどろもどろの説明だったよね。

M：1 そうだね。よく聞こえなかったよ。

2 そうだね。ずいぶん慣れている感じだったね。

3 そうだね。ちょっと自信がなさそうだったよね。

中譯 F：總覺得剛才的店員說明得很語無倫次呢。

M：1 對啊，我根本聽不到呢。

2 對啊，感覺他很熟了呢。

3 對啊，好像有點沒自信呢。

解析 本題情境中，女生提出店員的說明有點語無倫次。

1（×）使用「聞こえる（聽到）」，僅與「説明（說明）」有所關聯，為陷阱選項。

2（×）不符合「語無倫次」的狀況。

3（◯）回答「そうだね。ちょっと自信がなさそうだったよね（是啊，看起來有點沒自信）」，表示同意女生所說的話，故為適當的答覆。

詞彙 しどろもどろだ な形 語無倫次的｜**感じ** かんじ 名 感覺

自信 じしん 名 自信

7

[音檔]

F：あのう、昨日お願いした荷物がまだ届いてないみたいなんですけど。

M：1 はい、届いていますよ。

2 えっ、すぐに調べます。

3 もう届いたんですか？

中譯 F：那個，昨天托運的包裏好像還沒送到。

M：1 好的，已經送到囉。

2 咦，立刻替您查詢。

3 已經送到了嗎？

解析 本題情境中，女生表示行李尚未抵達，向對方確認。

1（×）不符合「行李尚未抵達」的情境。

2（○）回答「えっ、すぐに調べます（我馬上去查）」，提出解決方式，故為適當的答覆。

3（×）重複使用「届く（とどく）」，為陷阱選項。

詞彙 届く とどく 動 送達

8

[音檔]

M：おかしいなあ。ここに置いといた資料見なかった？

F：1 すみません、まだ見ていません。

2 私は置いていませんけど。

3 いや、何もなかったと思いますけど。

中譯 M：奇怪了，妳有看到放在這裡的資料嗎？

F：1 抱歉，我還沒看。

2 我沒有放。

3 沒有，那裡應該沒有東西。

解析 本題情境中，男生詢問是否有看到放在這裡的資料。

1（×）詢問的是資料的放置位置，並非詢問是否有看過資料。

2（×）重複使用「置く（おく）」，故為陷阱選項。

3（○）回答「いや、何もなかったと思いますけど（不，我想應該沒有東西）」，針對男生問的話回應，故為適當的答覆。

詞彙 資料 しりょう 名 資料

9

[音檔]

F：部長の字ってきれいだよね。それにひきかえ私の字は、自分でも悲しくなっちゃうな。

M：1 僕は個性的でいいと思うけど。

2 それは部長に報告したほうがいいね。

3 引き返すなら手伝うよ。

中譯 F：部長的字很美對吧。相反地，我的字連我自己看了都難過呢。

M：1 可是我覺得很有個性很不錯。

2 這個向部長報告比較好喔。

3 要折返的話我會幫妳啦。

解析 本題情境中，女生表示不滿意自己的字跡，自己感到難過。

1（○）回答「僕は個性的でいいと思うけど（可是我覺得很有個性很不錯）」，安慰女生，故為適當的答覆。

2（×）重複使用「部長（ぶちょう）」，為陷阱選項。

3（×）使用「引き返す（ひきかえす）」，為「ひきかえ」的同音異義詞。

詞彙 ひきかえる 動 相反｜個性的だ こせいてきだ な形 有個人特色的｜報告 ほうこく 名 報告｜引き返す ひきかえす 動 折返

10

[音檔]

M：忙しくなることは予想していたけど、ここまでとは思わなかったよ。

F：1 じゃあ、今日はここまでだね。

2 予想しておいてよかったよね。

3 あともう少しだからがんばろう。

中譯 M：雖然已經預料到會變忙，但沒想到會變這麼忙呢。

F：1 那今天就到此為止吧。

2 有預料到真是太好了呢。

3 還剩一點了，加油吧。

解析 本題情境中，男生表示比預期中更為忙碌。

1（×）重複使用「ここまで」，為陷阱選項。

2（×）不符合「不符合預期」的情境。

3（○）回答「あともう少しだからがんばろう（只剩下一點點，加油）」，給予男生鼓勵，故為適當的答覆。

詞彙 予想 よそう 名 預料

11

[音檔]

M：最近、迷惑メールが多くて。もう、うんざりしちゃうよ。

F：1 忙しい時なんか本当に困るよね。

2 返信するのも大変だよね。

3 本当、笑っちゃうよね。

中譯 M：最近垃圾信很多，真的很煩耶。

F：1 在忙碌的時候寄來真的很惱人對吧。

2 回信也很累對吧。

3 真的會笑出來對吧。

解析 本題情境中，男生抱怨他受夠了垃圾郵件。

1（○）回答「忙しい時なんか本当に困るよね（很忙的時候真的很困擾）」，表示對男生所說的話表達同感，故為適當的答覆。

2（×）不符合「收到毋須回覆的垃圾郵件」的情境。

3（×）重複使用「ちゃうよ」，為陷阱選項。

詞彙 迷惑メール めいわくメール 垃圾信｜うんざりする 厭煩
返信 へんしん 名 回信

12

[音檔]

F：勉強がんばるのはいいけど、あんまり詰め込みすぎてもかえってすぐ忘れちゃうよ。

M：1 じゃあ、帰ったらもう一度やってみるよ。

2 そうだね。じゃあ、少し休もう。

3 ありがとう。じゃあ、もっと頑張るよ。

中譯 F：用功念書是很好，但塞太多東西到腦袋反而會立刻忘掉喔。

M：1 那我回家會再做一次試試看的。

2 說的也是，那我稍微休息一下吧。

3 謝謝。那我會更努力的。

解析 本題情境中，女生提出如果太過投入於唸書，反而很容易忘記。

1（×）使用「帰る（かえる）」，為「かえって」的同音異義詞。

2（◯）回答「そうだね。じゃ、少し休もう（也是，那就稍微休息一下吧）」，表示接受女生提出的建議，故為適當的答覆。

3（×）重複使用「がんばる」，為陷阱選項。

詞彙 あんまり 副 太｜詰め込む つめこむ 動 塞滿｜かえって 副 反而

13

[音檔]

F：あのう、Aの3番は私の席みたいなんですけど…。

M：1 さぁ、ちょっと分かりませんが。

2 えっ？ 本当ですか？

3 えっ？ 気をつけてくださいね。

中譯 F：那個，號碼 A3 好像是我的座位⋯⋯。

M：1 我有點不太清楚呢。

2 咦？真的嗎？

3 咦？請小心喔。

解析 本題情境中，女生告知對方自己的座位

1（×）不符合「告知自己座位」的情境。

2（◯）回答「えっ？ 本当ですか？（咦？真的嗎？）」，故為適當的答覆。

3（×）坐錯位置的是男生，應為女生對男生說的話。

詞彙 気を付ける きをつける 注意、小心

14

[音檔]

M：昨日はおつかれさま。文句のつけようがないプレゼンだったと思うよ。

F：**1 恐れ入ります。また次回もがんばります。**

2 すみません。次回はがんばります。

3 どのあたりを直した方がいいでしょうか？

中譯 M：昨天辛苦妳了。我覺得妳的簡報沒有什麼可挑剔的地方喔。

F：**1 不敢當。我下次也會加油。**

2 抱歉，我下次會加油。

3 該修改哪部分才好呢？

解析 本題情境中，男生稱讚女生所做的簡報。

1（◯）回答「恐れ入ります。また次回もがんばります（不敢當。我下次也會加油）」，謙虛回應男生的稱讚，故為適當的答覆。

2（×）不符合「受到男方稱讚」的情境。

3（×）不符合「簡報無可挑剔」的情境。

詞彙 文句をつける もんくをつける 挑剔
プレゼン 名 簡報｜恐れ入る おそれいる 動 不敢當
次回 じかい 名 下次｜あたり 名 一帶

問題 5 的大題將聆聽稍長的對話。本大題沒有練習。可在答案卷作筆記。

1

[音檔]

会社で女の人と男の人が話しています。

F：本日はわざわざお越しいただき、ありがとうございました。このあとは、会社に戻られるんですか。

M：いえ、今日はもうすぐ定時なので、このあたりのカフェで、報告書をまとめて、メールを何通か送ったら、帰宅しようと思っています。この近くで、おすすめの場所、ありますか。

F：えーっと、そうですね。駅に行く途中に立ち寄るとしたら、駅ビルの中の「コーヒーズ」がいいですかね。ただあまり広くないので、この時間だと学校帰りの高校生でいっぱいかもしれません。

M：ああ、私もよく会社近くの店を利用するんですが、確かに夕方はそこも学生が多いですね。

F：そうですよね。じゃ、駅の隣にある「ロイヤルホテル」のカフェの方がいいかもしれません。席も広めに配置されていますし、パソコンを広げているビジネスマンも多いですよ。ちょっと高いんですけど、コーヒーもおいしいですし。

M：いいですね。私、コーヒーにはちょっとこだわるほうなんです。

F：コーヒー、お好きなんですね。コーヒーの味でいったら、駅の裏にある「喫茶ひかり」は最高ですよ。夫婦二人で経営している昔ながらの喫茶店なんですが、本当においしいんです。インターネットの接続が不安定なので、仕事向きではないかもしれませんが…。

M：へえ、気になりますね。

F：仕事のしやすさで言ったら、このビルの前にできた「ベータ」っていうシェアオフィスが、清潔感もあって快適なようですよ。誰でも1時間500円で利用できて、機械式のドリンクバーで、飲み物も飲み放題だとか。

M：そうですか。色々教えていただいて、ありがとうございます。せっかくなので、おいしいコーヒーが飲めるところにします。ただ、仕事にならないと困っちゃうので、最高のコーヒーは次の機会にしますね。

男の人は、どこへ行くことにしましたか。

1 コーヒーズ

2 ロイヤルホテル

3 喫茶ひかり

4 ベータ

中譯 女人與男人正在公司裡交談。

F：今天感謝您特地前來。您接下來要回公司嗎？

M：不，今天已經快到下班時間了，我想說在這一帶的咖啡廳彙整報告書、寄幾封郵件再回家。這附近有推薦的地方嗎？

F：這個嘛，對了，如果是去車站的途中順道過去的話，車站大樓裡的「COFFees」不錯喔。不過它不是很大間，而且這個時間可能會有許多剛放學的高中生。

M：啊，我也經常去公司附近的店，那裡傍晚的確也有很多學生呢。

F：對呀。這樣的話，車站旁邊的「皇家飯店」的咖啡廳可能比較好。它的座位擺得比較開，而且也有很多攤開電腦來用的商務人士喔。雖然有點貴，但咖啡也很好喝。

M：很棒耶。我是那種對咖啡還蠻講究的類型。

F：原來您喜歡咖啡啊。如果是咖啡的味道，車站後面的「光咖啡廳」是最棒的喔。它是夫妻兩人一起經營的懷舊咖啡廳，真的很好喝。但是它的網路連線很不穩定，可能不太適合工作……。

M：哇，真令人好奇呢。

F：如果要方便工作的地方，這棟大樓前面有開一間叫「BetA」的共享辦公室，環境也很乾淨，似乎很舒適喔。每個人1小時500日圓就能使用，而且還有自助機台式的飲料吧，飲料可以喝到飽。

M：這樣啊。感謝您告訴我這麼多地方。難得都來了，我決定去可以喝到美味咖啡的地方。不過不能工作的話會讓我很困擾，所以超棒的咖啡就下次有機會再去喝吧。

男人決定去哪裡？

1 COFFees

2 皇家飯店

3 光咖啡廳

4 BetA

解析 請仔細聆聽對話中針對各選項提及的內容與男子最終的選擇，並快速寫下重點筆記。

〈筆記〉男子→可整理報告、傳送郵件的地方

— コーヒーズ：去車站的途中、空間不大→學生很多

— ロイヤルホテル：座位寬敞、很多上班族、價格偏高但咖啡好喝→不錯、喜歡喝咖啡

— 喫茶ひかり：咖啡味道最棒、網路不太穩→有點好奇

— ベータ：共享辦公室、舒適、1小時500日圓、飲料無限暢飲

男子→美味的咖啡、方便工作、下次有機會再去喝最棒的咖啡

本題詢問男子選擇去的咖啡廳，男子選擇有很多上班族，咖啡也好喝的咖啡廳，因此答案要選2ロイヤルホテル（Royal Hotel）。

詞彙 本日 ほんじつ名今天｜わざわざ副特地｜定時 ていじ名既定時間｜あたり名一帶｜カフェ名咖啡廳｜報告書 ほうこくしょ名報告書｜まとめる動彙整｜メール名郵件｜帰宅 きたく名回家｜おすすめ名推薦｜立ち寄る たちよる動順道前往｜駅ビル えきビル名車站大樓｜配置 はいち名配置｜広げる ひろげる動攤開｜ビジネスマン名商務人士｜こだわる動講究｜最高 さいこう名超棒｜夫婦 ふうふ名夫妻｜経営 けいえい名經營｜インターネット名網路｜接続 せつぞく名連線｜不安定だ ふあんていだ な形不穩定的｜気になる きになる 好奇｜シェアオフィス名共享辦公室｜清潔感 せいけつかん名清潔感｜快適だ かいてきだ な形舒適的｜機械式 きかいしき名機械式｜ドリンクバー名飲料吧｜飲み放題 のみほうだい名喝到飽｜せっかく副難得

2

[音檔]

レストランで店長と店員二人が話しています。

M1：駅前の居酒屋さんがランチを始めてから、ランチのお客様が減ってきちゃってね。まあ、うちは駅からちょっと離れてて、向こうのほうがオフィス街にも近いから、仕方ないんだけど。こちらにも来てもらえる、いいアイデアないかな。

M2：そうですねえ。ここの料理、おいしくてリピーターのお客様が多いので、一回来てもらえれば通ってくれると思うんですけど。

M1：そうだね。でも、その一回がなかなかなんだよね。

F：駅前でランチの半額券を配布してみるのはどうですか。おいしさに気づいてくれさえすれば、来てくれる人が増えますよ。

M1：なるほどね。でもそういうの作ったことがないから、上手に作れるかなあ。

F：私でよければ、作ってみますよ。

M2：あと、大変かもしれませんが、もう少し価格を安くしてはどうですか。あちらのお店より200円ほど高いですよね。

M1：そうしたいんだけどね。もともとランチはあまり儲けがないんだよ。これ以上はきついよ。野菜の値段も上がってきてるしね。

F：私、友達とあのお店で食べてきたんですが、デザートもついていましたよ。食後にデザートが出てきたらちょっとうれしいんですよね。デザートをサービスでおつけするのはどうですか。お値段はそのままで。

M1：デザートは確かにうれしいよね。けど、これ以上材料費を使えないよ。

M2：それでしたら、スタンプカードはどうですか。ランチ一回につきスタンプを一つ押して。いくつかたまったら、次回のランチを無料にするとか。

M1：それもいいアイデアだね。

F：でも、そういうの面倒だから、もらわない人もいますよね。私は結構好きなんだけど。

M1：ああ、確かにそうだね。じゃ、やっぱり、ランチにまず一度来てもらえる方法にしよう。

お客様に来てもらうために、何をすることにしましたか。

1 ランチで使える割引券を配る

2 ランチの価格を安くする

3 ランチにデザートをつける

4 ランチ専用スタンプカードを作る

中譯 店長與兩名店員正在餐廳裡交談。

M1：車站前的居酒屋開始提供午餐以後，來吃午餐的客人就開始減少了呢。不過我們離車站有點遠，而且對方離商業區也比較近，這也是沒辦法的。有什麼好方法可以吸引客人來光顧嗎？

M2：這個嘛，我們這裡的料理很好吃，很多客人都是回頭客，讓他們來光顧一次應該就會常來了。

M1：對啊。但一次感覺有點不夠呢。

F：試試看車站前發放半價優惠券如何？讓客人發現我們的東西有多美味的話，來的人就會變多喔。

M1：原來如此，但我們沒做過這種東西，能做得好嗎？

F：可以的話，我可以嘗試做做看喔。

M2：還有，這麼可能會有點辛苦，但我們稍微調降一點價格如何？我們比那間店貴了200日圓左右對吧？

M1：我是很想這麼做啦，但午餐本來就幾乎沒什麼賺頭，再降價會吃不消。況且蔬菜的價錢也開始上漲了。

F：我和朋友去吃了那間店，他們的餐點也有附甜點喔。飯後有甜點上桌的話客人會蠻開心的對吧。我們就附甜點當作招待如何？餐點就維持原價。

M1：附甜點客人確實會很開心。但是我們不能再花更多材料費了。

M2：這樣的話，蓋章集點卡如何呢？每吃一次午餐就蓋一個章，累積幾個章之後下次的午餐就免費。

M1：這也是個好點子呢。

F：但是這種做法很麻煩，而且有些人不會拿集點卡對吧？雖然我很喜歡就是了。

M1：啊，的確是這樣呢。那，我們還是採用先吸引客人來吃一次午餐的方法吧。

他們決定做什麼事來吸引顧客光顧？

1 發放可在午餐使用的折價券

2 調降午餐的價格

3 午餐附甜點

4 製作午餐專用的蓋章集點卡

解析 請仔細聆聽後半段對話中三人最終達成的協議，並快速寫下重點筆記。

〈筆記〉如何讓客人在午餐時段來訪？

— 發送半價優惠券：讓客人知道餐點美味→不確定是否能做好、讓客人來訪的方法

— 降價：200 日圓→沒利潤

— 加上餐後甜點：看到甜點會很開心→沒有多餘的材料費可用

— 製作集點卡：累積一定點數贈送免費午餐→客人嫌麻煩可能不會拿

本題詢問決定如何讓客人在午餐時段來訪，結論是至少讓客人願意來訪吃過一次，因此答案要選 1 ランチで使える割引券を配る（發放可在午餐使用的折價券）。

詞彙 **店長** てんちょう 名 店長 | **駅前** えきまえ 名 車站前

居酒屋 いざかや 名 居酒屋 | **ランチ** 名 午餐 | **減る** へる 動 減少

離れる はなれる 動 遠離

オフィス街 オフィスがい 名 商業區 | **アイデア** 名 點子

リピーター 名 回頭客 | **半額券** はんがくけん 名 半價優惠券

配布 はいふ 名 發放 | **気づく** きづく 動 發現

価格 かかく 名 價格 | **もともと** 副 原本 | **儲け** もうけ 名 賺頭

きつい い形 吃不消 | **値段** ねだん 名 價錢 | **デザート** 名 甜點

食後 しょくご 名 飯後 | **サービス** 名 招待

材料費 ざいりょうひ 名 材料費 | **スタンプカード** 名 蓋章集點卡

たまる 動 累積 | **次回** じかい 名 下次 | **無料** むりょう 名 免費

面倒だ めんどうだ な形 麻煩 | **割引券** わりびきけん 名 折價券

配る くばる 動 發放 | **専用** せんよう 名 專用

3

[音檔]

バスの中でツアーガイドが話しています。

M1：皆様、もうすぐ山に到着します。これから、4つのコースの説明をさせていただきます。まず、まるごとコースは頂上まで行っていただくコースです。山頂付近に急な坂もありますので、お気を付けください。頂上からは地平線まで見渡せる絶景をお楽しみいただけます。急な坂が苦手だという方にはパノラマコースがおすすめです。山頂までは行きませんが、途中の展望台で海を一望することができます。次は森林コースです。この島固有の植物や鳥を見ながら森の中をぐるっと回って、自然の中でリフレッシュしてください。最後はゆるやかコースです。こちらは車いすの方も楽しんでいただけるよう舗装された道のコースです。高いところには行かないので海は見えませんが、道沿いの花を楽しむことができます。どのコースもガイドがご一緒しますので、質問はどんどんしてくださいね。

M2：海を見たいから、これにしようかな。でも、この前サッカーで足、やっちゃって。まだ完治してないから、坂は避けたいんだよね。どうしよう。無理かなあ。

F：それなら、こっちのコースは？ 頂上までは行かないって。

M2：本当だね。じゃあ、こっちにしようかな。一緒に行かない?

F：うーん、私はこっちにするわ。緑にはストレスを減少させる効果があるって、テレビで聞いたから。最近、リラックスできていないからね。

M2：ここでしか見られない植物も見られるんだよね。

F：うん、ガイドさんと一緒だから説明を聞けて、いいよね。

M2：いいなあ。そっちにしようかな。迷うなあ。でも、海の写真も撮りたいから、こっちにしておくよ。

F：そう。じゃあ、今回は別行動にしよう。

質問1　男の人はどのコースを選びましたか。

質問2　女の人はどのコースを選びましたか。

[題本]

質問1

1 まるごとコース

2 パノラマコース

3 森林コース

4 ゆるやかコース

質問2

1 まるごとコース

2 パノラマコース

3 森林コース

4 ゆるやかコース

中譯 導遊正在巴士裡說話。

M1：各位，我們很快就要抵達山裡了。接下來為大家說明四條路線。首先是完整路線，這條路線會帶大家爬到山頂。山頂附近有陡峭的斜坡，請務必小心。山頂上可眺望延伸至地平線的絕景。不敢爬陡峭斜坡的人，推薦選擇全景路線。雖然不會去山頂，但中途可在瞭望台欣賞一覽無遺的海面風光。接著是森林路線。這條路線會帶大家繞一圈森林，同時欣賞這座島的特有植物及鳥類，請在大自然裡好好恢復精神。最後是平緩路線。這條路線會走鋪設好的道路，因此坐輪椅的人也能參加。由於不會去高處，因此看不見海，但沿路上可欣賞花朵。無論是哪一條路線都會有導遊陪同，有問題的話請陸續發問喔

M2：我想看海，就選這個吧。但是我之前踢足球弄傷腳還沒完全康復，所以想避免爬坡。怎麼辦，這我能參加嗎？

F：這樣的話，這條路線怎麼樣？它不會去山頂。

M2：真的耶。那我選這條好了。妳要一起去嗎？

F：不，我要選這一條。因為電視上說綠色植物有減輕壓力的效果。畢竟最近都沒辦法好好休息呢。

M2：而且還能看到只有這裡才看得到的植物呢。

F：嗯，導遊也會陪同，所以也能聽他說明，很不賴呢。

M2：真好。要選這條嗎？還真猶豫。但是我想拍海的照片，還是選這條好了。

F：好吧，那我們這次就個別行動吧。

問題 1　男人選擇了哪個路線？

問題 2　女人選擇了哪個路線？

問題 1

1　完整路線

2　全景路線

3　森林路線

4　平緩路線

問題 2

1　完整路線

2　全景路線

3　森林路線

4　平緩路線

解析 請仔細聆聽獨白中針對各選項提及的內容，並快速寫下重點筆記。接著聆聽對話，確認兩人各自的選擇為何。

〈筆記〉山上的 4 種路線

— 完整路線：前往山頂、坡路、可一覽地平線

— 全景路線：沒有坡路、不會前往山頂、可在觀景台

看海
一 森林路線：林中特有的植物和鳥類、在大自然中放鬆
一 平緩路線：有鋪路、看不到海、路邊賞花
男生→想看海、想避開坡路
女生→草木有助於減緩壓力、最近不夠放鬆

問題 1 詢問男生選擇的路線。男生表示想要看海，且想避開坡路，因此答案要選 2 パノラマコース（全景路線）。
問題 2 詢問女生選擇的路線。女生表示有聽說草木有助於減緩壓力，且最近一直不夠放鬆，因此答案要選 3 森林コース（森林路線）。

詞彙 ツアーガイド名導遊 | 到着 とうちゃく名抵達
まるごと副整個 | コース名路線
頂上 ちょうじょう名山頂 | 山頂 さんちょう名山頂
付近 ふきん名附近 | 気を付ける きをつける 小心
地平線 ちへいせん名地平線 | 見渡す みわたす動眺望
絶景 ぜっけい名絕景 | パノラマ名全景 | おすすめ名推薦
展望台 てんぼうだい名瞭望台 | 一望 いちぼう名一覽無遺
森林 しんりん名森林 | 固有 こゆう名特有
植物 しょくぶつ名植物 | ぐるっと副繞圈
リフレッシュ名恢復精神 | ゆるやかだな形平緩的
車いす くるまいす名輪椅 | 舗装 ほそう名鋪設
道沿い みちぞい名沿路 | ガイド名導遊 | どんどん副陸續
サッカー名足球 | 完治 かんち名完全康復
避ける さける動避免 | ストレス名壓力
減少 げんしょう名減少 | 効果 こうか名效果
リラックス名放鬆 | 迷う まよう動猶豫 | 今回 こんかい名這次
別行動 べつこうどう名個別行動